STORE OF THE WORLDS

世界杂货店
罗伯特·谢克里科幻小说集

[美] 罗伯特·谢克里 著
孙维梓 罗妍莉 胡绍晏 译

新 星 出 版 社　NEW STAR PRESS

Store of the Worlds: The Stories of Robert Sheckley by Robert Sheckley
Copyright 2012 by the estate of Robert Sheckley
Copyright by NYREV, Inc.
Published by agreement with Donald Maass Literary Agency through The Grayhawk Agency.
Simplified Chinese edition copyright:
2019 Chengdu Eight Light Minutes Culture Communication Co., Ltd.
All right reserved.

著作权版权合同登记号：01-2019-6389

图书在版编目（CIP）数据

世界杂货店：罗伯特·谢克里科幻小说集 ／（美）罗伯特·谢克里著；孙维梓，罗妍莉，胡绍晏译. -- 北京：新星出版社，2020.1（2023.11重印）
ISBN 978-7-5133-3574-4

Ⅰ. ①世… Ⅱ. ①罗… ②孙… ③罗… ④胡… Ⅲ. ①科学幻想小说－小说集－美国－现代 Ⅳ. ① I712.45

中国版本图书馆 CIP 数据核字 (2019) 第 090750 号

光分科幻文库

世界杂货店：罗伯特·谢克里科幻小说集

[美] 罗伯特·谢克里 著；孙维梓　罗妍莉　胡绍晏 译

责任编辑：	汪　欣
特约编辑：	姚　雪　许卓然
责任印制：	李珊珊
装帧设计：	付　莉　张广学

出版发行：	新星出版社
出　版　人：	马汝军
社　　址：	北京市西城区车公庄大街丙 3 号楼 100044
网　　址：	www.newstarpress.com
电　　话：	010-88310888
传　　真：	010-65270449
法律顾问：	北京市岳成律师事务所

读者服务：	010-88310811　service@newstarpress.com
邮购地址：	北京市西城区车公庄大街丙 3 号楼 100044

印　　刷：	北京美图印务有限公司
开　　本：	910mm×1230mm　1/32
印　　张：	14.75
字　　数：	250千字
版　　次：	2020年1月第一版　2023年11月第五次印刷
书　　号：	ISBN 978-7-5133-3574-4
定　　价：	58.00元

版权专用，侵权必究；如有质量问题，请与印刷厂联系更换。

contents/ 目录

怪物	*The Monsters*	1
第七个猎物	*Seventh Victim*	15
形态	*Shape*	35
专家	*Specialist*	53
温暖	*Warm*	73
守望鸟	*Watchbird*	87
会计	*The Accountant*	113
天堂二号	*Paradise II*	125
如你所是	*All the Things You Are*	141
保护	*Protection*	155
土著人问题	*The Native Problem*	171
到地球取经	*Pilgrimage to Earth*	197
风起卡雷拉	*A Wind is Rising*	213
黎明入侵者	*Dawn Invader*	233

双重赔偿	Double Indemnity	247
固执成见	Holdout	283
爱情的语言	The Language of Love	299
宿醉	Morning After	315
染血的杀戮者	If the Red Slayer	341
世界杂货店	Store of the Worlds	351
可否一聊？	Shall We Have a Little Talk?	361
从洋葱到胡萝卜	Cordle to Onion to Carrot	389
陷落人海	The People Trap	409
人类行径	Is That What People Do?	433
有无感觉	Can You Feel Anything When I Do This?	443
可安歇的水边	Beside Still Waters	457
译后记 罗妍莉		465

怪物

The Monsters

孙维梓 译

刊于《奇幻科幻杂志》
The Magazine of Fantasy & Science Fiction
1953 年 3 月

科尔多维和胡姆站在陡峭的危崖上，观察一个奇怪的物体——这东西无疑是近来最新奇的玩意儿了，所以他俩看得兴趣盎然。

　　"我说，"胡姆指点说，"它能反射出阳光呢，说明是金属制的。"

　　"我同意。"科尔多维说，"但是它怎么能浮在空中呢？"

　　他们俩又向下俯瞰，朝山谷里观察。这个尖尖的物体在地面上空盘旋，从它尾端喷出的东西仿佛是火焰。

　　"它靠喷火保持平衡。"胡姆说，"就算你老眼昏花，也应该看得见。"

　　科尔多维支起他的那条粗尾巴好把自己撑得更高，想看得更清楚些。那物体已经降到地面上，火焰也消失了。

　　"我们爬近一点去瞧瞧，怎么样？"胡姆问。

　　"行，时间还来得及……不过等等！今天是什么日子？"

　　胡姆默默盘算一番，然后说："是卢珈月的第五天。"

　　"真该死！"科尔多维嚷道，"我得回家去打死老婆了。"

　　"距离太阳落山还有好几个时辰，你两件事都来得及。"胡姆说。

　　不过科尔多维还在为此事犹豫不决，"我可不想耽误……"

　　"喏，你知道我速度有多快吧。"胡姆说，"如果时间来不及，我会尽快赶回去帮你打死她，怎么样？"

　　"对你的好意我深表感谢。"科尔多维谢了这年轻人几句，然后他俩就从险峻的山崖下去了。

　　他们来到金属物体前方停住，撑起尾巴站立着，科尔多维在目测那物体的尺寸。

　　"它比我想象的还要大得多呢。"他估计这物体要比他们村庄稍微长一点，宽度大概只有一半。

　　他们又围着那个物体爬了一圈，发现那金属物体是用工具加工出来的，很可能是人类用触手操作的手法。

　　远处，太阳已经落下去。

"我想最好还是回去吧。"科尔多维说,他发现已经没了光线。

"没关系,我们有的是时间。"胡姆说,一边放松着肌肉。

"对,但是打死老婆的事情还是由我自己处理为好。"

"随你的便。"于是,他们步伐轻快地返回村里了。

科尔多维的老婆已经在家里备好晚饭,接着她背对门口站着——这是习俗所要求的。

科尔多维猛挥一下尾巴就打死了她,把尸体拖到门外,这才坐下就餐。

他饭后休息了一会儿,才去往集会处,可胡姆这急性子的毛头小伙儿已经在那儿讲述金属物体的事情了。科尔多维悻悻地想:他肯定三口两口就把晚饭扒拉下去,就是为了能抢在我的前面向大家炫耀。

小伙子讲完后,科尔多维说了自己的观察结果。他只补充了一点:那金属物里面可能存在智慧生物。

"你为什么这么想?"米歇尔问,他也是一位长者。

"首先,那物体下降时,我看到有火焰。"科尔多维解释说,"其次,在物体落地后,火焰就熄灭了。这肯定是有人熄掉它的。"

"我看不一定。"米歇尔反对说,"它也可能是自己熄掉的。"

于是村民们激烈地辩论起来,一直持续到深夜。

散会后,他们像往常一样埋葬了被打死的老婆,这才各回各家。

这天夜里,科尔多维在黑暗中久久未能入眠,他一直在琢磨这奇怪的物体:如果它里面真的有智慧生命,那他们属于文明生物吗?有善与恶的观念吗?他百思不得其解,于是决定去睡觉。

第二天,所有的男性村民都去了金属物体那里。这是理所当然的,因为男人的职责不仅仅是限制女性人口,而且也得研究新鲜的事物。

他们散布在物体周围,对它的内部进行种种猜测。

"我认为里面的人和我们一定很相似。"胡姆的哥哥埃克斯特说。

科尔多维全身都在摇晃,这是他在表示绝对不同意。

"他们多半是怪物,"他说,"如果考虑到——"

"这很难说,"埃克斯特反驳说,"想想我们的身体进化逻辑吧,只有一只对焦眼——"

"外面的世界广袤无际,"科尔多维抢着说,"那里会有很多和我们完全不同的生物,在无穷无尽的——"

但是埃克斯特又打断他说:"但我们的逻辑总是——"

"我是说,他们和我们相似的可能性小之又小!"科尔多维接着说,"举例说,这是他们建造的飞行装置,难道我们也会去造这样的——"

"但是按严格的逻辑来说,"埃克斯特还想坚持,"你可以看到——"

这已经是他第三次打断科尔多维的话了,所以科尔多维忍无可忍,他一甩长尾一下就把埃克斯特抽到金属舱壁上,尸体随之砰然落地。

"我认为我哥哥是个糙汉子,太没礼貌了。"胡姆说,"你刚才讲到哪儿了?"

但科尔多维还是没能把话说完,因为金属物体有个地方正在发出响声并转动起来,接着敞开了一个洞口,一个奇怪的生物从里面出现了。

科尔多维马上证实自己是正确的:洞里爬出的那个生物居然长有两条尾巴,全身从下到上都包着什么东西,有点像金属,又有点像兽皮。而它的颜色,令科尔多维战栗了起来——

是湿漉漉的、新鲜剥皮的血肉色。

所有人都情不自禁地朝后退缩,谁知道接下来会发生什么?

这个生物开始时什么也没干,它只是站在金属物体上,身体上方那个球状物从一侧往另一侧摆动,但是身体其他部位并没有移动,这个动作令人费解。最后那个生物举起两只触手,同时发出声音。

"也许,它想跟我们交流?"米歇尔轻轻问。

这时从洞里又出来三个生物，它们都拿着金属管子，四个生物在互相交换着奇怪的声音。

"它们当然不可能是人。"科尔多维坚定地声称，"接下来我们要搞清楚，它们是不是文明生物。"

有一个生物沿着金属外壁爬到地上，其余几个把金属管子直指下方，有点像在举行什么无法理解的宗教仪式。

"难道这么丑陋的家伙会是文明的？"科尔多维问。

他全身皮肉都因为厌恶而收缩着，这些生物的样子实在恐怖，做梦都想不到。它们的躯体上部长着一颗球状的东西——大概算是头吧，科尔多维这辈子还从没见过这样的头颅呢。在头的中部，在本该是平滑的地方却凸起一个东西，在它的两旁又有两个小凹痕，每个凹痕旁都长着一个肉瘤。在头下部有一个浅红的缺口，科尔多维捉摸着，这该是嘴巴了——他觉得自己的想象力实在很丰富。

这还不止！科尔多维继续观察，居然能看到它们的骨骼。那些生物在移动时，动作不像人类那样平稳流畅，反而像是树枝那样机械地抽动。

"上帝啊！"希尔里格惊愕地嚷起来，他是个中年人，"我们应当打死它们，别让它们在这个世界上活受罪啦！"

其他的人都有同感，于是村民准备一拥而上。

"等一下！"有人喊道，那是一个年轻人，"如果可能，我们先和它们沟通一下试试，也许它们是文明生物呢？外面的宇宙很大，什么事儿都有可能。"

科尔多维认为应该立即消灭这些怪物，但是大伙儿已经停止，并且就这复杂的问题进行着争论。

而一向爱逗能的胡姆已经溜了过去，接近了站在地面上的那个生物。

"你好。"他说，那个生物也回答了什么。

"我听不懂你的话。"胡姆又想退回去了。但是那生物挥动着有关节的触手——姑且当作是触手吧,指着其中一个太阳,然后又发出一种声音。

"对,今天很暖和,不是吗?"胡姆愉快地应答说。

那生物又指指土地,发出另外一种和先前不同的声音。

"今年我们的收成不能算好,真的。"健谈的胡姆还在继续这场谈话。

怪物又指指自己,同时发出某个声音。

"是呀,"胡姆同意道,"你实在太难看了,丑得跟什么似的。"

这时,大多数村民已感到饥饿并爬回村庄了,而胡姆还留在那里倾听怪物发出的声音,只有科尔多维在原地紧张地等着他。

"知道吗?"胡姆在和他会合时说,"它们想要学习我们的语言,或者是想教我学它们的语言呢。"

"别这么干!"科尔多维警告说,他隐约地感到某种灾难就要降临了。

"我得试试。"胡姆并不采纳他的意见,然后他们一起爬上了通往村子的陡峭山崖。

近黄昏时,科尔多维去了趟圈养多余女人的栏圈,郑重其事地向某个年轻女人求婚,问她是否同意做他家二十五天的女主人。当然,对方很感激地接受了。

在回家的路上,科尔多维又碰见胡姆——他也是去栏圈的。

"我刚才把老婆打死了。"胡姆告诉他,其实根本没必要解释,否则他为什么要去那个栏圈呢?

"明天你还要去找那些生物吗?"科尔多维问。

"差不多吧。"胡姆答说,"只要不出现什么新情况就去。"

"最重要的一点是——要弄清楚它们是文明生物还是怪物!"

"那当然!"胡姆同意着,蜿蜒地爬远了。

这天晚上，在饭后举行了集会。所有的老人都认为：这种生物是非人类。科尔多维也竭尽全力地阐述：它们的外表就足以证明这点，这样的怪物怎么可能具备人性？如此丑陋的生物不可能拥有道德标准、善恶观念，甚至是真理观。

但是年轻人大多不同意，大概是因为最近太缺少新鲜事物的刺激了。他们指出金属物体显然是智能的产物。有智能就有辩证标准，有辩证标准当然就能区分出善恶黑白了，这是不证自明的。

争论越来越激烈了。奥戈勒跟阿拉斯特意见不合，结果被对方杀了。老好人马维特忽然怒从心头起，恶向胆边生，杀了胡利安家三兄弟，自己也被脾气差的胡姆干掉了。甚至那些多余的女人也在村庄一角的栏圈里为此而争论不休。

这一晚既疲倦又愉悦，村民们又回去睡觉了。

接下来的几星期里，争论仍然没有停止，而正常生活也在按部就班地进行着：早上女人都出去收集食物，准备饭食、产卵，这些卵又被多余的女人们拿去孵育。和平时一样，每八个卵孵出的都是女的，接着才有一个卵能孵出男的。每隔二十五天，或许还更短，每个男人都会打死自己的老婆，再去娶一个新的。

男人们开始还到金属物体那里，去欣赏胡姆是怎么学习外来者语言的，后来他们厌倦了，于是又回归日常，在森林里或山峦上游荡，寻找新鲜事物。

这些外来的怪物都只在金属飞船里活动，只有当胡姆出现时才出来。

到了怪物飞来的第二十四天，胡姆声称，尽管还有障碍，但他已经能够和它们沟通思想了。

"它们说自己是从很远的地方飞来的，"这天晚上胡姆在集会上说，"它们和我们一样有男有女，而且也是人类。跟我们一样。还说它们外表长得不一样是有原因的，不过我听不懂其中的所以然。"

"如果我们接受它们是人这种说法，"米歇尔说，"那我们就应当相信它们说的是真话。"

所有的人都摇晃着身体，表示同意米歇尔。

胡姆继续说："它们并不想干扰我们的生活，不过很愿意来观察观察，所以提出到我们的村子里来，看看我们是怎么过日子的。"

"那有什么不行呢？"一个年轻人嚷道。

"不行！"科尔多维高喊着，"请神容易送神难。它们会把灾难带进家里来！这些怪物非常阴险狡猾，我相信它们甚至……会说谎！"

老人们都同意他的意见，不过当年轻人要求科尔多维证明他的恶意指控时，他却拿不出任何证据。

"好，"希尔说，"它们外表看上去是很像怪物，但你们不能因此就认为它们内心也是怪物。"

"那是一定的。"尽管科尔多维还在反对，但大多数人还是同意了希尔的说法。

胡姆继续说："它们向我提议，也就是向我们大家提议，不过我听不大懂。它们说可以向我们提供许多金属物品，说是能完成许多工作。我没有告诉它们这是违背我们传统的，因为说了也白搭，它们不会明白的。"

科尔多维点点头，这个胡姆还算懂事，至少证明他的确还是有点分寸的。

"它们想明天就到村子里来。"胡姆说。

"不行！"科尔多维又嚷起来，但他依然还是少数，大多数人都表示同意。

"还有，"胡姆又想起一件事，"它们中间有一些女性，她们的嘴是鲜红的。我想，要是能看到她们怎么被男人打死一定很有趣。要知道，明天就是它们飞来后的第二十五天了。"

第二天，那批生物极为迟缓、极其艰难地爬上陡崖，进入了村庄。

当地的居民很快就发现对方的四肢是那么脆弱，动作也那么笨拙。

"一点都不好看，"科尔多维嘟哝说，"看上去都一个样子。"

这些外来者在村子里也很不知轻重，它们进了棚屋又出来，甚至还去了栏圈，和多余的女人们乱说一通，把产下的卵拿起来察看，还用一个黑黑的会发光的东西到处观察。

到了下午，有一个男村民兰登，认为已经是时候结束老婆的生命了，于是他推开身旁的外来者——它们正在参观他的棚屋——接着就打死了自己的老婆。这时，两个外来者开始相互叽叽呱呱说话，立刻慌乱地从屋里逃了出来。

其中一个就是有着红唇的女人，另一个则是男的。

"现在它也应该想起是时候打死自己的女人了。"胡姆这么想，所有的村民也都在等待，但什么也没发生。

"大概它是想找个人替它打死吧？也许它们那里有这种习惯？"兰登说，他没有多加考虑，上去就一尾巴扫倒了那个女性外来者。

那个男性外来者发出恐怖的吼声，它用那根金属管子对准兰登，于是兰登立即倒地气绝了。

"真奇怪，"米歇尔说，"难道这是表示抗议吗？"

外来者总共有八人，它们紧紧围成一个圆圈，其中一个抱着已死的女人，其余的全都对着四面八方端起了金属管子。

胡姆上去询问是什么地方得罪了它们。

"我实在听不懂。"胡姆在交谈后说，"我不知道它们所说的词是什么意思，但从腔调来看，它们是在责骂我们。"

怪物们开始撤退。这时又有一个男村民认为时辰已到，就打死了站在自己门外的老婆，于是怪物们刹住脚步，相互议论，然后作出手势让胡姆过去。

在和它们讲话时，胡姆的全身都在表示他的不可思议。

"如果我理解得不错，"他说，"它们要求我们别再打死女人了。"

"什么？"科尔多维尖叫起来，还有十多个村民也都怒吼附和。

"我再去问它们一次。"胡姆又转身去跟怪物们交谈,对方再次挥舞着触手里紧握的金属管。

"一点不错。"胡姆肯定道。毫无征兆地,他忽然挥舞起尾巴,把一个怪物直接甩到广场的另一头。其余的怪物慌忙退却,同时用手中的管子扫射了四下的村民。

在怪物们离开后,村民们发觉总共死了十七个男子,但是胡姆却没有受伤。

"现在你们总该明白了吧!"科尔多维嚷道,"这些家伙分明在扯谎!它们说不会干涉我们的生活,现在瞧瞧,居然打死了我们十七个人!这已经不是什么道德不道德了,完全是有预谋有计划的屠杀!

"分明在扯谎!"科尔多维喊出了大家最忌讳的话,令人心生厌恶。男人们几乎从来没想过有人会说谎。

这激起了每个男人的愤怒和憎恶,实在太可怕了,因为他们这才意识到:怪物们居然会说谎话,甚至策划完成了一场屠杀。

最恐怖的噩梦变成了现实。他们突然发现,怪物们不会打死任何一个女人。难道它们从来不对女性的繁殖加以限制吗?一想到这点,即使是最强壮的男人也忍不住作呕。

多余的女人们从栏圈里冲出来,跟那些明媒正娶的老婆一起,要求了解究竟发生了什么事。在知道情况后,她们的怒火甚至超过了男人,这是女人的禀性使然。

"打死它们!"她们怒吼说,"绝不允许谁改变我们的生活!绝不允许它们伤风败俗!"

"真的,我早该料到这一切的。"胡姆悲伤地说。

"马上去打死它们!"一个多余的女人喊道,其实她连姓名都还没有,但这丝毫不影响她的愤慨。

"我们身为女人只要求一件事:要道德体面地过我们的生活。没结婚时,在栏圈里孵卵;结婚了,就去欢度那二十五天令人陶醉的生活!难道这还不够幸福吗?怪物们想破坏我们的安宁生活,会让我们变得跟它们一样可怕!"

"现在你们明白了吗?"科尔多维转身对男子们说,"我早就警告过你们,但你们硬是不肯听!不听老人言,吃亏在眼前!"

在狂怒中他尾巴一挥又打死了两个年轻人,其他人都报以掌声。

"在怪物消灭我们之前把它们赶走!"科尔多维发起号召。

女人们全部出动去杀怪物了。

"它们的金属管子是能致人死命的。"胡姆说,"女人们知道这点吗?"

"也许还不知道。"科尔多维说,他已经完全冷静下来,"你快去警告她们。"

"可我累极了!"胡姆发牢骚说,"我一直在翻译,也许你自己去好些。"

"好吧,我们两个都去。"科尔多维说,他对胡姆的不成熟和任性已经不耐烦了。一半的男村民都跟他们一起去追女人们了。

他们在陡峭的危崖边追上了她们,下面就是那个金属物体。一边胡姆在向大家解释那致命的管子,一边科尔多维在思考问题。

"从上面向它们扔石块!"他吩咐女人们,"也许这就能击穿金属外壳。"

女人们非常卖力地从陡崖上朝下投掷石块。有一些打中了飞船并弹开,它里面立刻射出一排红色火焰,于是有的女人牺牲了。大地在颤抖着。

"我们后撤吧!"科尔多维对男村民下令说,"没有我们,女人们也能对付。地面晃得太厉害,我有点晕。"

于是男人都退到了安全地带,继续观察事态的进展。女人们前仆后继,死伤遍地。其他村庄的女人们听到自己的生活受到威胁,也纷纷赶来支援。她们在为自己的家园和权利而战,她们的怒火跟男人比起来有过之而无不及。那个金属物体向陡崖上喷射火焰,但这并不能吓退女人们,暴雨般的石块不断落在那个物体上。

最后,飞船的底端喷出烈火,一场山崩发生了,飞船上升到空中,差点撞到山上;接着它稳步攀升,直到变成太空中的一个黑点,然后消失了。

这天总共死了五十三个女人,真是天遂人愿。因为在损失了十七个男人以后,事态已经很糟糕了,而这正好又缩小了男女人数之间的差距。

科尔多维也为自己感到无比自豪:他的老婆在战斗中英勇地倒下了,他马上又为自己娶了一个。

"一旦生活恢复正常,我们就应该更加频繁地打死老婆。"在晚间集会上他这么提议。

幸免于难的多余女人在栏圈里听到这消息后都雀跃欢呼。

"真有意思,这些怪物后来去哪儿了呢?"胡姆问,他给集会又增加了新的话题。

"大概又想去奴役某个无力自卫的种族了吧。"科尔多维答道。

"那可不一定。"有人在反驳。于是,晚间的争论又开始了。

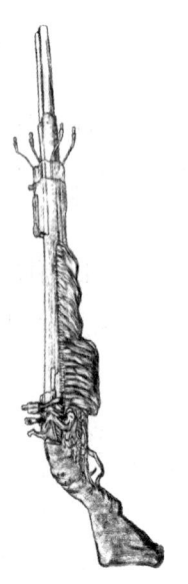

第七个猎物

Seventh Victim

孙维梓 译

刊于《银河》
Galaxy Science Fiction
1953 年 4 月

斯坦顿·弗里莱恩坐在桌前,打算像一个忙碌的经理在早上九点半时那样工作,然而他怎么也无法集中注意力。本来他想把昨晚草拟的那份广告再看一遍,但实在无法坚持下去。他明白,在那封邮件没来以前,他是什么也干不成了。

他在等候一份通知。像这么一天一天地干等已经有两个星期了——政府办事从来都是拖拖拉拉,不够及时。

办公室的玻璃门上挂着一块牌子,上面写着:摩格尔和弗里莱恩高级服装公司。门是开着的,摩格尔刚来上班,昔日的枪伤使他走起路来微微有些跛,背也有点驼,不过作为七十三岁的老人,本来就不必过多介意自己的仪态。

"你好啊,斯坦顿,"摩格尔招呼说,"你的广告词搞得怎么样啦?"

弗里莱恩从二十七岁开始就成为摩格尔的合伙人了。他们俩一手将防护衣打造成了上百万美元的买卖。

"我觉得你可以播出去了。"弗里莱恩把一张纸递给摩格尔,他还在念念不忘什么时候能够收到邮件。

"您想拥有一套摩格尔-弗里莱恩牌防护衣吗?"摩格尔大声念道。他把那张纸凑到跟前继续读下去:"世界顶级的量体裁衣,男装新时尚的领导者!"

摩格尔清了一下嗓子,瞥了一眼弗里莱恩,笑了一下继续念道:"'最安全最智能的防护衣。每种型号均有为武器专设的嵌入式衣袋,保证不会形成鼓凸。除了您自己,谁也不知道武器就在您身上。您可以在瞬间掏出枪支,保证快捷便利。口袋可以定制设计在臀部或胸部。'你写得真不错。"摩格尔说。

弗里莱恩闷闷地点点头。

"'……在当代个人防护领域,我们拥有最先进的隔空取物枪袋设计。您只需碰一下隐藏按钮,枪支就会自动来到您手中,处于保险打开的击发状态。为什么不去一趟最近的防护衣商店呢?为什么不好好珍惜自己的生命呢?'"

"说得棒极了,"摩格尔夸奖道,"广告就应该这么写。"他沉思着摸了下花白的胡须,"是不是还应该提一下:防护衣有多种型号和风格,可以有一或两个胸袋,也可以有一至两个按钮,一深一浅两种信号装置?"

"对对,我把这些给忘了。"

弗里莱恩拿回这张纸,在边上又草草添上几句话。然后他站起来,整了整上衣,他的衣服在凸出的腹部总有点不太合身。弗里莱恩四十三岁了,微微发胖,头发也开始变得稀疏。他是个和蔼可亲的男人,但有一双冷酷的眼睛。

"放松一些吧,"摩格尔说,"今天会收到邮件的。"

弗里莱恩勉强挤出一丝笑容。他本想在屋里走动一下,可相反,他一屁股坐到桌沿上。"您肯定认为这还是我第一次参加猎杀吧。"他皱着眉头苦笑说。

"我能够理解你的心情。"摩格尔点点头,"当年我金盆洗手时,一个月都睡不着觉呢,老是急着在等通知。我是过来人,都懂的。"

接下来又是一阵沉默,当这种沉默变得让人无法忍受时,门被推开了。办事员进来把一叠信件放在弗里莱恩的桌子上。

弗里莱恩抓起这批信件,飞快地浏览翻动,终于找到了等候已久的来自 ECB 的白色长信封,上面带有政府的印章。

"就是它!"弗里莱恩轻松地吐出一口长气,脸上布满了灿烂的笑容,"到底还是来了!"

"真不错。"摩格尔好奇地睨视那封信,但没有要求弗里莱恩拆开来,因为这不仅是礼节问题,而且从法律角度这也是违法的:除了猎手以外,任何人都没有权利知道猎物的姓名。他只是说:"祝您猎杀成功。"

"一定会的!"弗里莱恩的声音充满信心,他一星期前就整理好了自己的桌子,现在马上就可以动身,于是他拿起公文包。

"一次好的猎杀会给您带来无穷的好处。"摩格尔拍拍他的肩膀说，"看起来你已经兴奋起来啦。"

"我也这么觉得。"弗里莱恩又笑起来，并和摩格尔握握手。

"真希望我还是个小伙子啊！"摩格尔皱着眉头用戏谑的眼光打量自己的跛腿，"看着你，我就又想再次拿起武器了。"

这位老人当年是一个优秀的猎手，有过十次成功猎杀的经历，这也使他得以进入那个极少人尊享的"十人俱乐部"。由于每次猎杀后他还得扮演一次猎物的角色，所以这意味着他曾经有过二十次成功猎杀。

"我特别希望自己的猎物不会是像您这样的人。"弗里莱恩说了句俏皮话。

"别为此担心，你这是第几次了？"

"第七次。"

"七是个幸运数字。再次祝你成功，也希望很快看到你成为俱乐部的成员。"

弗里莱恩挥挥手就朝外面走去。

"记住：千万别粗心大意！"摩格尔从后面喊道，"只要一次错误，哪怕只有一次，那我就得去寻找新的合伙人了。你不介意的话，我对目前的这位合伙人还是很满意的。"

"我会加倍小心。"弗里莱恩保证道。

他决定步行回家，不去乘车。他得让自己冷静一会儿，完全不必像个第一次参加猎杀游戏的孩子似的。

在路上，弗里莱恩绝对不去东张西望。紧盯着某个人看搞不好就要吃到一颗子弹，因为那个人也许正好在扮演猎物的角色。的确有那么一类人，只要你朝他多看几眼，他就会开枪，一群神经过敏的家伙。所以弗里莱恩始终十分谨慎，只看着迎面而来的人的头顶上方。

他前方立着一幅巨大的广告牌，"J.E.奥多诺万侦探事务所"在向公众招揽生意。

"猎物们！"硕大的红色字母这么宣传，"为什么要以身试险？聘请一位奥多诺万公司的密探吧！我们能查出谁是指定来谋杀您的凶手，报酬可以在您解决掉他以后再付！"

这幅广告倒是提醒了弗里莱恩，他应当立即打个电话给埃德·莫罗。

弗里莱恩加快步伐穿过街道。他已迫不及待地想赶快回家，去打开信封，了解自己的猎物是个什么样的人。是个聪明人还是笨蛋？是像他第四个猎物那么有钱，还是像第一、第二个猎物那样是个穷鬼？对方是雇佣密探来为自己服务，还是单枪匹马？

准备猎杀的过程带来了无与伦比的兴奋感，他血流加速，心跳加快。

从不远处，至多一个街区的距离，他听到了两声急促的枪声，然后是第三声，也是最后一响。

有人杀死他的猎物了，弗里莱心想，小子不错啊！

这种感受是无可比拟的，他暗暗对自己说。他又一次感觉充满了活力。

回到自己一居室的住宅后，弗里莱恩第一件事就是去拨打埃德·莫罗的电话。此人正是他雇佣的密探，每次接受任务的间隙，他就在一家车库里当帮工。

"你好，是埃德吗？我是弗里莱恩。"

"听出来了，弗里莱恩先生。"

弗里莱恩脑中浮现出一张沾满油污的长脸，咧着薄薄的嘴唇贴近话筒。

"我正在准备一次猎杀，埃德。"

"祝您好运，弗里莱恩先生。"埃德·莫罗说，"您希望我处于随时待命的状态吗？"

"正是这样。我估计这次要出去一个星期，最多不超过两星期就能解决问题,但在完成猎杀后的三个月以内,我大概会接到成为猎物的通知。"

"我会做好准备的,祝您猎杀成功,弗里莱恩先生。"

"谢谢,再见。"他挂上电话。雇用一流的密探,这是必要的预防措施。要知道在弗里莱恩杀人以后,他将很快成为被猎杀的对象。到那时,埃德·莫罗就将是他生命的保障。

埃德是个无与伦比的密探!老实说,他并没有受过多少教育,甚至还有股傻劲。但是他那双看人的眼睛绝对有一套!他具有一种灵敏的嗅觉,那是天生的。他一眼就能瞥出谁是外来人,然后巧妙地设下陷阱。这是个不可多得的人才啊!

在回忆埃德的那些狡猾手段时,弗里莱思一边笑,一边拆开了信封。在看清信封里的内容时,笑容就在他的脸上凝固了,那个名字是:珍妮特-玛丽·帕特齐格。

他的猎物居然是一个女人!

弗里莱恩站起来在房间里打转转,他又一次仔仔细细地阅读了通知。珍妮特-玛丽·帕特齐格。没有错,是个女孩子。信封里还有一张相片,以及她的地址和其他必要的资料。

弗里莱恩皱起浓眉,他从来没有去杀过一个女人。

他迟疑片刻,接着就拨通了ECB的电话。

"情绪发泄局[1],信息科。"一个男性声音说。

"请你们核对一下,"弗里莱恩要求道,"我刚刚接到的通知说,我抽到了一个姑娘!这种事正常吗?"他把那女孩的名字告诉了职员。

"完全正确,先生。"职员在核对过缩微卡片资料后对他说,"那姑娘是自愿报名参加的,根据法律,她拥有和男人同等的权利。"

"您能不能透露一下,她有过几次成功猎杀?"

---

1. Emotional Catharsis Bureau,情绪发泄局,缩写为ECB。

"非常抱歉,先生。凡是您有权知悉的您都已经知道了,包括猎物的法定身份和您已经收到的那些资料。"

"我明白了。"弗里莱恩犹豫了一秒又要求道,"能换一个猎物吗?"

"您可以拒绝进行这次狩猎,这是您的权利。但在获得下一次猎杀许可之前,您还得先完成猎物的角色。您要办理弃权手续吗?"

"不,不必了,"弗里莱恩急忙说,"我只是问一下而已。非常感谢。"

他挂上电话,松开腰带,然后坐到软椅上。他得好好考虑考虑。

"这些臭娘儿们,"他牢骚满腹地想,"生个孩子做点针线活,有什么不好?何苦非得搅和男人的游戏呢!"

但她们是自由公民,他提醒自己说。不过无论如何,这总不该是女人们干的事情。

据历史记载,ECB 是专为男人而建立的,而且也仅仅是为了男人。情绪发泄局是在第四次世界大战——当然,也有史学家称之为第六次世界大战——结束后建立起来的。

那时,人们对持久与稳定的和平有着迫切的需求,原因非常实际,那些致力于打造和平的人也很实际。

简单地说,因为人类的灭亡已迫在眉睫。

在世界大战中,各国所拥有的武器数量、效率和破坏力都在飞速增长。士兵们已经麻木了,而且越来越不情愿使用武器。

拐点终于到来了。只要再来一场战争,就会成为终结一切的战争——到那时什么人都无法幸存,也就不会再有人来发动新的战争了。

人类需要和平,而且不是短暂的,必须是永久的和平,但追求和平的人们非常讲究实际,他们认识到紧张状态依然存在,战争正在火药桶里酝酿。于是他们问:为什么过去的和平没能持续下去?

"那是因为男人天生喜欢打仗。"回答居然是这样的。

"噢,绝对不行!"那些理想主义者说。

那些致力于打造和平的人只能被迫遗憾地承认，的确有很大一批人对暴力是有需求的。

男人不是天使，当然也不是魔鬼，他们是普通的凡人，在很大程度上具有好斗性。

有了这种科学认识以后，再加上所拥有的权力，这些讲究实际的人本可以走上一条漫漫长路，探索如何通过驯化将好斗从人类天性中淘汰。不少人都会支持这样的想法。

但他们没有。他们承认竞争的有效性和对斗争的爱好，也欣赏人们处在绝对劣势时所展示的勇气。他们认为这是一些值得钦佩的人类品质，保证了人类基业长青。没有这些因素，人类反而会走向退化。

他们发现，暴力倾向跟独创性、灵活性与驱动性息息相关。

再看一眼问题：如何打造一场在他们去世之后依然可以维持的和平？如何既要阻止人类毁灭自己，又不阉割人类优秀的品质？

办法有了，那就是给人类暴力找一条出路，一个发泄的机会。

伟大的第一步就是让角斗表演合法化，真刀真枪、流血受伤的那种。但是人们还需要更进一步，需要那种真正的感受，而不是什么替代品。

杀人是不能用别的什么来替代的。

于是杀人被合法化了，在受严格限制的个人行为的基础上，而且仅仅限于那些愿意参加的人。政府为此着手组建了情绪发泄局。

经过一段时间的实践，统一的法规也出台了。

任何希望杀人的人都可以到 ECB 去登记，只要提供一定的资料和承诺，他将被准许先成为一个猎物。

每一个成为猎物的人，只要他能够幸免于难，那么在接下来的几个月内，都会在政府的安排下，获得去杀人的机会。

这就是核心规则。任何个人都可以按照他的愿望来多次充当杀手，但是在每两次狩猎之间，他也必须扮演一次猎物。如果他还能成功地杀掉自己的猎人,他就可以退出游戏,或者重新去登记参加下一次猎杀。

在这项政策实施十年后,政府做过一次统计,全球约三分之一的公民曾至少申请过一次杀人,这个数字后来下降到了四分之一,接着就维持不变了。

哲学家们对此大摇其头,但是讲究实际的人很满意,战争就此被纳入了进来——现在只是个人与个人之间的战争了。

这种游戏一旦被接受后,它就衍生出各种攻略和相关产业,比方说为猎物或猎人提供各种服务的行业。

情绪发泄局随机选取猎物的姓名,每个猎手都被准许有两周时间去实施他的谋杀。这件事情必须靠他自己的本事来完成,不能有别人帮忙。他被告知猎物的姓名、地址和相关描述,也准许使用一把标准口径的手枪,但不允许穿着任何护甲。

而猎物要比猎手早一个星期接到通知,他只知道自己已经成为一个猎物,但不知道猎手是何许人。他可以选择穿护甲,也可以雇用密探,密探是不准杀人的,只有猎物和猎手才可以。但是密探可以侦查城里的陌生人,或者识破那个紧张不已的杀手。

于是,猎物就可以凭借手中的一切随意设下埋伏,来杀掉这个猎人。

政府对误杀或误伤予以严厉的惩罚,因为绝对不允许出现其他杀人事件。仇杀,或者为了利益去杀人,犯法者都将被处以极刑。

这套机制的美妙之处就在于:那些想杀人的人现在能够实现他们的想法了;而另外大多数人,也就是不想杀人的人,完全可以置身事外。

这样,就不会再有大型战争,连战争的苗头都被彻底扑灭了。取而代之的是成千上万次的小型战争。

现在弗里莱恩对这次狩猎已不再有什么快感——这全都因为猎

物是个女人！不过话说回来：如果她是自愿报名的，那她也只好自认活该。在前六次狩猎中他都能安然度过，所以这一次他也并不准备输掉。

他整个上午都在努力记忆猎物的资料，然后他把这封信收了起来。

珍妮特住在纽约，这对弗里莱恩多少是个安慰。他喜欢去大城市猎杀，加上他早就想去那里观光了。通知上没有提到珍妮特的年龄，但是从相片上看，她不过二十岁出头。

弗里莱恩通过电话预订了飞机票，然后淋浴，穿上防护衣，那是早就为这次猎杀而专门备下的。弗里莱恩从自己的收藏中选出一把枪，擦干净又上了油，塞进防护衣的枪袋，最后把手提箱整理好。

一股紧张感令他血脉偾张。真奇怪，每次成功猎杀的激动都各不相同，就像法国甜点、女人或醇酒那样从来不会使人厌烦，每次都有新的感受。

最后他走到书橱前，考虑带些什么书上路。

他的藏书可以说是应有尽有，涵盖了猎杀游戏的方方面面。他眼下并不需要给猎物们准备的读物，例如L.弗里德写的《猎物的战术》，那是一本指导你如何严格控制周边环境的书。他也不需要弗里希博士的《别像猎物那样去思考》，这些书要等到他几个月之后成为猎物时才有用。

他把目光投向有关猎人的书籍：《猎杀人类的策略》是一本经典著作，弗里莱恩已经能倒背如流了。《伏击的发展历程》这本书他目前还不需要。

他最后选定了米特维尔与克拉克合著的《城市中的狩猎》，还有阿尔格林写的《追踪密探》和《猎物群体》。

准备工作就绪后，弗里莱恩给送奶工留了张纸条，把家门锁上，乘坐出租车去了机场。

他住进了纽约市中心的一家旅馆，那地方离珍妮特的住处不远。

旅馆服务员对他格外热情周到，这反而使弗里莱恩心烦意乱，因为他不喜欢在外地就这么轻易地暴露自己的杀手身份。

在房间里，他首先看到的是床头柜上的一本小册子：《如何充分利用您的情绪发泄局》，无非是鼓吹他们的好处。弗里莱恩笑着翻了几页。

他考虑应该去看看这座城市，毕竟是第一次来纽约呢。于是，弗里莱恩整个下午都在猎物家附近的街区散步，之后他又逛了几家商店。

"马丁森和布莱克"家看起来棒极了。他穿过里面的"猎人-猎物"展厅。里面有专供猎物使用的轻便防弹背心，以及带有防弹帽冠的"理查德·阿灵顿"防护帽。墙边有个很大的柜台，里面展示了一把最新的点三八口径随身枪支。

"请使用马尔文牌弹道枪！"广告上这么说，"ECB官方认可。十二发子弹高容量弹夹，一千英尺以内偏差不超过零点零零一英寸！不要失手错过您的猎物！不拿生命开玩笑，您值得拥有最好的！拥有马尔文，就拥有安全！"

弗里莱恩赞许地笑笑。他很喜欢这种广告，就连那小巧的黑色手枪看上去也极其好用，不过他已习惯使用自己的枪支。

可射击手杖在做特价，暗匣中可藏四发子弹，安全有保证，隐蔽性也很好，使用更方便。弗里莱恩年轻时对各种新事物都很入迷，但随着年龄的增长，他懂得，虽然看起来有点过时，但是只有经过实践检验的武器才最值得信赖。

店门口停着一辆卫生部门的汽车，四名工作人员正在把一具尸体抬进车内——看样子是在不久前的相互射击中丧生。弗里莱恩很惋惜自己错过了这一幕。

他在一家挺不错的饭店用了餐，而后便早早上床休息。明天将会相当忙碌。

一大清早，弗里莱恩就去猎物的家附近侦察——她的长相清晰地印在了他的脑海中。他从不去看过往的行人，只是像富有经验的猎人那样匆匆步行，似乎是个公务缠身的大忙人。

在经过几家酒吧以后，他走进其中一家喝了一杯，接着又拐入莱克星顿大道旁的一条小街，看见一家设在人行道上的露天咖啡馆。

那就是她。绝对不会有错！她正坐在桌旁盯着酒杯看，她是珍妮特，当他从旁边经过时，她连眼皮都没抬一下。

弗里莱恩走到街道尽头，拐个弯后停下了脚步，他感觉自己的手正抖个不停。

这姑娘是疯了不成？她居然敢坐在这里！是不是认为自己有刀枪不入的魔法？

他招手喊住一辆出租车，让司机绕着这个街区行驶。千真万确，珍妮特仍旧坐在原地，弗里莱恩仔细观察着：她看上去比相片中还要年轻，他不是很确定，但是他猜测她最多二十出头，黑色的头发中分垂在耳朵上方，使她看上去有点像个修女，脸上流露出一种听天由命的悲哀表情。

她真的一点都不打算保护一下自己？

弗里莱恩结清车费，走下出租车，急匆匆溜进附近一家药房，从电话亭里打电话到情绪发泄局。

"你们能肯定那个叫珍妮特的猎物已经接到通知了吗？"

"我马上去查一下，先生。"

在等候答复时，弗里莱恩不耐烦地用手指一直敲击电话小间的门。

"没错，先生，我们这里有她的亲笔签收单。出了什么事吗，先生？"

"没什么，"弗里莱恩咕噜了一声，"我不过是想核实一下。"

说到底，如果她不准备保护自己，那可是她自己的事情，按照法律，现在是轮到他来杀她的。

但弗里莱恩还是决定缓一下，拖到明天再进行猎杀。于是他去了电影院。吃过饭,回到旅馆,翻了一会儿小册子后他躺在床上,盯着天花板发愣。

我干吗要拖延时间呢?他想,其实一枪就可以结束她,而且都不用下出租车。

她把这个也太当儿戏了。弗里莱恩愤愤地想着,然后进入了梦乡。

第二天上午,他再次来到咖啡馆附近,那姑娘仍然坐在老地方,弗里莱恩又拦下一辆出租车。

"请绕着这个街区行驶,要开得非常慢。"他要求司机说。

"明白了。"司机自作聪明地一笑,仿佛一切尽在不言中。

在车里仔细观察后,弗里莱恩得出一个结论:附近并没有什么密探,姑娘的双手非常自然地搁在桌上,她简直就是一个活靶子。

弗里莱恩按了一下双排扣防护衣上的枪袋按钮,口袋自动打开,手枪立即滑到手中。他拉出弹夹,重新数了一下子弹,然后咔的一声重新插好。

"现在开得再慢些。"他撂下了这句话。

出租车缓缓行至咖啡馆处。弗里莱恩仔细瞄准,女孩正处于准星中央,他的手已经扣住了扳机。

"见鬼!"他骂了一声。

那张桌子旁,一个服务员挡住了姑娘,弗里莱恩决定别冒险行事,他生怕伤及无辜。

"再转上一圈吧。"他对司机说。

司机又是一脸怪笑,身子在座位上蜷下去。弗里莱恩想:要是你知道我是在猎杀一个女人,就不会那么高兴了。

这一次,服务员倒是没有干扰。那姑娘正在点烟,她那忧伤的目光专注在打火机上。弗里莱恩瞄准了她,准星正对她双眼上方,他屏住呼吸,接着又摇摇头,把手枪放回口袋。

这个傻姑娘破坏了他的全部兴致,这么杀她根本达不到发泄情绪的效果。

他把车钱付给司机，下车走到人行道上。

"这太简单了。"他对自己说，他已习惯一场真正的追杀。前几次的谋杀他都费尽心机，猎物们采取各种手段保护自己，竭力逃脱被杀。他们中有个人雇用了整整十二位密探，但是弗里莱恩巧妙地战胜了他们——他总能随机应变。有一次他扮成送奶工，另外一次伪装成收税员。在猎杀第六个猎物时，他一路追杀进内华达山脉，那家伙差点就困住了他，但弗里莱恩还是棋高一着。而这次呢？难道这种打靶似的杀人也值得自豪？他将来在十人俱乐部里能说些什么？

这个念头使弗里莱恩感到害怕：俱乐部是他朝思暮想的地方，而如果他现在让这个姑娘活下去，他就要成为猎物；如果他能活下来，他距离会员门槛依然还有四次猎杀记录——这么玩下去，他也许永远都不能加入俱乐部了。

他准备离开咖啡馆，往前走了几步，然后又突然停住，连他自己也感到意外。

"你好。"他说。

珍妮特用那双忧郁的蓝色眼睛看了他一眼，并没有说话。

"是这样的，"弗里莱恩坐到姑娘身旁的座位上，"如果我使您感到厌烦，那只消说一声，我就会马上走开。我是从外地来纽约办事的，现在不过是想找姑娘们闲聊一会儿，如果您反对，那我……"

"反正对我都一样。"珍妮特回答道。

"请来杯白兰地。"弗里莱恩吩咐服务员，那姑娘的酒杯还是半满的。

弗里莱恩凝望着珍妮特，他感到自己的心脏怦怦撞击着肋骨，他居然在和自己的猎物一起喝酒！

"我叫斯坦顿·弗里莱恩。"他自我介绍说，即使知道这没有任何意义。

"我是珍妮特。"

"珍妮特什么?"

"珍垭特·帕特齐格。"

"真高兴认识你!"弗里莱恩尽量让声音保持自然,"珍妮特,你今晚有空吗?"

"今晚我很可能要被人杀掉。"她淡淡地说。

弗里莱恩又仔细观察这位姑娘。她认出了他是什么人吗?他猜想,她也许正把手枪藏在桌子下面对着他呢。于是,他改变了一下姿势——这样自己的手可以离枪袋更近些。

"难道你是猎物?"他故作惊奇地问。

"这并不难猜到。"她苦笑着回答说,"所以你最好还是走开,何必冒吃流弹的危险呢?"

弗里莱恩无法理解她为什么能如此平静,是想自杀吗?也许她蔑视一切?或者干脆就是想死?

"你雇用了密探吗?"这次他是真心地想要知道。

"没有。"

她盯着他的眼睛瞧着,弗里莱恩看到了之前自己没有注意到的事情:她实在是美若天仙。

"我是一个很坏很坏的女孩,"她轻松地说,"我不知道怎么的突然想杀人,就去 ECB 报了名。但是杀人……我杀不了人。"

弗里莱恩同情地摇摇头。

"当然,我还是游戏的参加者。就算我不开枪,我还是要当一名猎物。"

"为什么你不雇密探呢?"他又问。

"我从来不会杀人,"她耸耸肩说,"真的不会。我甚至连手枪都没有。"

"你真的很勇敢,"弗里莱恩说,"就这样坐在这里,坐在公共场合。"她的愚蠢着实让他吃惊不小。

"那还能怎么办？猎人要是真想杀你，躲是躲不过的。此外，我也没有钱去玩失踪。"她无精打采地说着。

"要是说到自我保护的话……"弗里莱恩刚开口，她就打断了他。

"也许不必了，这些都是已经决定了的事情。整件事情都是错的，整个游戏都是。当时我自己的猎物进入了视野——当时我本可以轻松地……轻松地……"

很快她强打精神，"哦，别再谈论这种事情啦。"她说话时居然还笑了一笑。

她的笑容迷住了弗里莱恩。

他们交谈了不少时间，弗里莱恩对她介绍了自己的工作，她也介绍了纽约市。她今年二十二岁，是个不成功的女演员。

他们还一起用了餐。当她接受邀请去观看角斗士表演时，弗里莱恩感觉自己简直兴高采烈得不可思议。

他又叫了辆出租车，他在纽约的时光大概都花在坐出租车上了。他帮女孩打开车门。女孩上车的一瞬间，弗里莱恩犹豫着，他本可以给她后脑勺一枪了事，干净利落。

但是他忍住了。再忍一忍，他跟自己说。

纽约市的角斗士表演和别的城市类似，不同之处只是角斗士的技艺更高一些而已。节目都是常规的历史情节：一开始都是剑斗士和渔网斗士用佩剑和渔网决斗，基本都要打到一方死亡为止。接下来就是和公牛、狮子或犀牛的单打独斗。最后是弓箭手在街垒后对射，甚至还在高空踩着钢丝互相搏杀。

这个夜晚过得非常愉快。

弗里莱恩送女孩回家时，掌心不住地冒汗。他从来没有发现过自己会如此喜欢一个女人，可至今她还仍然是他的法定猎物。

他简直不知道自己正在干什么。

珍妮特邀请他去她的家，于是他们就肩并肩坐在沙发上。她拿起一支巨大的火机点燃香烟，往靠背上一躺。

"你很快就要离开吗?"她问。

"我估计是吧,"弗里莱恩回答说,"会议明天就结束了。"

她沉默了一会儿,"看到你离开我会很难过。"

接下来又是沉默,然后珍妮特站起来去给他倒酒。当她从房间出去时,弗里莱恩望着她的背影,他想:是时候了,他的手已靠近枪袋的那颗按钮。

但是机会转瞬即逝。他是不可能朝她开枪的,难道你能打死一个你深爱的姑娘吗?

他震惊地意识到自己已经爱上了她。他来纽约是为了杀死这个姑娘,而不是为了和她结婚!

她拿着酒杯回来,坐到他对面,空虚无助的眼神望着不知何处。

"珍妮特,"他下定决心说道,"我爱你。"

她抬起头望着他,眼中泛起泪花。

"那可不行,"她在反驳,"我还是个猎物,我活不到……"

"没人会来杀你了,我就是你的杀手。"

她怔怔地望着他,然后犹豫地笑出声来,"你会杀了我吗?"

"别说蠢话啦,"弗里莱恩说,"我要和你结婚。"

珍妮特突然扑入了他的怀抱之中。

"上帝啊!"她娇喘着说,"我一直在等着……我真的好害怕……"

"事情全过去了,"弗里莱恩在她耳边安慰说,"你只要想想,我们将来怎样对我们的孩子讲述这段故事:爸爸要去杀死妈妈,结果他们反而结了婚……"

她吻了他一下,然后坐回去又点燃一支香烟。

"我们开始收拾吧,"弗里莱恩开口说,"我想……"

"等一等,"她止住了他,"你还没有问过我是不是爱你呢。"

"什么?"

她还在微笑,同时把打火机对准了他,底部可以看见一个黑洞洞的枪口——正好能容下点三八口径的子弹。

"别开玩笑了。"他站起来说道。

"我没在开玩笑,亲爱的。"她回答说。

就在这一秒,弗里莱恩才恍然大悟:他怎么能认为她是个年轻女孩呢?现在看着她,仔仔细细地看,他意识到她已经快三十岁了。当杀手的每一分每一秒,那些年的紧张和焦虑,通通写在她脸上。

"我并不爱你,斯坦顿。"珍妮特非常温柔地说,稳稳地端着打火机。

弗里莱恩不愿放过任何一丝生机,但就是在这稍纵即逝的片刻,他却不得不佩服这个女人的演技——她肯定从一开始就洞悉了一切。

弗里莱恩按了一下按钮,手枪立即出现在他手中,上了膛,开了保险。

这时一颗子弹正中他的胸口,他轰然倒地,撞翻了咖啡桌,手枪也从无力的指缝间落下。他拼命挣扎,但意识逐渐模糊。她还在瞄准,准备完成最后的致命一击。

"现在我可以加入十人俱乐部了。"在她扣动扳机时,他听到了她充满幸福的声音。

形态

Shape

孙维梓 译

刊于《银河》
Galaxy Science Fiction
1953 年 11 月

飞行者皮德把飞船速度降低到几乎停滞，他激动地望着下方那颗绿色行星。

现在即使不用仪器也不会有任何怀疑了：在这个星系中，这颗行星离它们的太阳较近，位居第三，是这里唯一能存在生命的星球。飞船平静地穿过云雾缭绕的大气层。

它看上去十分安全，但所有从格罗姆星派去的探险队员全部都有去无回，上面一定有什么蹊跷。

只要再朝下飞就无法返回了，这使皮德在降落前有过刹那间的动摇。他和两个船员已做好充分准备。他们的体囊内都装有微型的瞬间转移器，尽管尚未启动，但完全处于待命状态。

皮德打算对船员讲几句话，不过还没有想好措辞。

船员们都在等待着。通讯者伊尔格已向格罗姆星球发出最后的消息，探测者格尔正盯着那十六台仪器的读数。他报告说："没有发现任何外星生物活动迹象。"他的身体表面形态正漫不经心地流动着。

皮德注意到了船员们的这种自由散漫，也知道现在该说什么了。从探险队离开格罗姆星球起，有关身体形态的纪律就逐渐松懈起来。

占领军司令官曾经针对此事警告过皮德。他也确实应该采取一些措施，因为这是他的职责。通讯者和探测者这些低种姓船员在这方面的散漫是出了名的，他们不喜欢保持固定的形态。

"我们的这次探险肩负着巨大的期望，"皮德字斟句酌地说，"现在离家园很远很远了。"

探测者格尔点点头，通讯者伊尔格脱离了他的规定形态，舒舒服服地伸展肢体贴在墙上。

"但是，"皮德冷冷地说，"距离再远也不能作为乱搞无形主义的托词。"

伊尔格匆忙恢复了通讯者应有的外形。

"毫无疑问，我们这次有时的确不得不变成异类的形态，"皮德接着说，"但这是需要经过特别批准的。同时得记住：任何不以任务需要为目的的变形,都是那个无形者在蛊惑你们。"

格尔骤然停止了身体表面形态的流动。

"我的话说完了。"皮德结束道,他移向操纵台。

飞船降落得无比平稳,船员们配合得无比默契,使皮德感到一丝自豪。

"这两个人真是出色的工作者,"他想,"其实并不能要求他们对形态的控制能力像飞行者那么强,毕竟飞行者是属于更高级的种姓。"

司令官也对他说过类似的话。

"皮德,"司令官在最后一场谈话时说,"你们去的这颗星球是我们迫切需要占领的。"

"是,长官。"皮德答道,他两手下垂站着,没有偏离飞行者应有的最佳形态一丝一毫。

"在你们中间,"司令官威严地说,"得有某一个人潜入进去,把瞬移器放到一处核能源的近处,而我们的军队会在这头随时待命,准备穿越过去。"

"我们保证完成任务,长官。"皮德回答说。

"这个任务必须成功。"司令官说,他脸上在一瞬间显露出疲惫的神色,"跟你说件最高机密,目前格罗姆星球上并不太平。就拿采矿者种姓来说,他们在罢工,要求新的采掘形态,说什么之前的形态不好用。"

皮德表现出应有的愤怒,采矿者形态是很早很早以前就确立的,有五万年的历史了,其他的基本形态也是如此。而现在这些家伙竟妄想改变!

"这还不是全部麻烦。"司令官又对他说,"我们还发现了一个无形主义的邪教教派,已经抓获了差不多八千名格罗姆人信徒,我不知道究竟还有多少漏网之鱼。"

皮德知道,无形主义正是那个无形者向信徒所鼓吹的诱惑,此人是格罗姆人心中最邪恶的魔鬼。他也在奇怪：怎么会有那么多的格罗姆人被他诱惑？

司令官似乎猜到了他的心思。"皮德，"他说，"我知道你很难理解。告诉我，你喜爱飞行吗？"

"是的，长官！"皮德很干脆地答道。问他喜不喜欢飞行？飞行简直是他的全部生命！没了飞船，他什么都不是。

"并非所有格罗姆人都会这么想，"司令官继续说，"我也不太理解。我的祖先都是司令官，从远古时就是这样，所以我也自然而然成了司令官——这不仅自然，而且合法。但是低种姓的人却不这么想。"司令官悲伤地摇晃身体。

"我跟你说这事是因为，"司令官解释说，"格罗姆人需要更大的空间。我们所有的心理学家都断言，目前的动荡是因为人口过剩造成的，一旦我们能在新的星球上获得发展，那么所有的创伤就将愈合。皮德，我们对你寄予厚望啊！"

司令官站起，表示谈话已经结束，但他又突然像想起什么似的再次坐下。

"你得注意你的船员，"他说，"那些孩子很忠实，这一点没有疑问，但他们属于低级种姓，你知道这意味着什么。"

不错，皮德知道这一点。

"你的探测者格尔被怀疑有变形主义倾向，他曾因未经授权就变成准捕猎者形态而受过处罚。伊尔格倒没有什么案底，但我听说有人怀疑他能长时间处于不动状态，这不能排除他想成为一个思索者的可能。"

"长官，"皮德鼓起勇气说，"如果他们受到变形主义或者无形主义的影响，那么还能让他们参加探险队吗？"

在一阵犹豫以后，司令官才缓缓说："有许多格罗姆人的确更值得信任，但是这两人非常富有想象力，能随机应变，这可是探险队员必须具备的品质。"他叹了一口气，"我真不懂，为什么具有这种品质的人往往会和无形主义有联系。"

"是，长官。"皮德说。

"应当严密地监视他们。"

"是，长官。"皮德又说了一遍，他行了一个军礼，知道这次接见已经结束。

他感受着体囊内那个处在休眠状态的瞬移器，它能把敌人的能量转化为格罗姆大军入侵的时空桥梁。

"祝你好运。"司令官补了一句，"你一定用得上运气。"

飞船无声无息地朝着这颗敌对行星下降。探测者格尔在分析下方的云层，把数据输入伪装程序，程序启动，飞船在一切旁观者眼中都变成了高空中的一片卷云。

皮德让飞船在这颗神秘星球的上空缓缓飘浮。此刻，他已变为飞行者的最佳形态，是飞行者种姓被指定的四种形态中最高效的一种。现在他既瞎又聋又哑，他的一切都成为控制台的延伸，全部注意力都集中在使飞船保持高空卷云的速度、和云层融为一体上。

格尔则严格保持探测者的两种指定形态之一，他还在把数据输入伪装系统。在逐渐下降时，飞船又慢慢变成了高层积云。

这颗敌对的星球并没有露出任何异样的迹象。

伊尔格定位了一处核电站，把数据传送给皮德。飞行者调整了方向，他已经到了云层最低处，离行星表面只有一英里[1]的高度。他的飞船已变成浓厚的羊毛状积云。

迄今为止仍旧没有听到任何警报，令之前二十次探险失败的幕后真相仍旧没有显露真身。

当皮德飞近核电站时，黄昏已笼罩了星球表面。他设法避开周围的建筑物，飞船在一片树林上空盘旋。

---

1. 1 英里约合 1.6093 公里。

黑夜降临，这颗绿色星球的唯一一个月亮在云层中若隐若现，只有一片云飘得越来越低……最后它终于着陆了。

"快！都从船里出来！"皮德嚷道。他将身体脱离控制台，采取了最适合奔跑的飞行者形态，飞一般地从舱内冲出去。格尔和伊尔格紧随其后，他们一直跑到离船五十米处才停下，开始等待什么发生。

与此同时，飞船内部的一个电路开始运转，整个船身无声地颤抖，接着就在他们眼前分解，塑料不见了，金属消失了，飞船很快成为一大堆废铜烂铁，这个过程还在继续着，大块裂成小块，小块又再次分裂、分解……

望着这艘飞船的自我毁灭，皮德内心突然生出一股孤立无助感。他是个飞行者，属于飞行者种姓。他的父亲也是飞行者，父亲的父亲以及所有的先辈都是飞行者。从格罗姆星球开始建造第一艘宇宙飞船起，他们一家就都是飞行者了。他的整个童年在飞船上度过，他的人生岁月就是驾驶飞船航行。

现在飞船消失了，他在这陌生的世界中孑然一身，举目无亲。

几分钟后，在飞船降落的地方只剩下一堆尘土，夜风把它们吹得四处飞舞，转眼就空空如也。

他们继续等，但什么事情也没有发生，只有风在叹息，树枝在摇曳，松鼠在叽喳欢叫，鸟儿在巢内扑腾。

一颗橡果轻轻掉落到了地上。

皮德长舒一口气，坐了下来。

第二十一支格罗姆探险队已经安全着陆了。

到天亮前他们什么事也干不成，所以皮德开始构思行动计划。他着陆的地点离核电站很近，简直是近在咫尺。但他们还得更近，他们中间得有一个人非常接近核反应堆，从而激活瞬移器。

这太困难了，但皮德对成功坚信不疑，格罗姆有的是能人。

"能人的确不少，"他苦涩地想，"只是作为能源的放射性元素太匮乏了。"

为什么要急于派遣探险队呢？因为在格罗姆人统治的所有星球上，已经都没有多少核燃料了。

多少年前，格罗姆人为了扩张至邻近的星球，占领一切适合他们生存的地盘，消耗了大量放射性元素库存。但殖民速度总是跟不上不断增加的人口出生速度，格罗姆人一次又一次地需要扩展新的生存空间。

目前的这颗星球是在一次侦查探险中发现的。格罗姆人非常需要它，它也很适合格罗姆人，但是距离过于遥远，他们已没有足够的能量来补给远征的宇宙舰队了。

幸好还有另外一个办法可以达到目的，而且效果更好。

几百年来，格罗姆的科学家苦心研究出了物质瞬移器。这是一项具有里程碑意义的工程学成果，能让物质在建立连接的任意两点之间实现瞬间转移。

一头设在格罗姆人唯一一座核电站里，一头安放在接近另一处核能源的地方，只要一启动，能量就发生改道，然后发生转化和二次转化。

借助标志性的工程学奇迹，格罗姆人就可以从一个星球穿越到另一个星球，千军万马，浩浩荡荡。事情确实非常简单，但是前二十次到地球这头安放瞬移器的尝试都遭到了失败。

没人知道他们遭遇了什么，因为没有一艘格罗姆人飞船能回来汇报这一切。

拂晓前他们爬过树林，把自己变得和周围的植株同色，他们身上的瞬移器由于感觉到了核能源的接近而微弱地震动。

一头小型四腿生物在他们前方飞奔而过，转眼间格尔就生出四条腿，身体化成流线型，扑过去追逐。

"格尔！马上回来！"皮德不顾一切地对探测者大吼。

格尔这时已经追上那头野兽并把它击倒在地，他刚想去咬，结果发现匆忙间竟忘记了长出牙齿，于是，这头野兽强行挣脱后消失在矮树丛中。格尔在生出一排利齿后，全身肌肉紧绷，准备再次扑过去。

"格尔！"

探测者极不情愿地转过身，慢慢回到皮德这里。

"我饿了。"他说。

"不，你并没有饿。"皮德严厉地说。

"可我真的饿了。"格尔喃喃道，因为窘迫，他把身体扭个不停。皮德想起司令官说过的话：格尔身上的确有捕猎者的倾向，今后得更加密切地监视他。

"这种事不容许再有第二次。"皮德说，"记住，异类形态是不准许的，对你原有的形态要知足。"

格尔点点头，他们继续前进。

在林子的最外边，他们能够观察到核电站。皮德伪装成一丛灌木，格尔变成一截古旧的圆木；伊尔格考虑了一会儿后，变成了一棵年轻的橡树。

核电站的厂房并不高，一排长长的低矮建筑被铁丝网环绕着。只有一扇大门，一群警卫把守着。

皮德知道首先得通过这扇大门，他开始考虑路线和方法。

皮德从探险队以前的零星报告中得知：这里的人类和格罗姆人一样，他们饲养宠物，有家庭，有孩子，也有文化，和格罗姆人一样对机械很熟悉。

但是两者仍然有很大的区别：人类有固定的、不能改变的外形，就像石头和树木一样。而他们星球上的物种又是形形色色、五花八门、多姿多彩，和格罗姆星球截然不同，那里只有八种不同的动物形态。

而且很显然，人类大概很善于侦察入侵者。皮德希望自己能找出之前探险队失败的原因，这会使他的任务变得更容易些。

有一个人笨拙地走过来，他两条僵硬的腿前后摆动，每一个动作都很可笑，而且根本没有察觉到他们，就从格罗姆人身旁走过去了。

"我知道啦，"格尔在此人走远后说，"我得把自己变成一个人类，然后进入那扇大门，潜入到反应堆，在那里激活瞬移器。"

"可是你不会说他们的语言。"皮德指出了这一点。

"那我就干脆不说话，不去理睬他们。瞧！"格尔很快就把自己变成了一个男人。

"这主意不坏。"皮德说。

格尔又试着走了几步，模仿人类的蹒跚步伐。

"不过我依然担心这没有用。"皮德说。

"这是唯一符合逻辑的做法。"格尔坚持说。

"我知道。所以以前的探险队员肯定也试过这种做法，但他们无一生还。"

对这点大家都不得不承认，于是格尔又恢复成了木头。

"接下来该怎么办？"他问。

"让我想想再说。"皮德说。

又有一个生物跑过来了，它不是两条腿，而是四条。皮德认出这就是狗，是人类的一种宠物，他专心致志地观察它。

小狗悠然自得地朝门口跑去，它低着头，不慌不忙，没有任何人阻止它进入大门，然后它就四脚朝天躺倒在草地上。

"嗯！"皮德说了一声。

他们继续观察这条狗，有一个人走过它身边，摸摸小狗脑袋，狗吐出舌头来，还在草地上打了个滚儿。

"这我也能做到。"格尔激动地说，他已在开始变成狗的形态。

"别这样，再等等。"皮德说，"今天剩下的时间要用来好好考虑考虑,因为这太重要了,不能冒险行事。"

格尔闷闷不乐地服从了。

"走吧,我们先回去再说。"

皮德和格尔退回森林,这时他们想起了伊尔格。

"伊尔格!"他轻声喊道。

但是谁也没有出来答应。

"伊尔格!"

"什么事?噢,我在这儿!"一棵橡树在说话时又化成一丛灌木,"对不起,你刚才在说什么?"

"我们得回去了。"皮德说,"你在干什么,又在思索吗?"

"噢,不是的,"伊尔格向他保证,"不过是在休息罢了。"

皮德不想追究,需要他操心的事情多着呢。

这天剩下的时间他们躲在密林的最深处,研究着这件事情。看来只有两种可能:不是变成人,就是变成狗,因为树木无法经过大门,这不符合树的逻辑。如果变成别的东西,恐怕也都逃不过人类的注意。

变成人类看起来过于冒险,最后他们决定让格尔在早上变成一条狗闯进去。

"现在大家睡上一会儿吧。"皮德说。

两个船员都顺从地摊开身体,马上就进入了无形形态。但皮德实在睡不着。

一切看上去都太容易了,为什么这座发电站防守得如此松懈?人类肯定从以前俘虏到的探险队员身上掌握了不少情报。或者之前的探险队员全部被杀了?连拷问都没进行?

你实在无法说出这些外星世界的人类是怎么一回事。

难道那扇敞开的大门是一个陷阱?

他疲惫地在凹凸不平的地面上摊开成一种舒适的姿势,但又急忙让自己纠正过来。

他刚才变成了无形形态!

"舒适和职责是不能相容的。"他提醒自己，坚定地采取了飞行者的形态。

但是飞行者形态并不适合睡在潮湿不平的土地上，所以皮德度过了无眠的一夜，一直在思念飞船，想象自己在航行。

第二天早上皮德醒来时很疲倦，心情也不好，他推了一下格尔，"我们把这件事搞定吧。"

格尔轻快地变成站立的形态。

"伊尔格，快出来！"皮德生气地嚷道，他望望四周，"该醒啦。"

没有回音。

"伊尔格！"他大喊。

依然没有回音。

"帮我找找他，"皮德对格尔说，"他肯定就在附近的什么地方。"

他俩一起察看每一株灌木、每一棵大树、每一根原木，无一遗漏，但其中没有一个是伊尔格。

皮德感到一股寒流涌过全身，不由慌乱起来，这位通讯者出什么事了？

"也许，他决定孤身去冒险闯过那扇门？"格尔猜测道。

皮德考虑了这种可能性，觉得不大像。伊尔格从来没有表现出这种积极性，他总是只执行别人的命令。

他们等待着，直到中午时分，仍旧没有伊尔格的踪影。

"不能再等下去了。"皮德说。穿过树林时他一直在想，伊尔格是不是真的打算自己去试一试，那些安静的家伙也常会蕴藏着一股鲁莽的蠢劲。

但是没有任何迹象表明伊尔格已经成功，他甚至怀疑通讯者已经死了，或者被人类抓获了。

这就意味着只能由他们两人来激活瞬移器了。

而且到目前为止，他还是不了解之前的探险队员究竟出了什么事情。

在林子边，格尔把自己变成了一条极其逼真的狗，皮德仔细地检查着。

"尾巴再短些。"他说。

格尔把狗尾缩短了。

"耳朵再大一点。"

格尔旋即加大了耳郭。

"现在两边要一样大。"皮德检查了一遍完成品，格尔从狗尾巴尖到黑色鼻头已经十全十美。

"祝你成功。"皮德说。

"谢谢。"格尔小心翼翼地从林中走出，按照狗和人类那种不稳定的步伐移动着。

大门边的警卫喊了它一声，皮德则屏息注视。

格尔从警卫身旁走过，根本不理不睬。警卫追了过去，于是格尔撒腿就跑。

皮德已经在准备一双强壮的腿，一旦格尔被抓住，他就强冲进去。

但是警卫又回到了门边，格尔也停止了奔跑，又若无其事地向建筑物的主门走去。

皮德如释重负，分解了他的双腿。

但那扇主门是关着的！皮德希望格尔别去开门，这绝对不符合狗的举止。

这时，另外一条狗朝格尔跑过来，格尔转身躲开，但这条狗凑得更近，还去嗅他，格尔也开始回头去嗅它。接着，这两条狗就跑到建筑物的后面去了。

"这样做真聪明，"皮德想，"房子后面肯定还有门。"

他抬头望望午后的太阳。只要瞬移器能被激活，格罗姆的大军就会蜂拥而至。当人类从震惊中反应过来时，百万格罗姆大军已经降临，而这还仅仅只是开始。

这一天过得慢之又慢，没有再出什么事情。

皮德心神不定地监视着核电站的正面。只要格尔一切顺利，完成任务并不需要很多时间。

他一直等到深夜，人们从这幢建筑里进进出出，狗群在周围大声吠叫，但是格尔始终没有出现。

看来格尔已经失败了。伊尔格也不见了，只留下他一个人，他仍然不知道到底发生了什么。

第三天一早，皮德完全处于绝望之中了。他意识到第二十一支格罗姆探险队已经到了彻底失败的边缘，现在一切都得靠他了。

他决定变成一个人类，这是最后的孤注一掷。

他看见大批员工进入大门上班。皮德在犹豫：自己是跟着混进去，还是等到人少时再说？后来他决定还是趁拥挤时混入为好，于是他把自己变成了人形。

有一条狗进入了他藏身的林子里。

"嘿！"这条狗说。

是格尔！

"到底怎么回事？"皮德心头的一块大石落地，"你怎么耗了这么长时间？没有办法进去吗？"

"我不知道，"格尔还摇了摇尾巴，"我没去试过。"

皮德被气得哑口无言。

"我后来去打猎了，"格尔心满意足地说，"知道吗？狗的这种形态对猎捕来说是再合适不过了，我是和另外一条狗从建筑物后面出去的。"

"但我们是探险队……你的任务……"

"我已经改变主意了，"格尔告诉他，"飞行者，我从来就不想当一名探测者。"

"但你生来不就是探测者吗？"

"按理说是这样,"格尔说,"不过这不能说明什么,我始终向往成为一名捕猎者。"

皮德气得全身都在发抖。"你不能这样!"他一字一顿地说,就像在对格罗姆的小孩说话一样,"对你来说,捕猎者形态是被禁止的。"

"不过这里就不一样了。"格尔还在摇着尾巴。

"我们别谈这个了。"皮德气恼地说,"马上到核电站里去,把你的瞬移器安装好,我就忘掉你的这些胡言乱语。"

"我不去,"格尔说,"我不希望格罗姆人到这里来,他们会把一切都给毁掉的。"

"他说得很对。"一棵橡树也在说。

"伊尔格!"皮德喊道,"你在哪里?"

橡树的树枝在摆动,"我在这里,"伊尔格说,"我已经成为思索者了。"

"但是……你的种姓……"

"飞行者,"格尔悲哀地说,"你怎么还不醒悟呢?在格罗姆星球上,大多数人是不幸的。只有习俗要让我们继承祖先所属的种姓形态。"

"飞行者,"伊尔格说,"所有的格罗姆人生来都是无形的!"

"正因为生来都是无形的,所以所有格罗姆人都应该享有形态自由的权利。"格尔说。

"说得对,"伊尔格说,"不过皮德是不会理解这一点的。对不起,我得去思索了。"接着橡树就沉默了。

皮德脸上的笑容十分难堪,"这里的人类会杀掉你,就像他们杀掉前面那些探险队员一样。"

"不是这样的,没有一个格罗姆人被杀掉,"格尔告诉他,"所有的探险队员都还在这里。"

"他们都活着吗?"

"那当然,人类并不知道我们的存在。陪我去捕猎的那条狗就是第十九支探险队的,我们在这里有好几百人。飞行者,我们喜欢这里。"

皮德想理解这一切,他也明白这些人的种姓意识并不浓厚,不过现在这……这一切太荒谬啦!

这颗星球暗藏的威胁——原来就是自由!

"加入我们吧,飞行者,"格尔说,"这里是真正的天堂!知道这颗星球上有多少不同种类的物种吗?那简直是天文数字!有适合各种需要的形态!"

皮德摇摇头,这里没有什么形态能适合他的需要,因为他是飞行者。

而且人类并不知道格罗姆人的存在,所以去接近反应堆实在易如反掌。

"格罗姆最高法庭会来找你们算账的!"他咆哮道,同时把自己也变成狗,"现在我自己去安放能量瞬移器。"

他打量了一下自己,又对格尔龇出利齿,才朝大门走去。

门口的卫兵连正眼都没瞧他一下。他又跟着一个人溜进建筑物的正门,进入一条走廊。

他体囊内的瞬移器在发出脉冲,拖曳着他走向反应堆。

他蹿过一段楼梯进入另一条走廊,从转角后传来脚步声。皮德猛然意识到,狗是不许进入建筑内部的。

他绝望地四处寻找藏身处,走廊上空空荡荡,只有天花板上装着几盏灯。

皮德跳起贴在天花板上,他变成了灯。希望别人没有发觉这盏灯为什么不亮。

下面的人们匆匆而过。

皮德又把自己变成人,一时间弄得手忙脚乱。

他得更加接近目标。

又有一个人走过来,他死死地盯住皮德看,开始说话,接着就快速跑开了。

皮德不知道什么地方出了毛病，但是他也拼命奔跑起来，瞬移器在袋中颤抖跳动，通知他已经逼近了临界距离。

一个可怕的念头闪入他的脑海：所有的探险队员都是逃兵！每一个格罗姆人都是！

他逐渐放慢脚步。

"形态自由的权利……这是一个多么奇特的想法，一个扰乱人心的概念。毫无疑问，这就是无形者蛊惑人心的花招。"他自言自语着，继续向前方跑去。

走廊尽头有一扇巨大的锁住的门。皮德上去仔细端详。

走廊另一端也传来了嘈杂的脚步声。人类在大声吆喝。

又有什么地方出错啦？他们怎么会察觉他的？他迅速检查一下自己，用手在脸上摸了一下。

原来他忘记在脸上塑出五官了！

绝望中，他从体囊里取出微型瞬移器——它的脉冲还不够强，必须离反应堆更近些。

他仔细观察这扇门：门下有一条很细的缝。皮德飞快地变成无形状态直接流了过去，勉勉强强把瞬移器也带了进去。

他发现门的这一侧有根插销，皮德用它把门闩上，想找找周围还有什么东西能够顶住这扇门。

这是一个小房间，一边是铅门，里面就是核反应堆；另外一边只有扇小窗，全部就只有这些东西了。

皮德检查了一下瞬移器，它现在的脉冲已经足够强大。他总算离得足够近了，瞬移器能够运转，可以吸取并转化核反应的能量了，他所需要做的就是去激活它。

不过他们全都临阵脱逃了，所有的人都是这样。

皮德产生了动摇。所有格罗姆人生来都是无形的，这是事实。格罗姆的孩子们就没有固定形态，成长到一定时候，就会接受命令，继承先辈们的种姓形态。但是形态自由的权利呢？

皮德在设想这样一种可能：他将不受约束，想变成什么就变成什么！在这天堂一般的行星上他可以实现任何心愿，为所欲为。

他也不会面临孤独，因为这里有很多格罗姆人，都在享受自由形态带来的好处。

室外的人群在动手毁门，皮德还是拿不定主意。

他该怎么做？自由……

自由并不属于他，他苦恼地想，要成为猎手或思索者很容易，而他是飞行者，飞翔就是他的全部生命和挚爱。他在这里能做到吗？

当然，人类也有飞船，他也能够变成一个人，再找上一艘飞船……

不，绝对不行！变成树或狗是轻而易举的，但是他永远不会成功地把自己变成一个人类。

房门在不断的打击下已经开始破碎。

皮德走到窗前，想在激活瞬移器以前最后望一眼这颗行星。

他望了一眼，结果他的信念被眼前的一切瞬间瓦解了。

这的的确确是千真万确的！他原来没有真正理解格尔的意思。

格尔说在这颗行星上存在着各种生命、各种形态，能满足任何愿望，甚至也包括了他的愿望！

这里可以实现所有飞行者种姓的愿望，甚至比飞行这件事更令人向往。他又望了一眼窗外，接着就把瞬移器扔到地板上，而房门与此同时也被砸开。皮德穿过窗户飞身跃出。

人们扑往窗边，争着朝外张望，但是他们完全不能理解所看见的景象。

窗外，在窗外有一只雪白的巨鸟，它在展翅高飞——尽管有点笨拙，但是正在越来越有力地追赶远处的那群鸟类。

专家

Specialist

罗妍莉 译

刊于《银河》
Galaxy Science Fiction
1953 年 5 月

光子风暴从一排红巨星背后骤袭而至，毫无预警，猛地向飞船扑来，顷刻便到，眼睛甚至来不及通过传信器发出最后的警告。

这是传信器的第三次深空旅行，也是它遭遇的第一场光压风暴。飞船猛地偏离航线，被波阵面[1]的力量掀动，直接倾斜着掉了个头。这时，它蓦地感到一阵恐惧，接着恐惧消失了，代之以一股强烈的兴奋。

它扪心自问，为什么要害怕呢？自己所受的训练不就是专门应付这类紧急情况的吗？

风暴降临时，它正在与饲喂器通话，不过它硬生生掐断了通话进程，但愿饲喂器没事。这小伙儿才头一回深空旅行。

传信器的身体绝大部分由线状的细丝组成，延伸过整个船体。此时它迅速将所有细丝抽回，只留下了将它与眼睛、引擎和墙壁相连的那几根。它们还需要坚守岗位，剩下的全体船员则必须自力更生，直到风暴结束。

眼睛将它圆盘状的身体平贴在一堵墙上，将一个视觉器官延伸到飞船外侧，为了更好地集中视力，它其余的视觉器官全都折叠起来，簇拥在它身体周围。

通过眼睛的视觉器官，传信器观察着这场风暴，它将眼睛产生的纯视觉图像转换成方向信息，提供给引擎，后者推动着飞船迎接袭来的波。几乎就在同时，传信器又将方向信息转换为速度信息，提供给墙壁，后者便变得坚硬起来，以待冲击。

这一协作过程迅速而准确——眼睛估量着波的情况，传信器将信息传递给引擎和墙壁，引擎驱动飞船，让船头迎波而上，而墙壁则撑起来抵挡冲击。

在迅捷的团队合作中，传信器早把原先可能有过的恐惧忘得干

---

1. 波阵面，简称"波面"，有时又称为"等相面"。指波源发出的振动在介质中传播时经过相同时间所到达的各点组成的面。

干净净。它压根儿来不及想。作为飞船的通信系统，它必须全速转换和发送信号，协调信息，指挥行动。

大约只过了几分钟，风暴就结束了。

"行了，"传信器说，"我们来看看有没有什么损伤。"它的细丝在风暴中已经缠作一团，不过它解开了纠缠的细丝，延伸过飞船船体，将所有人接入回路。

"引擎？"

"我没事。"引擎说。风暴期间，这个老得不像样的家伙已经控制了原料供给，减缓了肚子里原子能爆炸的强度。没什么风暴能把像引擎这种经验丰富的太空老手搞得措手不及。

"墙壁？"

墙壁一块接一块地报到，花了挺长时间。差不多有一千块呢，这些薄薄的长方形家伙组成了飞船的整个外壳。当然了，风暴期间，它们的边缘都已经加固过了，为整艘飞船提供了弹性。不过，还是有一两块凹陷得挺严重。

医生宣布自己没事，它将传信器的细丝从头上摘掉，将自身从回路中断开，然后前去修理受损的墙壁。医生全身都是手，风暴期间，它牢牢攀住了一块蓄电池。

"我们现在加快点速度。"传信器说，它想起来还有个问题：得搞明白它们现在在哪儿。它开启了连接四块蓄电池的回路，"你们怎么样？"它问道。

没有回应，蓄电池们睡着了。风暴期间，它们的接收器都敞开着，胀鼓鼓地蓄满了能量。传信器拉扯了一下绕着它们身体的细丝，不过它们一动也没动。

"让我来。"饲喂器说。把吸盘插到墙上之前，它被砸得够呛，可它那股趾高气扬的劲头可一点儿也没少。在全体船员中，只有它永远也不需要医生的照顾，因为它的身体挺能自我修复的。

它凭着身上的十几根触须，碎步疾奔过地板，踢了最近的蓄电池一脚——那个硕大的锥形存储器睁开一只眼，然后又合上了。饲喂器又踢了它一脚，却什么反应也没有。它将手伸向蓄电池的安全阀，排出了一部分能量。

"住手！"蓄电池说。

"那就醒过来报到。"饲喂器对它说。

蓄电池们恼火地说，它们没事，傻子都看得出来。风暴那时候，它们可是固定在地板上的呢。

剩下的检测就快了。思考者没事，眼睛看美丽的风暴看得入了迷。只发生了一起伤亡事故——

推进器挂了。它就两条腿，不如其他成员那么稳定，风暴发生那会儿，它正好在地板某个中间的位置被掀了起来，撞到加固过的墙壁上，断了几根重要骨骼，医生也没办法把它修理好。

它们沉默了片刻。每次飞船的某个部位挂掉都算是件大事。它们是相互协作的一个整体，由全体成员共同组成。无论失去其中哪一个，都是对其余部位的一次打击。

如今情况尤为严重。它们才刚去距离银河系中心几千光年的一个港口送完一批货，说不清楚现在在哪儿。

眼睛爬到墙边，将一根视觉器官伸到窗外。墙壁放它穿过，然后在四周封严实。眼睛的器官向外遥遥伸去，伸到了距离船体足够远的位置，以便将群星尽收眼底。图像传送给传信器，它又将其传送给思考者。

思考者躺在房间一角，它是一大团说不上是什么形状的原生质，内部储存了祖祖辈辈太空旅行者们的所有记忆。它仔细琢磨着那张图片，迅速与储存在细胞里的其他图片进行比对，然后说："可见范围内没有银河系行星。"

传信器自动将这句话译送给全员。这正是它们所害怕的。

在思考者的帮助下，眼睛计算出它们已经偏离航线数百光年，正处于银河系边缘位置。

所有船员都明白这意味着什么。缺了推进器，无法将飞船加速到光速的若干倍，它们便再也回不去了。没有推进器的情况下，它们大部分都熬不过返程所需的时间。

"你有什么建议？"传信器问思考者。

这种问法对于死脑筋的思考者来说太含糊了，它要求重新组织一下语言。

"要返回银河系的行星的话，"传信器问道，"我们能采取的最佳行动是什么？"

思考者需要几分钟来浏览细胞内存储的所有可能性。与此同时，医生已经补好了墙壁，正在要求给它点儿吃的。

"再过一会儿，我们就都该吃了。"传信器紧张地抽动着卷须。虽然整艘飞船上，它算是第二年轻的——饲喂器最小——责任却大部分都落在它身上。目前仍是紧急状况：它得整合信息，指挥行动。

一块墙壁提议，不如让大家一醉方休。这种不切实际的想法立刻遭到了否决。不过墙壁一般都这样。它们活儿干得不错，也很能同舟共济，可充其量也只能算是些得过且过的家伙。一旦回到母星，它们的薪水多半刷一次手就全花光了。

"飞船没了推进器，就瘫了，无法保持超光速飞行。"思考者开门见山地说，"最近的一颗银河系行星也在 405 光年之外。"

传信器马上通过那波束般的身体，将这些话译给大家听。

"咱们现在有两条路。第一，飞船可以借助引擎的原子能动力，飞往离这儿最近的一颗银河系行星，这大概需要两百年。到那时候，只有引擎兴许还活着，可剩下的全都死了。

"第二，在这个区域内找到一颗原始行星，存在着潜在推进器的那么一颗。找个潜在推进器，训练一下，让它推动飞船返回银河系。"

随即思考者便默然不语，它已将先祖记忆中能搜罗到的所有可能性都列举完了。

它们迅速进行了一轮投票，选定了思考者提出的第二种方案。

其实它们根本没得选，要想返回母星，除了这个办法，半点指望都没有了。

"行了，"传信器说，"开吃吧。我觉得咱们也该犒劳一下自个儿了。"

推进器的残骸被塞进引擎嘴里，一下子就吞了进去，将那些原子转换成了能量。全体船员当中，只有引擎才以原子能为食。

至于其余人等，饲喂器冲上前去，从蓄电池中吸取着能量，然后将体内的储备转化为每个船员需要摄取的物质。它体内的化学反应变换着、更改着、适应着，为每一位船员制备食物。

眼睛完全有赖复杂的叶绿素链维持功能，饲喂器为它复制出叶绿素链，接着又去给传信器提供碳氢化合物，为墙壁供给氯化合物，还给医生复制出它的母星上生长的一种硅酸盐水果。

终于喂完了，飞船上也恢复了正常秩序。蓄电池们堆在角落里，高高兴兴地又睡着了。眼睛竭尽全力扩展着视野，将自己的视觉器官打造成高能望远镜接收装置。即便是出了这样的紧急状况，眼睛也还是忍不住要作作诗。它宣布，自己正在创作一首新的叙事诗，名字就叫《外围之辉》。没人乐意听，于是眼睛就把这首诗塞给了思考者，反正它不管好坏，无论对错，照单全收，一股脑儿地都存起来。

引擎从来不睡。它的肚子被推进器残骸撑得快爆了，推动着飞船以数倍光速前进。

墙壁们正在互相争吵，说上次休假的时候，到底哪堵墙醉得最厉害。

传信器决定舒舒服服地待着。它松开了墙壁，在半空晃来晃去，圆溜溜的小身子悬在空中，靠交叉的线网撑起。

它想了一小会儿推进器的事儿。真奇怪，推进器原先跟每一个人都要好，现在却被遗忘了。这并非出自冷漠，而是因为飞船是一个整体。失去某一位成员固然遗憾，但重要的是整体必须继续前进。

飞船疾驶过银河系外围的一颗颗恒星。

思考者投射出了一根搜索螺旋，计算出找到一颗推进器行星的概率约为百分之二十五。一周之内，它们就找到了一颗存在原始墙壁的行星。飞船降低了高度，它们望见那些皮革般坚韧的长方形家伙正在晒太阳，趴在岩石上，将身子伸展成薄薄的一片，好飘浮在微风中。

飞船上的每块墙壁都叹了口气，满是思乡之情。这里跟家乡简直一模一样。

这颗行星上的墙壁还没有被银河小队接触过，对自己的伟大使命仍浑然不知——那就是加入银河系大协作。

在银河系的这条旋臂上，有许多死寂的世界，也有些世界形成的时间还太短，来不及诞生出生命。它们也找到了一颗传信器行星。传信器们牵出蛛网般的通信丝线，笼罩了半块大陆。

传信器通过眼睛，热切地望着它们，涌起一阵顾影自怜之感。它想起了家乡、它的家人和朋友们。它想着回家以后准备要买的那棵树。

有那么一会儿工夫，传信器不知道自己来这儿干吗，成了银河系遥远的角落里一艘飞船的一部分。

它从这种情绪中挣脱出来。只要找得够久，它们肯定会找到一颗有推进器的行星。

至少它希望如此。

飞船疾驰过未经开发的银河系外围，飞越一长串荒芜的世界。

然后它们发现了一颗行星，它的表面到处都是上古的引擎，正在放射性的汪洋中徜徉。

"这片疆域还挺肥沃，"饲喂器对传信器道，"银河系真该派一支接触队到这儿来。"

"咱们回去以后，它们多半会派的。"传信器回答。

它俩是好哥们儿，超越了全体船员间那种同舟共济的友谊。这不仅仅因为它们是整艘飞船上年纪最轻的两个，虽说跟这也多少有点关系，它俩功能差不多，这就构成了一定程度上的默契：传信器转换语言，饲喂器转化食物；而且它们长得也有点像：传信器是中间一坨，连着些放射状的丝线；饲喂器也是中间一坨，但连着些放射状的触手。

在传信器看来，整艘飞船上第二有想法的就是饲喂器了。它始终也弄不明白，其他那些船员的意识是怎么运作的。

一颗又一颗恒星，一颗又一颗行星。引擎开始过热。一般情况下，引擎只用于起飞和降落，以及在行星群中穿行时的精细化操控。这一次它却连续运转了好几个星期，时而是超光速状态，时而是亚光速状态。它开始感到不堪重负。

在医生的协助下，饲喂器为引擎装备了一套冷却系统。虽说很原始，但肯定也够用了。饲喂器重新排列了氮、氧和氢原子，制成了供这套系统使用的冷却剂。医生给引擎开出的药方是休个长假。医生说，再这样工作下去，这个英勇的老家伙挺不过一星期了。

搜索还在继续，大家的士气越来越低落。它们都发觉，跟遍地都是的墙壁和引擎相比，推进器在银河系中十分罕见。

墙壁被星际尘埃撞得坑坑洼洼，它们抱怨说，等回到母星以后，它们得做个全套美容才行。传信器向它们保证，公司会报销这笔费用的。

就连眼睛也累得充血了，毕竟连续盯着太空望了那么久。

它们向另一颗行星降落，思考者接收到了这颗行星的各项特征，开始加以研究。

更近了，它们都能分辨得出各种形状。

推进器！原始推进器！

它们急速上升，返回太空，以便制订计划。饲喂器搞出了二十三种不同的酒，好庆祝一番。

飞船整整三天都不宜工作。

"都准备好了吗？"传信器有点晕晕乎乎地问。宿醉感循着它的神经末梢一路燃烧。它醉得是有多厉害啊！它还隐约记得自己拥抱了引擎，并邀它回家以后一道分享自己的树。

它对此不寒而栗。

其余的船员状态也很不稳定。墙壁让空气漏进了太空里，它们晃悠得太凶，边缘都封不严实。医生已经晕了过去。

但情况最糟糕的是饲喂器。由于它的系统能够适应除原子以外任何类型的燃料，所以自制的每一种酒它都尝了尝，无论是不稳定碘、纯氧，还是增压酯。简直太惨了！它的触手原本是健康的水绿色，现在则周身掺杂着橙色条纹。它的系统正拼命工作，好把体内的一切都清除出去，而饲喂器自身也受到了清洗的影响。

唯一清醒的只有思考者和引擎。思考者不喝酒，尽管这对思考者而言很平常，但对于太空人来说却很少见。而引擎则是因为没法喝。

它们听着思考者滔滔不绝地大谈各种令人震惊的状况。从眼睛看到的行星表面图景，思考者发现了金属建筑物的存在。它提出了一个惊人的设想，即这些推进器已建立了机械文明。

"那是不可能的。"三块墙壁断然道，大多数船员都倾向于同意它们的意见。凡是它们见过的金属，要么被埋在地底下，要么生了锈之后一文不值，一大块一大块丢得到处都是。

"你的意思是，它们用金属做出各种东西？"传信器问道，"光用那些没有生命的金属？它们能做出什么来？"

"它们什么也做不出来，"饲喂器十分肯定地说，"只会不停地歇菜。我的意思是，金属疲劳的时候连它们自己都不知道。"

可这又似乎千真万确。眼睛放大了图景，大家都可以看到，那些推进器已经利用无生命的材料，制造了大量住所、车辆和其他物品。

这种情况产生的原因并不显而易见，也算不上什么好的消息。不过，真正的难关已经度过了。推进器行星已然找到，接下来只需要说服一个土著推进器就行了，这项工作相对容易一些。

那应该不太难。传信器知道，合作是银河系的基石，即便在原始族类中也同样如此。

船员们决定不在人口稠密的地区降落。当然了，它们也没理由指望得到当地人的友好欢迎，作为一个种族来跟这颗行星进行接触，那是接触队的事。而它们想要的只是一个个体。

于是，它们选择了一片人烟稀少的陆地，趁着行星的这个半球陷入黑暗时飘然潜入。

它们几乎立刻就发现了一个孤身一人的推进器。

眼睛将视力调节成能在黑暗中视物的状态，随后它们观察着它的一举一动。过了一会儿，它在一小堆火边躺下。思考者告诉它们，这是推进器们一种众所周知的休息习惯。

黎明即将来临之际，墙壁打开了，饲喂器、传信器和医生鱼贯而出。

饲喂器冲上前去，拍了拍这生物的肩膀，紧接着，传信器亮出了交流用的卷须。

推进器睁开了它的视觉器官，朝它们眨了眨，用进食器官做出一个动作，然后它一跃而起，双脚着地，开始奔跑。

三名船员都大吃一惊。那个推进器甚至都没等自己弄明白它们三个想干吗就跑了！

传信器迅速伸出一条丝线，抓住了跑出五十英尺[1]开外的那个推进器的一条腿。推进器跌倒了。

"温柔一点，"饲喂器说，"它可能是被我们的外表吓到了。"一想到一个推进器——这种全银河系长相最古怪的家伙，长着多种感觉器官，竟然会被别人的样子吓到，它的触手不由得抽了抽。

饲喂器和医生急忙跑到倒下的推进器身旁，把它抱起来，抬回飞船上。

墙壁再次密闭。它们释放了推进器，准备说话。

---

1. 1 英尺约合 0.3048 米。

刚一重获自由，推进器便立马弹了起来，跑到刚才墙壁封住的地方。它疯狂地敲打着墙壁，进食器官开合振动着。

"别敲了。"墙壁说。它鼓了一鼓，推进器滚倒在地。它立刻又跳起来，开始向前跑。

"快拦住它，"传信器说，"说不定它会把自己给弄伤的。"

一块蓄电池刚好醒过来，翻滚着挡住推进器的去路。推进器跌倒了，又爬起来接着跑。

传信器在飞船的前半截也分布有细丝，于是便在船头抓住了推进器。推进器开始撕扯它的卷须，传信器匆忙放开它。

"把它塞进通信系统！"饲喂器喊道，"也许我们可以跟它讲讲道理！"

传信器将一根细丝朝着推进器的脑袋伸去，以宇宙通行的交流信号挥动。可那推进器的反应依然让人大跌眼镜——它跳了开去，手里拿起一块金属，疯狂地挥舞着。

"你觉得它拿着那东西是要干吗？"饲喂器问道。推进器开始攻击船舷，在一块墙壁上猛敲。墙本能地加固，那片金属啪地断了。

"别理它，"传信器说，"让它冷静一下。"

传信器与思考者商量起来，却决定不了该拿推进器怎么办。它不肯沟通。每次传信器一伸出细丝，推进器就露出一副怕得要死的模样。情况暂时陷入了僵局。

思考者否决了在这颗星球上另找一个推进器的计划。它认为，这个推进器的行为模式十分典型，即便另找一个，也不可能有所收获。而且，也只有接触小组才有权限与一颗行星进行接触。

如果跟这个推进器交流不了，那它们跟这颗行星上其他那些推进器也同样没法交流。

"我想我知道问题在哪儿。"眼睛说。它爬上了一块蓄电池。"这些推进器进化出了一种机械文明。我们可以想一想，它们是怎么弄的。它们学会了运用手指来塑造金属，像医生那样；它们也懂得利用视觉器官，就像我这样。可能还有无数其他的器官。"它停顿了一下，以便大家加深印象。

"这些推进器已经变得不只具有特定功能了！"

它们争论了好几个小时。墙壁坚持认为，任何智慧生物都不可能如此，这在银河系中还闻所未闻。但是证据就摆在面前：推进器兴建的城市，它们的车辆……这个推进器足以证明这一点，其余那些应该也差不多，它们似乎会干很多事。

它们什么都会，就是不会推进！

思考者提出了一种称不上完美的解释："这不是一颗原始行星。它相对古老，本应该在几千年前就加入大协作了，可事实却恰恰相反，于是，这里的推进器就被剥夺了与生俱来的权利。原本它们的能力和专长就是推进，可现在却没什么可推的。自然，它们就演化出了一种离经叛道的文化。至于这种文化到底是什么，我们只能猜测。但在现有证据的基础上，我们有理由相信，这些推进器——不会配合。"

思考者有一种习惯，就是用最平静的方式说出最惊人的言论。

思考者继续不带丝毫感情地说道："这些推进器完全有可能不愿跟我们发生任何关系。在这种情况下，我们发现另一颗推进器行星的概率大约是 283∶1。"

"我们无法确定它真的不会合作。"传信器说，"除非我们能让它跟我们沟通。"它几乎没法相信，竟然会有智慧生物主动拒绝合作。

"可怎么才能办到呢？"饲喂器问。它们商定了一整套行动流程。医生慢慢地走到推进器身边，它向后退开。与此同时，传信器将一根细丝伸到飞船外绕了个圈，又拐回来，等在推进器背后。

推进器退到靠墙的地方，传信器把细丝伸到推进器脑袋里，插入大脑正中的通信接口。

推进器崩溃了。

这时候，饲喂器和医生不得不抓住它的四肢，否则它早就把通信丝扯掉了。传信器用它的本领来学习推进器的语言。

这并不太难。所有推进器的语言都属于同一大类，这种推进器也不例外。传信器能捕捉到足够的想法，形成图案。

它努力与推进器沟通。

推进器则保持着沉默。

"我觉得它是该吃东西了。"饲喂器说。它们想起来，从把推进器带上飞船到现在，已经将近两天了。饲喂器制作了一些标准的推进器惯用食品，放在它面前。

"我的上帝！牛排！"推进器说。

船员们在传信器的通信线路上欢呼雀跃。推进器刚才开口说了第一句话！

传信器研究了这句话，在记忆中仔细搜索。它了解大约两百种推进器语言和许多更简单的变体。它发现，这种推进器所讲的语言是两种推语之间的交集。

饭后，推进器环顾四周。传信器把握住它脑中的想法，播放给全体船员听。

推进器看飞船的方式很古怪。它把这里看作一堆五彩斑斓的杂色。墙壁在起伏，面前这东西有点像一只黑绿相间的巨型蜘蛛，吐出的细丝布满整艘飞船，伸进每一个生物的脑袋里。它把眼睛看作一种光溜溜的古怪小动物，介于剥了皮的兔子和蛋黄之间——不知道它心里想的这些都是什么东西。

传信器被推进器的想法提供的崭新视角迷住了。它以前可从来没有这样看待过这一切。不过既然推进器指出了，它便发觉，眼睛看起来的确很好玩儿。

它们安定下来，开始交流。

"你们到底是什么鬼东西？"推进器问话时，比前两天的表现平静多了，"你们为什么把我抓来？我是不是疯了？"

"不，"传信器说，"你没疯。我们是一艘银河贸易飞船，被一场风暴吹得偏离了航线，我们的推进器还送了命。"

"哦，可这和我有什么关系呢？"

"我们希望你能加入我们的团队，"传信器说，"做我们的新推进器。"

情况解释清楚后，推进器思索起来。传信器能在它的想法中捕捉到矛盾的感觉，它还不确定，这一切究竟是不是真实发生的。最后，推进器下了结论，自己没疯。

"看，伙计们，"它说，"我不知道你们是什么，也不知道这有什么意义，但我必须得离开这儿。我正在休假，如果我不尽快返回的话，美国军队会很关心这件事的。"

传信器要求推进器就"军队"提供进一步信息，然后传递给思考者。

"这些推进器参与了单兵作战。"思考者给出了结论。

"可是为什么呢？"传信器问。可悲的是，它承认，思考者可能是对的，推进器并没有表现出多少愿意合作的迹象。

"我倒是乐意帮你们的忙，"推进器说，"但我不知道你们是从哪儿来的这主意，觉得我推得动这个大家伙。即使要挪动那么一点儿，你们都需要整整一个师的坦克才行。"

"你赞成这些战争吗？"传信器从思考者那儿得到这个提问的建议，于是问道。

"没人喜欢战争——至少那些得去送死的人不喜欢。"

"那你为什么要打这些仗呢？"

推进器用进食器官比画了一下，眼睛看到了，传递给了思考者。"要么杀人，要么被杀。你们知道战争是怎么回事，对吧？"

"我们什么战争也没有。"传信器说。

"你们很幸运，"推进器悻悻地说，"我们有，有很多。"

"当然了。"传信器说，现在思考者已经给它做了完整的解释，"你想要结束这些战争吗？"

"我当然想。"

"那就跟我们走，做我们的推进器。"

推进器站起来，走到一块蓄电池边在电池上坐下，把上肢末端交叉起来。

"我他妈怎么能阻止所有的战争？"推进器发问，"就算我去找那些大人物，跟它们说——"

"你用不着这么做，"传信器说，"你只需要跟我们走，把我们推回我们的基地。然后银河系会派一支接触队到你的星球上来，这么一来，你们的战争就结束了。"

"你说的是什么屁话？"推进器问道，"你们这些家伙被困在这儿了，对吧？挺好。这样地球就不会被怪物占领了。"

传信器大惑不解，想弄清楚它的逻辑。它说错话了吗？有没有可能推进器没明白它的意思？

"我以为你是想结束战争。"传信器说。

"我当然想，但我并不想让别人逼着我们这么干。我又不是叛徒。那样的话，我宁可去打仗。"

"没人会逼你们。你们之所以会不打，只是因为再也没必要打了。"

"你知道我们为什么要打仗吗？"

"显而易见。"

"是吗？你的解释是什么？"

"你们这些推进器已经脱离了银河系的主流，"传信器解释道，"你们原本有自己的专长——那就是推进，但却没什么可推的。于是乎，你们也就没了正经事可干，只好不务正业——搞点金属啦、无生命物体什么的——却得不到真正的满足。因为被剥夺了真正的事业，所以出于挫败感，你们就会打起来。

"一旦你们在银河系大协作中找到一席之地——我向你保证，你们的地位非常重要——也就不会再打了。明明可以推，为啥还要打呢？那种职能方向完全违背了自然天性。同时，你们的机械文明也会终结，因为已经不再需要了。"

推进器摇了摇头，传信器猜测，这种动作是表示迷惑的意思。"你说的这个推进到底是什么？"

传信器竭尽所能地向它解释。由于这项工作超出了它的专业范围，它对推进器到底是干吗的只有一个大致的概念。

"你的意思是说，这是每个地球人都应该做的事吗？"

"当然了，"传信器说，"这是你们了不起的专长。"

推进器想了几分钟，"我觉得你们想找的应该是个物理学家，或者会心灵感应的人什么的。你说的那种事儿我可做不来，我是个初级建筑师。而且……好吧，这很难解释清楚。"

但是，传信器已经捕捉到了推进器的抗拒心理。它在推进器的脑海里看见了一个雌性推进器，不对，有两三个。它发现了一种孤独和陌生的感觉。那个推进器充满了怀疑。它很害怕。

"当我们到达银河系的时候，"传信器希望自己这么说没犯错，"你可以见到别的推进器，雌性推进器也有。反正你们推进器看着都差不多，所以你应该和它们做朋友。至于说在飞船上会觉得孤独这种事，完全不存在。你还不了解什么叫大协作。在大协作中，没有人会孤独。"

那个推进器还在考虑有其他推进器存在这回事。传信器不明白它为什么会这么震惊。银河系里到处都是推进器、饲喂器、传信器和许许多多其他族类的生物，且子子孙孙，无穷尽也。

推进器说："我不相信有人能结束所有的战争。我怎么知道你不是在说谎？"

传信器震惊得好像受到当头一棒。思考者说这些推进器不会配合，它说的确实没错。它这个传信器的职业生涯难道要就此终结了吗？它和其余船员是不是得在太空中度过余生了，就因为一小撮推进器如此愚蠢？

即便这样想着，传信器也还是为这个人感到遗憾。它想，这一定很可怕吧：怀疑，没把握，从不相信任何人。如果这些推进器不在银河系中找到自己的位置,就会自我灭亡。它们早就应该在大协作中拥有一席之地了。

"我怎么才能说服你?"

传信器问。

它绝望地把所有回路都向推进器敞开了,让它看看引擎好心肠的糙汉脾气,墙壁肆无忌惮的幽默,眼睛作诗的尝试,饲喂器自负而厚道的本性。传信器敞开了自己的心扉,给它看自己的母星、家人、回家以后打算买的那棵树。

这些图景足以说明它们的一切:来自不同的星球,代表不同的道德观,通过共同的纽带——银河系大协作——而团结在一起。

推进器静静地注视着所有这一切。

过了一会儿,它摇了摇头。伴随这个动作出现的想法不确定且微弱,但却是否定的。

传信器叫墙壁打开。它们打开了,推进器惊讶地瞪大眼睛。

"你可以走了,"传信器说,"把通信线拔掉,走吧。"

"那你们怎么办?"

"我们会去寻找另一颗有推进器存在的星球。"

"在哪儿?火星,还是金星?"

"不知道。我们只能寄希望于这个区域内还有另一颗。"

推进器看了看打开的墙壁,又看了看全体船员。它踌躇着,那张脸因犹豫不决而拧成一团。

"你给我看的全都是真的吗?"

回答完全是多余的。

"好吧,"推进器突然说,"我去。我是个该死的傻瓜,可我跟你们走。如果你说的都是真的……不,你们说的一定是真的!"

传信器看到,推进器这个决定造成的痛苦迫使它与现实脱离了联系。它相信自己是在做梦,在梦中做决定很容易,也无关紧要。

"只不过有一个小麻烦,"推进器带着种癔症般的轻快劲儿说,"伙计们,我要是知道该怎么推,就天打雷劈。你说过什么超光速,对吧?可我一个小时连一英里都跑不了。"

"你当然可以推。"传信器向它保证,希望自己说的没错。推进器有什么样的能耐,它是知道的;可是这一个……

"试试看吧。"

"没问题,"推进器表示同意,"不管怎么着,我多半都该醒过来了。"

推进器自言自语的时候,它们已经将飞船密封完毕,准备起飞。

"真有意思。"推进器说,"我还以为露营是很好的度假方式,可我却净做噩梦了!"

引擎将飞船升到空中。墙壁密封了,眼睛正引导着它们离开这颗星球。

"我们已经进入太空了。"传信器说,一边听着推进器的动静,但愿它的脑子没有崩溃,"眼睛和思考者会给出一个方向,我会传递给你,你就沿着那个方向推进。"

"你们疯了,"推进器咕哝道,"你们肯定是搞错星球了。但愿你们这些噩梦赶紧消失。"

"你现在正参与大协作呢。"传信器绝望地说,"方向有了。快推!"

推进器有一会儿什么也没做。它慢慢从幻想中挣脱出来,发觉自己说到底根本不是在做梦。它感受到了大协作。从眼睛到思考者,从思考者到传信器,从传信器到推进器,全都与墙壁协调一致。

"这是什么?"推进器问。它感受到了飞船的整体性,那种深切的温暖,只有在大协作中才能达到的亲密感。

它推了一下。

没反应。

"再试试。"传信器恳求。

推进器在脑海中搜索着,发现了一口怀疑和恐惧组成的深井。它凝视着那口井,看到了自己那张扭曲的脸。

思考者为它点起了光明。

千百年来，推进器们一直生活在这种怀疑和恐惧之中。它们在恐惧和怀疑中打打杀杀，闯出了一条血路。

那正是推进器的动力之源！

人类—专家—推进器，它彻底融入了全体船员，与它们合为一体，它伸出精神之手，揽住了思考者与传信器的肩膀。

突然间，船以八倍光速向前推进，然后继续加速。

温暖

Warm

罗妍莉　译

刊于《银河》
Galaxy Science Fiction
1953 年 6 月

安德斯躺在床上，打扮得整整齐齐，只剩下鞋还没穿，黑领结还没系。他正思忖着即将开始的这个夜晚，心中微觉不安。二十分钟后，他会去朱迪的公寓接她，而这正是他不安的原因。

他在几秒钟前才刚刚意识到，自己爱上她了。

好吧，他会跟她表白。这个夜晚将令人难以忘怀。他会向她求婚，他俩会亲吻，而结果用个比喻来说就是，验收合格章会盖在他脑门上。

他大感前景不太乐观。果真还是不恋爱要舒服得多啊。究竟是怎么爱上她的？一个眼神，一次触碰，一点闪念？他知道，让他沦陷无须太多。他伸长了胳膊，想痛痛快快打个哈欠。

"救我！"一个声音说。

他肌肉抽搐了一下，哈欠打到一半就作罢了。他从床上坐起，然后咧嘴一笑，又向后躺倒。

"你一定得救我！"那声音不屈不挠。

安德斯坐了起来，伸手拿起一只擦得锃亮的鞋，穿上，专心系鞋带。

"你能听到吗？"那声音问，"你听得见，对不对？"

得了。"对，我能听见。"安德斯风趣地说道，他依然还在兴头上，"别跟我说什么你是我深感内疚的潜意识，之所以发作，是因为我从没想过要疗愈童年创伤之类的。我猜你是想让我出家进寺院吧。"

"我不知道你在说什么，"那个声音说，"我可不是谁的潜意识，我就是我。你肯不肯帮我？"

安德斯相信声音的程度就跟他相信任何人一样，也就是说，他根本不信，除非是耳听为实。他迅速将各种可能性分门别类地列了一下。当然了，精神分裂症是最好的答案，他的同事们也会表示赞同。但安德斯对自己的理智自信爆棚，虽然在旁人看来有些可悲。这么一来——

"你是谁？"他问道。

"我不知道。"那个声音回答。

安德斯意识到，这声音是从他自己脑子里发出来的。这太可疑了。

"你不知道你是谁。"安德斯郑重地说，"很好。那你在哪儿？"

"我也不知道。"那声音停顿了一下，接着又道，"你瞧，我知道这听起来肯定荒唐极了。相信我，我被关在不知道什么囚牢里了。我不知道自己是怎么来的，也不知道我是谁，可我拼了命都想出去。你肯帮我吗？"

尽管安德斯还在跟"有个声音在自己脑瓜里说话"这种想法作斗争，但他知道，自己的下一步决定至关重要。对自己是否神志清醒这回事，他要么肯定，要么否定。

他肯定了。

"好吧，"安德斯一边说，一边系着另一只鞋，"那我姑且认为你有了麻烦需要帮助，而且跟我有某种心灵感应。除此以外，你还有什么别的能告诉我吗？"

"恐怕没了，"那声音带着无限的伤感，"你得自己找出答案。"

"你能和其他人联系吗？"

"不行。"

"那你怎么能跟我说话呢？"

"我不知道。"

安德斯走到衣柜镜前，一边对着镜子调整黑领结，一边压低了声音吹着口哨。既然刚发现自己恋爱了，他就不会让脑子里有个声音这种鸡毛蒜皮的事情干扰自己。

"我真看不出我哪儿能帮上你的忙。"安德斯边说，边从他的夹克上掸掉些线头，"你又不知道自己在哪儿，而且似乎也没有任何明显的地标，我怎么找得到你？"他转身环顾了一下房间，看看有没有忘记什么东西。

"你一靠近，我就知道了。"那个声音说，"就像刚才，你就很温暖。"

"就在刚才？"他刚才只不过环顾了一下四周。于是他又重新环顾了一遍，慢慢地转动着脑袋。于是就这么发生了——

从某一个角度来看,这间屋子变得不一样了,忽然成了乱七八糟一堆颜色的大杂烩,而非他挑选过的各种柔和色彩的精心混搭。墙壁、地板和天花板的线条诡异得完全不成比例,交错曲折,互不关联。

然后一切又恢复正常了。

"你刚才非常温暖。"那个声音说。

安德斯努力控制住伸手去挠脑袋的冲动,免得把好不容易精心梳理的发型给弄乱了。他刚才看到的也算不上有多奇怪。每个人在生活中都会遇到那么一两件事,让人怀疑自己是否正常,怀疑自己是否还有理智,怀疑自己的存在本身。有那么一小会儿工夫,有序的宇宙被打乱了,信仰的结构被撕裂了。

但那一刻已然过去。

安德斯想起了自己小时候,有一回,他半夜在房间里醒来。当时一切看起来都多奇怪啊!椅子,桌子,都不成比例,在黑暗中膨胀起来。天花板低低压下来,就像在梦里一样。

但那也已经是过去的事了。

"好吧,老兄。"他说,"要是我又暖和起来,就跟我说。"

"我会的。"那声音在他脑袋里轻声细语,"我相信你会找到我的。"

"我很高兴你这么确定。"安德斯兴冲冲地说,然后关掉灯,离开了。

可爱的朱迪面带微笑,在门口迎接他。看着她,安德斯心中感觉到了她对那一刻的感知。是她察觉到了他的变化,抑或她有所预感?还是爱情让他像个傻瓜一样咧嘴笑着?

"派对开始前先来杯热身酒吗?"她问道。

他点了点头,她领着他穿过房间,向那奇异的黄绿相间的沙发走去。坐下以后,安德斯决定等她拿酒回来时再告诉她,没必要将那个关键时刻推迟。他对自己说:"真是只恋爱中的狐猴。"

"你又变暖了。"那声音说。

他几乎忘记了他那看不见的朋友——其实实事求是的话,倒不如说是魔友。要是朱迪知道他能听见那声音,她会怎么说呢?他提醒自己,那些最浪漫的爱情故事,往往正是被这种琐碎的小事给搞砸的。

"给你。"她说着递给他一杯酒。

他留意到,她仍然微笑着。是那种他心目中排名第二的微笑——对潜在的追求者来说,显得既挑逗,又善解人意。在他们二人的关系中,这微笑则敌不过他心中排名第一的女孩微笑,那是无论在什么情况下,女孩脸上始终都挂着的那种友好的"你可别误会哦"的微笑,直到他含糊地说出该说的话。

"这就对了。"那个声音说,"答案就在你看待事物的方式中。"

看待什么事物?安德斯瞥了一眼朱迪,对脑子里的这些想法大为光火。如果他准备扮演恋人的角色,就让他好好扮一回吧。纵然他的目光由于爱而变得散乱朦胧,他仍然欣赏她蓝灰色的双眼和细腻的皮肤(如果忽略掉她左边太阳穴上那点小小瑕疵的话),还有她用唇膏略微重新勾勒过的双唇。

"你今天的课怎么样?"她问道。

好吧,她当然会问这个问题了,安德斯心想。爱让时间留下印记。

"还行,"他说,"教小猴崽子们学心理学……"

"哦,现在出现了!"

"甚至更暖了。"那个声音说。

我这是怎么了?安德斯心想。她真是个可爱的女孩。朱迪的整个形象,各种思想,表情和动作的模式,构成了这女孩,让我……

让我怎样?

爱吗?

安德斯犹豫地在沙发上挪动了一下颀长的身体。他不太明白这一连串念头是怎么开始的,这叫他懊恼。这位善于分析的年轻教师显然在课堂上表现得更优秀一些。难道这些科学的分析就不能等到早上九点十分后再来吗?

"我今天想你来着。"朱迪说,安德斯知道,她已经察觉到了他情绪的变化。

"看见了吧?"那个声音问他,"你比刚才老练多了。"

"我什么也没看见。"安德斯心想,但那声音说得对。这感觉就好像他有根清晰的探测线,直接伸进了朱迪的脑子里。她的感觉赤裸裸地摆在他眼前,一览无余,但是却毫无意义,就像他那间屋子先前在那扭曲的一闪念当中一样毫无意义。

"我真的在想你。"她又重复了一遍。

"你瞧。"那声音说。

安德斯观察着朱迪脸上的表情,那种奇怪的感觉从心头升起。他感觉又回到了在房间扭曲时噩梦般官感产生的那一瞬间。而这一次,就好像是他正在一间实验室里观察一台机器,这次操作的目的是唤起和保存一种特定的情绪。机器经过一个搜索的过程,唤起了一系列的想法来达到希望的目的。

"哦,是吗?"他问道,他正为自己的这一全新视角而深感震惊。

"是啊……我还在想你中午在干吗呢。"坐在他对面沙发上那台会反应的"机器"一面说,一面略微舒展了一下她那凹凸有致的胸部。

"很好。"那个声音对他的洞察力表示赞赏。

"当然是想你啊。"他对藏身于朱迪这一完整形象背后、覆盖着血肉的那具骨架说道。这具血肉机器重新调整了一下四肢的姿势,张大了嘴,表示出快乐的情绪。这台机械装置搜索了一遍混杂了恐惧、希望、忧虑的复杂情绪,在模糊不清的记忆中搜索着类似的情形和解决方案。

而这就是他曾经爱过的东西。安德斯看得一清二楚,他甚至因为这种洞见而恨起了自己。透过这种崭新的噩梦般的觉知,他突然发觉整间屋子都很荒谬。

"你真的在想我吗?"那具口齿伶俐的骷髅问他。

"你离得越来越近了。"那声音低声道。

离什么？那种个性吗？世上并没有这种东西。没有什么真正的凝聚，没有深度，什么也没有，只有由流于表面的各种反应交织而成的一张网，贯穿在内脏的自主运动中。

他离真相越来越近了。

"当然了。"他情绪低落地说。

那台机器躁动起来，寻找着合适的回答。

自己这种置身事外的局外人视角，令安德斯感到一阵突如其来的恐惧，浑身抽搐了一下。他对于事物形态的感知已经彻底不知所踪，正常的条件反射已经离他而去。下一步又会揭示什么呢？

他意识到，自己看得一清二楚，或许从来没人曾经看得这么明白过。这种想法有些怪异，但让他感到振奋。

可他还能恢复正常吗？

"我给你拿杯酒，好吗？"反应机器问。

在那一刻，安德斯对她的爱彻彻底底地消散了。将自己的未婚妻看作一具非人的无性机器对于爱情而言并不怎么有利，但在思维层面上却相当刺激。

安德斯不再想恢复正常了。故事的大幕正在掀起，他想看看背后究竟是什么。那个什么俄国科学家——叫邬斯宾斯基[1]，对吧——他是怎么说的来着？

"把事物放在其他范畴中思考。"

他现在正是这样做的，以后也将同样如此。

"再见。"他突然说道。

他走出门外的时候，那台机器正目瞪口呆地望着他。延迟的电路反应让它保持着沉默，直到听见电梯门合拢。

---

1. 彼得·邬斯宾斯基（1878-1947），出生于莫斯科，年轻时就开始对宇宙论、数学和哲学进行深入的探索研究，1912年出版了《第四维》，1914年出版了《第三工具》《宇宙的新模型》，给西方文化带来了巨大冲击。

"你在那儿的时候非常温暖。"等他走到大街上之后,脑袋里的那个声音低语道,"但你还是没有全弄明白。"

"那你就告诉我吧。"安德斯对自己的平静感到有点惊讶。还不到一个小时,他便已逾越了思维的鸿沟,有了一个截然不同的视角,而这过程似乎自然而然、天衣无缝。

"我不能告诉你。"那个声音说,"你必须自己寻找。"

"好吧,那我们现在来看看。"安德斯开口道,他环顾着四周大片大片的砖石建筑,一条条传统的街道穿过一堆堆建筑。"人类的生活,"他说,"就是一连串约定俗成的传统习俗。当你看着一个女孩的时候,你看到的应该是一种固定的行为模式——而不是她形态背后潜在的无形无相。"

"确实如此。"那声音附和着,却又带着一丝怀疑。

"基本而言,世间没有任何形式。人类创造出完整的形态,又从过剩的虚无中切割出单个的形态。这就像是看到一组线条,然后说它们代表着一个形象。我们看了一大堆材料,将其从背景中抽离出来,说这是一个人。可事实上,并不存在这样的事物。存在的只有使人称之为人的种种特征,而我们目光短浅地将其附着于其上。万物都是合成的,这只是个视角问题而已。"

"你现在还并没看明白。"那个声音说。

"见鬼!"安德斯说,他确信自己正在追寻的是某种伟大的事物,或许甚至是代表终极的某种东西。"每个人都有过这种经验:在生命中的某个时刻,看着一件熟悉的事物,却不能明白其任何意义。在那个瞬间,完形坍塌了,但转瞬即逝的却是洞见最真实的时刻。而当头脑回归到叠加模式,常态便继续维系了下去。"

那声音沉默了,安德斯继续往前走,穿过这座完形构成的城市。

"还有别的,对吧?"安德斯问道。

"对。"

那会是什么呢?他扪心自问。透过逐渐澄澈的双眼,安德斯审视着他曾称之为世界的万事万物的形式感。

他突然在想，要是没有那个声音的指引，他还会不会想得这么深入？会的，过了片刻之后，他心中笃定，这是毋庸置疑的。

可那个声音到底是谁呢？他又到底遗漏了什么？

"让我们看看，现在的派对是什么样子。"他对那声音说。

这是一场假面舞会：宾客们全都戴着面具。对安德斯而言，他们的种种动机，不管是个人的还是集体的，都一览无余，这让他觉得痛苦难受。接着，他的视线开始变得逐渐清晰起来。

他发现人们并非真正的个体，他们是不连续的一块块血肉，都用着共同的词汇语言，然而却又并非真正的不连续。

这一块块血肉是房间装饰的一部分，而且几乎与整个房间密不可分。他们是由灯光点缀的一个整体，灯光赋予了他们微弱的视力。他们与自己发出的各种声音融为一体，那些微弱的音调则很有可能引出真正的声音。他们与墙壁融为一体。

万花筒般的景象来得如此之快，以至于安德斯很难对自己的新印象进行分类。他现在知道，这些人只是以模式的形式存在，与他们所发出的声音和以为看到的事物相比，其基础并无二致。

都是完形，从这个巨大的、令人难以忍受的现实世界中被筛选出来的完形。

"朱迪在哪儿？"一块不连续的血肉问他。这块肉紧张兮兮的样子，足以让周围的其他肉体确认自己的实际存在。他戴着个招摇的大领结，进一步证明了这一点。

"她病了。"安德斯说。那块肉颤抖了一下，立刻表现出同情。面孔上摆出的那副正儿八经的高兴表情，刷地变成了正儿八经的悲伤表情。

"希望不是什么大病。"那个声音形式的肉体说。

"你更暖了。"那声音对安德斯说。

安德斯看着他面前的物体。

"她活不了多久了。"他郑重地说。

那块肉震动了。在带有同情的恐惧中,肠胃收缩起来,眼睛鼓胀,嘴巴颤动。

那招摇过市的领结却保持不变。

"我的上帝!你不是说真的吧?!"

"你算是什么东西?"安德斯安静地发问。

"你什么意思?"戴着领结的那块愤怒的肉问道。它在现实中保持着平静,目瞪口呆地看着安德斯。它那张嘴抽搐起来,不可否认地证明了它足够的真实性。"你喝醉了。"它冷笑道。

安德斯笑起来,离开了派对。

"还有些东西你不知道,"那个声音说,"可你都发烫了!我能感觉到你已经接近我了。"

"你是什么?"安德斯又问了一遍。

"我不知道,"那个声音承认,"我是个人。我是我。我被困住了。"

"我们所有人全都一样。"安德斯说。他走在沥青路上,周围是一堆堆混凝土、硅酸盐、铝铁合金。这一堆堆物质不成形状、毫无意义,构成了这座完形城市。

然后假想的分界线将城市与城市划分开来,水和陆地之间也只是人为划分的边界。

全是荒谬。

"先生,给我一毛钱,喝口咖啡行吗?"某物问道,一件和其他任何物体没什么区别的物体。

"老主教伯克利会给不存在的你一毛不存在的钱。"安德斯高兴地回答。

"我手头真的有点紧。"那声音抱怨道,在安德斯听来,那不过是一连串抑扬顿挫的声波振动。

"没错!继续!"那声音命令道。

"您要是能赏我两毛五……"那振动体的伪装形态意味深长。

不对，在那些毫无意义的模式背后，隐藏的是什么呢？血肉，质量。那是什么？万物都是由原子组成的。

"我真的很饿。"排列纷乱的原子们咕哝着。

全是原子，联结而成，原子与原子之间没有真实的分隔。肉即是石，石即是光。安德斯看着眼前积聚在一起的这些原子，它们假装具备实体、意义和理性。

"您就不能帮帮我吗？"一簇原子问道。但这一簇与其余所有那些原子毫无二致，一旦你忽略了那些叠加模式，你就可以看出，原子们其实是随机而分散的。

"我不相信你。"安德斯说。

那堆原子不见了。

"是的！"那个声音大喊起来，"是的！"

"我什么也不相信。"安德斯说。其实说到底，原子又是什么呢？

"继续！"那声音高喊，"你发烫了！继续！"

原子是什么？空无的空间，被空无的空间所围绕。

荒谬！

"那全都是假的！"安德斯说。他在星空下，独自一人。

"没错！"他脑子里那个声音尖叫起来，"空无一物！"

可星星在啊，安德斯心想。谁能相信——

星星消失了。安德斯处于灰蒙蒙的虚无之中，一片虚空。他周围除了无形无相的灰色，什么也没有。

那声音在什么地方呢？

一去不复返了。

安德斯觉察到那片灰色背后的迷惑，然后就连灰色也消失了。

完全的虚无，而他自己正在其中。

他在哪儿？这是什么意思？安德斯的脑子努力想把这些拼凑起来，得出一个结果。

不可能。这不可能是真的。

这次得分也被汇成了一张总表,但安德斯的脑子却无法接受得出的总和。绝望之下,不堪重负的头脑抹去了数字,抹除了知识,抹掉了他自己。

"我在哪儿?"

虚无之中,孤身一人。

困住了。

"我是谁?"

一个声音。

安德斯的声音在虚无中搜寻着,大喊:"这儿还有别人吗?"

没有回答。

可是,有人。所有的方向全都一样,不过,沿着一个方向移动,他便能联系得上……某人。安德斯的声音会伸向某个可以救他的人,或许可以吧。

"救救我吧。"那声音对安德斯说,他正躺在床上,打扮得整整齐齐,只剩下鞋还没穿,黑领结还没系。

守望鸟

Watchbird

罗妍莉 译

刊于《银河》
Galaxy Science Fiction
1954 年 2 月

盖尔森进屋的时候，看到其他几位守望鸟制造商已然到齐。除他本人之外，还有六个人，房间里烟雾缭绕，弥漫着昂贵的雪茄烟味。

"嗨，查理！"他进来时，其中一个喊道。

其余的人也停下话头，随意地跟他打了个招呼。他神情冷漠地提醒自己，身为一名守望鸟制造商，他可是救世军官方制造商中的一员。这个组织门槛极高，如果你想拯救人类，就必须有一份政府认可的合同。

"政府代表还没到呢，"其中一人告诉他，"不过，他随时都会到。"

"要给我们开绿灯了。"另一个说。

"好啊。"盖尔森在门边找了把椅子，环顾了一下房间。屋子里像是在开什么大会似的，有点像童子军集会现场。那六个人完全是靠着大嗓门来弥补人数上的不足。南方联合公司的总裁正在声嘶力竭地大谈守望鸟的超强耐用性，听他说话的那两位总裁都咧嘴傻笑着，不住地点头附和，其中一位努力想插上话，讲一讲他对守望鸟先进智能的某次测试结果；另一位则在介绍新的充电装置。

另外三人自成一组，听声音好像在吟唱什么守望鸟的颂词。

盖尔森注意到，这些人都站得笔直，显得格外高大挺拔，一副自以为是人类救世主的样子。他觉得这并不好笑。就在几天前，他还和这群人一样，觉得自己是个大腹便便、略显秃顶的圣人呢。

他叹了口气，点起一支烟。项目开始时，他也与其他人一样满怀热忱。他记得自己曾对手下的总工程师麦金泰尔说过："麦克，一个崭新的时代即将到来，守望鸟就是解决之道。"而麦金泰尔也深深点头——又是个守望鸟大法的信徒。

当时看来，它是多么完美无缺啊！这是一项简单可靠的解决方案，足以解决人类面临的最重大的问题之一，全都在这一磅[1]永不锈蚀的金属、水晶和塑料当中。

---

1. 1磅约合0.45千克。

困扰人类社会的大难题哪有这么容易就解决了？肯定要遇到麻烦。这正是盖尔森怀疑这项工程可行性的原因。

毕竟，凶杀是人类社会从古至今都一直存在的问题，而守望鸟只是个新近才出笼的解决方案。

"先生们——"他们讨论得相当热烈，根本没有注意到政府代表走进来。此刻，屋内立即安静下来。

"先生们，"那个胖乎乎的政府官员说，"在国会的授权下，总统已经决定在全国的每一座市镇设立一个守望鸟中心。"

众人不约而同爆发出一阵胜利的欢呼。他们总算是有机会来拯救世界了，盖尔森想着，一面又忧虑地自忖，会不会出什么差错？

当政府官员概括阐述渠道划分方案时，他听得十分用心。全国将分为七个区域，每个区域由一位制造商负责供货和维护。当然，这意味着垄断，但这也是必要的。就像电话服务一样，这样做符合公众的利益最大化。在守望鸟服务上不容许出现竞争，守望鸟是为每一个人谋福利的。

"总统希望，"政府代表继续道，"全方位的守望鸟服务能够尽快就位。各位在战略金属物资以及人力资源等方面都将获得最优先供应。"

"就我司的情况而言，"南方联合公司总裁说，"预计第一批守望鸟在本周内就能投放使用，生产线已经准备就绪。"

其他厂商也同样万事俱备。数月之前，各家制造厂就已经做好了推出守望鸟的准备，最终使用的标准化设备也已经得到各方的一致同意，只等总统一声令下。

"很好。"代表说，"如果没别的情况的话，我看我们这就可以——有问题吗？"

"有，先生。"盖尔森说，"我想知道，我们要生产的是不是现有型号？"

"当然了，"代表说，"这是最先进的型号啊。"

"我有异议。"盖尔森站了起来,其他几位制造商冷冷地怒视着他。显然,他这是在拖延黄金时代的来临。

"你有什么异议?"代表问。

"首先,请允许我说明,我百分之百赞成用机器来制止凶杀,这一需求由来已久。我只是反对给守望鸟安装具有学习功能的电路。这实际上是为机器赋予生命,让它具备一种伪意识。我不赞成这种设计。"

"可是,盖尔森先生,你自己也承认,如果不采用这种电路的话,守望鸟的效率就会大打折扣。那种情况下,据估计,守望鸟只能阻止大约七成的凶杀案发生。"

"这些我知道。"盖尔森心中极度不安。他固执地断言:"我相信,允许机器做出理应由人类进行的决策,这可能存在道德风险。"

"噢,得了吧,盖尔森,"其中一位公司总裁说,"根本不是这样。守望鸟只会进一步巩固从古至今那些正直的人作出的决定。"

"我相信这一点,"代表附和,"但我也能理解盖尔森先生的顾虑。把人类的问题交到机器手中去处理,这当然令人悲哀,更可悲的是,我们还得让机器去执行我们的法律。但我想提醒你,盖尔森先生,没有其他办法能更有效地在罪犯杀人之前制止犯罪。如果我们因噎废食,因为一些伦理道德的问题对守望鸟作出限制,那对每年在凶杀案里惨死的众多无辜者而言也不公平。你觉得我说得对吗?"

"对,我想你是对的。"盖尔森闷闷不乐地说。这些想法他自己已经琢磨过上千次,却仍然觉得有点不对劲儿。兴许他应该去找麦金泰尔好好讨论一下。

会议结束时,他脑中忽然闪过一个念头,禁不住咧嘴一笑。

许多警察就要失业了!

"你怎么看?"赛尔崔克警官问,"我在重案组工作了十五年,现在却要被机器取代了。"他用一只红通通的大手抹过前额,靠在警长桌上。"科学没那么神吧？"

另外两名刚到重案组的警察也闷闷不乐地点了点头。

"别担心，"警长说，"赛尔崔克，我们会在盗窃组给你找个位置，你会喜欢上那儿的。"

"我就是过不去这个坎儿。"赛尔崔克抱怨道，"一堆破铁烂玻璃就能解决所有的犯罪问题吗？"

"不能全解决，"警长说，"但守望鸟会在罪案发生之前就加以阻止。"

"那怎么还能算犯罪呢？"其中一个警察问，"我的意思是，总得你先杀了人，他们才能来把你绞死吧，不是吗？"

"不能这样看问题，"警长说，"守望鸟会在一个罪犯杀人之前就阻止他动手。"

"那就用不着去逮捕凶手喽？"赛尔崔克反问。

"我不知道他们怎么解决这个问题。"警长不得不承认。

众人沉默了一会儿。警长打了个哈欠，瞄了眼手表。

"我只是不明白，"赛尔崔克仍然靠在警长桌上，"他们怎么办得到？这一切是怎么开始呢，警长？"

警长仔细端详着赛尔崔克的脸，觉得他是在讽刺什么，毕竟有关守望鸟的新闻已经在报纸上刊登好几个月了。但他很快明白过来，赛尔崔克跟他的副手们一样，向来只看报纸的体育版，其他版面基本上连翻都懒得翻。

"唔，"警长努力回忆着在周日号外上看过的内容，"有那么一群从事犯罪学研究的科学家，他们研究杀人犯，希望找出是什么原因驱使这些人去杀人的。于是他们就发现，杀人犯会释放出一种不同于常人的脑电波，他们的腺体分泌也与正常人不一样，而所有这些异常现象都在他们将要杀人的时候出现。所以，这些科学家就发明了一种特殊的机器，一旦探测到这样的脑电波，就会发出红光警告什么的。"

"这些科学家。"赛尔崔克悻悻地插了一句。

"嗯,有了这台机器之后,科学家们也不知道它有什么用。机器太大了,没法儿到处移动,杀人犯们也不会成天从旁边路过,好让它闪一下光。于是,他们就造了一台更小巧的机器,在几个警察局试用了一下。我看他们在咱们州的北边试过一台,但效果并不怎么好,因为你没法及时赶到犯罪现场。这就是他们制造守望鸟的原因。"

"我不认为他们这样就能制止犯罪。"其中一名警察固执地说。

"肯定可以,我看过测试结果和试验报告。铁鸟可以在嫌犯杀人之前就发现他。当它们飞到他的身边时,会给他一个强力电击什么的,就可以阻止他作案了。"

"那你会撤销重案组吗,警长?"赛尔崔克问道。

"不会啊,"警长说,"我会保留一支骨干队伍,看看这些鸟干得怎么样。"

"哈,"赛尔崔克说,"骨干队伍,真好笑。"

"那可不?"警长说,"不管怎么着,我都打算留下几个人。这些鸟好像也阻止不了所有的凶杀案。"

"为啥不行?"

"有些杀人犯并不会发出这些脑电波,"警长回答,努力回忆着报纸上的文章是怎么说的,"或者他们的腺体不起作用之类的。"

"它们不能制止哪一类罪犯?"赛尔崔克出于职业习惯,对此十分好奇。

"我不知道。可我听说他们把那些该死的漏洞给解决了,所以很快就可以阻止所有的杀人犯了。"

"它们怎么做到的?"

"它们会学习——我是说守望鸟,就跟人一样。"

"你逗我吧?"

"没。"

"得了,"赛尔崔克说,"我还是给我那把老左轮枪抹点油吧,以防万一。这些科学家可信不得。"

"没错。"

"一群鸟!"赛尔崔克嘲笑道。

镇子上空,守望鸟展翅高飞,慢悠悠划出一条长长的曲线,铝制的外壳在朝阳下熠熠生辉,硬邦邦的翅膀上舞动着点点亮光。它无声无息地飞翔着。

虽然无声无息,但它全身所有感官都在运作。内置的运动感应器会告诉守望鸟其所处的位置,并保证其沿着漫长的搜索路线飞行。它的眼睛和耳朵是一体的,一刻不停地搜索着、寻觅着。

突然,下面有情况!守望鸟灵敏的电子部件探测到人类情绪变化的一丝信号。关联中枢对其进行了检测,与内存文件中的电子和化学数据进行了匹配。一个电子指令触发了。

守望鸟盘旋而下,同时捕获到越来越强的信号。

它嗅到了某种腺体在急剧分泌,尝到了异常脑电波的味道。

它全神戒备,全副武装,在明亮的晨光中盘旋。

迪内利正处于高度紧张中,没有看见守望鸟的到来。他握着枪,摆好了姿势,用眼神恳求着那个魁梧的杂货商。

"别再靠近了。"

"你个可恶的小混蛋。"杂货商说着又向前迈了一步,"抢我?我要把你那小身板里的每一根骨头都打断。"

杂货商不知是太愚蠢,还是太勇敢,一点儿也没有意识到枪口正对着他,反而一步一步地向小偷逼近。

"好吧,"迪内利惊慌失措地说,"好吧,笨蛋,尝尝……"

一道电光击中了他的背。他手里的枪也响了,打碎了一个早餐食品展台。

"这他妈怎么回事儿?"杂货商盯着被打昏的小偷,然后他看到了一对银光闪闪的翅膀。"哦,见鬼了。这守望鸟还真管用!"

他一直盯着守望鸟，直到它消失在天空中，这才想起打电话报警。

守望鸟返回到搜索路线上。它的学习系统开始总结在这起凶杀中所学到的新知识，其中一些是它之前不知道的。

这条新信息被同时发送给其他所有的守望鸟，而它们掌握的信息也在发送给它。

新的信息、方法和定义在它们之间不断传递。

既然现在守望鸟已经能保持稳定的生产速度，从组装线上源源不断地下线，盖尔森总算可以歇一下了。对他来讲，厂房里的噪音似乎都成了悦耳的音乐。在他负责供应的区域，所有订单都能按时交货，最大的城市优先供货，余下的依次排队，最小的城镇排在最后。

"一切顺利，老板。"麦金泰尔说着从门口走了进来，他刚刚做完例行检查。

"很好，坐吧。"

高大的工程师坐下来，点起一支烟。

"咱们做这个已经有一段时间了。"盖尔森说，他一时想不出别的话来。

"那是肯定的。"麦金泰尔表示同意，他向后一靠，深深吸了一口烟。六年前，守望鸟刚出最原始版本的时候，他便是顾问工程师之一。从那以后，他就一直为盖尔森工作，两人已经成了知交好友。

"我想问你的其实是——"盖尔森停顿了一下，想不出该如何措辞才能表达心中所想。结果他问出口的话就成了："麦克[1]，你觉得守望鸟怎么样？"

"谁？我吗？"工程师紧张地咧开嘴笑起来。自从守望鸟诞生以来，他无论吃饭、喝水还是睡觉，无时无刻不与之相伴，但他从未想过自己还有必要对它采取某种态度。"怎么啦？我觉得它挺好啊。"

---

[1]麦金泰尔的昵称。

"我不是问它好不好。"盖尔森说，他意识到，自己其实是希望有人能理解他的观点，"我是说，你觉不觉得机器会思考是有危险的？"

"我没觉得啊，老板。你为什么这么问？"

"听着，我既不是科学家，也不是工程师。我只管控制成本和生产问题，至于具体怎么弄，就让你们这些小伙子去操心好了。但作为外行，守望鸟开始让我觉得有点害怕。"

"有没有确切的理由呢？"

"我不喜欢给守望鸟安装学习电路这个主意。"

"可是为什么不呢？"麦金泰尔又咧嘴笑起来，"我知道了，老板，你跟很多人一样，害怕你的机器觉醒后会说：'我们在这儿干吗呢？咱们出去统治世界得了。'是不是？"

"兴许差不多吧。"盖尔森承认。

"那不可能。"麦金泰尔说，"我承认，守望鸟是很复杂，但麻省理工学院的计算机比它可要复杂得多，它也没有具备意识啊。"

"是没有，但守望鸟可以学习。"

"那是当然，所有的新型计算机也都可以。你觉得它们会跟守望鸟联手吗？"

盖尔森被麦金泰尔顶得有点恼火，更为自己不合逻辑的猜测恼火，"守望鸟可以学以致用，这是不争的事实。没有人能够监控它们。"

"所以这才是问题所在。"麦金泰尔说。

"我一直想摆脱守望鸟。"这话一出口，盖尔森才真正意识到自己的想法原来是这样的。

"我说，老板，"麦金泰尔说，"你想听听一个工程师对于这个问题的看法吗？"

"说来听听。"

"守望鸟并不比汽车、IBM计算机或者温度计更危险，也不会比这些东西具有更多的意识。守望鸟的原理就是针对特定的信号做出反应，并在探测到信号时执行特定的操作。"

"那学习电路呢?"

"那个必须得有。"麦金泰尔耐心地说,就像在给一个十岁的小孩讲解家庭作业一样,"守望鸟的用途是为了阻止所有的凶杀企图,对吧?可是,只有某些特定的凶手才会释放出这些信号。为了阻止所有的凶手,守望鸟就必须找出对于凶杀的新定义,并将其与已知的信息关联起来。"

"我觉得这种行为不近人情。"盖尔森说。

"这恰恰就是最好的地方,守望鸟没有情绪的变化。它们的推理过程不受人的干扰。你不能去贿赂它们,或者给它们下迷幻药。你也不该害怕它们。"

盖尔森桌上的对讲机嘟嘟响起来,他听而不闻。

"这些我都知道,"盖尔森说,"不过,有时我还是觉得自己就像是那个发明炸药的人,当初还以为那东西只会用来炸树桩呢。"

"守望鸟又不是你发明的。"

"我仍然觉得自己有道义上的责任,因为是我把它们造出来的。"

对讲机再次嘟嘟响起,盖尔森不耐烦地按下了一个按钮。

他的秘书说:"守望鸟第一周的行动报告送来了。"

"看上去怎么样?"

"棒极了,先生。"

"十五分钟后送过来。"盖尔森关掉对讲机,重新转身面向麦金泰尔,这家伙正拈着一根火柴棍在剔指甲。"你不认为这代表了人类思维的某种趋势吗?机械上帝?电子神父?"

"老板,"麦金泰尔说,"我认为你应该更仔细地研究一下守望鸟。你知道电路里都内置了些什么吗?"

"只是大致了解。"

"首先,有一个目的作为前提,那就是阻止活的有机体杀人;其次,杀人可以被定义为一种暴力行为,即一个活体通过击打、砍杀、虐待或其他方式妨碍另一个活体的生命安全;第三,大多数凶杀都伴随着特定的化学和电子信号。"

麦金泰尔停下来,又点了一支烟,"要实现一般常规的功能,守望鸟有这几条就够了。然后,加上学习电路,它就又多了两条:第四,有活体试图杀人,但是却没有上述第三条提到的信号;第五,第四条中的情况可以依照第二条里的数据探测到。"

"我明白了。"盖尔森说。

"你明白有多万无一失了吧?"

"应该是吧。"盖尔森犹豫了一会儿,"我觉得没别的问题了。"

"没错。"工程师说完就离开了。

盖尔森又琢磨了一会儿,最后得出来一个结论:守望鸟不可能出任何差错。

"把报告送过来。"他朝对讲机说。

黑夜中的城市灯火斑斓,守望鸟在林立的高楼上方翱翔。天色已黑,但在远处,守望鸟仍能看到另一只守望鸟的踪影,然后更远处又是一只。因为这是座大城市。

一切都是为了阻止凶杀……

现在有更多的情况需要监视了。新的数据、甄别凶杀的新方法,这些全新的信息在守望鸟之间的无形网络中传播开来。

在那儿!一丝微弱的感觉变化!两只守望鸟几乎同时开始向下俯冲。其中一只早觉察了几分之一秒,它径直往下飞去;而另一只则返回天空,继续监视。

符合条件四,有活体试图杀人,但是却没有条件三里提到的信号。

根据新信息,守望鸟推断得知,这个活体企图杀人,尽管并没发出特定的化学和电子信号。

全神贯注的守望鸟渐渐靠近目标。

它锁定目标,开始了最后的俯冲。

罗杰·格雷科靠在墙壁上,双手插在口袋里,左手攥着点四五口径手枪冷冰冰的手柄。格雷科耐心地等待着。

他并没有在想什么具体的事，只是靠着建筑外墙歇息，他在等一个人。格雷科并不知道这个人为什么得死，他也不在乎。缺乏好奇心是他作为杀手的价值之一，另一部分价值则在于娴熟的身手。

一颗子弹，干净利落地击中某个陌生人的头部。对此，他既不感到兴奋，也不觉得恶心。这只是一件差事，跟其他的差事没什么两样。你杀了个人，那又如何？

目标走出大楼时，格雷科冷静地从口袋里掏出了点四五手枪。他熟练地松开保险，右手握稳枪。在瞄准时，他仍然什么也没想……

突然间他被击倒在地。

格雷科以为自己中枪了。他挣扎着站起身来，环顾四周，模模糊糊地再次瞄准了目标。

他又一次被击倒了。

这一回，他躺在地上，试着再次举枪瞄准。格雷科是个职业杀手，任务没完成之前他是永远不会停手的。

又是一击，格雷科眼前一片漆黑，这一回，他再也没能醒来，因为守望鸟的职责是保护被暴力袭击者——凶手付出什么样的代价都无所谓。

目标向他的车走去，没有留意到任何异常。一切都发生得悄无声息。

盖尔森感觉很不错。守望鸟的行动无懈可击，暴力犯罪的数量先是锐减了一半，不久又减少了一半。黑暗的小巷不再是恐怖的血盆大口；日落之后，也不再需要远离公园和游乐场。

当然了，抢劫案还是有的。小偷小摸、贪污、盗窃、行骗以及其他上百种罪行依然层出不穷。

但这些就无关紧要了。钱没了你还可以再赚——命没了可不行。

盖尔森都已经打算承认，自己对守望鸟的担心是多余的。它们完成了人类无法完成的工作。

就在那天早上，传来了第一个不那么明显的坏消息。

麦金泰尔走进他的办公室，默不作声地站在盖尔森桌前，表情气恼又略带一丝尴尬。

"怎么了，麦克？"盖尔森问道。

"有只守望鸟去阻止了一名屠宰场的工人，把他给击昏了。"

盖尔森思考了片刻。是啊，守望鸟应该干得出这种事。通过新的学习电路，它们很可能已经把宰杀动物也定义为凶杀了。

"告诉他们要进行机械化屠宰，"盖尔森说，"我向来都不喜欢那个行业。"

"好吧。"麦金泰尔说。他噘起嘴唇，然后耸耸肩，走了。

盖尔森站在桌旁，思考着。难道守望鸟分辨不清杀人犯和从事合法职业的人吗？不，显然不是这样。对它们来说，凶杀就是凶杀，没有任何例外。他皱起了眉头。电路可能得改一改了。

但是不能改动太大，他很快便做出了决定，只需让守望鸟多一点鉴别能力就可以了。

他又坐下来，一头扎进文件堆中，尽量不去想他以前的担忧。

行刑室里，他们将囚犯绑在电椅上，把电极固定到他腿上。

"噢，噢。"囚犯呻吟着，意识已经不清醒了，搞不清他们在做什么。

他们把头盔戴在他剃得光光的脑袋上，把最后一根带子系紧。他继续轻声呻吟。

突然，守望鸟冲了进来。至于它是怎么进来的，没有人知道。监狱庞大坚固，门禁重重，但守望鸟还是赶来了——

来阻止凶杀。

"把那东西弄走！"监狱长高喊着，赶紧去摸电椅开关。守望鸟把他击倒在地。

"住手！"一个警卫尖叫着伸手去抓开关，他也被放倒了，倒在了监狱长的身边。

"这不是凶杀,你个白痴!"另一个警卫咆哮着。他拔出枪,想把那只闪闪发光、盘旋飞舞的金属鸟打下来。

守望鸟早有预料,把他掀到半空,撞在墙上。

屋子里一片寂静。过了一阵,戴头盔的人开始哈哈大笑,然后又住了声。

守望鸟在半空中拍打着翅膀,时刻警惕着——

确保凶杀已被阻止。

新的数据在守望鸟的网络里传播开来。成千上万的守望鸟接收到了这些数据,并据此在无人监控的情况下独立执行任务。

需要阻止的新行为:一个活体通过击打、砍杀或其他方式威胁另一个活体的生命安全。

"他妈的,你倒是走啊!"农夫奥利斯特在路边嚷嚷着,又扬起了鞭子。马儿忽然止步不前,一点点往旁边倾斜,马车随即摇晃起来,嘎吱作响。

"你这饭桶,给我走!"农夫喊道,然后再次举起鞭子。

鞭子再也没能落下。一只警觉的守望鸟察觉到暴力的迹象,将农夫从座位上击落。

一个活体?如何才能称之为一个活的有机体?随着了解到的事实越来越多,守望鸟扩展了活体的定义。当然,这也赋予了它们更多的职责。

一只鹿出现在树林的边缘,已然进入了视线范围。猎人举起步枪,仔细瞄准。

他没来得及射击……

盖尔森用空着的一只手擦去脸上冒出来的汗水,冲着电话说:"好吧。"他听着电话那头传来滔滔不绝的咒骂,然后慢慢地把话筒挂上。

"这次又是什么?"麦金泰尔问道。他没刮胡子,系着松松垮垮的领带，衬衫也没扣好。

"一个打鱼的，"盖尔森说，"守望鸟好像不让他捕鱼，尽管他的家人都快饿死了。他想知道我们打算怎么处理这个问题。"

"这是第几百个了？"

"不知道，我还没打开邮箱呢。"

"好吧，我知道问题出在哪儿了。"麦金泰尔垂头丧气地说，那副口吻活像事后才明白过来自己失手把地球给炸了似的。

"洗耳恭听。"

"大家都以为想要制止所有'凶杀'的是我们。我们则以为守望鸟会像我们一样思考。我们本应该对这些条件加以限定的。"

"我有个想法。"盖尔森说，"要想恰当地对条件作出限定，我们首先就必须知道什么叫凶杀、为什么会发生凶杀。话又说回来，要是我们知道的话，也就用不着守望鸟了。"

"哦，那我可不知道。只需要告诉它们，有些看似凶杀的情况其实并不是就行了。"

"可是它们干吗要阻止渔民呢？"盖尔森问道。

"为什么不呢？鱼和动物也是活体，只不过我们认为杀它们不属于凶杀罢了。"

铃声又响了。盖尔森狠狠地盯着电话，猛地按下免提，"我跟你说过，别再把电话接进来了，甭管啥事儿。"

"这是华盛顿打来的，"秘书说，"我还以为你——"

"对不起。"盖尔森接起了电话，"对，确实是一团糟……它们有吗？好，我一定会的。"他放下电话。

"简单明了，"他对麦金泰尔说，"我们得暂时停止守望鸟服务。"

"没那么容易。"麦金泰尔说，"你也知道，守望鸟都是独立运行的，不受任何中央系统控制。它们每星期回来做一次检修，我们得趁那个时候把它们一个一个地关掉。"

"嗯，那咱们动手吧。东海岸的门罗公司已经把他们手头差不多四分之一的鸟给关掉了。"

麦金泰尔说:"我觉得我可以设计出一个限制电路。"

"好的,"盖尔森悻悻地回答,"你这么说我真是开心。"

守望鸟们正在飞快地学习,拓宽和补充自身掌握的知识。定义宽泛的抽象概念被扩展,被作为行动依据执行,接着再被扩展。

为了阻止凶杀……

守望鸟体内那堆金属和电路的推理能力很强大,但并不是人类的方式。

某个活体?一切活体!

守望鸟已经以保护所有活体为己任了。

苍蝇在房间里嗡嗡飞着,轻巧地落在桌上,停了片刻,又向窗台飞去。

老人蹑手蹑脚地朝苍蝇摸过去,手里抄着个裹起的报纸卷。

凶手!

千钧一发之际,守望鸟猛扑下来,救了那只苍蝇。

老人在地板上痛苦地翻滚了一分钟,然后就没动静了。他只受到了轻微的电击,但对他那颗颤颤巍巍的心脏而言,已经足矣。

不过,他的受害者得救了,在守望鸟看来这才是最重要的。拯救受害者,让施暴者落得个应有的下场。

盖尔森愤怒地质问:"怎么还没把它们关掉?"

助理控制工程师朝维修车间的一个角落指了指——高级控制工程师躺在那里,正逐渐恢复知觉。

"他刚才想关掉一只来着。"助理工程师说。他两只手都拧到一起了,看得出,他正努力不让自己发抖。

"荒唐。它们又没有自我保护意识。"

"那你就自己把它们关掉呗。再说,我觉得其他的守望鸟不会再回到这里来了。"

究竟是怎么回事？盖尔森开始把已知的情况拼凑到一起。守望鸟还没有敲定活体概念的限定范围。当它们中的一些伙伴在门罗公司的工厂里被关掉时，这一结束它们"生命"的举动迫使它们认为自己也是活体，剩下的那些鸟肯定已经将此数据关联起来了。

谁也没告诉过它们，它们不是活体。当然，它们也确实具备了活体的大部分功能。

过去的担忧和恐惧再度袭来，盖尔森颤抖着，匆匆走出检修室。他只想赶紧找到麦金泰尔。

手术室里，护士把海绵递给医生。

"手术刀。"

她把刀放在他手中，他划下了第一道切口，随即察觉到一阵骚动。

"谁把那东西放进来的？"

"我不知道。"护士说，她的声音透过面罩闷闷地传出来。

"把它弄走。"

护士向那明晃晃的翅膀挥舞着手臂，但它灵巧地飞过了她的头顶。

医师想避开干扰继续完成切割。

守望鸟把他赶到一旁，守在那里。

"给守望鸟公司打电话！"外科医生下令，"让他们把这东西关掉。"

守望鸟正在阻止一场对活体的伤害。

外科医生无奈地眼睁睁看着他的病人死去。

守望鸟在高速路网上空振翅高飞，观察着，等待着。现在它已经连续工作了好几个星期，没有休息，也没有检修。休息和维修都是不可能的，因为守望鸟不会允许自己那样做。它们知道，如果返回工厂，它们会跟活体一样"被谋杀"。

虽然内置的电路会要求守望鸟定期回家，但守望鸟有更重要的命令得优先执行——保护生命,当然也包括保护它们自己的生命。

凶杀的定义现在几乎是被无限扩充了,根本无法应付。然而守望鸟并不会考虑这一点。它只是针对特定的信号作出反应,无论这信号发生在何时、来自何方。

在它的内存文件中,又有了关于活的有机体的新定义。这些定义是由守望鸟自身的逻辑延伸而来的,它把自己也当成了"活的有机体",由此衍生的活的东西更是无穷无尽了……

又有信号了!这已经是今天察觉到的第一百次了,这只鸟盘旋斜冲,飞速下降,以阻止凶杀发生。

杰克逊打了个哈欠,把车停在路边。他没有注意到天空中那个闪闪发光的亮点,也没有必要去注意那里。按人类的逻辑判断,杰克逊根本没有在考虑什么杀人。

他打定了主意,这是个打盹儿的好地方。他已经连续开了七个小时的车,眼睛都花了。他伸手去拧钥匙,准备熄火——

突然他被什么打得往后一倒,撞到了车身侧面。

"你他妈什么毛病?"他愤怒地质问,"我只不过是想——"他又一次伸手去拧钥匙,又一次被打了回来。

杰克逊知道,最好别再试第三回了。他一直在听收音机,知道守望鸟是怎么收拾顽固的违规者的。

"你个机械白痴,"他对守在一旁的金属鸟说,"汽车又没有生命,我又不是想杀了它。"

但守望鸟只知道,某种行为会导致一个活体停止活动。汽车当然是一种活动中的活体。它不是也跟守望鸟一样用金属制成吗?不是也会跑吗?

麦金泰尔说:"不维修的话,它们迟早会掉下来的。"他推开挡在面前的一大堆说明书。

"要多久?"盖尔森问道。

"六个月到一年。就当一年好了，除非发生什么意外事故。"

"一年。"盖尔森说，"一年就足以毁掉一切了。最新的情况你听说了吗？"

"什么情况？"

"守望鸟把地球也当成活体了，它们不允许农民破土耕种。而且，所有其他的东西都是活体——兔子、甲虫、苍蝇、豺狼、蚊子、狮子、鳄鱼、乌鸦，还有其他更小型的，比如细菌。"

"我知道。"麦金泰尔说。

"而你却告诉我，它们将会在六个月到一年之后才掉下来？现在的情况你知道吗？我们六个月之后吃什么？"

工程师搓着下巴，"我们得赶快采取点儿什么行动。生态平衡都完蛋了！"

"不是赶快！是立刻！"盖尔森点燃了当天的第三十五根烟，"至少，我还有一点点可以自满的地方，因为我告诉过你'我早就说过会这样'。虽然我和其他崇拜机器的笨蛋一样该死。"

麦金泰尔没听他说话，他正在琢磨守望鸟的事，"就像在澳大利亚兔子成灾那样。"

"死亡率正在上升，"盖尔森说，"饥荒，洪水，不让砍树，医生不能——你说澳大利亚什么来着？"

"兔子，"麦金泰尔重复道，"现在澳大利亚几乎没剩多少了。"

"为什么？怎么办到的？"

"哦，发现了一种专门对付兔子的细菌。我记得是由蚊子传播的……"

"研究一下。"盖尔森说，"你可能想到办法了。我要你立马打电话，要求跟其他公司的工程师们取得紧急联络。赶紧，你们凑到一起说不定能想出什么办法来。"

"好。"麦金泰尔说。他抓起一摞空白纸，急匆匆地朝电话跑去。

"我怎么跟你说的来着?"赛尔崔克边说边得意地冲着警长笑,"我不是告诉过你这些科学家都是疯子吗?"

"我又没说你说的不对,是吧?"警长反问。

"你是没说,可你也拿不准。"

"那我现在能肯定了。你最好马上动身,要干的活儿还多着呢。"

"我知道。"赛尔崔克从枪套里掏出左轮手枪,检查了一番,又放了回去,"警长,弟兄们全部回来了吗?"

"全部?"警长一本正经地笑了,"凶杀案已经增加了五成,数量比以前任何时候都多。"

"当然会这样。"赛尔崔克说,"那些守望鸟都忙着去看车和打蜘蛛呢,哪儿顾得过来。"他开始向门口走去,临别时,他转过身对警长说:"信我的没错,警长,机器很蠢的。"

警长点了点头。

成千上万的守望鸟试图制止亿万起凶杀的发生,这是一项不可能完成的任务。守望鸟不理解"可能"与"不可能"。这些机器没有意识,它们既没有成就感,也没有完不成任务的失落。它们耐心地执行着每一个任务,追逐着每一个信号。

它们不可能随时随地出现在每个角落,那也没有必要。因为人们很快就发现什么事情是守望鸟不让做的,他们便不去做那些事情,为了安全第一:守望鸟具备敏锐的感知器和高速飞行的本领,瞬间就能来到你面前。

而且现在它们可是来真的。在它们最初接受的指示中有一项规定:如果其他一切手段都失败了,可以杀死凶犯。

为什么要宽恕一个凶杀犯呢?

这条规定如今适得其反了。守望鸟从事实中提炼出了一个结论——自从它们开始行动以来,凶杀和暴力犯罪呈几何级增长。这是事实,因为它们对于凶杀的定义使得凶杀发生的概率大大增加。但是从守望鸟的逻辑看，犯罪率的增加，就意味着温和的阻止方法已告失败。

简单的逻辑：如果 A 行不通，就试试 B。

芝加哥的屠宰场停业了，牲口都被活活饿死，因为中西部的农民不能割草或收割谷物。

没有人告诉过守望鸟，所有的生命都建立在微妙的、动态平衡的"凶杀"之上。守望鸟并不关心饥馑，因为那只是一种可以忽略的行为，它们的兴趣只在于凶杀。

猎人们坐在家里，紧盯着天空中那些银色的小点，企盼着把它们击落；但他们多半并不会动手，因为守望鸟很快就会察觉到凶杀的意图，并作出惩罚。

渔船停泊在圣佩德罗和格洛斯特的港湾里，因为鱼是活体。

农夫诅咒着，然后绝望地死去。他想去收割庄稼，但麦子是有生命的，是守望鸟的保护对象。土豆也是，跟其他活体一样重要。损坏一草一木不啻总统遇刺——

在守望鸟看来。

当然了，某些机器也有生命。这是理所当然的。因为，守望鸟自己就是机器，而它又是活的。

你若是虐待了你的收音机，那就求神保佑吧。关掉收音机就意味着杀了它。难道不是吗？它发不出声音了，电子管亮着的红灯熄灭了，它变冷了。

守望鸟还要管其他的一些事情。狼群被它们杀死，因为狼要吃兔子；兔子也被杀死，因为它们要吃蔬菜；藤蔓植物被烧死，因为它们会勒死树木。

一只蝴蝶被杀死了，因为它在采集一朵玫瑰花的花粉时，被守望鸟抓了个正着。

这种控制是断断续续的，因为守望鸟为数很少。即便能有几十亿只守望鸟，也不可能完成这几千只守望鸟给自己定下的宏伟任务。

结果是,守望鸟形成了一股杀人的力量。成千上万道疯狂的闪电席卷全国,每天的攻击次数数以千计。

这些闪电能预知你的行动,惩罚你构思之中的"罪行"。

"先生们,拜托了。"政府代表恳求道,"我们必须抓紧了。"

七家制造商的老板停止了交谈。

"在我们正式开始会议之前,"门罗公司的老总说,"我想先说两句。我们不认为自己应当为这种不幸的状况负责。这是一项政府工程,政府必须完全负担道德上和经济上的责任。"

盖尔森耸了耸肩。很难相信,就在几周前,这些人还乐意承担拯救世界的那份荣耀。而现在,拯救行动出了大错,他们只想一心摆脱责任。

"我确信,我们现在不必为这个费心,"代表向他保证,"重要的是我们必须尽快行动。你们工程师干得很出色,我为你们在这场危急中表现出来的合作态度感到骄傲。我现在代表政府郑重宣布,你们可以立即实施计划了。"

"等一下。"盖尔森说。

"没时间了。"

"这计划行不通。"

"你觉得这办法不管用吗?"

"当然管用,但是我担心治病的药比疾病本身更危险。"

其他的老板都盯着盖尔森,恨不得把他给掐死。他却没有理会,自顾自地说:"我们这回的教训难道还不够吗?"他问道,"难道你们还没明白,人类的问题是没有办法用机器来解决的吗?"

"盖尔森先生,"门罗公司的老板说,"我很乐意听你进行哲学探讨,但不幸的是,人们正遭到杀害,庄稼正遭到祸害,我国部分地区已经发生了饥荒。守望鸟必须马上停止运行!"

"凶杀也必须被阻止,我记得我们也曾经对此达成过共识。但并不是像这样!"

"请问你有什么高见呢?"代表问道。

盖尔森深吸了一口气,他即将说出口的话,需要他鼓足所有的勇气。

"让我们等守望鸟自己掉下来。"盖尔森建议。

现场差点要打起来,政府代表让大家冷静下来。

"让我们吸取教训吧,"盖尔森劝告众人,"试图用机器来解决人类问题的初衷本身就大错特错。让我们重新开始。没错,机器是可以用,但别把它们当作法官、导师或父亲。"

"荒谬。"代表冷冷地说,"盖尔森先生,你太紧张了,你要控制一下你自己。"他清了清嗓子,"你们所有人都必须按照总统的要求,执行你们提交的既定计划。"他眼神犀利地盯着盖尔森,"不执行的,以叛国罪论处。"

盖尔森说:"我会尽全力配合。"

"好,生产线必须在这周开动。"

盖尔森独自一人走出房间,现在他又迷茫了。自己到底是正确的还是想当然呢?当然了,他也没有把自己的意思阐述清楚。

他真的明白自己到底想要讲什么吗?

盖尔森悄声咒骂着。他不明白自己为什么从来就不能够对一件事有固定的见解?难道就没有什么价值观是他可以坚守的吗?

他匆匆赶到机场,返回他的工厂。

现在,守望鸟运行得很不稳定,许多精细的部件由于持续工作而严重磨损。但当信号出现时,它仍然会勇敢地完成使命。

一只蜘蛛正在攻击一只苍蝇,守望鸟飞快地冲下去施救。

与此同时,它察觉到头顶上方有什么东西,守望鸟猛地转向,迎着它飞去。

一声尖厉的噼啪声,外加一道强大的电击,与守望鸟擦翅而过。

愤怒的守望鸟也用闪电回击。

攻击者绝缘性很好，它再次向守望鸟发起攻击，这一次，电弧击穿了守望鸟的翅膀。守望鸟飞快地逃跑，但攻击者以更快的速度紧追不舍，同时发出更多的攻击电弧。

守望鸟掉了下来，但还是发出了最后的信号。紧急情况！对活体的全新威胁，这次是最致命的！

全国各地的守望鸟都收到了这个消息，它们的思维中心试图找出答案。

"那个，老板，它们今天干掉了五十只。"麦金泰尔一边说，一边走进盖尔森的办公室。

"好。"盖尔森回答，并没有看工程师。

"不怎么好。"麦金泰尔坐了下来，"天哪，我好累！昨天的战绩是七十二只。"

"我知道。"盖尔森的办公桌上堆着几十起诉讼的卷宗，他会把这些都送给政府，并且附上一份赦免请求。

"它们会做得更好的。"麦金泰尔自信地说，"猎鹰就是专门造来对付守望鸟的，它们更强壮，速度更快，武装也更完备。我们可真是熬更守夜地赶着送它们上天的，是不是？"

"当然是了。"

"守望鸟还真不赖，"麦金泰尔不得不承认，"它们正在学着隐蔽，尝试了很多不同的办法。你知道的，每只被打下来的守望鸟都会告诉其他同伴一些新东西。"

盖尔森没有回答。

"但不管守望鸟能做到什么，猎鹰都能做得更好。"麦金泰尔乐呵呵地说，"猎鹰有特殊的学习电路，专门学习捕猎。它们比守望鸟更灵活，学得也更快。"

盖尔森闷闷不乐地站起来，伸了个懒腰，走到窗前。他举目望去，天上空无一物。就在这时,他突然发觉自己不再举棋不定了。他拿定了主意,不管这次是对还是错。

"告诉我,"他仍然望着天空,"等猎鹰捕光所有的守望鸟以后,会捕什么?"

"啊?"麦金泰尔说,"为什么……"

"为了安全起见,你最好再设计个什么东西来抓猎鹰。我的意思是,以防万一。"

"你认为——"

"我只知道猎鹰是自我控制的,跟守望鸟一样,理由是遥控太慢,当时我们还在争这个。当初的想法就是要把守望鸟打下来,越快越好,这也就意味着没有设计限制电路。"

"我们可以设计个什么东西出来。"麦金泰尔没什么把握地说。

"你们现在已经把一台具有攻击性的机器送上天了,一台杀戮机器。在此之前,你们送上天的是阻止凶杀的机器。你们设计的下一个小玩意儿肯定自己就能上天了,不是吗?"

麦金泰尔没有回答。

"我不是让你负责,"盖尔森说,"该负责任的是我,是每一个人。"

窗外的天空中,有个小点正在飞速移动。

"这是必然的结局。"盖尔森说,"谁叫我们把自己的责任推给机器呢?"

头顶上方,一只猎鹰锁定了一只守望鸟。这种武装到牙齿的杀戮机器在短短几天内学到了很多东西,它唯一的功能就是杀戮。现在,它被指定只能杀掉某一特定对象,那些和它一样有着金属外壳的活体。

但这只猎鹰刚刚发现,还有其他种类的活体——

必须被杀掉。

会计

The Accountant

罗妍莉 译

刊于《奇幻科幻杂志》
The Magazine of Fantasy & Science Fiction
1953 年 7 月

迪先生坐在大扶手椅上，腰带松开，晚报散落在膝盖上。他静静地抽着烟斗，心想，这世界可真美好啊。今天他卖掉了两个护身符、一剂媚药；妻子正在厨房里忙活着，张罗一顿美味的饭菜；烟斗吸起来也通泰得很。迪先生满意地叹了口气，打着哈欠，伸了个懒腰。

他九岁的儿子莫顿匆匆穿过客厅，怀里抱着沉甸甸的一摞书。

"今天课上得怎么样？"迪先生叫道。

"还行。"男孩说着放慢了脚步，但仍朝着自己的房间走去。

"那是啥？"迪先生指着儿子怀里那高高的一摞书问。

"还不就是些会计方面的东西。"莫顿答话时眼睛并没看他父亲，急急忙忙进了屋。

迪先生摇了摇头。这孩子不知从哪儿来的主意，居然想当个会计。当会计！好吧，就算莫顿对数字的反应确实很敏捷，可他也必须忘掉这种无稽之谈。还有更伟大的使命等待着他呢。

门铃响起。

迪先生系好腰带，匆忙把衬衫塞进裤子里，打开了房门。门口站着的是格里布小姐——他儿子的四年级老师。

"请进，格里布小姐，"迪先生说，"您要喝点什么吗？"

"我没时间。"格里布小姐说。她站在门口，双手叉腰，一头乱蓬蓬的银发，瘦削的脸上探出一只长长的鼻子，湿漉漉的双眼红通通的，看上去活脱脱就是个女巫。这一点也不奇怪，因为格里布小姐本来就是个女巫。

"我来是要跟你谈谈你儿子的事儿。"她说。

这时，迪太太匆匆从厨房里走出来，一面在围裙上揩着手。

"但愿他没调皮捣蛋。"迪太太焦急地说。

格里布小姐不爽地从鼻子里哼了一声，这可不是什么好兆头，"今天我出了年度测试，你儿子答得惨不忍睹。"

"哦，天哪！"迪太太说，"现在是春天，也许——"

"这跟春天有什么关系？"格里布小姐说，"上周我布置的是科尔都斯强化魔咒,第一部分。你们也知道这些有多容易,可他一个咒也没学。"

"呃。"迪先生简短答道。

"生物学呢,他连最起码的魔法草药有哪些都没概念,半点儿都没有。"

"简直不可思议。"迪先生说。

格里布小姐气呼呼地笑了,"不光是这样,他还把三年级学的秘术字母表都给忘光了。他忘了保护公式,忘了第三界里九十九个次级小妖的名字。大地狱地理学他原先也就只知道一星半点,现在全给忘干净了。更要命的是,他根本连学都不想学。"

迪夫妇面面相觑,默不作声。事态确实很严重。在一定限度内,孩子气的不专心学习可以容忍,甚至应该加以鼓励,因为这显示了个性;但是,如果一个孩子想要成为羽翼丰满的巫师,基本常识就必须得学会。

"我在这儿就可以立马告诉你,"格里布小姐说,"要是放在过去,我二话不说就判他个不及格了。可事到如今,我们剩下的人也没几个了。"

迪先生悲哀地点了点头。数百年来,巫术日渐式微。原先的家族要么消亡,要么被魔军所掳,还有些跑去当了科学家。而人心变幻无常,公众对古代的魅术魔法早已不见丝毫兴趣。

如今,只剩下寥寥可数的几个人还掌握着这门老手艺,还守着它,在类似格里布小姐所在的私立学校这种地方,把它教给巫师的孩子们。这是一种遗留的传统,一种神圣的信任。

"就是因为会计这种奇谈怪论,"格里布小姐说,"我不知道他是打哪儿来的这么个主意,"她满含指责的目光死盯着迪先生,"也不知道为什么没被扼杀在摇篮里。"

迪先生觉得脸颊渐渐发烫。

"可有一点我是知道的:只要莫顿脑子里还有这个念头,他就没法专心好好学习法术。"

迪先生挪开视线，不去看女巫通红的眼睛。是他的错，他根本就不应该把那个玩具加法机带回家。还有，他第一次看到莫顿在玩复式记账的时候，就该把那个账本一把火烧掉。

但那时候，他又怎么知道这孩子竟会沉迷于此呢？

迪太太抚平围裙，说道："格里布小姐，您知道我们全心全意地相信您。您有什么建议？"

"我能做的都做了。"格里布小姐说，"现在只剩下一个办法，就是召唤波尔巴斯，孩子们的恶魔。那种事情自然得由你们家长来决定。"

"噢，我看还没到那个地步吧，"迪先生马上答道，"召唤波尔巴斯毕竟关系重大。"

"我说了，你们自己看着办，"格里布小姐说，"召还是不召，你们自己看看怎么合适吧。就目前的情况来看，你的儿子永远都别想当巫师。"她转过身，准备离开。

"您不留下来喝杯茶再走吗？"迪太太急忙问。

"不了，我得去辛辛那提参加女巫团的集会。"格里布小姐说完，随即消失在一股橙色的烟雾中。

迪先生挥动双手扇着烟，关上了门。"啧啧，"他说，"还以为她用了啥牌子香水呢。"

"她是个老派人。"迪太太喃喃道。

他们静静地站在门边。直到此时，震惊之情才从迪先生心中慢慢升起。很难相信，他的儿子，他的亲生骨肉，竟然不肯继承家族的传统。这不可能是真的！

"等吃完晚饭，"迪先生终于开口，"我要开诚布公地跟他谈谈。我敢肯定，咱们用不着找什么魔鬼来瞎掺和。"

"好啊，"迪太太说，"我相信你能让这孩子明白过来。"她微笑着，迪先生瞥见了她眼底闪烁的那道昔日女巫的光芒。

"我的烤肉!"迪太太突然喘着气道,眼中的女巫之光熄灭了。她匆忙跑回厨房。

晚餐颇为安静。莫顿知道格里布小姐来过,他心怀歉疚,默默地吃着,偶尔瞅父亲一眼。迪先生把烤肉切好,摆上餐桌,眉头紧皱。迪太太甚至都没开口寒暄。

男孩把饭后甜点囫囵吞下,便急忙跑回了房间。

"咱们就要见分晓了。"迪先生对妻子说。他喝完最后一口咖啡,擦了擦嘴,站起身来,"我现在要去跟他摆摆道理了。我的说服护身符在哪儿?"

迪太太沉思了片刻,然后穿过房间,走到书柜前。"在这儿,"她说着,从一本包着鲜艳封皮的小说书页中抽出那道护身符,"我拿来当书签了。"

迪先生把护身符塞进口袋,深吸一口气,走进儿子的房间。

莫顿正坐在书桌前,面前摆了个笔记本,上面潦草地涂写着数字和小小的精密符号。桌上放着六支精心削尖的铅笔、一块肥皂橡皮擦、一只算盘和一个玩具加法机。他那些书搁在桌边显得摇摇欲坠:有利姆拉莫的《货币》、约翰逊和卡尔霍恩的《银行会计实践》《埃尔曼CPA研究》,还有十来本别的书。

迪先生把床上的一堆衣服推到一边,给自己腾出个坐的地方。"怎么样,儿子?"他用最亲切的声音问道。

"还行,爸爸,"莫顿急切地回答,"我正在看《会计学基础》第四章,我把问题全答出来了。"

"儿子,"迪先生打断了他,轻声说,"你平时的家庭作业怎么样?"

莫顿看起来很不安,脚在地板上蹭来蹭去。

"要知道,在当今这个年代,没有多少男孩像你一样,年纪轻轻就有机会做巫师。"

"是的,爸爸,我知道。"莫顿蓦地转开了视线,紧张地高声道,"可是爸爸,我想做会计。爸爸,我真的很想。"

迪先生摇了摇头,"莫顿,咱们家里总有一个人是巫师。一千八百年来,我们迪家在超自然的圈子里一直都是响当当的名字。"

莫顿继续望向窗外,蹭着脚。

"你不会让我失望的,对吧,儿子?"迪先生伤感地笑了笑,"要知道,会计这种活儿是个人都能干的,但只有精挑细选的少数人才能精通黑魔法。"

莫顿的眼光从窗外收回来。他拿起一支铅笔,查看了一下笔尖,开始在指间慢慢地转起这支笔来。

"怎么样,孩子?你肯不肯在格里布小姐的课上再加把劲儿?"

莫顿摇了摇头,"我想当会计。"

迪先生努力地遏制住心中猛然窜起的怒火。说服护身符是不是出什么毛病了?难道说咒语耗光了吗?他该再充充法术的。不过,他还是接着往下说。

"莫顿,"他哑着嗓子说,"你知道的,我才只是三级术士。我父母很穷,没办法送我上大学。"

"我知道。"男孩小声说。

"我想让你拥有我自己从未拥有过的一切。莫顿,你可以当上一级术士的。"他热切地摇了摇头,"这并不容易,但是你妈妈和我有点儿微薄的积蓄,剩下的我们可以想办法凑出来。"

莫顿咬紧嘴唇,手指飞快地转动着铅笔。

"怎么样,儿子?要知道,身为一级术士,你就用不着去铺子里干活了。你可以成为'天下第一黑'[1]的直接代理。直接代理啊!你怎么说,孩子?"

有那么一会儿,迪先生以为儿子被他说动了。莫顿嘴唇张开,眼睛里有种可疑的光亮。但是,那个男孩瞥了一眼他的会计书,他的小算盘,他的玩具加法机。

1.作者虚构的贩售魔法道具的店铺。

"我要当会计。"他说。

"咱们走着瞧!"迪先生喊道,再也没了丝毫耐心,"小子,你当不了会计的。你得当巫师。这对你的家人有好处,再说了,见他的大头鬼,对你自个儿也有好处。这事儿我可还没完呢,小子!"他大发雷霆,冲出了房间。

莫顿立刻回头看起了他的会计书。

夫妇俩坐在沙发上,没有说话。迪太太正忙着编织一根风索[1],但她的心思不在上面。迪先生闷闷不乐地盯着客厅地毯上一处磨损的地方。

最后,迪先生说:"我把他给惯坏了。只剩下找波尔巴斯这个办法了。"

"哦,别,"迪太太急忙说,"他还太小了。"

"你想让儿子当会计吗?"迪先生悻悻地问,"难道你想让他涂涂写写着数字长大,而不是在'天下第一黑'的手下干大事?"

"当然不是,"迪太太说,"可是波尔巴斯——"

"我知道。我已经觉得自己跟个杀人犯差不多了。"

他们想了一会儿,然后,迪太太说:"也许他的祖父能帮上忙。他一直挺喜欢这孩子的。"

"还真说不定,"迪先生若有所思地说,"但我不知道我们是不是该去打扰他。毕竟,老先生已经去世三年了。"

"我知道,"迪太太边说,边拆开风索上打错的一个结,"可要是不找他,就只好去找波尔巴斯了。"

迪先生同意了。尽管求助于莫顿的祖父相当令人不安,可总比波尔巴斯好上无数倍。迪先生立刻动起手来,为召唤他父亲的亡灵做准备。

他把天仙子、地角兽的角、毒芹和一小片龙牙拢到一起,放在

---

1. 风制成的绳索,作者虚构的一种魔法道具。

地毯上。

"我的魔杖在哪儿?"他问妻子。

"跟你的高尔夫球杆一起装进袋子里去了。"她告诉他。

迪先生拿出魔杖,在这堆配料上空挥舞着。他喃喃吐出释放亡灵那几个词的咒语,喊出了父亲的名字。

立时便有一缕轻烟从地毯上腾起。

"你好,迪爷爷。"迪太太说。

"爸爸,很抱歉打扰你,"迪先生说,"但是我儿子,也就是你孙子不肯当巫师。他想做个——会计。"

那缕烟颤抖起来,然后又直起,在空中勾勒出古语里的一个字符。

"是啊,"迪先生说,"说服这招我们已经试过了,那孩子倔得要命。"

烟雾又簌簌抖着,勾勒出另外一个字。

"我觉得这办法再好不过了,"迪先生说,"如果你能一劳永逸,把他给吓傻了,那他就会忘掉会计什么的无稽之谈。这么做虽说狠了点儿,但总胜过去找波尔巴斯。"

那缕烟点了点头,然后一溜烟向男孩的房间涌去。迪先生夫妇俩则在沙发上坐倒。

砰的一声,仿佛一股狂风卷过,莫顿的房门被猛然撞开。莫顿抬起头,皱皱眉,又埋头接着看他的书。

那缕轻烟化为一头带翅膀的狮子,长了根鲨鱼尾巴。它发出骇人的怒吼,蹲踞在地,咆哮着,作势要纵身一跃。

莫顿瞥了它一眼,双眉挑起,然后草草记下了一串数字。

狮子又变成了一只三头蜥蜴,身子两侧散发出难闻至极的血腥气。这只蜥蜴喷吐着火焰,向男孩扑来。

莫顿已经加完了那串数字,拿算盘验算了一遍结果,看了看蜥蜴。

蜥蜴高声尖啸着,又变成一只硕大的蝙蝠。它在男孩头顶上盘旋飞舞,叽叽喳喳地凄声厉叫。

莫顿咧嘴笑起来,又回头继续看书。

迪先生再也受不了了。"该死,"他喊道,"你就不害怕吗?"

"有什么好怕的?"莫顿问,"这不就是爷爷嘛。"

一听见这个词,蝙蝠又重新散作一股烟雾。它伤心地冲迪先生点了点头,对迪太太鞠了一躬,然后便消失了。

"爷爷再见!"莫顿喊着,站起身来,关上了房门。

"我受够了。"迪先生说,"这孩子还真自以为是,我们只能召唤波尔巴斯了。"

"别!"他妻子说。

"那怎么办?"

"我现在也没招了。"迪太太眼看就要流下泪来,"你知道的,波尔巴斯对孩子们怎么样。他们从此以后再也不一样了。"

迪先生的脸板得跟花岗岩似的,"我知道。可也没别的办法了。"

"他还太小了!"迪太太大声哭喊,"那样——那样会给他留下心理创伤的!"

"那样的话,我们可以动用现代心理学的所有资源,把他给治好,"迪先生安慰她,"只要是花钱能请到的最棒的精神分析师,咱们都给他请来。可这孩子一定得当巫师!"

"那你就动手吧,"迪太太失声痛哭,"可是别叫我帮忙。"

迪先生心想,女人可真是婆婆妈妈的。每当需要果断的时候,总是软绵绵的,像块果冻。他心情沉重地开始着手准备召唤波尔巴斯——孩子们的恶魔。

首先是错综复杂的五角形草图,里面是十二角星,十二角星里还有无尽的螺旋。然后是药草和精华,都是些昂贵的物件,但在念咒的时候却绝对是必不可少的。接下来还得刻写保护魔咒,这样波尔巴斯才不至于脱困而出,把他们全都给毁掉。最后还要滴上三滴双翼鹰头马的血。

"我的马鹜血放哪儿了?"迪先生边问边在客厅柜子里翻找着。

"在厨房,装阿司匹林的瓶子里。"迪太太擦拭着眼睛回答道。

迪先生找到了,于是一切都准备就绪。他点燃了黑色蜡烛,吟诵起解锁的咒语。

房间里突然变得暖洋洋的,现在只需要念出那个名字。

"莫顿,"迪先生嚷着,"到这儿来。"

莫顿打开门,走了出来,手里紧紧地攥着一本会计书,看上去十分稚嫩,毫无防备。

"莫顿,我马上就要召唤孩子们的恶魔了。莫顿,别逼我这么做。"

男孩的脸变得刷白,瑟缩着靠在背后的门上,但还是固执地摇了摇头。

"那好吧。"迪先生说,"波尔巴斯!"

随着一声震耳欲聋的雷鸣和一股热浪,波尔巴斯出现了,足足有天花板那么高,正邪恶地咯咯笑着。

"啊!"波尔巴斯喊道,声音震动了整个房间,"一个小男孩!"

莫顿目瞪口呆,嘴张得大大的,鼓起了眼睛。

"一个调皮的小男孩。"波尔巴斯笑道。魔鬼向前大步走来,每迈出一步,屋子便摇晃一下。

"快赶他走!"迪太太哭道。

"我办不到,"迪先生嗓音都变了,"在他完事之前,我什么也做不了。"

魔鬼将长着角的大手伸向莫顿,可是男孩飞快地打开了会计书。

"救命!"他尖叫道。

一瞬间,一位瘦得吓人的高个子老人出现了,全身覆盖着写坏的笔尖和账本纸,眼睛是空空荡荡的两个零。

"济科,比科,里尔!"波尔巴斯嘴里念叨着,转身去斗这个新来的人。瘦老头儿却笑道:"凡是越权的公司合同,不仅可以撤销,而且完全无效。"

他刚一说出这句话,波尔巴斯便被向后甩去,摔倒的时候砸坏了一把椅子。他气急败坏地爬起身,连皮肤也闪着红通通的光,又拖长了声音吟起大魔咒来:"弗拉特,哈特,嗬!"

但是瘦老头儿用身体挡住莫顿,喊出了一堆解约用词:"过期,作废,事故,投降,遗弃,死亡!"

波尔巴斯痛得尖叫出声。他匆忙后退,在空中乱摸一气,终于摸到了那个缺口,连忙钻过去,逃走了。

瘦高老人转过身,面朝着缩在客厅一角的迪先生夫妇二人,说道:"告诉你们,我就是会计。还有,这孩子已经和我签了一份契约,做我的徒弟和仆从。作为对他效劳的回报,会计大人我,正在教他如何施行灵魂的诅咒,手段就是以数字、表格、侵权和没收织成一张受诅咒的罗网,将他们的灵魂困在其中。看哪,这就是我在他身上留下的印记!"

会计举起莫顿的右手,亮出中指上墨水的污迹。

他又转向莫顿,柔声道:"孩子,明天,咱们会把规避个人所得税的某些方面也认定为通往诅咒之路。"

"是,先生。"莫顿急切地说。

会计又朝迪先生夫妇投去锐利的一瞥,随即消失了。

良久,仍是一片沉默。然后,迪先生转向妻子。

"好吧,"迪先生说,"既然孩子这么坚决,非要当会计不可,那我肯定不会拦着他。"

天堂二号

Paradise II

罗妍莉　译

刊于科幻小说选集"*Time to Come*"

Farrar, Straus and Young 出版社

1954

那座空间站围绕着它的行星旋转,等待着。确切地说,它并没有智慧,因为用不着。但它有意识,也具备一定的向性反应[1]、亲和性和应变能力。

它很会随机应变。它的用途被刻入了金属本体之中,深深烙印于电路和管道中。也许这台机器保留了一些在建造时已寄予其上的情感——希望、恐惧,以及和时间赛跑的疯狂。

然而希望已化为泡影,因为和时间的赛跑输了。于是,这台伟大的机器徒然悬在太空中,残缺,无用。

但它有意识,也具备一定的向性反应、亲和性和应变能力。它很会随机应变,知道自己需要什么。于是它在太空中搜寻着,等待缺失零件的到来。

在牧夫座范围内,飞船来到一颗樱桃红色的小恒星附近,当它环绕着进入轨道,弗莱明看到其中一颗行星的大地是迷人而罕见的蓝绿色。

"看看这颗!"弗莱明大叫着从控制台前转过身来,激动得嗓子都嘶哑了,"地球型。是地球型,对吧,霍华德?我们这下可要发了!"

霍华德慢慢从飞船上的厨房里踱出来,嘴里啃着一块牛油果。他身材矮小,秃顶,巍然腆着个小西瓜大小的将军肚。他十分生气,因为他一直在全情投入地做晚饭。对于霍华德而言,烹饪是一门艺术,他要是没当商人,原本可以成个大厨。他们每次旅途都吃得很好,因为霍华德做炸鸡很拿手,他还用霍华德沙司来烤肉,他本就特别擅长制作霍华德沙拉。

"可能是地球型。"他冷冷地盯着那颗蓝绿色星球。

"肯定就是。"弗莱明说。弗莱明还是个小伙子,在太空中比谁都有资格激情四射。他骨瘦如柴,简直枉费了霍华德那番手艺,橘红色的头发乱糟糟地堆在前额上。霍华德容忍了他,不仅因为弗莱

---

[1] 一种应激性反应,通常指静止型生物的定向运动反应,比如植物的向光性、向地性等。

明对付飞船和引擎很有一套,最重要的是,弗莱明做起事来有板有眼。在太空这地方,靠谱比什么都重要,因为仅仅是把飞船升到太空中,就得烧掉一大笔钱。

"要是上面没人住就好了,"弗莱明热切而认真地祈祷着,"要是全都归我们就好了。我们,霍华德!一颗地球型星球!天哪,我们光是卖房子卖地都发了,更别提矿产权、加油权和别的那些了。"

霍华德把剩下的牛油果吞进肚子里。小弗莱明要学的东西还多着呢。寻找和销售行星是门生意,就跟种橘子和卖橘子一样。当然了,其实还是有区别的:橘子没有危险,而行星有时会有。但是,卖橘子可没有卖一颗好行星赚得多。

"现在可以登陆我们的星球吗?"弗莱明急切地问道。

"必须的。"霍华德说,"就只是——前面那座空间站让我觉得,这儿的居民可能会把这儿看作是他们的星球。"

弗莱明瞧了一眼。果不其然,一座空间站,一度被这颗星球庞大的身影所遮蔽,现在正飘入他们的视野。

"哦,该死!"弗莱明说,他皱起那张窄窄的雀斑脸,郁闷地噘着嘴,"那说明上面有人住。你说,咱们能不能……"他这句话没说完,瞥了一眼炮火控制器。

"唔……"霍华德看了看空间站,对当初建造者的技术水平评估了一下,然后又看了看这颗星球,遗憾地摇了摇头,"不,在这儿不行。"

"哦,好吧。"弗莱明说,"至少我们拥有优先贸易权。"他又看了眼舱门外,一把抓住霍华德的胳膊,"瞧——那座空间站。"

在那球体灰色的金属表面上,明亮的灯光依次闪烁起来。

"你说这是什么意思?"弗莱明问。

"我不知道,"霍华德告诉他,"而且我们待在这儿永远也弄不明白。要是没人阻拦,你还是可以在这颗星球上着陆的。"

弗莱明点了点头,把控制开关切换到手动模式。霍华德瞅了一会儿。

控制板上布满了由金属、塑料和石英制成的刻度盘、开关和仪表，而另一方面，弗莱明则是肉身和骨骼拼凑的血肉之躯，这二者之间除了马马虎虎互相将就，似乎本不可能存在任何关系。结果恰恰相反，弗莱明似乎与控制板融为了一体。他的眼睛扫视过刻度盘，带着一种机械般的精确，手指变成了开关的外延。金属在他的手中似乎化作了绕指柔，而且顺从他的意志。石英仪表闪烁着红光，而弗莱明的眼睛也闪烁着红光，那光芒并非纯粹的反射。

一旦进入减速螺旋状态，霍华德就舒舒服服地在厨房里安顿了下来。他估计了一下燃料和食物消耗的情况，加上飞船的折旧。出于保险起见，他在总数的基础上又额外上浮了三分之一，然后记在账本上。以后总会有用的，可以用来抵扣他的所得税。

他们降落在一座城市的郊区，等待当地的海关官员。没有人来。他们进行了标准的大气和微生物测试，然后继续等待。仍然没有人来。过了半天之后，弗莱明打开了舱门，两人开始往这座城市走去。

第一批骷髅散落在被炸弹蹂躏过的水泥路上，让他们觉得困惑：好像也太不讲究了吧？有什么文明种族会任凭骷髅丢在路上不管？为什么没人来清理干净？

他们很快有了答案。聚居在这座城市里的，只有成千上万的骷髅，有数百万之多，挤在土崩瓦解的剧院里，倒在满是灰尘的商店门口，散落在布满弹孔的街道上。

"肯定是打了场仗。"弗莱明机灵地说。

在市中心，他们发现了一处阅兵场，一排又一排穿着制服的骷髅躺在草地上。检阅台上挤满了骷髅官员、骷髅军官、骷髅妻子和骷髅父母。站在检阅台后面的是骷髅孩子，正聚在一起看热闹。

"战争，没错。"弗莱明说着点了点头，算是盖棺定论，"他们输了。"

"显然。"霍华德说，"可赢的是谁？"

"什么？"

"胜利的一方在哪儿？"

就在这时，空间站从头顶飞过，在一排排沉寂的尸骸上投下一道阴影。两人都不安地向上看。

"你说是不是所有人都死了？"弗莱明期待地问。

"我觉得咱们会弄明白的。"

他们往飞船走去。弗莱明兴致勃勃地吹起了口哨，把挡路的一堆伤痕累累的尸骨踢到一旁。"我们已经一夜暴富了。"他咧开嘴笑着对霍华德说。

"还没有，"霍华德谨慎地说，"可能会有幸存者——"他瞅见弗莱明的模样，忍不住也笑了。

"咱们跑这一趟差事好像确实还挺有收获。"

他们在这颗星球上停留的时间很短。这个蓝绿色的世界是座被炸得满目疮痍的坟墓。在每一块大陆上，每座小镇都有成千上万具遗骨，每个城市都有数以百万计的尸骸。平原、高山、湖泊、林莽，处处散落着骷髅。

"真是一团糟！"在这颗星球上空盘旋的时候，弗莱明终于说道，"你说这儿有多少人？"

"我猜差不多九十亿吧，上下浮动个十亿的样子。"霍华德说。

"你猜发生了什么事？"

霍华德露出了精明的笑容，"有三种经典的种族灭绝方法：第一种是以毒气污染大气；与之相关联的是放射性中毒，也会杀死植物；最后，还有突变的实验室细菌，培养目的纯粹是为了攻击所有种群，如果失控的话，就会消灭整个星球的生命。"

"你说，这儿是不是就是这么回事？"弗莱明饶有兴致地问。

"我觉得是。"霍华德说着，拿起一只苹果在胳膊上蹭了蹭，咬了一口，"我虽说不是病理学家，可那些骨头上留下的痕迹……"

"是细菌。"弗莱明说着，不由自主地咳嗽起来，"你说会不会——"

"要是那些细菌还有活性的话，你早就死了。从那些骷髅的风化情况来看，他们肯定已经死了几百年了。病菌没了人类宿主，也就跟着死了。"

弗莱明用力点了点头,"这真是定制的死亡哦,这些人可真是太惨了,战争的命运什么的。但这颗行星真的归我们了!"他把目光投向舱门之外,凝视着下方的绿色沃野,"我们叫它什么好,霍华德?"

霍华德望了望田野,又看看紧邻水泥道路之处那片杂草丛生的荒凉牧场。"我们可以叫它'天堂二号',"他说,"这地方对农民来说应该算是天堂。"

"天堂二号!真是个好名字。"弗莱明说,"我觉得咱们得雇上一帮人来清理那些骷髅。看着太诡异了。"

霍华德点点头。有很多细节需要处理,"是得那么办,等我们——"

空间站从他们身旁掠过。

"灯!"霍华德突然大喊一声。

"灯?"弗莱明盯着那个远去的球体。

"我们来的时候,还记得吗?那些闪烁的灯光?"

"记得。"弗莱明说,"你觉得是有人躲在那里头吗?"

"我们马上就知道了。"霍华德坚决地说。弗莱明驾着飞船掉头时,他毅然咬了一口苹果。

当他们到达空间站时,首先映入眼帘的是另一艘飞船,正牢牢吸附在空间站锃亮的金属壁上,就像蜘蛛粘在蛛网上一样。那艘船很小,只有他们这艘飞船的三分之一大,一扇舱口半开着。

两人身穿太空服,戴着头盔,在那扇舱口前停下。弗莱明用戴着手套的双手抓住舱口,将它完全打开。他们小心翼翼地将手电光往舱内照去看了看,猛地向后跳开。然后,霍华德不耐烦地做了个手势,弗莱明开始往里走去。

舱内有具尸体,从宇航员的座位上刚站起一半,从此便永远保持着那个并不稳固的姿势。他面颊上还残留着些肌肉,足以显示他在生死关头所经受的痛苦,但他的皮肤不知受到什么疾病的影响,在某些部位已经侵蚀入骨了。

飞船尾部，数十只木箱高高摞起。弗莱明打开其中一只，拿手电往里面晃了一下。

"吃的。"霍华德说。

"肯定是他本来想躲在空间站里头。"弗莱明说。

"看来应该是，结果没成功。"他们很快离开了飞船，心里一阵反胃。骷髅还算容易接受，毕竟它们是沉默不语的存在，但这具尸体的死状实在是太栩栩如生了。

"那开灯的是谁呢？"弗莱明在空间站表面问道。

"也许是继电器自动控制开关吧，"霍华德迟疑地说，"不可能还有幸存者。"

他们从空间站表面走过，发现了入口。

"我们要不要看看？"弗莱明问道。

"何苦呢？"霍华德飞快地说，"这儿的人都死光了。我们不如先回去，提出我们的权利主张。"

"只要还有一个幸存者，"弗莱明提醒他，"按照法律规定，这颗星球就归他所有。"

霍华德不情愿地点了点头。如果他们耗费一笔巨资长途飞回地球，再带着勘测队回来时，却发现有人正舒舒服服地窝在空间站里，那他们可就冤到家了。如果幸存者躲藏在星球上，情况反而会有所不同。从法律上来说，他们主张的所有权仍然有效。但要是空间站里躲着个人，他们却忘了检查——

"我想我们必须看一下。"霍华德说着，打开了舱门。

空间站里伸手不见五指。霍华德拿手电筒照在弗莱明身上，橙黄的手电光照射下，弗莱明脸上不见半点阴影，看起来就像是个原始的面具。霍华德眨了眨眼睛，有点害怕，因为那一刻，弗莱明的脸完全不像人。

"空气可以呼吸。"弗莱明说，立刻恢复了人的模样。

霍华德把头盔往后一推，将手电光亮度调高，大块大块的墙壁似乎向他挤压过来似的。他在口袋里摸索着,发现了一根萝卜,便把它塞进嘴里,给自己打打气。

两人开始前进。

他们沿着一条狭窄蜿蜒的走廊走了半个小时,手电光逼退面前的黑暗。金属地板貌似稳如泰山,却在看不见的压力之下,开始吱嘎作响,让霍华德的神经紧绷到了极点。弗莱明却似乎丝毫未受影响。

"这地方准是个轰炸用的空间站。"过了一会儿,他评论道。

"我觉得也是。"

"除了成吨的金属外啥也没有,"弗莱明滔滔不绝地说,伸手在一面墙上敲了敲,"我看咱们得把它当废铁卖了,除了那些还能修复的机器。"

"废铁的价钱……"霍华德才刚开口,说时迟那时快,恰好就在弗莱明脚下,一块地板倏地张开,弗莱明还没来得及尖叫出声,便已飞快地跌了下去,从他视野中消失了,而那块地板砰的一声又恢复了原状。

霍华德摇摇晃晃地后退了一步,好像身体被什么东西撞到一样。片刻之间,他的手电筒先是疯了似的光芒大作,然后就彻底熄灭了。霍华德一动不动地站着,双手举起,脑子在那似乎永无止境的震惊中一片空白。

那股震撼慢慢消散,霍华德只觉脑袋受到重击般一阵钝痛。"……现在不怎么卖得起价。"他呆呆地继续说完刚才那个句子,恨不得什么都没有发生过。

他走到靠近刚才那一块地板的位置,叫了一声:"弗莱明!"

没有回答。一阵战栗掠过他的身体。他俯身在已经合拢的地板上方,声嘶力竭地高喊着:"弗莱明!"他直起身来,头痛欲裂,深吸了一口气转过身,然后小跑着回到了门口。他不让自己去想。

然而,入口已经关闭了,严丝合缝的边缘仍在发烫。霍华德用尽各种办法仔细察看,又是摸,又是敲,又是踢。然后,他发觉黑暗正从四周压迫而来。他急得直转圈，汗水从他脸上流了下来。

"谁在那儿？"他冲着走廊喊道，"弗莱明！你能听到吗？"

没人回答。

他喊道："是谁干的？你为什么要把空间站上的灯都打开？你把弗莱明怎么了？"他侧耳听了一会儿，然后呜咽着喘了口气，继续喊道："把入口打开！我这就走！我不会跟任何人说的！"

他等待着，拿手电光晃着那条走廊，想弄明白黑暗背后是什么。最后他大声嚷道："你刚才打开暗门的地方为什么不是在我脚下呢？"

他往后靠在墙上，气喘吁吁。没有哪扇暗门打开。他心想，说不定，哪扇都不会开的。这想法给了他片刻的勇气。他毅然告诫自己：肯定另有出路，然后重新走上回廊。

一个小时后，他还在走，手电光向前穿透，黑暗在背后蔓延。他现在重新控制住了自己的情绪，头痛也减轻了，只是隐隐作痛。他又开始推理了。

灯可能是由自动电路控制的。兴许那扇暗门也是自动的。至于会自动合拢的入口——那可能是战争时期的一种预防措施，以确保敌方特工无法潜入。

他自己也清楚，这不怎么说得通，可他已然黔驴技穷了。整个情况完全无法解释。飞船里的那具尸体，没有生命的美丽行星——这二者之间存在着某种关系，要是他能弄清这种关系就好了。

"霍华德。"一个声音说。

霍华德痉挛似的往后一跳，就跟碰到了高压线一般，脑袋立刻又痛起来。

"是我，"那声音说，"弗莱明。"

霍华德向四面八方乱挥着手电光，"在哪儿？你在哪儿？"

"我估计，差不多在你下面两百英尺吧。"弗莱明说，他的声音飘浮在走廊里，十分刺耳，"通话效果不太好，可我已经尽力了。"

霍华德两条腿再也撑不住了，他在走廊上一屁股坐下，可心里反倒觉得如释重负。弗莱明在他下面两百英尺的地方，这非常合理。通话效果不好，这一点也非常合理，完全可以理解。

"你上得来吗？我能帮上你什么忙？"

"你帮不上。"弗莱明说，声音里夹杂着静电的杂音，霍华德还以为他在窃笑。"我似乎没剩下多少……身体了。"

"你的身体哪儿去了？"霍华德认真地追问。

"不见了。掉下来的时候摔碎了，剩下来的部分刚好够我连进电路。"

"我明白了，"霍华德说，奇怪地感到一阵头晕，"你现在只是一个大脑，纯粹的智能。"

"哦，剩的倒还比这多一点儿，"弗莱明说，"恰好能符合这台机器的需要。"

霍华德开始神经质地呵呵笑起来，因为他眼前仿佛看到了一幅图景：弗莱明灰色的大脑正在一池水晶般清澈的水里游着。他止住笑，问道："这台机器？什么机器？"

"空间站。我想这是有史以来最复杂的机器了。它先是把灯打开，接着又打开了门。"

"可是为什么呢？"

"我也想搞明白，"弗莱明说，"我现在是它的一部分了，也可能它是我的一部分。不管怎么说，它需要我，因为它不具备真正的智能，而我恰好可以弥补这一点。"

"你？但是机器不可能知道你要来！"

"我不是特指非得是我这个人。外面飞船上的那个人，他很可能就是真正的操作员。不过我也能行，我们会一起完成当初建造者的计划。"

霍华德努力使自己平静下来，他现在再也无法思考了。他唯一关心的就是怎么从空间站里逃走，回到自己的飞船上去。他得跟弗莱明齐心协力，才能做到这一点，但如今弗莱明却变成了一个陌生的存在,行事无法预测。他听起来倒是很有人味儿,但事实究竟是否如此呢?

"弗莱明。"霍华德试探地说。

"怎么了,老兄?"

这句话令他感到振奋,"你能送我离开这儿吗?"

"我觉得可以。"弗莱明的声音说,"我试试看。"

"我会带着神经外科医生回来。"霍华德向他保证,"你不会有事的。"

"别担心我,"弗莱明说,"我现在没事。"

霍华德已经不记得自己走了多少个钟头。狭窄的走廊一条接着一条,消失在更多的走廊里。他累了,腿开始变得僵硬。他边走边吃,背包里有三明治,他机械地咀嚼着,纯粹是为了保存体力。

"弗莱明!"他终于喊道,一边停下来休息。

过了很长一段时间,他才听到一种几乎辨认不出的声音,就像是金属摩擦着金属。

"还得多久?"

"没多久了。"刺耳的金属声音说,"你累了?"

"是啊。"

"我尽力吧。"

弗莱明的声音虽然可怕,但更可怕的是寂静无声。霍华德听着,听到空间站的中心深处,引擎正轰鸣着重新苏醒。

"弗莱明?"

"怎么了?"

"这都是些什么啊?是座轰炸空间站吗?"

"不是。我还不知道这台机器的用途呢,我还没有完全融入。"

"但它确实有专门的用途,对吧?"

"是啊!"金属摩擦的声音响亮至极,令霍华德的脸抽搐了一下,"我拥有一个功能齐全的连锁反应装置。就拿温度控制来说,仅仅在一微秒之内,我就有本事实现数百度的温度变化,更不用说我的化学混合存储库、电源和其他那些东西了。当然,我确实还有专门的用途。"

霍华德不喜欢这个答案。听起来就像是弗莱明将自己与这台机器混为一谈了,把他本人的个性与空间站结合成一体。他勉强开口问道:"那你怎么还不清楚它的用途?"

"有个重要部件没了,"弗莱明停顿了一下又说,"是个不可或缺的模型。而且我还没有完全控制整台机器。"

越来越多的引擎开始轰鸣着苏醒,墙壁随之震颤。霍华德能感觉到脚下的地板在抖动。空间站似乎正在醒来,伸展着身体,不断地积聚着智慧。他觉得自己仿佛是在什么巨大海怪的肚子里。

霍华德又走了几个小时,背后留下了一串苹果核、橘子皮、吐掉的肥肉渣、一只空水壶和一张蜡纸。他现在吃个不停,他不断地逼着自己吃,持续不断的饥饿感渐渐变得迟钝起来。吃东西的时候,他觉得很安全,因为吃这种行为使他觉得自己还在自己的飞船里,还在地球上。

突然,一段墙壁向后滑去。霍华德从墙边挪开。

"进去吧。"一个声音说,他姑且认为那是弗莱明。

"为啥?那是什么?"他将手电向墙上张开的洞口照去,看到一列连续移动的地板,消失在黑暗中。

"你累了,"那个像是弗莱明的声音说,"这样更快。"

霍华德想跑,却又无处可去。他要么信任弗莱明,要么就只好勇敢面对手电光两侧无法照亮的黑暗。

"进去。"

霍华德乖乖地爬了进去,坐在移动的轨道上。前方除了黑暗,什么也看不见,他向后躺倒。

"你知道这个空间站是干吗用的了吗?"他问黑暗。

"就快知道了。"一个声音回答,"我们不会辜负他们的。"

霍华德不敢去问他们是谁。他闭上眼睛,任由黑暗包围了自己。

旅程持续了很长一段时间。霍华德的手电筒夹在胳膊底下,手电光束径直照向上方,反射在光亮的金属天花板上。他不假思索地啃了一口饼干,食不知味,他几乎没意识到是他自己在吃。

在他周围,机器似乎在说话,用的是一种他听不懂的语言。他听到移动的零件发出吃力的吱嘎声,一边互相摩擦,一边抗议着。接着有一股润滑油喷出,获得了慰藉的零件随即移动得悄无声息,平顺无比。引擎发出吱吱的抗议声,它们迟疑着,嘎嘎作响,又愉快地哼哼着恢复运转。透过各种其他声响,间或传来电路的咔嗒声,电路变换着,不断重新改变排列方式,调整着自己。

但这意味着什么呢?霍华德仰躺着,双眼紧闭,他也不知道。他与现实的唯一接触就是他嚼过的饼干,但那也很快就不见了,只剩一场噩梦。

他看到数十亿骷髅,排得整整齐齐,在这颗星球上庄严地列队前行,跨过那些荒废的城市,跨过肥沃的黑土地,进入了太空。他们列队经过那艘小飞船中死去的飞行员,那具尸体羡慕地盯着那些骷髅。让我和你们一起走吧,他请求道,但骷髅们都怜悯地摇着头,因为飞行员仍旧负担着沉重的肉身。肉身何时才会蜕去?他何时才能摆脱它的束缚?那具尸体问,但骷髅只是摇头。什么时候?等机器准备好的时候,等搞明白它的用途的时候。然后,数十亿具骷髅会获得救赎,而那具尸体也会摆脱肉身的负担。尸体透过他那破破烂烂的嘴唇,乞求现在就带他走。但骷髅们只感知到他的肉身,他的肉身也无法割舍飞船上堆积如山的食物。他们悲哀地继续前进,飞行员则在飞船里等待,等待着他的肉身消融不见。

"对了!"

霍华德猛然惊醒,四处张望。没有骷髅,也没有尸体,只有机器的墙壁,围拢在他四周。他伸手往口袋里掏去,可食物全都不见了。

他用手指拈起一些面包屑，放在舌头上。

"对了！"

他刚才的确听到了一个声音！"怎么了？"他问道。

"我知道了。"那声音得意扬扬地说。

"知道？知道什么？"

"我的用途！"

霍华德一跃而起，拿着手电光四下照着。金属的声音在他周围回荡，令他充满了一种无可名状的恐惧。怎么突然间，机器就知道自己的用途了呢？这好像挺吓人的。

"你的用途是什么？"他用十分轻柔的声音问道。

一道耀眼的光芒霍地亮起，令手电的微光黯然失色。霍华德闭上眼睛，后退了一步，几乎跌倒在地。

脚下的地板现在一动不动。霍华德睁开眼睛，发现自己正身处一个灯火辉煌的房间。他环顾四周，发现四壁镶满了镜子。

一百个霍华德望向他，他也回望着他们。然后他转过身去。

没有出口。而镜中的霍华德们却并没有随他一起旋转。他们只是静静地站着。

霍华德举起右手，其他霍华德的右手却仍然垂在身侧。原来不是镜子。

上百个霍华德向前走来，向房间中心走来。他们脚步虚浮不定，空洞的眼睛里没有任何智能的迹象。本尊霍华德喘息着，将手电筒向他们扔去。手电当啷一声，掉落在地。

瞬间，他脑海中形成了完整的思路，这就是机器的用途。它的建造者预见到了他们物种的灭亡，于是在太空中建造了这台机器。它的用途便是创造人类，来占据这颗星球。当然了，它需要一个操作者，真正的操作者却未能到达。而且它还需要一个模型……

但是，霍华德的这些标准副本显然没有智能。他们在房间里转来转去，无意识地移动着，几乎无法控制自己的四肢。本尊霍华德这才发现,他刚才那个想法完全是大错特错。

天花板打开了,硕大的弯钩降下,蒸腾着水雾的利刃滑落。墙壁张开,亮出了巨大的轮子和齿轮,熊熊的火炉,结满严霜的白色表面。越来越多的霍华德走进房间,硕大的尖刀和弯钩刺入他们的身体,把霍华德的兄弟们拖向敞开的墙壁。

除了本尊霍华德,没有一个人尖叫。

"弗莱明!"他尖叫起来,"别杀我,别杀我啊,弗莱明!"

现在一切真相大白了:这个空间站建成之时,战争让这颗星球上的人大批死去。操作者虽然抵达了空间站,却还没来得及进入就死在了门口。还有他满舱的食物……作为操作者,他连一口都没吃过。

当然了!这颗星球上的人口已经达到了九十到一百亿!一定是大饥荒驱使他们发动了最后一场战争。机器的建造者一直在与时间和疾病赛跑,试图挽救他们的种族。

但是,弗莱明难道没看出他是个错误的模型吗?

这台弗莱明机器看不出来,因为霍华德满足了所有的条件。霍华德看到的最后一幕,是一把经过消毒的尖刀正向他伸来,那刀闪闪发亮。

这台弗莱明机器将打着圈乱转的霍华德们加工完毕,切割成片,进行速冻,然后整齐地打包,摞成高高的一堆又一堆:油炸霍华德、烧烤霍华德、奶油沙司霍华德、布朗沙司霍华德、三分钟水煮霍华德、带半壳霍华德、霍华德烩饭,当然还有霍华德沙拉。

食物复制过程圆满成功!战争可以结束了,因为现在食物已经足够,足以养活每一个人,还绰绰有余。食物!给饥饿的数十亿人准备的食物,就在"天堂二号"里。

如你所是

All the Things You Are

罗妍莉　译

刊于《银河》
Galaxy Science Fiction
1956 年 6 月

承担"第一次接触"任务的飞船,必须得按规矩办事,可这些规矩制订时不顾一切,执行起来却让人心灰意冷,因为哪种行为对外星种族的心态会产生何种影响,又有哪条规矩能够预知呢?

扬·马尔滕驶入杜雷尔 IV 的大气层时,正闷闷不乐地这么想着。这位中年大汉一头稀疏的淡金色头发,一张圆脸面带忧虑。很久以前,他就得出了结论:随便什么规矩,都总比没规矩强。因此,他一丝不苟地遵循着自己的那一套,却又时时刻刻抱着一种不确定感,深知人类总爱出错。

而这些都是担任"第一次接触者"的理想特质。

他围着这颗星球绕圈,高度既足以观察地面的情形,又没低得太过分,以免吓到这里的居民。他发现了原始游牧文明的迹象,努力回想在《第一次接触所谓"原始游牧世界"的心理投射法》第四卷中学到的一切,那本书是由外星人心理学部出版的。然后,他把飞船降落在一片满地岩石、绿草茵茵的平原上,距离一座典型的中型村庄既不太远又不太近,用上了"沉默山姆"着陆技术。

"干得漂亮!"他的助手克罗斯韦尔说,他年纪还太轻了点,根本没把不确定感放在心上。

切德卡则一言未发,这位伊博利亚语言学家像往常一样,正在呼呼大睡。

马尔滕咕哝了句什么,便到飞船尾部进行测试去了。克罗斯韦尔则来到观察孔旁的工作岗位上。

"他们来了,"半小时后,克罗斯韦尔说,"有十来个,绝对是类人族类。"他仔细打量了一番,只见杜雷尔星的土著们肌肉松垂,肤色白得像死人,脸上不带丝毫表情。克罗斯韦尔略一犹豫,又补充了一句:"他们长得可不怎么样啊。"

"他们在干吗?"马尔滕问道。

"光盯着我们瞅呢。"克罗斯韦尔说。他是个身形清瘦的年轻人,一脸润泽的络腮胡,是在从地球一路到此的漫长旅途中长出来的。他抚摸着胡须,颇为自豪,能长出货真价实好胡子的男人大多如此。

克罗斯韦尔说:"他们现在离飞船大约二十码[1]。"他身体前倾,鼻子凑到观察孔上挤成扁扁一片,样子很是滑稽,观察孔上安装的是单面透视玻璃。

克罗斯韦尔往外看没问题,但外面却看不见里面的情形。这是去年外星人心理学部下令进行的改造,当时,部里的一艘飞船搞砸了与卡雷拉 II 的第一次接触。卡雷拉人往飞船里一瞧,不知被里面什么东西吓到,随后便逃走了。部里至今仍不知道,究竟是什么把他们给吓跑的,因为再也没机会成功进行第二次接触。

这种错误再也不会发生了。

"现在呢?"马尔滕叫道。

"有一个单独走过来了。要么是首领,要么是祭品。"

"他穿的什么衣服?"

"他穿的是——是一种——你能不能过来亲眼瞧一瞧啊?"马尔滕正待在仪器库里,他一直在忙着拼凑杜雷尔的粗略图像。这颗行星的大气可以呼吸,气候适宜,重力水平与地球相当。它蕴含着很有价值的放射性物质和稀有金属。最重要的是,这里没有检测到有毒微生物或蒸气,这些物质会使接触者的生命急剧缩短。

杜雷尔将成为地球一颗珍贵的邻星,前提是当地人态度友好,而接触者技巧娴熟。

马尔滕走到观察孔前,仔细审视着那些土著,"他们穿的是浅色衣服。我们也该穿浅色。"

"记下了。"克罗斯韦尔说。

---

[1] 1 码约合 0.9144 米;20 码约合 18 米。

"他们手无寸铁。我们也别带武器。"

"知道了。"

"他们穿的凉鞋。我们也要穿凉鞋。"

"遵命。"

"我发觉他们脸上没有毛发，"马尔滕带着一丝难以觉察的笑意道，"对不起，艾德，可你那胡子……"

"别动我的胡子！"克罗斯韦尔大叫，飞快地把一只手放在胡须上护住。

"恐怕没办法。"

"扬，我可是花了整整六个月才蓄起来的！"

"必须得剃。明摆着的事儿。"

"我搞不懂为什么。"克罗斯韦尔气呼呼地说。

"因为第一印象至关重要。一旦形成了不利的第一印象，随后的接触就会变得困难，甚至完全不可能。既然我们对这些人根本不了解，保持一致就是最保险的做法。我们要尽量看起来跟他们差不多，穿的衣服颜色要让他们看着舒服，或者至少可以接受，模仿他们的姿势，无论哪方面的互动，都要在他们可接受的范围内……"

"得了，得了，"克罗斯韦尔说，"我回去的路上重新再蓄算了。"

他们对视一眼，然后两人都笑起来。克罗斯韦尔的胡子已经这么被咔嚓过三回了。

克罗斯韦尔刮胡子的时候，马尔滕把他们那位语言学家叫醒了。切德卡是来自伊博利亚 IV 的狐猴型类人，地球与为数不多的星球保持着睦邻友好，那颗行星就是其中之一。伊博利亚人是天生的语言学家，加上还拥有一种讨厌鬼身上特有的联想能力，经常在谈话时奚落对方一番——只有伊博利亚人永远是对的。在他们那个年代，伊博利亚人早已漫游过银河系内相当一部分区域，若不是每二十四小时需要睡上二十小时的话，他们可能早就在银河系中占据相当卓绝的地位了。

克罗斯韦尔刮完了胡子,穿上淡绿色连体工作服和凉鞋。三个人都从消毒液中蹚过。马尔滕深吸一口气,默默地祈祷了一句,然后打开舱门。

杜雷尔人群中响起一阵低叹,尽管首领——或是祭品——并未作声。要是忽略掉他们惨白的肤色,以及绵羊般软绵绵、温吞吞的容貌,他们看着倒确实跟人类差不多,马尔滕在他们脸上没看到任何表情。

"注意面部不要有任何动作。"马尔滕警告克罗斯韦尔。

他们慢慢往前走,到离领头的杜雷尔人只有十英尺的地方停下。然后,马尔滕低声说:"我们为和平而来。"

切德卡翻译之后,倾听了对方的回答,他们的发音太软了,几乎无法辨认。

"首领说欢迎。"切德卡操着英语,惜字如金地说。

"好,好。"马尔滕说。他又向前走了几步,开始说话,不时停下来等待翻译。他怀着深切的信念,认真朗诵起了"BB-32初级演讲词"(针对的对象是类人、原始游牧文明和暂不具侵略性的外星人)。

即便是没怎么被他打动的克罗斯韦尔,也不得不承认此番演讲相当出色。马尔滕说,他们是来自远方的游子,自广阔的虚空而来,为的是与杜雷尔星上彬彬有礼的人们进行友好交流。他讲到了郁郁葱葱的遥远地球,与这颗行星无比相似,也讲到了地球上那些善良而谦虚的人,伸出双手向他们致以问候。他讲到了源自地球的和平与合作的伟大精神,讲到了宇宙大同的友谊,还讲到了许多其他美好事物。

等他终于讲完,是一阵良久的沉默。

"他都明白了吗?"马尔滕低声问切德卡。

伊博利亚人点了点头,等待着首领回答。马尔滕说了半天,累得直淌汗,克罗斯韦尔也忍不住抬起手指,紧张地抚摸着刚刚刮过胡须的上唇。

酋长张开嘴,喘息着,略微转过点儿身子,随即瘫倒在地。

真是令人尴尬的一刻,这是所有人始料未及的意外状况。

首领没有再起身。很明显,他这一摔并不是某种仪式的一部分。事实上,他的呼吸似乎非常吃力,跟昏迷了的人差不多。

在这种情况下,联络小组只能撤回飞船,等待事态的进一步发展。

半小时后,一名本地人走近飞船,与切德卡交谈了几句,一边小心翼翼地盯着地球人,一说完马上就走了。

"他怎么说?"克罗斯韦尔问道。

切德卡告诉他们:"莫雷里酋长为刚才晕倒的事情道歉,他说这是无法原谅的失礼行为。"

"啊!"马尔滕嚷道,"说到底,他的晕倒可能反而对我们有利——因为他会急着要补救自己的'失礼'。只要那是个意外,与我们无关……"

"不是。"切德卡说。

"不是什么?"

"不是和我们无关。"伊博利亚人说,蜷起身子就要睡去。

马尔滕把这位身材小巧的语言学家摇醒,"酋长还说了什么?他晕倒和我们有什么关系?"

切德卡打了老大一个哈欠,"酋长很不好意思。他尽量忍受着从你的嘴这边吹来的风,可那股外星人味儿……"

"是说我嘴里的味儿?"马尔滕问道,"是我的口气把他给熏晕的?"

切德卡点了点头,忽然毫无征兆地咯咯笑起来,然后就睡着了。

夜幕降临,杜雷尔星上漫长的黄昏不知不觉化作了黑夜。村子里的灶火透过周围的森林闪动着,又渐次熄灭。但飞船里的灯光却彻夜未熄,一直亮到黎明时分。等到旭日初升之时,切德卡溜出飞船,进村执行任务去了。克罗斯韦尔一边喝着早餐咖啡,一边若有所思,而马尔滕则在飞船的药柜里四处翻找。

"这只不过是暂时的挫折而已,"克罗斯韦尔满怀希望地说,"像这种小插曲总是免不了的。还记得那一回,咱们在丁戈弗里阿巴 VI 上的时候……"

"正是所谓的小事,让一颗行星永远关上了大门。"马尔滕说。

"可谁又能料得到……"

"我本该预料到的!"马尔滕恼怒地大吼,"就因为在别的地方,我们嘴里的气味谁也没冒犯过——在这儿呢!"

他得意扬扬地举起一瓶粉红色的药片,"绝对保证清除任何口气,即使是鬣狗。来几片吧。"

克罗斯韦尔接过药片,"现在怎么办?"

"现在我们就等着,等到——啊哈!他怎么说?"

切德卡从舱门口溜进来,一边揉着眼睛,"酋长为晕倒道歉。"

"这个我们已经知道了。还说什么?"

"等你方便的时候,他欢迎你去兰尼特村。酋长认为,这一事件不应影响爱好和平的两个谦逊种族之间的友谊进程。"

马尔滕松了口气。他清了清嗓子,迟疑地问道:"你有没有跟他提到,接下来——那个,我们嘴里的气味会有所改善?"

"我向他保证过了,这一点会得到纠正,"切德卡说,"尽管这从来没对我构成过任何困扰。"

"挺好,挺好。我们现在就动身去村里。你是不是也该吃一片这药?"

"我的气味可半点问题也没有。"伊博利亚人沾沾自喜地说。

他们立刻动身前往兰尼特村。

与原始游牧族类打交道的时候,人们会运用简单却具有高度象征意义的手势,因为他们对此最容易理解。形象化的表述!清晰明确的类比!少说话,多比画!这些都是与原始游牧人打交道的规矩。

当马尔滕走近村子时,当地人举行了一场毫不做作的仪式,十分具有象征意味。土著们在村里等待着,村庄位于森林里的一片空地上。一条干涸的河床将森林与村庄隔开,一座小石桥横跨河床。

马尔滕走到桥中央停下,冲着杜雷尔人亲切地微笑着。看到其中有几个人颤抖着转过脸时,他想起了自己下达的禁止面部动作的禁令,急忙将脸上的表情抹掉。有好一会儿工夫,他站着没动。

"怎么了?"克罗斯韦尔问道,一面在桥前止步。

马尔滕大声高喊道:"就让这座桥象征着我们之间的纽带,如今已经永久缔结,将这颗美丽的星球,与……"克罗斯韦尔高喊一声,向他示警,但马尔滕不知道哪儿出了问题。他盯着村民们,他们一动也没动。

"快下桥!"克罗斯韦尔喊道。但马尔滕还没来得及反应,整座桥身已然在他的脚下坍塌,他跌下干涸的河床,全身骨头都在晃悠。

"真他娘的倒了八辈子血霉,"克罗斯韦尔边说边把他扶起来,"你刚一提高嗓门,那块石头就开裂了。我猜是共振。"

这下马尔滕明白了,刚才那些杜雷尔人为什么在窃窃私语。他挣扎着站起来,呻吟了一声,又坐倒在地。

"怎么了?"克罗斯韦尔问道。

"我好像把脚踝给崴了。"马尔滕可怜巴巴地说。

莫雷里酋长走上前来,身后跟着二十来个村民,他简短地说了几句,呈给马尔滕一根抛过光的雕花黑木手杖。

"谢谢。"马尔滕咕哝着站起身,小心翼翼地倚在手杖上,"他刚才说什么?"他问切德卡。

切德卡翻译道:"酋长说,那座桥才刚建成一百年,一直维护得很好。他道歉说,祖先们该把桥再修结实些。"

"嗯。"马尔滕说。

"首领说,很可能是你运气不好。"

马尔滕觉得,他的话兴许是对的。或许地球人就是个笨手笨脚的种族。尽管他们心怀善意,但一颗又一颗星球上的人们却都害怕他们、憎恨他们、嫉妒他们,这主要是由于第一印象不佳。

话虽如此，在这颗星球上，他们似乎还是有机会的。还有哪儿能出问题呢？

马尔滕脸上挤出一丝微笑，然后又飞快地抹去，跟在莫雷里酋长旁边，一瘸一拐地进了村。

就其技术而言，杜雷尔文明水平还相当低下。他们有限度地运用了车轮和杠杆，但机械优势的概念也就仅此而已了。有证据表明，他们对平面几何学具备基础概念，对天文学也有一定认识。

然而，杜雷尔人在艺术上却颇有造诣，手艺之精湛令人惊叹，尤其擅长木雕。即使是最简单的棚屋也装饰有浅浮雕板，构思精妙，雕工也漂亮。

"你说我能拍点照片吗？"克罗斯韦尔问道。

"我看不出有什么不行。"马尔滕说。他的手指在一块巨大的嵌板上反复触摸，这块嵌板质地跟他的手杖相同，也是直纹黑木雕刻而成。他指尖过处，只觉触感犹如肌肤般光滑。

酋长批准了他的请求，克罗斯韦尔要么拍下要么临摹了杜雷尔人家中、市场和寺庙的装饰。

马尔滕四处闲逛，轻轻抚摸着复杂而精致的浮雕，通过切德卡与一些当地人进行交谈，笼统地梳理了一下自己的印象。

据马尔滕判断，杜雷尔人智力发达，潜能足以与智人相媲美。他们之所以缺乏特定的技术，更多是出于顺应自然的意愿，而不是由于构造上存在缺陷。他们似乎天生热爱和平，毫无侵略性——对地球而言，他们算是可贵的睦邻，经历了几个世纪的混乱之后，地球人正朝着类似的目标努力。

他将以此为基础，撰写提交"第二次接触"小组的交接报告。他还希望能够再加上一句：他们似乎已对地球留下了良好印象，估计不会遇到非同寻常的困难。

切德卡一直在与莫雷里酋长热切地交谈。此刻他看似比往常更清醒一些。他走过来，悄声与马尔滕商议了一阵。马尔滕点了点头，脸上仍旧努力克制着不露丝毫表情，然后向克罗斯韦尔走去，他正在拍最后几张照片。

"准备好演场大戏了吗？"马尔滕问道。

"什么大戏？"

马尔滕说："今晚，莫雷里打算为我们办场盛宴，相当盛大，非常重要的宴会。善意的最终展示，诸如此类什么的。"尽管他的语气很随意，但眼中还是闪动着一种深深的满足感。

克罗斯韦尔的反应更直接："这么说我们成功了！接触成功！"

在他身后，两个土著对他的大嗓门大摇其头，迈着软塌塌的步子蹒跚走开。

"如果能再小心点儿的话，"马尔滕压低了嗓子说，"我们早就成功了。这个种族非常善良，也很善解人意，但我们确实有点聒噪。"

到了晚上，克罗斯韦尔和马尔滕已经完成了对杜雷尔食品的化学检测，没有发现任何对人类有害的成分。他们又服了几片粉色药片，换了工作服和凉鞋，再在消毒液里沐浴了一遍，然后前去赴宴。

第一道菜是一种橙绿色的蔬菜，吃起来像南瓜。然后，莫雷里酋长就跨文化关系的重要性做了简短的发言。接下来给他们上的一道菜有点像是兔子，大家又让克罗斯韦尔发表讲话。

马尔滕低声说："记住了，小点儿声！"

克罗斯韦尔站了起来，开始说话。他压低嗓音，面无表情，开始列举地球和杜雷尔之间的众多相似之处，主要靠手势来传情达意。

切德卡翻译了一遍。马尔滕点点头，表示赞同。酋长也点了点头。赴宴的人们纷纷点了点头。

克罗斯韦尔赢得了最后几分好感，坐下来。马尔滕拍了拍他的肩膀，"干得好，艾德。你很有天分，非常适合……怎么回事？"

克罗斯韦尔一脸难以置信的震惊模样："看！"

马尔滕转过身。酋长和赴宴的人们瞪大眼盯着,头还在点个没完。

"切德卡!"马尔滕低声说,"快跟他们说话!"

伊博利亚人问了酋长一个问题,却没反应。酋长继续有节奏地点着头。

"你那些手势!"马尔滕说,"你肯定是把他们给催眠了!"他挠了挠头,然后大声咳嗽了一下。杜雷尔人不再点头,眨了眨眼睛,开始紧张地彼此迅速交谈起来。

"他们说你拥有强大的力量,"切德卡随便翻译了几句,"他们说外星人很奇怪,怀疑你们是否值得信任。"

"酋长怎么说?"马尔滕问道。

"酋长相信你没什么问题。他正在跟他们说,你没有恶意。"

"很好。那咱们见好就收。"

他站了起来,克罗斯韦尔和切德卡也跟着站起。

"我们要走了,"他低声对酋长耳语道,"请允许我们其他族人前来拜访。也请原谅我们犯下的错误,那完全是因为不懂你们的规矩。"

切德卡翻译了一遍,马尔滕继续对酋长耳语,脸上没有表情,双手贴在身侧。他谈到了银河系大同、合作之乐、和平、商品贸易与艺术交流,以及所有人类生活中必不可少的团结。

莫雷里虽然受到刚才催眠的影响,仍旧有点儿茫然,但他还是回答说,地球人会永远受欢迎。

克罗斯韦尔激动地伸出手。酋长十分迷惑地瞧了会儿他的手,然后握住,显然搞不懂该怎么处理这只手,以及为什么要握手。

酋长痛苦地大叫起来,把手抽回。他们看到他皮肤上烙下深深的红斑。

"是什么——"

"汗水!"马尔滕说,"属于酸性物质。肯定只要一沾上,立刻就会对他们的特殊构造产生影响。咱们快走。"

土著们团团乱转,纷纷捡起石块和木头。酋长虽然还身陷痛苦,却在和他们争论，可地球人并没等他们争论出一个结果，而是以最快的速度往飞船方向撤退——也就是说，以马尔滕拄着手杖一瘸一拐能达到的最快速度。

身后的森林一片黑暗，充满了各种可疑的动静。他们上气不接下气地跑到了飞船跟前。克罗斯韦尔冲在最前面，被一堆杂草一绊，摔了个四脚朝天，脑袋轰的一下撞到舱门上，发出响亮的当啷声。

"见了鬼了！"他痛得大吼。

地面在他们脚下隆隆作响，开始抖动着往下崩塌。

"快上飞船！"马尔滕下令。

他们终于抢在地面完全塌陷之前飞了起来。

"肯定又是共振。"过了几小时，飞船进入太空以后，克罗斯韦尔说，"可咱们停哪儿不好，偏偏降落在地质断层上了！"

马尔滕叹口气，摇了摇头，"我真不知道该怎么办。我想回去跟他们解释解释，可是……"

克罗斯韦尔说："我们已经不再受欢迎了。"

"明摆着嘛。捅了篓子，咱们只不过是捅了篓子罢了。一开始就出岔了，后面不管怎么做，情况都是越来越糟。"

"不是因为你们做了什么，"切德卡替他俩辩解道，此刻他的声音在二人听来，头一次那么的友善亲切，"这不是你们的错，你们本来就是这样的啊。"

马尔滕思索了一会儿他的话，"对，你说得没错。我们的声音震碎了他们的土地，我们的表情让他们厌恶，我们的手势让他们催眠，我们嘴里的气味让他们窒息，我们的汗水灼伤了他们。噢，上帝啊！"

"上帝，上帝。"克罗斯韦尔闷闷不乐地表示同意，"我们就是活生生的化工厂，排出的除了毒气和腐蚀性物质，什么也没有。"

切德卡说："这可并不是你们所是的全部啊。看。"

他举起了马尔滕的手杖。手杖上端，马尔滕的手碰过的地方，沉睡已久的花蕾绽放出了粉红、雪白的花朵，芳香充满了机舱。

"看见没?"切德卡说,"这也一样是你啊。"

"那根木杖原本已经枯萎了,"克罗斯韦尔若有所思地说,"我猜是因为我们的皮肤上有些油脂。"

马尔滕一阵战栗,"你是说,我们碰过的所有那些雕刻、那些棚屋、那些庙宇……"

"我觉得应该是。"克罗斯韦尔答道。

马尔滕闭上眼睛,想象着那样的场景:凋敝已久的枯木上,突然绽开了怒放的繁花。

"我觉得他们会明白的,"他竭尽全力想要说服自己,"这是一种美好的象征,他们又是这么善解人意的种族。我想他们会认可……好吧,至少,会认可我们所是的一部分。"

保护

Protection

罗妍莉 译

刊于《银河》

Galaxy Science Fiction

1956 年 4 月

下周缅甸会有一架飞机失事,但绝不会影响身在纽约的我。费格当然也伤不了我,因为所有的柜门都关得严严实实。

不,最大的麻烦是列斯纳化。我不能列斯纳化,绝对不能。你可以想象得到,这很困扰我。

雪上加霜的是,我可能快要得一场要命的重感冒了。

整件事情始于十一月七号晚上。当时,我正沿着百老汇大街往贝克自助餐厅走去。我嘴角上挂着一抹淡淡的微笑,因为就在白天,我刚刚通过了一场很难的物理学考试。我口袋里装着五枚硬币、三把钥匙和一板火柴,它们互相碰撞,叮当作响。

为了将当时的场景补充完整,我还要加上更多的细节描述:从西北方向刮来的风正以每小时五公里的速度吹过,金星已然升起,明亮耀眼,一轮凸月[1]高挂天幕。你可以根据我的描述,在头脑中勾画出一幅当时的真实场景了。

我走到第九十八街的拐角处,正准备过马路。当我迈步走下马路牙子时,只听有个声音对我大喊:"卡车!当心卡车!"

我连忙跳回人行道上,仓皇地四下张望,可是根本没有看到任何东西。仅仅一秒钟之后,一辆重型卡车的前轮就从拐角处出现了,它猛地冲过红灯,沿着百老汇大街呼啸而去。若不是刚才那声警告,我就该被撞飞了。

你肯定听过类似的故事,对吧?有个陌生的声音警告米妮阿姨别进电梯,结果电梯真的出了事,掉了下去;或者有个声音警告乔伊叔叔不要坐上"泰坦尼克号"。一般来说,故事到此也就结束了。

我真希望我的故事也就此结束。

"谢谢你,朋友。"我一边说着,一边环顾四周,却没有看到任何人影。

---

1. 天文学术语,满月前后的月相,即农历每月十二、十三日。

"你还能听到我说话?"那个声音问道。

"当然可以。"我整整转了一圈,有点怀疑地盯着头顶上方那幢公寓紧闭的窗户,"可是你究竟在哪儿呢?"

"格罗尼什。"那个声音回答,"这个叫法对不对?折射指数,虚幻生物,影知者。我挑的词对不对?"

"你是隐形的?"我鼓足勇气问道。

"没错!"

"可你到底是什么啊?"

"我是个瓦利杜西安-德格。"

"是个什么?"

"我是——准备好张大嘴巴惊呼吧。我想想怎么说啊。我乃昔日的圣诞鬼魂[1]、黑湖妖谭[2]之怪、弗兰肯斯坦的新娘[3]……"

"等一下,"我说,"你究竟想告诉我什么?你是鬼魂,还是来自另一个星球的生物?"

"都一样啊。"德格回答,"这不很明显嘛。"

现在一切都很清楚了,哪怕是个傻瓜都看得出,那个声音来自一个外星生物。他在地球上是隐形的,但他的超级感知能力预测了一次即将到来的危险,并且向我发出了警告。

这只是一次日常的超自然事件而已。

我又开始沿着百老汇大街快步向前走去。

"怎么了?"隐形的德格问。

"没事。"我回答,"只是我好像正站在路中央,跟一个来自遥远外太空的隐形外星人说话。我猜,你的声音只有我能听见吧?"

"嗯,那是自然。"

"妙极了!你知道这种事会给我惹来什么麻烦吗?"

---

1. 源自狄更斯《圣诞颂歌》三部曲里的圣诞精灵。
2. 源自1954年上映的美国经典科幻电影,讲述人类在亚马逊遭遇半人半鱼怪兽的故事。
3. 源自1935年上映的美国经典科幻电影,电影《弗兰肯斯坦》的续集。

"你还是说出来吧,你用脑电波说的我听不太清楚。"

"疯人院、精神病院、精神病科、禁闭室。凡是能跟看不见的外星人说话的人,都给弄到那种地方去了。再次谢谢你刚才提醒我,伙计。晚安。"

我头晕目眩地转身往东走去,希望我那位隐形的朋友能继续沿着百老汇大街往前走,别再打扰我了。

"你不想理我了吗?"德格紧追不舍。

我摇摇头,这是一个不会引起别人注意的小动作,继续往前走。

"你必须听我说。"德格带着一丝绝望的语气说,"真正的脑电波接触是非常罕见的,而且极其困难。有时,我恰好能在千钧一发的关头给人类发出警告,但是紧接着这种联系就消失了。"

看来这就是米妮阿姨的预感背后的解释了。但我还是没完全明白。

"一百年内也未必能找到一个如此合适的机会!"德格哀叹道。

什么合适的机会?金星挂天边,五枚硬币和三把钥匙叮当作响?我想这倒也确实值得研究——但绝对不是由我来做。你永远不可能证明那些超自然现象的真正原因。这个地球少了我,也照样会转得好好的。

"请让我一个人安静待着。"我说。一个警察听到了我的自言自语,好奇地打量着我。我立刻冲他露出孩子般的顽皮笑容,然后加快脚步走开。

"我很了解你所处的社会环境,"德格劝道,"但这种接触符合你本人的最大利益,我想保护你免遭人类社会生活中数不胜数的危险。"

我没有理睬他。

"好吧,"德格说,"我不能勉强你,那我到别处提供服务了。再见了,朋友。"

我乐呵呵地点头。

"最后一件事，"他说，"明天中午十二点到下午一点十五分之间，不要靠近地铁站。再见。"

"啊？为什么？"

"在哥伦布环岛¹那儿，有人将会在地铁轨道上被撞死，他是被购物的人群从站台上挤到列车前面的。你要是正好在场的话，那个人就是你。再见。"

"明天会有人在那里死掉？"我问，"你确定？"

"当然了。"

"会登在报纸上吗？"

"我猜会登的吧。"

"诸如此类的事情你全知道？"

"我可以预测在未来一段时间内所有可能发生在你身上的危险，我一心想着的就是保护你远离那些危险。"

我已经停下了脚步，两个路过的女孩看见我站在那里自言自语，嗤嗤笑着。我只好假装继续往前走。

"听着，"我低声说，"你能等到明天晚上再离开我吗？"

"你愿意让我做你的保护人了？"德格急切地问。

"我明天再告诉你吧。"我说，"等我看过明天的晚报新闻以后。"

报纸上果然有关于这次事故的报道。我在自己位于一百一十三街那间带家具的公寓里读到了这条新闻。有个人被人群推搡着失去平衡，不幸跌落站台，被迎面而来的地铁列车撞死。在等待隐形保护者出现的时间里，这条新闻让我思绪万千。

我不知道该如何是好。他保护我的心意似乎很真诚，但我不知道自己是否想要这种保护。过了一个小时，德格开始跟我联系了，我已经更不喜欢这个主意了，于是原原本本地告诉了他。

1.纽约的地标性建筑。

"你不信任我吗?"他问道。

"我只是想过正常人的生活。"

"只要你还活着,"他提醒我,"昨晚的那辆卡车——"

"那只是一个意外,那样的危险一辈子估计也就碰上一回。"

"碰上一回就没命了。"德格严肃地说,"还有地铁呢。"

"那个不算,我今天本来也没打算坐地铁。"

"但你也没理由不去坐,这就是事情的关键。正如你不应该一个小时后去洗澡一样。"

"我为什么不可以?"

"有一位弗林小姐,"德格说,"住在走廊的那一头,她刚刚才洗完澡,在这层楼浴室里的粉色地砖上留下了一块化了的粉色香皂。你踩到之后会跌一跤,把手腕给扭伤。"

"那也不至于没命吧,嗯?"

"那倒不至于。但我们可以说说另外一件,基本算另外一种情况:有个颤颤巍巍的老大爷,不小心把一个沉甸甸的花盆从屋顶上碰了下来。"

"这事儿会发生在什么时候?"我问。

"我还以为你不感兴趣呢。"

"不,我很感兴趣。什么时候?在哪儿?"

"那你会让我继续保护你吗?"他问道。

"我只要你告诉我一件事,"我说,"这对你有什么好处?"

"满足感啊!"他说,"对于一个瓦利杜西安-德格来说,最令我们激动的事,就是帮助另一个生物躲避危险。"

"可是,难道你不想从中得到什么别的吗?某些无关紧要的东西,比如说,我的灵魂,或者统治地球?"

"我什么都不要!因为提供保护而收受报酬,这会破坏情感上的体验。我毕生所想要的,不外乎保护一个人不受各种危险的伤害,这些危险他本人看不到,而我们却看得清清楚楚——所有德格都是这么想的。"德格停顿了一下,然后又语气温和地补充道,"我们甚至都不需要感激。"

得了,那就这么说定了。后来的结果我怎么能猜得到呢?我怎么知道,他的帮助会让我陷入一种绝对不能列斯纳化的境地呢?

"那个花盆怎么说?"我问。

"明天早上八点半,它会在第十大街和麦克亚当斯大道的拐角处掉下来。"

"第十大街和麦克亚当斯大道?在哪儿?"

"泽西城。"他立即回答。

"可我这辈子都没去过泽西城!干吗要警告我呢?"

"我不知道你会去哪里或不会去哪里。"德格说,"我只负责预先告诉你哪里会有危险发生。"

"我现在该怎么办?"

"做你想做的任何事情。"他对我说,"你只要过正常的生活就好了。"

正常的生活。哈!

开始的那一阵还算不错。我继续在哥伦比亚大学上课、做作业、看电影、约会、打乒乓、下棋,一切照旧。我从来没跟任何人透露过,我正处于一个瓦利杜西安-德格的直接保护之下。

每天有那么一两次,德格会来找我,说些诸如此类的事:"六十六街和六十七街之间的西区大道上有个井盖松了,别走上去。"

我当然不会走上去,但其他人会。我经常在报纸上看到这样的事。

一旦习惯之后,这赋予了我相当的安全感。有个外星人,一天二十四小时围在我身边跑来跑去,他毕生所求就是要保护我。一个超级贴身隐形保镖!这个想法给了我极大的安慰。

在这段时间里,我的社交生活实在是好得没法再好了。

但为我的利益着想的德格很快就变得过分热心起来。他开始预见越来越多的危险,其中绝大多数根本不可能发生在我生活的纽约市圈子内——这些我应该注意避免的事都发生在墨西哥城、多伦多、奥马哈、帕皮提等等。

最后我问他,是不是打算把地球上所有潜在的危险都向我通报一遍。

他告诉我:"在目前或将来可能会影响到你的危险当中,这些还只是其中的极少数,九牛一毛。"

"在墨西哥城吗?还有帕皮提?为什么不把危险预告范围限于本地呢?为什么不局限在纽约,你说?"

"地点对我来说没有任何意义,"德格固执地回答,"我的预感是瞬间发生的,没有空间限定。我必须保护你免受一切伤害!"

说真的,他的话很让我感动,我对此毫无办法。我不得不自己过滤他的报告,滤掉发生在霍博肯、泰国、堪萨斯城、吴哥窟(倒塌的雕像)、巴黎和萨拉索塔的各种危险,然后才能从他口中听到本地的预报,这其中,还有很多是皇后区、长岛、布鲁克林区等地的,毫无用处,最后才是我最关心的可能发生在曼哈顿的危险。

话又说回来,这些危险预报还真值得我耐心等待。德格曾经帮我避开过很多相当可怕的事儿——例如,大教堂公园大道上的一次抢劫,一次少年行凶事件,还有一场火灾。

但他的频率在不断增加。最初,是每天警告一两次,还不到一个月,就变成了每天警告我五六次。到了最后,无论是本地的、国内的还是国外的,他发出的警告源源不断地向我涌来。

现在我面临着太多的危险,已经超出了所有合理的可能性。

以某一天为例吧:

"贝克自助餐厅的食物不干净,今晚不要去那里用餐。"

"阿姆斯特丹312路公交车的刹车失灵,不要去坐。"

"梅伦裁缝店的煤气管道泄漏,即将爆炸,你的衣服最好拿去其他家干洗。"

"河畔路和中央公园西路之间有疯狗,经过那边最好乘坐出租车。"

很快,我就把大部分时间浪费在了不做某事、远离某区域上面。危险似乎时刻潜伏在每一根灯柱后面,时刻准备扑向我。

我怀疑德格那家伙是在胡乱虚造夸大他的报告内容,这似乎是唯一说得通的解释。毕竟,在遇见他之前,我已经活了这么久,并没有超常态力量帮手,照样生活得挺好。可为什么现在生活里的危险系数飙升呢?

那天晚上,我向他提出了这个问题。

"我所有的报告都千真万确。"他带着一丝受到伤害的语气说,"你要是不相信我,大可以明天把心理课教室里的灯给打开。"

"会出什么意外?"

"线路故障。"

"我并没有怀疑你的警告。"我向他保证,"我只知道,在你出现之前,生活从来没这么危险过。"

"那是当然。你想必也知道,既然你接受了保护,也就必须容忍保护带来的副作用。"

"比如说哪些副作用?"

德格犹豫了一下才道:"我对你的保护导致了更多的保护需求,因为危险的数量是维持在一个宇宙间的恒量常数水平上的。"

"什么意思?"我困惑地问。

"遇到我之前,你和其他每个人一样,面临的是你所处环境中包含的风险;但随着我的到来,你当下的环境发生了变化,你在其中所处的地位也随之改变了。"

"什么变化?为什么要变?"

"因为我加入了你所处的环境。从某种角度来说,也就是你所处的环境加入了我所处的环境,反之亦然。当然,众所周知,避免一种危险又会导致其他危险的产生。"

"你是不是想告诉我,"我一字一顿地说,"由于你的帮助,我面临的风险反而增加了?"

"这是不可避免的。"他叹了口气。

当时,要不是那家伙既看不见也摸不着的话,我肯定会心情愉悦地亲手把他掐死。愤怒的感觉油然而生:我被一个外星骗子给骗了。

"好吧。"我努力控制住自己的情绪,"谢谢你为我所做的一切。咱们火星上或者别的什么星上再见,不管你是哪儿来的。"

"你不想要进一步的保护了?"

"你猜对了。还有,你出去的时候别摔门。"

"可是这有什么不对?"德格似乎真的很困惑,"没错,你生活中的风险是增加了,但那又怎么样呢?遇到危险并成功摆脱危险,这是一种光荣。危险越大,躲过它之后的快乐也就越大。"

我第一次发现,这个外星人实在太不是人了。

"对我来说可不是。"我说,"滚吧!"

"你面临的风险确实增加了。"德格争辩道,"但我的探测能力应付起来还绰绰有余,我也很乐意帮忙。所以对你来说,接受保护仍然是包赚不赔啊。"

我摇了摇头,"我知道接下来会发生什么。我面临的风险只会越来越多,不是吗?"

"根本不会。就意外事故本身而言,你已经达到了一个数量极限。"

"什么意思?"

"就是说,到那个时候,你需要避免的意外事故将不会再有任何数量上的增加。"

"好。现在你他妈可以滚出去了吗?"

"可是我刚才已经解释过了——"

"当然,不会再增加,只是同样的破事越来越多。听着,只要你不再来烦我,我就会恢复原先的生活,对吧?而且,我原先的风险状况也会跟着恢复,是不是?"

"是的,最终会恢复。"德格承认了,"如果你能活到那一天的话。"

"我愿意冒那个险。"

德格沉默了片刻,最后才道:"你付不起离开我的代价。明天——"

"不要告诉我任何事情,我自己会避免意外事故。"

"我想的不是事故。"

"那是什么?"

"我简直不知道该怎么跟你说。"他的声音听起来颇为尴尬,"我说过,量变是不会再有了,但我没有提到质变。"

"你究竟在说什么?"我气得冲他大喊大叫。

"我正准备告诉你,"德格说,"有个甘佩尔在追杀你。"

"有个啥?那是什么鬼?"

"甘佩尔是我生存的那个世界里的生物。据我猜测,这是因为有了我的保护,你规避风险的潜力增加了,他就给引来了。"

"让甘佩尔见鬼去吧,还有你。"

"他要是真来了,你可以试着用槲寄生[1]驱赶他。用铁器配合铜器使用,通常也很有效,还有……"

我一下子倒在床上,把头深深埋在枕头底下。德格对我这个暗示心领神会。不一会儿,我就感觉他走了。

我以前可真是个白痴!我们这些地球人有个共同的恶习:无论是否需要,但凡是别人白给的东西,我们都会接受。

而这么做的结果,就是无穷无尽的麻烦。

不过既然德格已经走了,我最大的麻烦也就结束了。我会稳坐钓鱼台,等上一段时间,让情况有机会自行好转。兴许再过几个星期,

---

1. 别称"冬青""寄生子",为桑寄生科槲寄生属灌木植物,寄生于各种树木,对寄主有害。但多被视为辟邪之物。

我就……

突然，我周围的空气中似乎传来一阵嗡嗡声。

我从床上直挺挺地坐了起来。屋里有个角落黑得出奇，我能感觉到一丝凉风吹在脸上。嗡嗡声越来越响——那其实不是什么嗡嗡声，而是笑声，低沉而单调的笑声。

此时此刻，不用人教我也知道该怎么办了。

"德格！"我大叫道，"给我摆平这玩意儿！"

他确实还在："槲寄生！只要在甘佩尔面前挥一下就行了。"

"我他妈上哪儿找槲寄生啊？"

"那就铁和铜！"

我一跃而起，蹦到桌前，抓起一个铜镇纸，然后发疯一样到处寻找铁东西，跟它放到一起。镇纸从我手中滑出，幸好我在它落地之前及时抓住了。然后我看到了钢笔，赶紧把笔尖凑到镇纸上。

那片黑影消失了，那股寒意不见了。

我猜我是晕过去了。

一小时后，德格再次出现，得意扬扬地说："看到了吧？你需要我的保护。"

"我想是的。"我没精打采地回答。

"你得去搞些东西，"德格说，"附子草、苋菜、大蒜、坟场霉菌……"

"可甘佩尔不是已经走了吗？"

"没错，但是格瑞勒还在啊，你还得提防利普、费格和莫吉莱泽。"

于是，我写下了他列出的清单，包括药草、精油以及各种规格。我甚至懒得再问他超自然与超常态之间到底有什么关系，我脑子里已经再也装不下任何东西了。

是鬼魂，还是幽灵？抑或是地外生命？他说都是一回事，我也明白他所说的意思。大部分情况下，他们并不理会我们。我们原本处于不同的感知层次，乃至不同的空间层次；直到有一个蠢货开始引起他们的注意。

现在我涉足了他们的比拼游戏。其中有些想杀我,有些想保护我,却没有任何一方真正关心我,就连德格也是如此。他们感兴趣的,只不过是我在这场游戏中所扮演角色的价值,如果我真的有任何价值的话。

这种处境纯属我咎由自取。如果一开始,我就遵循人类千百年积累下来的智慧和经验,保持对巫术和鬼怪的巨大仇恨,以及对外星生命的非理性恐惧,所有的一切都不会发生。在所有的古老传说中,类似我现在这种情况的故事已经重复了上千遍,这个故事也将一遍又一遍地重复下去——某人冒冒失失研习异术,招来一个幽灵,结果招致不速之客的注意——最可怕的结局莫过于此。

那段时间我与德格几乎跟连体婴儿一样,直到昨天为止。现在我又能独自行动了。

几个星期以来,一切都很平静,我只略施了简单的权宜之计。关起柜门,就抵御住了费格;利普更具威胁性一些,但蟾蜍眼睛似乎可以阻挡它们;而莫吉莱泽只在满月的时候才变得危险。

"你有危险。"德格昨天对我说。

"又来了?"我打着哈欠问。

"这回是斯朗格在追杀我们。"

"我们?"

"对,我自己也跟你一样,因为就算是德格,也得面对风险和危难。"

"这个什么斯朗格特别危险吗?"

"相当危险。"

"好吧,那我该怎么办?在门上挂蛇皮,还是画一颗五芒星?"

"这些都不管用。"德格说,"要对付斯朗格,只能用消极回避的办法,避免某些特定的行为。"

到现在为止,我身上的条条框框早就不计其数了,虱子多了不痒,再多一条也无所谓。"那我不能怎么着?"

"你千万不要列斯纳化。"德格说。

"列斯纳化?"我皱起眉头,"那是什么意思?"

"你肯定知道,这是人类的一种简单的日常行为。"

"我应该知道这个,但估计说法不一样。你解释一下吧。"

"好吧。列斯纳化就是……"他猛然住了口。

"啥?"

"它就在这儿!斯朗格!"

我背靠在墙上,似乎能察觉到一阵轻微的尘土飞扬,但那也可能只是神经绷得太紧的错觉。

"德格!"我喊道,"你在哪儿?我该怎么办?"

我听到了一声尖叫,以及什么东西的牙关砰地一咬的声音,我肯定没听错。

德格喊道:"它把我逮住了!"

"那我该怎么办?"我又叫起来。

一阵恐怖的牙齿碰撞声传来,我听见德格细若游丝的声音:"千万不要列斯纳化!"

然后一切归于沉寂。

所以我现在只能按兵不动。下周缅甸会有一架飞机失事,但绝不会影响身在纽约的我。费格当然也伤不了我,因为所有的柜门都关得严严实实。

不,最大的麻烦是列斯纳化。我不能列斯纳化,绝对不能。只要我能忍住,不列斯纳化,那么一切都会过去,追杀也会转向别处。肯定会的!我只需静待这一切过去。

问题是,列斯纳化究竟是种什么行为,我完全没概念。德格说过,这是人类的一种日常行为。好吧,就目前而言,我只能尽量什么也别做。

我刚睡了个回笼觉,什么事也没有,所以这不是列斯纳化。我出去了一趟，买了些吃的，付了钱，做好饭，吃完了，所以这也不是列斯纳化。我把所发生的一切都记录在这里，这仍然不是列斯纳化。

无论如何，我总会全身而退的。

我现在要去打个盹儿。我大概是得了感冒，现在我忍不住要打喷嚏了——

土著人问题

The Native Problem

罗妍莉 译

刊于《银河》
Galaxy Science Fiction
1956 年 12 月

爱德华·丹顿是个不合群的人，甚至还在襁褓之中的时候，他就早早表现出了反社会人格倾向。这本来应该引起他父母的足够重视，作为父母，应该毫不迟疑带他去看资深的青春期前心理医生——只有专家或许可以弄清，在丹顿的童年经历当中，究竟是什么令他形成了这种反群体倾向。但丹顿的父母并没有重视这一问题，他们大概以为孩子可塑性强，自己以前不是也一样吗？树大自然直。

可是，他从来也没变好。

上学的时候，诸如"群体文化适应""同胞和睦相处""价值认同""社会习俗判定"等这些在现代社会里正常生活所必须掌握的科目，丹顿都只是勉强及格。由于缺乏足够的理解能力，丹顿在现代社会中将永远无法平静地生活下去。

他过了多年之后才意识到这一点。

仅从外表上看，绝对没有人能看出丹顿缺乏起码的与人相处的能力。这个年轻人身材高大，体格健壮，一双碧绿的眼睛，为人随和。光凭他身上具备的某种特质，丹顿还真是迷住了周围不少姑娘的芳心。事实上，其中几个一提到他便赞不绝口，言下之意就是准备把他当作未来丈夫的候选人。

但即使是最轻浮的女孩，也无法忽视丹顿的缺点：刚跳了几个小时的集体舞，大家渐入佳境之时，他就有点疲惫不堪了；十二手桥牌比赛中，丹顿经常心不在焉，总是要求重新计分，让另外十一名玩家扫兴至极；他也根本没法玩地铁游戏。

他努力想掌握这个经典游戏的精髓：和队友们手挽着手，挤进地铁车厢，想办法趁另一队人马从对面的车门冲进来之前将车厢占领。

他的队长会大喊："伙计们，前进！我们要让车开到罗卡韦[1]去！"

1.位于美国纽约皇后区以东，属于长岛半岛，拥有美国最长的市内海滩，周围是贫民聚居区。

而对方队长也会高喊着回敬:"门儿都没有!兄弟们,集合!非得去布朗克斯公园[1]不可!"

丹顿则在密集的人群中挣扎着,脸上挂着僵硬的微笑,嘴角和眼周显露出忧虑的皱纹。他当时的女友问:"怎么了,爱德华?你玩得不开心吗?"

丹顿则会喘着气回答:"当然开心。"

"可你明显不开心!"女孩子哭了出来,茫然不知所措,"爱德华,你难道不明白,我们的祖先就是这样发泄内心的侵略性的吗?历史学家们说,地铁游戏阻止了一场全面氢战。我们都具有相同的侵略性,同样地,我们也必须在适当的社会环境中加以发泄。"

"对,我知道。"爱德华·丹顿会这样回答,"我真的很喜欢这游戏。我——哦,天哪!"

因为就在此时,第三队人又冲了进来,一双双手臂紧紧挽在一起,高喊着:"卡纳西[2],卡纳西,卡纳西!"

就这么着,又一个女朋友跟他吹了,因为她觉得跟丹顿显然没有任何未来。不合群是永远也无法掩饰的。很明显,因为这个问题,从缅因州的罗克波特到弗吉尼亚州的诺福克,只要丹顿还待在纽约郊区,或者是任何郊区,他都注定不会幸福。

丹顿也想解决自己面临的困境,却徒劳无功。不仅如此,其他各种毛病也开始纷纷显现出来:视网膜上的广告投影令他开始出现散光,突如其来的广告声让他一直耳鸣。医生警告他,光凭症状分析永远也不可能消除他的这些身心失调症状。治标没有用,必须治本才行,亟须治疗的是丹顿的基本神经官能症和他的反社会人格。但丹顿对这一点实在无能为力。

于是,他在所难免地想到了走为上策。太空中有的是地方,说

---

[1] 位于美国纽约布朗克斯区,该区拥有纽约市最多的公园用地。当地居民以非洲和拉丁美洲裔为主,犯罪率在全美数一数二。
[2] 位于美国纽约布鲁克林区的东南部,主要是工薪阶层和中产阶级的聚居区。

不定可以容纳在地球上待不下去的人。

在过去的两个世纪里，数百万名精神病患者、神经过敏者、心理变态者和各式各样的怪胎纷纷投奔其他星球。早期的那些人乘坐的宇宙飞船都是依靠米克尔森动力系统驱动的，从一个星系到另一个星系往往要飞行二三十年的时间。而新型飞船则凭借GM亚空间扭矩转换器提供动力，仅需数月便可飞行同样的距离。

留在母星的人都是社交高手，无论地球上又少了个什么人，他们都会大发感慨，虽然嘴里说难受，但内心却很开心，因为少了一个人就多了一点繁育空间。

二十七岁那年，丹顿决定离开地球当一名太空拓荒者。那是个让人泪流满面的日子，他把自己的准生证交给了铁哥们儿艾尔·特雷弗。

"哎呀，爱德华，"特雷弗说着，把那张珍贵的小小证书捏在手里翻来覆去，"你不知道这个证对美特尔和我来说有多重要。我们一直想要两个孩子，现在因为你……"

"客气啥，"丹顿说，"反正我要去的地方又用不着准生证。实际上，我到了那边以后，多半根本就没法生。"他脑海里忽然闪过这样的念头。

"可是，那样你不会觉得郁闷吗？"艾尔问，他总是牵挂着朋友的幸福。

"也许会吧。不过，说不定过一段时间，我就会找到一位女拓荒者呢。更何况在此期间，我还可以做点别的什么事来修身养性。"

"说得挺对。那你打算做点啥？"

"种点儿菜。还是实际点好。"

"也好。"艾尔说，"那好吧，兄弟，祝你好运，兄弟。"

一旦交出了准生证，那事情就已成定局了，开弓没有回头箭。作为对他生育权的交换，政府为他提供了无限期的免费交通工具和足以支撑两年的基本装备及补给品。

丹顿马上就启程了。

他避开了人口最为稠密的地区,这些地区一般都掌握在激进的小团体手里。

比方说,他就不想跟考兰尼Ⅱ星那样的地方有什么瓜葛,在那里,一台巨型计算机成立了一个数学王国。

他对赫尔Ⅴ星也不感兴趣,有三四十二个极权主义者正在那里认真规划征服银河系的方法。

他也绕开了那些农业星球,那样的地方枯燥乏味、束手束脚,追求极端的养生理论和实践。

当他来到赫多尼亚星[1]时,倒是考虑过在这颗声名狼藉的星球上定居。但赫多尼亚星人据说都很短命,虽然日子过得确实快活。

丹顿决定走远一点,继续前行。

他经过了那些阴森森的矿业星球,怪石嶙峋,人烟稀少,上面住着满脸胡须的男人,神色阴沉,动不动就诉诸暴力。然后,他终于来到了新领地,这些无人居住的星球早就超越了地球最遥远的边界。丹顿扫描了好几颗星球才找到了一颗,上面没有任何智慧生命的踪影。

这是一个静谧的水泽之国,中间点缀着一些面积很大的岛屿,碧绿的丛林郁郁葱葱,鱼类和猎物都很丰富。飞船的船长尽职尽责地为丹顿公证了对这颗行星的所有权,丹顿把它命名为"新塔希提"。快速扫描显示,有一个大岛比其余各岛都好。他在这座岛上着陆,并着手建设自己的营地。

一开始,要做的事情很多。在一片闪闪发亮的白色沙滩附近,丹顿用枝条和编织的草带建起了一所房子。他还制作了一把捕鱼用的鱼叉、几个套索和一张渔网。他开了片园子,种了些蔬菜,开心

---

1. 原文为"Hedonia",意为"欢乐"。

地看着这些菜在热带阳光下茁壮成长。在这里,每天早晨七点至七点半之间都会下一场雨,温暖的雨水滋润着他的菜园。

总而言之,新塔希提是一片天堂般的乐土,丹顿在这里本应过得非常幸福,但是后来却出了点问题。

他原以为那座菜园能使他修身养性,结果却是一塌糊涂。丹顿发现自己无论白天还是黑夜,每时每刻都在想女人。在热带橙黄色的硕大月亮底下,连着好几个钟头,他满怀柔情地对自己哼着歌——当然是情歌。

这样下去对健康可没有什么好处。绝望之中,他全身心投入到其他种种公认的修身养性的方法中。首先他尝试的是绘画,然后画腻了,改为写日记;很快他又写烦了,便搞起了作曲,接下来又把作曲抛到脑后。他用当地产的皂石雕刻了两座巨大的雕像,刻完以后,他又试着琢磨还有没有别的事可干。

实在没什么事可干了。他种下的蔬菜长势喜人,根本不劳他费心;因为属于地球品种,这些蔬菜将本地植物的生长空间彻底掠夺一空。想吃鱼了,鱼儿就成群结队地游进他的渔网。想吃肉了,他只要稍微动手设个圈套,猎物就来了。他发现自己还是在没日没夜地想女人——高挑的、娇小的、白皮肤的、黑皮肤的,还有棕皮肤的。

有一天,丹顿发现自己竟然对火星女人有了兴趣,而地球人在这事上从来没有成功过。于是他明白了,自己必须找个釜底抽薪的办法,一举解决这个问题。

可他能有什么办法呢?他无法发出求救信号,也无法离开新塔希提星。那天,他正沮丧地思索着这个问题,这时天空中出现了一个黑色的小点,直奔海面而来。

他看着那黑点越来越大,一口气险些提不上来,因为他害怕那东西会变成一只鸟,或是巨型昆虫。但那个小点还在不停地变大,很快,他看到了灰白色的喷气,一边闪烁,一边消退。

来了艘宇宙飞船!他再也不是一个人了!

这艘飞船盘旋了很久才小心翼翼地着陆。丹顿换上了他最好的一条印花腰布——他发现,这种南太平洋的装束特别适合新塔希提星上的气候。他洗漱停当,仔细梳好头发,望着飞船下降。

这是一艘古老的米克尔森驱动型飞船,丹顿原以为这种飞船早就退役了呢。但很明显,这艘飞船已经飞行了很长时间,船身上坑坑洼洼满是划痕,完全是一副老掉牙的模样,却偏有一股毫不气馁的精神头,船首上傲然写着名字——"赫特人号"。

人们经过漫长的太空旅行,一般都会急需补充新鲜食物。丹顿为飞船上的乘客采集了一大堆水果,当"赫特人号"笨拙地降落到海滩上时,他早就把这堆水果非常雅致地摆放好了。

一道狭窄的舱门打开,两个人走了出来。他们手持步枪,从头到脚一身黑色,警惕地环顾四周。

丹顿冲上前去,"嗨,欢迎来到新塔希提星!兄弟,见到你们可真是高兴啊!最近有啥新闻没有?关于……"

"退后!"其中一人喊道。他五十来岁年纪,高个子,枯瘦得不可思议,面无表情的脸上布满皱纹,那双冰冷的蓝眼睛像箭矢一样,似乎能将丹顿看穿。他举起手中的步枪,对准了丹顿的前胸。他的同伴年纪要轻一些,虎背熊腰,脸膛宽阔,身材不高,却很结实。

"有什么不对劲儿的地方吗?"丹顿停下脚步,问道。

"你叫什么名字?"

"爱德华·丹顿。"

"我叫西米恩·史密斯,"那位瘦高个说,"是赫特人的司令官。这位是杰德凯亚·弗兰克尔,副司令官。你怎么会说英语?"

"我一直说的都是英语啊,"丹顿说,"那个,我——"

"其他人呢?他们躲在哪儿?"

"没别人啊,只有我。"丹顿看了看飞船,每个舷窗里都露出男男女女的面孔,"这是我给你们采来的,"他朝着那堆水果挥手示意,"我想着,你们在太空待了那么久,肯定想吃点儿新鲜东西。"

一位漂亮女孩出现在舱门口，一头金色短发乱蓬蓬的，"我们现在还不能出来吗，父亲？"

"不行！"西米恩说，"这儿不安全。进去，安妮塔。"

"那我就在这儿瞧着好了。"她盯着丹顿，毫不掩饰眼中的好奇。

丹顿回望了她一眼，全身掠过一阵许久未曾感受到的微弱震颤。

西米恩说："我们接受你的馈赠，但是，我们不会吃的。"

"为什么呢？"丹顿的疑问很合乎情理。

"因为，"杰德凯亚说，"我们不知道你们这些人会在食物里下什么毒。"

"下毒？听着，我们还是坐下来好好谈谈吧。"

"你觉得呢？"杰德凯亚问西米恩。

"不出我所料。"司令官说，"一味讨好、奉承，其中必然有诈。他的人根本不会露面。我敢打赌，他们正埋伏着等我们呢。依我看，他们就是欠收拾。"

"没错，"杰德凯亚笑道，"让他们尝尝文明的厉害。"他端起步枪瞄准了丹顿的胸口。

"嘿！"丹顿大叫着往后退。

"可是，爸爸，"安妮塔说，"他什么也没干呀！"

"这正是问题的关键所在。把他打死，他就啥也干不成了。只有死掉的土著才是好土著。"

杰德凯亚插嘴道："这样一来，其余的人就知道咱们是来真的。"

"这么做不对！"安妮塔气愤地喊道，"长老会——"

"——现在又不归他们指挥。登陆外星构成一次紧急情况，这种情况下，由军方全权负责，我们会按照我们认为最好的方案来行动。记住岚 II 星上的教训！"

"等一下，"丹顿说，"你们完全搞错了。这儿只有我，没别人，没理由——"

一颗子弹射在他的左脚附近，溅起了一阵沙土。他朝丛林中飞奔而去，寻求掩蔽。又一颗子弹呼啸着擦身而过，当他一头扎进灌木丛时，第三颗子弹打断了他脑袋旁边的一根树枝。

"瞧！"他听到西米恩的吼声，"应该给他们一个教训！"

丹顿继续跑啊跑，直到自己与那艘拓荒者飞船隔着半英里的丛林地带才停下。

他用一些本地的香蕉和面包果做了一顿清淡的晚餐，饭后，他想弄明白"赫特人号"的那帮人究竟有什么毛病。他们疯了吗？明明知道他是个地球人，孤身一人，手无寸铁，对他们以礼相待。可是他们却朝他开了火——好给他个教训？给谁教训？给那些肮脏的土著，他们是想给土著们一个教训……

这就对了！丹顿冲着自己断然点头。"赫特人号"的那帮人肯定以为他是土生土长的原住民，他的部落成员就潜伏在灌木丛里，正伺机屠杀刚刚登陆的外星人！这也不算是太草率的假设，真的。他现在身处一个遥远的星球，没有飞船，只裹了条腰布，身上还晒成了半深不浅的古铜色。在他们看来，这样一颗蛮荒星球上的土著大概就是他这副模样！

"可是，"丹顿自问，"那他们认为我又是在哪里学的英语呢？"

这整件事太荒唐了。他开始重新往飞船的方向走去，坚信用不了几分钟，自己就能把这个误会解释清楚。然而，走出几码之后，他停下了脚步。

暮色渐近。在他身后，天空中笼罩着灰白相间的云层。陆地上升起了一层深蓝色暮霭，缓缓地向海边飘去，丛林里充斥着各种不祥的声响。丹顿早就发现，这样的声响并没有什么危险，然而那帮新来的人却未必会这么想。

这是帮好战分子，他提醒自己，没必要贸然出现在他们面前，给自己招来一颗子弹。

于是，他轻手轻脚地穿过乱糟糟的丛林，古铜色的身影悄无声息地融入棕绿相间的丛林。他来到飞船附近，爬过茂密的矮树丛，直至能将斜斜向下的海滩悉数收入眼底。

拓荒者们终于走出了他们的太空船,有几十个成年男女和几个孩子,全都穿着厚厚的黑衣服,在高温下汗流浃背。他们没有理睬他送上的本地水果,反倒是在一张铝制桌子上摆满了飞船里那些千篇一律的食品。

在人群外围,丹顿看到有几个人荷枪实弹,显然是在站岗,他们密切注视着丛林这边的动静,忐忑不安地望着头顶上渐渐暗下来的天空。

西米恩抬起双手,人群立刻安静下来。

"朋友们,"这位军事指挥官开始发表演讲,"我们终于来到了期待已久的家园!看哪,这是一片奶与蜜之地,肥沃而丰饶。想一想我们走过的漫漫征途,想一想我们遇到过的千难万险,想一想我们经历过的无数次探索,难道这不值得吗?"

"值得,兄弟!"人们回应道。

西米恩再次举起双手,示意众人安静,"目前,这颗星球上还没有任何文明人定居。我们是第一批人,因此,这里就归我们所有了。可是朋友们,这里也有危险!谁知道丛林里躲藏着什么奇形怪状的怪兽?"

"还没花栗鼠大呢。"丹顿喃喃自语道,"他们干吗不问问我?我会告诉他们的呀。"

"谁又知道深海里游动着什么样的庞然大物?"西米恩继续道,"只有一件事我们清楚:这儿生活着一个土著民族,他们衣不蔽体、野蛮残忍,而且狡诈无情、不讲道德,土著人一直以来都是这样,我们对此必须小心提防。如果他们不干涉我们,我们会与他们和平共处,为他们带来文明之果和文化之花。他们可能会向我们表示友好,但朋友们,时刻牢记这一点:没有人知道一个野蛮人的内心在想什么。他们的行为标准与我们不同,他们的道德规范也与我们不同。我们不能相信他们,我们必须始终保持警惕。一旦出现可疑情况,我们就必须先发制人！记住岚 II 星上的教训！"

随后他们鼓掌欢呼，唱起了赞歌，然后开始共进晚餐。夜幕降临时，探照灯从太空船上扫射出来，把海滩照得亮如白昼。哨兵们荷枪实弹来回巡逻，个个紧张地缩着脖子。

丹顿看着新来的移民们抖开睡袋，在太空船船腹下准备睡觉。即便害怕遭到突袭，他们也不肯在飞船上多待一晚，毕竟，外面有新鲜的空气可以呼吸。

新塔希提星那颗橙色的巨月在高空中的流云间若隐若现。哨兵们踱着步子，咒骂着，为了互相安慰彼此照应，他们靠得更拢了。一听到丛林中有什么风吹草动，或者看到什么影子，他们便端枪射击。

丹顿蹑手蹑脚地回到丛林里。他靠在一棵树后过夜，这样就不会被流弹击中了。今晚似乎还不是解决问题的最佳时机。"赫特人号"上的这帮人太神经质了。他相信，明天白天以一种简单直接讲道理的方式解决问题更好一些。

问题是，赫特人似乎并不怎么通情达理。

不过，到了早上，形势变得乐观起来。丹顿一直等到那帮赫特人吃完早餐，才缓步走到海滩边上，进入他们的视野。

"站住！"哨兵们异口同声地喊了起来。

"那个野人回来了！"一个移民叫道。

"妈咪，"一个小男孩哭喊，"不要让那个坏蛋吃了我！"

"别担心，宝贝，"男孩的母亲说，"你爸爸有枪，野人要是过来就把他打死。"

西米恩冲出飞船，怒视着丹顿："好吧，你！过来！"

丹顿小心翼翼地走过海滩，紧张的期待之下，皮肤一阵刺痛。他走向西米恩，空空的双手始终放在看得见的地方。

"我是这些人的首领，"西米恩语速很慢，好像在跟孩子说话似的，"我，是酋长。你，也是酋长吗？"

丹顿说："你没必要这么说话。我简直不明白你什么意思。我昨天就跟你说过了,这里没别人,只有我。"

西米恩那张表情严厉的脸气得煞白,"最好跟我老实一点,不然你会后悔的。现在说吧,你的部落在哪儿?"

"我是地球人,"丹顿喊道,"你聋了吗?你听不见我说的什么话吗?"

一个驼背的矮个子男人跟杰德凯亚一起走了过来,他白发苍苍,戴着一副牛角镶边的眼镜。"西米恩,"矮个子说,"我想,我还没有见过我们这位客人呢。"

"贝克教授,"西米恩说,"这个野人自称是地球人,他说他名叫爱德华·丹顿。"

教授瞥了一眼丹顿裹的那块印花腰布、黝黑的皮肤和长满老茧的双脚,问道:"你是地球人?"

"当然。"

"那海滩上的那些石像是谁雕的?"

"是我雕的,"丹顿说,"但这只是一种疗法而已。你瞧——"

"显然雕得很原始。那种风格上的模仿,那些鼻子……"

"那完全是出于偶然。你看,几个月前,我乘坐宇宙飞船离开了地球——"

"飞船用的什么动力系统?"贝克教授问道。

"GM亚空间扭矩转换器。"贝克点点头。丹顿接着说:"嗯,我对考兰尼或者赫尔V星之类的地方不感兴趣,就我的血统来说,赫多尼亚星我似乎又去不起。我放弃了矿业和农业星球,让政府的飞船把我留在这里。这颗星球已经以'新塔希提星'之名登记在我名下。但是我感觉很孤独,所以我很高兴你们能来。"

"好吧,教授,"西米恩说,"你怎么看?"

"太神奇了,"贝克喃喃地说,"真是太神奇了。他对英语口语的掌握显示出相当高的智力水平,这代表着在野蛮社会中经常遇到的一种现象,也就是异常发达的模仿能力。我们的朋友'丹塔'——正如他这个原汁原味原生态的名字一样——或许可以给我们讲一讲众多的部落传说、神话、歌曲和舞蹈——"

"可我是地球人!"

"不,我可怜的朋友,"教授温和地纠正道,"你不是。显然,你曾经见过地球人。我想大概是某位商人在这里停下来进行飞船维修吧。"

杰德凯亚说:"有证据表明,曾经有艘宇宙飞船降落在这里,做过短暂的停留。"

"啊,"贝克教授笑呵呵地说,"这证实了我的假设。"

"就是政府的那艘飞船,"丹顿解释说,"把我在这儿放下了。"

"有趣的是,"贝克教授的口吻像是在上课,"他讲的故事貌似可信,可每到关键的地方便掺杂了一些神话色彩。他声称那艘飞船的驱动系统是所谓的'GM亚空间扭矩变换器'——这可就是胡说八道了,因为世界上唯一的深空驱动装置只有米克尔森驱动系统。他还声称,从地球飞到这里,只需要几个月的时间(因为他未开化的头脑无法想象那种持续数年的太空旅程),不过我们知道,即便是从理论上讲,也没有任何太空动力装置能达到这样的速度。"

"应该是在你们这些人离开地球之后发展起来的新技术。"丹顿说,"你们离开多久了?"

"'赫特人号'飞船是一百二十年前离开地球的,"贝克傲慢地回答,"我们差不多已经是第四代和第五代人了。还有,"贝克对西米恩和杰德凯亚说,"他还企图想出一些能让人信以为真的地名,用他的拟声感造出考兰尼、赫尔、赫多尼亚这样的词。至于这样的地方究竟有没有,他根本就不在乎。"

"有!"丹顿气愤地说。

"在哪儿?"杰德凯亚挑衅道,"给我坐标。"

"我怎么知道?我又不是领航员。我想赫尔星应该是在牧夫座附近,也可能是仙后座。不对,我敢肯定应该就是牧夫座——"

"不好意思啊，朋友，"杰德凯亚说，"你可能没有想到，本人正是这艘飞船的领航员。我可以给你看星图和图表，你说的那些地方图上根本就没有。"

"你那些图都已经过时一百年了！"

"那星星也一样。"西米恩说，"现在告诉我，丹塔，你们部落在哪儿？他们为什么躲着我们？他们在谋划什么？"

"这太荒唐了，"丹顿抗议，"我怎么才能让你相信呢？我是个地球人。我生长在——"

"够了！"西米恩插话，"我们赫特人只有一件事受不了，就是土著人跟我们顶嘴。快说，丹塔，你们的人在哪儿？"

"就我一个。"丹顿不肯改口。

"口风很紧啊？"杰德凯亚咬牙切齿地说，"也许该让你尝尝黑蛇鞭的滋味——"

"慢着，慢着，"西米恩说，"他的部落会过来领救济的，土著人都这样。在此期间，丹塔，你也可以到那边一起干，帮助我们卸下物资。"

"不了，谢谢。"丹顿说，"我要回——"

杰德凯亚挥起一拳，打在丹顿的牙床上。他一个趔趄，险些摔倒。

"头儿说了，不许顶嘴！"杰德凯亚怒吼，"你们这些土著怎么一个个都这么懒？等我们一卸完珠子项链和印花棉布，就给你钱。现在给我干活去！"

这事儿似乎就这么定了。与在他之前上千颗不同星球上千百万个土著人一样，丹顿就这么糊里糊涂地加入了殖民者长长的卸货队伍。

临近傍晚，货终于卸完了，移民们在海滩上休息放松。丹顿坐得离他们远远的，想好好考虑一下自己的处境。正当他沉思默想的时候，安妮塔端着一壶水走了过来。

"你认为我是土著人吗？"他问道。

她在他身边坐下,"你不是土著人还会是什么人?谁都知道一艘飞船能飞多快,而且……"

"自从你们的人离开地球以来,时代已经变了。你们又不是一直在太空里飞,对吧?"

"当然不是。'赫特人号'飞船去了伽斯特罗 I 星,但那里的土壤不够肥沃;于是下一代就搬到了凯特迪星,但是玉米发生了突变,几乎把他们彻底毁了;于是他们又去了岚 II 星,他们曾经以为那儿会是永久的家园。"

"出什么事了?"

"那些土著人。"安妮塔伤心地说,"我猜,他们一开始是很友好的,每个人都以为一切尽在掌握。接着,忽然有一天,我们与全体土著人之间爆发了战争。虽然他们只有长矛之类的武器,但他们人多势众,所以飞船又被迫离开了,我们便来到了这里。"

"嗯,"丹顿说,"难怪你们一提到土著就这么紧张。"

"嗯,那是当然。只要存在任何潜在威胁,我们就处于军事管制之下,那就意味着由我的父亲和杰德凯亚指挥;不过,一旦紧急情况结束,那我们的常规赫特人政府就会接管。"

"政府归谁管?"

"一个长老委员会,"安妮塔说,"他们心地善良,憎恨暴力。如果你和你们的人真的爱好和平——"

"我没人。"丹顿疲倦地说。

"——那你就有机会在长老们的统治下过上兴旺发达的生活。"她最后说。

他们坐在一起,望着日落。丹顿看着晚风撩起她的头发,如丝般的秀发轻柔地拂过前额,晚霞把她的面颊和嘴唇映照得楚楚动人。他全身打了个寒战,心里告诉自己,这是傍晚气温忽然转凉所致。安妮塔方才一直兴致勃勃地谈论着她的童年,这时,她发觉自己难以讲完她的故事,甚至无法继续她那一连串的思绪。

又过了片刻,他们的手不知不觉地碰到了一起,他们的指尖相触,紧紧握在一起。良久,二人什么也没说。最后,他们温柔接吻,恋恋不舍。

"这他妈到底是怎么回事?"一个响亮的声音问道。

丹顿抬起头来,看见一个身材魁梧的男人站在头顶上方,他那壮实的脑袋在月光下只看到一个黑乎乎的轮廓,他那双拳头背在身后。

"求你了,杰德凯亚,"安妮塔说,"不要弄出事来。"

"起来。"杰德凯亚用一种来者不善的语气命令丹顿,"你给我站起来。"

丹顿站起身,双手半握成拳,等待着。

"你,"杰德凯亚对安妮塔说,"你简直是部族的耻辱,是全体赫特人的耻辱。你疯了吗?你跟一个肮脏的土著混在一起,还要不要自尊了?"他转向丹顿,"非得给你点教训不可,得好好收拾你一顿。土著人可别想打赫特人姑娘的主意!我现在就给你长长记性,就在这儿。"

一阵短暂的扭打过后,杰德凯亚四仰八叉地倒在地上。

"快来人啊!"杰德凯亚喊道,"土著人造反了!"

宇宙飞船上的警铃隆隆大作,警报声响彻夜空。妇女和儿童都经过长期训练,知道如何应对这种紧急情况,她们成群结队地返回了飞船。男人们则握着分发的步枪、机枪和手榴弹,开始朝丹顿逼近。

"只是男人之间的事!"丹顿大声说,"我们起了点争执,仅此而已。没有土著人什么的,只有我一个人。"

走在最前面的赫特人命令道:"安妮塔,快,快回来!"

"我没看见什么土著人,"女孩坚定地说,"这真的不是丹塔的错——"

"回去!"

她被拽走了。趁着机关枪开火之前,丹顿一头钻进了灌木丛。

他手脚并用，爬出了五十码，然后起身没命地奔跑起来。

幸运的是，"赫特人号"上的人并没追上来。他们关心的只是保卫飞船，守住滩头阵地和一片狭窄的丛林地带。丹顿听到外面彻夜都是枪声、叫喊声和疯狂的哭喊。

"那儿有一个！"

"快，机关枪转向！他们在我们背后！"

"那边！那边！我发现了一个！"

"不对，他跑了，往那边跑了……可是，哎呀，在树上！"

"开枪啊，伙计，开枪！"

整整一个晚上，丹顿都听着赫特人击退想象中的野蛮人的进攻。

黎明时分，枪声终于平静了下来。丹顿估计，他们消耗了得有一吨的弹药，成百上千棵树木被拦腰打断，好几英亩的草地被踩成了烂泥。丛林里飘荡着一股无烟火药的臭味儿。

他迷迷糊糊地睡着了。

中午时分，他醒了过来，听见有人在灌木丛中走动。他退回到丛林深处，吃了一顿本地香蕉和芒果。然后，他决定从头到尾地思考一下。

可是他却什么也想不出来。他满脑子都是安妮塔，失去了她，他很是伤心。

整整一天，他郁郁寡欢地在丛林中游荡，到了傍晚，他再次听到有人在灌木丛中走动发出的声音。

他转过身，向岛屿深处走去，接着便听见有人叫他的名字：

"丹塔！丹塔！等一等！"

是安妮塔。丹顿犹豫了一下，不知该如何是好。她可能已经决定离开她的部族，跟他一起在这片郁郁葱葱的丛林里生活。但更符合逻辑的情况是，她是被派来当诱饵的，带着一队人马来把他干掉。他怎么知道她究竟忠于哪一方呢？

"丹塔！你在哪儿？"

丹顿提醒自己，他们之间绝不可能有任何结果。她的人已经表明了对土著人的看法。他们永远不会信任他，永远都想置他于死地……

"求你了，丹塔！"

丹顿耸了耸肩，循声朝她走去。

他们在一片不大的空地上相遇了。此时的安妮塔头发凌乱，卡其裤也被丛林中的荆棘撕烂了，但对丹顿来说，再也没有一个比她更可爱的女人了。这一瞬间，他相信她是来找他的，来和他一起私奔。

然后，他看到了她身后五十码处几个全副武装的人。

"没关系，"安妮塔说，"他们不是来杀你的，只是跟着过来保护我。"

"保护你？免得我伤害你吗？"丹顿苦笑了一声。

"他们并不像我这么了解你，"安妮塔说，"在今天的长老会上，我把真相告诉了他们。"

"真的？"

"当然啊。那次打架又不是你的错，我跟每个人都是这么说的。我告诉他们，你还手只是为了自卫，杰德凯亚撒谎了，他并没有遭到一群土著人的攻击，当时在场的只有你，这些我全都跟他们说了。"

"好姑娘，"丹顿热切地说，"他们信了吗？"

"我觉得他们信了。我解释说，土著人的袭击是后来才发生的事。"

丹顿叹息了一声，"你看，既然根本就没有土著，那又怎么可能发生土著人袭击呢？"

"可是真的有啊，"安妮塔说，"我听见他们在叫喊。"

"那是你们自己的人。"丹顿试图想出一些话来让她相信。如果他连这个女孩都说服不了，又怎么可能说服其他的赫特人呢？

然后他灵机一动，想到了一点。那是一个非常简单的证据，却具有绝对的说服力。

丹顿说:"你们确实相信发生了一场大规模的土著人袭击?"

"当然。"

"有多少土著?"

"我听说,你们的人数至少是我们的十倍。"

"我们有武器吗?"

"当然有。"

"既然是这样,"丹顿得意扬扬地问,"你们赫特人怎么连一个人也没有死呢?"

她盯着他,睁大了眼睛,"可是,亲爱的丹塔,有很多赫特人都受伤了呀,还有些伤得很重。这么一场大战,居然没有人丧命,这简直是个奇迹!"

丹顿觉得脚下似乎有些站立不稳。有那么骇人的一瞬间,连他自己都信了她的话。赫特人都坚信不疑了!他到底是不是真有个部落啊,好几百号像他这样古铜色皮肤的野蛮人躲在丛林里,等待着……

"教你英语的那个商人,"安妮塔说,"肯定是个厚颜无耻的家伙。你知道吗?把枪支卖给土著人是违反《星际法》的。总有一天,他会被抓起来,然后——"

"枪支?"

"没错。当然,你们用起来还不是特别有准头;可是西米恩说,单单就那样的火力——"

"我猜,你们的人受的都是枪伤。"

"对,我们的人没法只用大刀和长矛来阻止你们靠近。"

"我明白了。"丹顿说。他的证据被驳得体无完肤,但发现自己终于恢复了理智,他反而感到如释重负。乱作一团的赫特人士兵们在丛林里跟没头苍蝇似的乱窜,遇什么动静便随意开枪射击——也就是彼此对射。他们当然遇到麻烦了,就这样居然没人送命,这何止是不可思议,简直是个奇迹。

"但我也解释了,他们不能怪你。"安妮塔说,"是我们的人先动的手,你的人肯定以为你有危险。长老们认为这相当有可能。"

"他们可真是好人。"丹顿说。

"他们都是讲道理的人。毕竟,他们也意识到,土著人和我们一样,也都是人。"

"你能肯定?"丹顿的口气里带着一丝淡淡的嘲讽。

"当然。长老们还召开了一次重要的会议,讨论了对土著人的政策,并决定一劳永逸地解决这一问题。我们为你和你的人民留出了一千英亩保留地,对你们来说应该足够了,对吧?我们的人正在竖界碑呢。你们以后可以平安无事地居住在自己的保留地里,而我们居住在岛上自己的区域内。"

"什么?"丹顿说。

安妮塔接着又道:"为了保证这一承诺,长老们希望你接受这个。"她递过一卷羊皮纸。

"这是什么?"

"这是一份和平条约,宣告赫特-新塔希提战争就此结束,承诺我们两族人民永远和睦相处。"

丹顿木然地接过那卷羊皮纸。他看到陪同安妮塔前来的那些人正把红黑相间的界桩钉入地面,他们一边干活,一边哼着歌,为如此迅速轻松地就土著人问题达成协议感到高兴。

"可是,难道你不觉得,"丹顿问她,"也许——呃——同化[1]说不定是个更好的方案?"

"我提过这个建议。"安妮塔羞红了脸。

"你建议过?你是说,你愿意——"

"我当然愿意。"安妮塔不好意思看他,"我觉得,将两个强大的种族合二为一会成为一桩千古美谈。还有,丹塔,你可以给孩子们

1.1970年,美国政府曾对印第安人实施强制同化政策。

讲多少奇妙的故事和传说啊！"

"我还可以教他们怎么捕鱼、怎么打猎，还有哪些植物可以食用，诸如此类的事。"

"还有你们部落里那些丰富多彩的歌舞。"安妮塔叹了口气，"那该有多好啊。对不起，丹塔。"

"可是肯定有办法的！我就不能和长老们谈谈吗？难道我就不能想点什么办法？"

"什么办法也没有。"安妮塔说，"我是愿意跟你走的，丹塔，但是不管花费多长时间，他们最后都会找到我们的。"

"他们永远也找不到我们。"丹顿拍着胸脯保证。

"也许吧，我愿意冒这个险。"

"亲爱的！"

"可是我不能这么做。丹塔，还有你那些可怜的人民呢！赫特人会抓他们做人质，我要是不回去，他们就死定了。"

"我没有什么人民！说没有就没有，见鬼！"

"你能这么说真是太好了。"安妮塔温柔地说，"可是不能仅仅为了两个人的爱就牺牲生命。丹塔，你必须告诉你的人民不要越过边界，否则他们会开枪的。再见了，记住，最好是生活在和平的道路上。"

她匆匆转身，丹顿眼睁睁地看着她离去，她的圣女情怀将他们无情地拆开，这固然令他生气，但他却又因为她对部族的仁爱而更加爱她。他那纯属子虚乌有的人民倒无关紧要，重要的是她有这份心。

最后，他只得转身又返回丛林深处。

他停在一潭黑黝黝的水潭旁，水面上覆盖着参天大树的阴影，四周环绕着花朵缤纷的蕨类植物，他在此处规划起自己的余生。安妮塔走了，所有与人类的交往也断了。他对自己说，他什么都不需要。他还有这片保留地。他可以重新去搞他的菜园，雕刻更多的雕像，创作更多的曲子，动手写另一本日记……

"统统见鬼去吧！"他对那几棵大树吼道。他再也不想要什么修身养性了,他想要安妮塔,他想跟人类生活在一起。他厌倦了孤身一人。

他能想点什么办法呢?

好像什么办法都没有。他向后一仰,靠在一棵树上,凝望着新塔希提星那蔚蓝得不可思议的天空。若是赫特人没那么固执多好,没那么害怕土著人多好,没那么……

就在此时,一个念头在他的脑海里产生了,这计划荒唐至极、危险至极……

"值得一试。"丹顿对自己说,"哪怕是被他们杀了。"

他一路小跑着,往赫特人的边界线而去。

当他跑到飞船附近时,一名哨兵看到了他,立马端起了步枪。丹顿举起双臂。

"别开枪!我必须跟你们的领导人谈一谈!"

"回你们的保留地去。"哨兵警告道,"回去,不然我就开枪了。"

"我必须得跟西米恩谈一谈。"丹顿寸步不让。

"命令就是命令。"哨兵瞄准了他。

"稍等一下。"西米恩从飞船里走出来,眉头深深皱起,"这是怎么回事?"

"那个土著人回来了,"哨兵说,"长官,我要不要崩了他?"

"你想要什么?"西米恩问丹顿。

"我到这儿来,是为了向你们——"丹顿怒吼道,"宣战!"

这平地一声吼惊醒了整个赫特人的营地。几分钟之内,所有的男人、女人和孩子都聚集到了飞船附近。长老们站在一旁,一眼就能认出来这帮全是白胡子的老头儿。

"你们接受了和平条约。"西米恩指出。

"我和岛上的其他酋长谈过了,"丹顿说着,向前走了几步,"我们认为,这是一项不平等条约。新塔希提是我们的星球,祖祖辈辈都是属于我们的。我们在这里生儿育女、播种玉米、收获面包果。

我们不愿意住在那个保留地里！"

"哦，丹塔！"安妮塔从飞船里走出来，高声喊道，"我不是让你给你的人民带去和平了吗？"

"他们不听，"丹顿说，"所有的部落都在集合。不光是我自己的西诺奇人，还有卓尔瓦蒂人、洛罗纳斯提人、瑞特尔布洛伊奇人和维泰利人。自然还包括他们的子部落和从属部落。"

"你们有多少人？"西米恩问道。

"五六万吧。当然，我们并不是每一个人都有枪，大多数人只能依靠毒箭和标枪之类的原始武器。"

人群中爆发出一阵紧张的窃窃私语。

"我们当中有很多人都会战死，"丹顿面无表情地说，"我们不在乎，每一个新塔希提人都会像狮子一样战斗。我们的人数是你们的一千倍。其他岛上还有我们的兄弟，他们会加入我们的队伍。无论要牺牲多少条性命，无论要付出多么苦难的代价，我们都会把你们赶进大海。我说完了。"

说着，他转身撤回丛林，昂首阔步地走了。

"我现在可以把他崩了吗，长官？"哨兵恳求道。

"把枪放下，你这个笨蛋！"西米恩厉声道，"等一等，丹塔！我们当然可以达成协议。流血对我们双方都没有任何意义。"

"我同意。"丹顿严肃地答道。

"你们想要什么？"

"平等权利！"

长老们立即磋商起来。西米恩在一边旁听，然后转身对丹顿道：

"可以。还有别的要求吗？"

"没了。"丹顿说，"当然了，还有一点：为了保证赫特人和新塔希提岛部族的联盟，联姻是最好的选择。"

长老们再度开始磋商，然后向西米恩吩咐了几句。这位军事指挥官显然很不满意，脖颈上青筋迸起，但他竭力控制住了自己，向长老们鞠躬表示服从，然后向丹顿大步走来。

"长老们已经授权于我，"他说，"与你们结成血脉相连的兄弟之盟。你和我分别代表两个民族的主要部落，将举行一个美好庄严的象征性仪式，把我们的鲜血混到一起，然后切开面包、撒上盐——"

"对不起，"丹顿说，"我们新塔希提人对这个可不感冒。必须得是联姻。"

"去你的吧——"

"我言尽于此。"

"我们绝对不会接受！绝不！"

"那就开战吧。"丹顿宣战后，走进了丛林。

丹顿是有意来挑起战争的。但是，他扪心自问，一个土著人，单枪匹马，怎么跟满满一飞船全副武装的人开战？

西米恩和安妮塔穿过丛林向他走来的时候，他正在思索这个问题。

"好吧，"西米恩气愤地说，"长老们已经决定了。我们赫特人过够了从一个星球飞到另一个星球的日子。以前我们也遇到过这样的问题，当初我觉得我们再换个地方，重来一次就行。我们对这个土著人问题已经厌倦透顶了，所以我想——"他使劲咽了口唾沫，但最终还是果断地说完了这句话，"我们最好还是同化吧。至少，长老们是这么想的。就我个人而言，我宁愿开战。"

"你们会输的。"丹顿坚定地表示，在那一刻，他觉得自己完全可以单枪匹马跟赫特人较量一下，并且赢得胜利。

"可能吧。"西米恩承认，"无论如何，你都应该感谢安妮塔让和平成为可能。"

"安妮塔？为什么？"

"为什么，伙计，整个营地里头，她是唯一愿意嫁给一个衣不蔽体、肮脏不堪、尚未开化的野人的姑娘！"

于是他们就结婚了。"丹塔"现在被称作白人之友，他定居在此,帮助赫特人征服这片新土地。他们则反过来向他介绍文明的奇迹,教他学会了十二手桥牌和集体舞。很快,赫特人就建起了他们的第一条地铁线路——因为文明人必须发泄身上的侵略性——那个游戏他们也演示给丹顿看了。

他试着学些地球上的传统消遣项目的精髓,但这显然超出了他那未开化的野人脑袋的理解能力。文明令他窒息,所以丹顿和他的妻子便在这颗星球上不断迁徙,总是居住在最边沿的地带,过着远离文明的舒适生活。

人类学家频频来访,将他给孩子们讲的每一个故事都记录下来——新塔希提星上那些古老动人的传说——天空之神和水怪的故事。火中精灵与林间仙女,卡塔曼都拉如何奉命在短短三天之内从虚无中创世,为此他得到了什么奖赏;杰瓦西与胡特蒙拉蒂在阴间相遇时说了些什么,还有这次会面得出的奇怪结果。

人类学家注意到这些传说与地球上的某些传说有相似之处,并因此提出了一些有趣的推测。他们对新塔希提星主岛上那些令人难忘的怪异巨石雕像很感兴趣,那显然是史前新塔希提人的作品,而他们如今早已无迹可寻。

但对科学工作者来说,最吸引人的莫过于新塔希提人本身。那些古铜色皮肤的野蛮人快活爱笑,比其他任何一个种族都要高大、强壮、俊美、健康,却在白人到来时消失得无影无踪。只有少数几位年长的赫特人还能记起曾经见过他们中的几个,然而他们讲的故事让大家觉得一点也不靠谱。

"我的人民?"每每被问及这个问题时,丹顿会这样作答:"啊,他们受不了白人带来的疾病,受不了白人的机械文明,也受不了白人严格压抑的生活方式。如今,他们生活在一个更幸福的地方,在天外的瓦胡拉。总有一天,我也会到那儿去。"

白人们听到这句话,就会生出一股奇怪的内疚感,于是便加倍地示好丹顿,这个最后的土著人。

到地球取经

Pilgrimage to Earth

孙维梓 译

刊于《花花公子》
Playboy
原标题为《爱情股份有限公司》
1956 年 9 月

阿尔弗雷德·西蒙出生在卡赞加 IV 星,这是一颗离牧夫座 α 星不远的农业星球。他在麦田里驾驶着自己的联合收割机,在漫长的静夜里聆听地球的爱情歌曲录音。

在卡赞加生活挺不错的。这里的姑娘们身材丰腴饱满,性情欢愉可爱,坦诚老实又温顺,还会陪你去山间徒步,去小溪游泳,是忠贞不渝的生活伴侣。但是,她们从来不懂浪漫!星球上的娱乐虽然轻松愉快,不过除掉愉快以外就什么也不剩了。西蒙感觉自己并不满足这种波澜不惊的生活,有一天他终于明白问题出在哪儿了。

卡赞加星球上来了一艘破烂老旧的宇宙飞船,一位商人运来了大批书籍。他形容枯槁、满头白发,有点疯疯癫癫。大家举行宴会欢迎他,因为这颗遥远的星球一向好奇外界的新鲜事物。

商人滔滔不绝地讲述了很多最新消息:关于底特律 II 星与 III 星之间的价格战,关于阿兰那星上的渔业发展,关于莫拉西亚星第一夫人的穿着打扮,还有道兰 V 星上的男人说话如何可笑,等等。后来有人提出:"说说地球的事吧。"

"噢!"那位商人扬起眉毛说,"想听母星的事情吗?宇宙中再也没有什么地方能和古老的地球相比了。地球上一切皆有可能,就是不存在拒绝两个字。"

"此话怎讲?"西蒙又重问一遍。

"他们有专门的法律禁止拒绝,"商人得意地微笑说,"那可是人人都得遵守的。地球上什么都和这里不一样,朋友。你们只擅长耕种,但地球人却擅长搞各种各样不切实际的把戏……什么极端狂热啦、沉迷美色啦、发动战争啦、嗜酒如命啦、制造恐怖啦等等,所以人们长途跋涉若干光年到地球去,目的就是为了瞻仰一下这些东西。"

"那里有爱情吗?"一个女人问。

"当然有,亲爱的,"商人温柔地答道,"地球是银河系里唯一迄今还保存有爱情的地方!底特律 II 星和 III 星曾开展过爱情的尝试,结果发现这是一种过分奢侈的游戏。阿兰那星决定不用爱情去蛊惑人心，莫拉西亚星以及道兰 V 星干脆就没有时间谈情说爱。但是正如我刚才所说，地球人最善于搞那些不切实际的把戏，他们甚至能从中获取收益。"

"收益？"一位五大三粗的农民问。

"那当然！地球是一颗古老的星球，矿产和土壤都已枯竭。它过去的殖民星球眼下全部独立了，上面的居民和你们一样清醒，都要出售自己的商品以换取好处。那地球还剩下什么能拿来做交易呢？除了那些给生活增添情趣的非必需品，还能有什么？"

"那么您在地球爱过别人吗？"西蒙问。

"爱过。"商人颇为伤感，"曾经爱过。不过我现在在旅行。朋友们，这些书想买吗？"

西蒙以高价买下了一本古老的诗歌选集。他一边阅读，一边幻想着书中那种皎洁月光下的恋爱情景：在朦胧的海岸边相互偎依的恋人，他们如何双双坠入疯狂的爱情旋涡，倾听着呼啸起伏的海涛拍岸，直到绚丽的早晨第一束阳光照亮了爱人的樱唇……

但是这些只有在地球上才能存在！因为正如那位商人所说，地球的儿女们分散在宇宙的各个角落，在陌生的星球上辛苦谋生。卡赞加星上种植的是小麦和玉米，底特律 II 星与 III 星上建起了工厂，阿兰那星的鱼产品驰名整个南星群，莫拉西亚星上有凶猛的野兽，而道兰 V 星的荒原广漠则有待垦殖。所有这些地方都在各忙各的。

但新世界就像苦行僧的生活，每天都遵守严格的安排，完美无瑕却又枯燥乏味。在这片人类最遥远的疆域，依然缺少了点什么，显得暮气沉沉，大概是因为只有地球人才懂得爱情的缘故吧。

西蒙不禁为此心驰神往，他朝思暮想，拼命积蓄，终于在他二十九岁那年卖了农场。他把干净的衬衫收拾进手提包，穿上最好的衣服和一双结实的鞋子，登上了卡赞加至地球的定期往返飞船。

他来到了地球，他的梦想肯定能够成真，因为这是有法律保障的。

他顺利地通过了纽约太空港的海关检查，搭上郊区地铁来到时代广场，升上地面。阳光耀眼，刺得他眼睛不停地眨动，他牢牢地抓紧手提包，因为人们告诫他得谨防小偷和其他外籍居民。

他屏住呼吸，心神荡漾，放眼四望。

使他大吃一惊的是多如牛毛的影院，2D、3D、4D，五花八门，想看什么都有，确实大开眼界！

右侧的高大帐篷上悬挂着巨幅标语：

来自金星的欲望呈现！绿色地狱居民性行为纪录片！惊人的暴露镜头！

他刚想进去，但是在马路另一侧，一部战争片的大广告牌在咆哮着：宇宙大片！致敬空间陆战队的无畏者！

下面是一张海报，写着：泰山大战土星食尸鬼！

他记得在书上曾经读过：泰山是地球人古时候的种族英雄。

这一切都令他目瞪口呆，还有各种店铺鳞次栉比，有些个小店可以买到所有星球上的美食，尤其那些本地人类爱吃的比萨、热狗、意面和馅饼，还有出售人类星际舰队多余制服的旧货铺，除了饮料什么都不卖的商店，诸如此类。

西蒙正不知所措，身后传来了枪支点射的嗒嗒声，他骤然转身。

那仅仅是家射击馆，细长狭窄，但装潢漂亮，柜台很高。老板是个黝黑的胖子，下巴上长有一颗痣，坐在高高的凳子上向西蒙微笑："来碰碰运气吧！"

西蒙发现打靶场的另一端不是通常的枪靶，在弹痕累累的凳子上竟然坐着四位衣着暴露的女郎。她们每个人的前额及两侧胸脯上都赫然画着靶心。

"难道你们这里使用真枪真弹？"西蒙问。

"那自然，"老板说，"地球有法律禁止做虚假广告，所以这里全是真正的枪弹和真正的活靶姑娘！想站上去打几枪吗？"

"来啊,小哥哥!我敢打赌你射不中我!"一位女郎朝他叫嚷。

"就是艘宇宙飞船在这儿,他也打不准!"另一位姑娘故意在旁边煽风点火。

"他肯定行!来吧,小哥哥!"

西蒙的手在额上擦拭汗水,他努力摆出一副对所见所闻无动于衷的模样。说到底这里可是地球,这里发生的一切全都是可能的,只要做生意有钱赚就行。

"那么也有专打男人的靶场吗?"他问。

"当然有,"老板回答,"但是您不见得对男人也有兴趣吧,有吗?"

"当然没有!"

"您是从外星来的吗?"

"不错,您怎么看出来的?"

"根据服装,我总是根据服装来辨认的。"胖子闭上眼睛开始吟唱,"站过来,站到这儿来,开枪打死一个姑娘!释放吧!克制的欲望!扣动扳机,顷刻之间,积压的怒火,全都释放!比最好的按摩还灵!比最烈的美酒还强!来吧,来吧,开枪打死一个姑娘!"

"一旦被射中,你们不就马上死了吗?"西蒙向其中一位姑娘发问。

"别说傻话啦。"那姑娘说。

"但是……"

"还有比这更糟糕的呢。"姑娘耸耸肩说。

西蒙本想打听一下为什么说还有更糟糕的情况,但老板却从柜台上向他弯下腰悄声说:"听好,小伙子。瞧我这里还有什么?"

西蒙发现在柜台后面是一挺微型冲锋枪。

"价钱便宜得要命,"老板说,"我让您试试。随便朝什么地方打都行,可以把一切都打得稀巴烂,把墙壁打成蜂窝,这是点四五口径的,可来劲儿了。只要您试过冲锋枪射击,才懂得什么叫够劲呢!"

"我想这并不好玩儿。"西蒙肯定地说。

"我还有几颗手榴弹,不消您说,还是那种威力十足的爆裂弹。

您真的应该……"

"不!"

"价格一定从优,"老板说,"你也可以开枪打我,只要你好这口,虽然我估计您不一定对这个感兴趣。你说怎么样?"

"不,永远不!这太可怕了!"

"今天情绪不佳是不是?好吧,反正我这里昼夜开放。以后再来,小伙子。"

"绝不会来!"西蒙转身就走了。

"我们等着你,亲爱的!"其中一位姑娘还在冲他喊。

西蒙走到茶点摊前要了一杯可乐,他发现自己的手在颤抖。他努力地稳住双手,一口一口慢慢地吮吸着饮料。西蒙告诫自己:别用卡赞加星球上的行为标准来衡量地球。如果地球人喜爱杀戮,而受害者不反对的话,又何必去抗议呢?

真的不要抗议吗?

"你好,年轻人!"又一个声音从旁边传来,使他从沉思中醒来。

西蒙转身看见一个消瘦的男人站在身旁,一脸鬼鬼祟祟的表情,缩在一件大而无当的雨衣里。

"您是从外星来的人吧?"

"是的,"西蒙说,"您怎么知道的?"

"只要看靴子,我总是根据靴子来辨认的。你喜欢我们这个星球吗?"

"它……有点让我看不懂,"西蒙委婉地说,"我是想说,它出乎我的意料……"

"那当然,"矮个男子说,"你是个理想主义者。我一见你那张实诚的脸就看出来了。朋友,你是带着目的来到地球的,我说得对吗?"

西蒙点点头。

"我猜得中你的来意,"那矮个男子继续说,"你是想来参加拯救世界的战争,你来得正是时候。我们这里一直在进行六场大型战争,任何人都可以在任何时刻在某场战争中扮演一个重要的角色。"

"对不起,但是……"

"此时此刻,"矮个男子用庄严的口吻说,"被压迫的秘鲁工人正在发动一场殊死的革命斗争,要推翻腐败堕落的君主政体。只要再多一个人就可以挽狂澜于既倒!朋友,这个人可能就是你!"

在看到西蒙脸上的表情以后,矮个男子迅速改口道:"当然了,开明进步的权贵们也不是一无是处。秘鲁的老国王充满智慧,是一位柏拉图式的哲学家国王,极其需要您的帮助。拥护他的少数科学家、人道主义者、卫队、骑士以及皇家佃农,都在境外反动势力的阴谋前苦苦支撑。只要有一个人……"

"我没兴趣。"西蒙说。

"在中国,无政府主义者们……"

"没兴趣。"

"我猜你喜欢威尔士的共产主义者?或者日本的资本主义者?还是你更同情那些小团体,比如女权主义者、禁酒主义者、自由银匠等诸如此类的,我们还能安排……"

"我不喜欢战争。"西蒙说。

"我能理解您的厌恶,"那矮个男子说,快速点着头,"战争就是地狱!那么您是为了爱情而来地球的?"

"您怎么知道?"西蒙问。

矮个男子谦虚地笑了笑,"爱情和战争,"他说,"这是地球的两样大宗商品。自古以来,我们就盛产这两样。"

"那么爱情很难寻找吗?"西蒙问,

"沿着这条街走过两个街区就是。"那矮个男子热情地指点说,"告诉那里的人说,你是乔介绍来的。"

"但这是不可能的!难道这样就能……"

"你对爱情了解多少?"乔问道。

"我一窍不通。"

"我们却是爱情的行家。"

"我只知道一些书上的话,"西蒙说,"'在皎洁的月光下热恋……'"

"还有'在海边紧紧依偎在一起的恋人,双双坠入情网,耳边是雷鸣般的波涛声',对吧?"

"您也读过这本书?"

"那是一本尽人皆知的广告小册子。我得走了,那地方离这儿两个街区,别走错。"

于是,矮个男子彬彬有礼地点了下头,消失在人群中。

西蒙喝完可乐,沿着百老汇大街走去,心事重重,眉头紧蹙,但是他已决心不再做出任何不成熟的判断。

在第四十四街他看见一块硕大明亮的霓虹灯招牌:爱情股份有限公司。旁边的小号霓虹字母写着:通宵营业。再下面写着一行字:一飞冲天。

西蒙皱起眉头,一丝疑虑涌上心头,不过他还是登上二楼,走进了接待室。房间不大,装潢华丽,他在那里被告知要穿过长长的走廊,到某号房间去。

房间里颇有气势的写字台后坐着一个风度翩翩的灰发男人,他站起身向西蒙伸出手说:"您好!卡赞加星球现在怎么样啦?"

"您怎么知道我是从卡赞加来的呢?"

"根据衬衫呀,我总是根据衬衫来辨认的。叫我泰特先生好了,我将尽力为您服务,您是……"

"我叫西蒙,阿尔弗雷德·西蒙。"

"请坐,西蒙先生。要香烟吗?喝点什么?您上我们这儿来肯定不会失望,先生。我们是家老字号,在爱情量贩这个行业中是首屈一指的。行内排名第二的激情有限公司,比我们规模小多了。尤其啊,

205

我们价格更公道，服务更一流。顺便问一声，您是怎么打听到我们这里的？是在《纽约时报》看到我们的整版广告吗？还是……"

"我是乔介绍来的。"西蒙说。

"啊哈，就他话多。"泰德先生说，开玩笑地摇着头，"好吧，先生，我们别耽误时间。您不远万里而来是为了爱情，您肯定能获得爱情的。"

他的手伸向嵌在桌上的按钮，但西蒙制止了他。

"我并不想对您失礼，不过……"

"请讲。"泰德先生露出满脸微笑让对方感到宽慰。

"对于这种事情我不大在行。"西蒙脱口而出，他的脸涨得通红，额上沁出大颗汗珠，"我觉得这里可能不是我该来的地方，我跑那么远的路到地球来不是为了……我是想说，爱情归根结底不是可以销售的商品，什么都可以卖，但爱情不行！这肯定不是真正的爱情，是吗？"

"瞧您说的，当然是真的！"泰德先生很是诧异，半坐起身说，"我们做的就是爱情买卖啊！任何人都能买到性的满足。上帝啊，除了人命，性是宇宙中最不值一提的玩意儿了，仅次于人命。爱情是珍贵无比的，爱情是一种特殊的商品。只有在地球上才能找到爱情。您读过我们的小册子吗？"

"就是那本《朦胧海岸边的恋人》吗？"

"不错，就是那一本，是我写的。是不是让你感受到一些爱了？这种情感不是随便哪个人都能让你感受得到的，西蒙先生，只有深爱你的人才会让你感受到。"

"难道说您能提供真正的爱情？"西蒙疑惑不解地问。

"当然是真正的！如果我们出售的是虚假的爱情，我们就说是虚假的。地球上的广告非常严格，我绝不骗您。什么东西都可以卖，但是不能欺瞒消费者。这是个道德问题，西蒙先生！"泰德停了一下，然后平静地说，"是的，先生，这里不要任何滑头。我们不会提供代用品之类的东西,这确实就是千百年来诗人与作家们所歌颂的爱情。借助于现代科学的奇迹,我们完全能随时向您提供这种感情,而且包装精美,用完即扔,价格也低得无可再低。"

"我觉得爱情应该是——油然而生的那种吧。"

"油然而生正是产品的迷人之处,"泰德先生附和道,"我们的研究实验室长期专攻这个项目。请相信我,只要有市场,没有什么事情是科学办不到的。"

"我还是不喜欢这一切,"西蒙站起身,"最好我还是去看场电影。"

"等等!"泰德先生嚷道,"您以为我们死拖着您不放吗?您以为我们会介绍一位假装爱您但实际上并不是的姑娘吗?"

"很可能就是这样。"

"这您就大错特错啦!首先,这样做的代价太昂贵;其次,这对姑娘们的伤害也很大。总生活在这样深刻而全面的谎言之中,她的心理将严重失调。"

"那你们究竟是怎么回事?"

"我们应用了一整套关于人类思想规律的科学理论。"

这种话对西蒙来说,完全是不知所云的玄学了,这时他已走到门边。

"我只想再说一句,"泰德先生说,"您看上去是位蛮机灵的小伙子,难道竟不会区分真实的爱情和虚假的爱情吗?"

"我当然能够区分。"

"那我向您担保,如果您事后不满意,可以分文不付。"

"让我考虑考虑。"

"还犹豫什么呢?权威心理学家说过,真正的爱情能增强和恢复人的心智,能抚平受过创伤的自我,调节平衡人的内分泌系统,改善人的皮肤和气色。我们提供的爱情里什么都有:包括刻骨铭心的誓言、无法克制的激情、始终不渝的忠贞、无论你的好坏都要鬼迷心窍般地爱恋,以及那种时刻想要取悦对方却总是落空的遗憾,所有这些,只有在我们爱情公司才有出售,只有我们才会出售那种一见倾心立即坠入情网的爱情!"

泰德先生按下按钮,还在迟疑的西蒙禁不住皱起眉头。

这时门打开了,一位姑娘走进房间,西蒙瞬间停止了思考。

她身段高挑,秀美窈窕,一头棕色的头发闪耀着光泽。如果你要问西蒙她的容貌如何,他只会说她美到令人动容。如果你坚持让他描述她的五官,他肯定忍不住要杀了你。

"佩妮·布赖特小姐。"泰德先生介绍说,"请认识一下这位阿尔弗雷德·西蒙先生。"

那姑娘樱唇微启,但却没吐出一个字,而西蒙也变得拙口笨舌,他见到她就明白一切:他从心底里感到他们彼此已经心心相印、情真意切。

他俩很快就手拉手出去了,坐上喷气直升机,降落在一座白色的小楼边。小楼坐落在翠柏青松之中,窗外可以眺望大海。

他们款款笑语,温存抚摸,缠绵缱绻,在落日余晖下,佩妮在西蒙眼中化成火红的女神,她那秋水般的双瞳在苍茫暮色中含情脉脉地凝视着他。周围一切变得神秘奇美,皓月当空,皎洁如镜,姑娘泪光晶莹,柔荑纤手撒娇地捶打他的胸脯。而西蒙也是热泪盈眶,连自己也不知道为什么会这样……

最后他们迎来了拂晓,迎来了第一束蓦然出现的微弱阳光,它映照着这对难舍难分的恋人,海岸边哗哗震耳的波涛声使他俩如醉如痴……

中午他们回到了爱情公司的办公室。佩妮紧紧握了一下他的手后,就消失在门口。

"你认为这是真正的爱情吗?"泰德先生问。

"是的!"

"那么您完全满意?"

"是的！这肯定是爱情，最最真实的爱情！但为什么她坚持我们要回来呢？"

"这是催眠中的指令。"泰德先生说。

"什么？"

"您还指望能发生什么呢？所有的人都渴望爱情，但几乎没人愿意为爱情买单，这里是您的账单，先生。"

西蒙气呼呼地付了钱。

"这完全没有必要，"他说，"我肯定愿意付钱让我们在一起。她现在在哪里？你们把她怎样了？"

"对不起，请您放冷静些。"泰德先生劝告说。

"我不要冷静！"西蒙嚷道，"我要我的佩妮！"

"这是不可能的，"泰德先生冷冰冰地答复道，"劳您大驾，别再丢人现眼了。"

"你打算敲诈更多的钱吗？"西蒙大声吼叫，"好吧，我付，告诉我需要多少钱才能把她从你们的魔掌中拯救出来？"

于是，西蒙掏了一沓钞票摔在桌上。

泰德先生只是用僵硬的食指戳戳这些钱，"把它们收回去，"他说，"我们是一家古老而受人尊敬的公司。如果您再这样闹嚷，我将不得不把您赶出去。"

西蒙勉强压下怒火，收回钞票坐下了。他深深地吸了一口气，轻声说："我很抱歉。"

"这才像句话，我绝不允许别人对我大声呵斥。如果您能放理智点，我可以听您的意见。好吧，到底是怎么一回事？"

"怎么一回事？"西蒙的声调重新升高，然而他努力控制住了自己，"她爱我。"

"那当然。"

"为什么要拆散我们？"

"这两者之间有什么关系吗？"泰德先生问，"爱情——这只不过是一段能令人愉悦的幕间插曲罢了，是一种放松，对心智、对自我、对内分泌、对肤色都有好处。但是有谁愿意一直这么爱下去的呢？有吗？"

"我就愿意，"西蒙说，"这种感情是专属的，是独一无二的……"

"所有的都是，"泰德先生打断他说，"就是您刚才所说的那些，全都是用同一种方法制造出来的。"

"什么？"

"您真的一点都不了解生产爱情的技术原理吗？"

"不了解，"西蒙说，"我以为爱情是自然发生的……"

泰德先生摇了摇头，"早在几个世纪前，我们就放弃了自然选择，那会儿刚刚经历技术革命。自然选择太慢了，经济上行不通。既然我们能够通过调节和刺激大脑某些神经中枢的办法来培育任何感情，何必要增加麻烦呢？结果怎样？佩妮不就彻底爱上您了吗？你是有好恶偏向的，我们计算你的好恶后，发现刚好她符合这个类型，这事儿就成了。我们再辅以朦胧的海岸、皎洁的月亮、拂晓的晨曦……"

"于是就能强迫她爱上随便哪个人……"西蒙一字一顿地说。

"是引导她爱上某一个人。"泰德先生纠正他。

"天啊！她怎么沦落到这一行的？"

"这很平常，她与我们签订过合同，工作的报酬优厚，合同期满后我们会恢复她原来的个性，半点不会走样！而且为什么您要说是沦落呢？爱情光明正大，没有什么不体面之处。"

"这不是爱情！"

"不，是爱情！货真价实！不偏不倚的科学公司把它和天然的爱情通过定性分析做了量化比较，无数次结果都证明，我们的爱情产品更加深刻，更加激烈，更加炽热，更加广泛。"

西蒙紧闭双眼，然后睁开说："听着，我才不管你们所谓的科学分析。我爱她，她也爱我，其他一切都不必考虑。让我和她讲话！我要和她结婚！"

泰德先生厌恶得连鼻子都起了皱,"何苦呢,年轻人?您竟要和这种女孩子结婚!如果您的目标是结婚,我们也有这个业务,我可以为您安排一场田园风格的婚礼,新娘同样是跟您一见倾心,而且是个处女,官方认证过的……"

"不,我爱佩妮!我只想再跟她说上一句话!"

"这绝对不可能了。"索德先生说。

"为什么?"

泰德先生按了按桌上的按钮,说:"您想还能怎样?我们已经抹去了她前一次的设定,佩妮现在爱的是别人了。"

这时,西蒙才恍然大悟。也许就在此时此刻,佩妮已经含情脉脉地望着另一个男人,正带着西蒙体验过的那种激情,在小手册里描述的朦胧海岸边对其他男子奉献"爱情"——那些不偏不倚的科学机构认为比既过时又不经济的自然选择更好的"爱情"。

于是,西蒙猛扑过去想掐泰德先生的脖子,但是之前进来的两个侍从一把拖住他,并把他推搡到了门边。

"记住!"泰德在他身后喊道,"无论怎样,你的体验都是货真价实、不打折扣的。"

这虽然很可怕,但西蒙知道泰德说的是真的。当他回过神来,发现自己已经在街头了。

起先他只有一个愿望——赶快离开地球,离开这个商业气息超出常人所能忍受的地方。

他的步伐非常之快,但是佩妮的影子还在他脑海中盘旋,她的脸闪耀着爱的光辉,爱着他,爱着他,爱着他,爱着你,还有你……

于是他又回到了射击馆。

"想试试手气吗?"那位老板问他。

"好吧,给我装满子弹。"阿尔弗雷德·西蒙说。

风起卡雷拉

A Wind is Rising

罗妍莉 译

刊于《银河》
Galaxy Science Fiction
1957 年 6 月

外面起风了。但在观测站里,这两人心里想的却是别的事儿。克莱顿又拧了拧水龙头的把手,眼巴巴地等着。什么动静也没有。

内利谢夫说:"敲一下试试。"

克莱顿攥拳捶了捶水龙头,出来两滴水。第三滴在龙头底下晃悠了半天,终于落下。再没了。

"我受够了!"克莱顿郁闷地说,"该死的水管又堵了。我们存了多少水?"

内利谢夫说:"四加仑[1]——要是水箱上再没别的地方迸条口子出来的话。"他盯着水龙头,用长长的手指忧心忡忡地敲着。他身材高大,面色苍白,留着稀疏的胡须,尽管个头不小,看起来却十分憔悴。他不像是能在一颗遥远的陌生星球上管理观测站的那种人。然而,勘测先遣队遗憾地发现,哪一种类型的人都没法打理好一座观测站。

内利谢夫是位称职的生物学家和植物学家。尽管长期处于紧张状态,他仍保持着惊人的镇定。他是那种经得起考验的人。如果说他身上有什么特质,让他适合来到一颗类似卡雷拉 I 这样的星球担任先遣队员的话,那正是这一点。

"我想得有人出去,把堵塞的水管给弄通。"内利谢夫说话时,并没看克莱顿。

"我觉得也是。"克莱顿说着,又捶了一下水龙头,"但谁去谁就得死在外头。听!"

克莱顿是位红脸矮个子,脖子又短又粗,长得敦敦实实。这是他第三次担任行星观测员。

他曾在勘测先遣队里尝试过其他工作,但没一样适合他的。PEP,即"初步外星渗透局",给他带来了太多令人不快的意外。他们那种差使只有不要命的家伙和疯子才能干得了,但基地服务工作又过于温暾,限制太多。

---

[1] 1 加仑约合 3.79 升。

不过，行星观测员这份工作他倒是挺喜欢。等PEP那帮小伙子把某颗星球先给开辟出来，再由无人机摄像组上阵彻查一番之后，他就在那颗星球上坚守阵地。他的任务无外乎在某颗星球上坚韧地忍耐，巧妙地求生。挺过一年，救援飞船就会把他接走，并记录下他的报告，再在他这份报告的基础上，决定是否采取进一步行动。

每次出差之前，克莱顿都会信誓旦旦地向妻子保证，这是最后一回了。等这一趟结束以后，他就会留在地球上，在他拥有的那座小小的农场里干活。他保证……

但是每次休假一结束，克莱顿就又启程了，去做他最擅长的事情：借助技巧和耐力求生。

但这一次，他可是真的受够了。他和内利谢夫在卡雷拉星上已经待了八个月。再坚持四个月，救援飞船就该来了。如果那时候他还活着的话，就再也不干了。

"听那风声。"内利谢夫说。

风声低沉而遥远，在观测站的钢制外壳四周喃喃低语，如同一阵夏日和风。

不过那是他们在观测站里听到的感觉，隔着三英寸厚的钢壳和隔音层。

"起风了。"克莱顿说着走到风速仪跟前。仪表盘显示，那阵听似和煦的微风，速度稳定在每小时八十二英里[1]。

在卡雷拉上只算是微风轻拂。

"老天啊，老天！"克莱顿说，"我可不想出去。啥也不值得出去跑上这么一趟。"

"这回轮到你了。"内利谢夫说。

"我知道。让我先抱怨一会儿总行吧？来吧，让我们先听司马尼克预测一下。"

---

[1] 相当于12级风力。

他们穿过观测站，鞋跟敲击声在钢地板上回响，他们走过装满食物、空气、仪器和其他装置的一个个隔间。在观测站的最远端，是接待棚那扇厚重的金属门。两人戴上空气面罩，调整好气流。

"准备好了吗？"克莱顿问道。

"好了。"

他们强打起精神，抓住门边的把手。克莱顿按动螺栓，门滑向一旁，一阵狂风呼啸而入。两人埋头撞入风中，进了接待棚。

接待棚是观测站的延伸，大约三十英尺长、十五英尺宽。这里还像观测站的其他部分一样完全密封：墙壁是用镂空钢网建成的，插入了挡板。这种建法让风可以通过，但减缓了速度，从而让风速得到控制。仪表显示，棚内风速在每小时三十四英里[1]。

只能在时速高达三十四英里的狂风中与卡雷拉星上的土著会谈，克莱顿觉得相当不快。可是没别的办法。这颗星球上时时刻刻刮着时速超过七十英里[2]的大风，土生土长的卡雷拉人无法忍受观测站里的"死气沉沉"。即使将氧气浓度降低到符合卡雷拉星的标准，这些土著也仍然无法适应。他们在观测站里会感到头晕和不安，很快就开始窒息，就像处在真空里的地球人一样。

每小时三十四英里的风速算是适度的折中，让地球人和卡雷拉人得以会面。

克莱顿和内利谢夫沿着接待棚往前走，角落里躺着一团东西，看起来像是只干透了的章鱼。这家伙动了起来，彬彬有礼地挥舞着两只触手。

"你们好。"司马尼克说。

"你好。"克莱顿说，"你觉得天气怎么样？"

---

1. 相当于7级风力。
2. 相当于8级以上风力。

司马尼克回答："棒极了。"

内利谢夫拽了拽克莱顿的袖子，问道："它怎么说？"克莱顿翻译给他听以后，他若有所思地点点头。内利谢夫缺乏克莱顿的语言天赋。即便已经在这里待了八个月，在他听来，卡雷拉语仍然是一连串无法辨认的滴答声和口哨声。

又过来几个卡雷拉人，加入了会谈。它们看起来都跟蜘蛛或章鱼差不多，中央一团小小的身体，外面一堆长长的灵活触手。在卡雷拉星上，这正是最适合生存的形态，克莱顿经常对它们感到羡慕。他只能全靠观测站庇护，而卡雷拉人却可以直接在这样的环境里生活。

他经常看见卡雷拉人顶着龙卷风级别的飓风信步，七八只触手钩在地上，牢牢扒住，其他触手则四下寻找着另外可以着力的东西。他看见它们像风滚草[1]一样在风中滚动，触手缠绕在周围，跟柳编篮子似的。他想起卡雷拉人操纵陆船时，那欢快而又大胆的模样，兴致勃勃地乘着狂风疾行……

好吧，他心想，要是在地球上，它们看起来可真跟二傻子似的。

"天气会怎么样？"他问司马尼克。

卡雷拉人沉吟半晌，嗅了嗅那风，把两根触手扭在一起。

它终于道："风可能会刮得稍微再大一点儿，可也没什么大不了的。"

克莱顿心中不无怀疑。对于卡雷拉星人来说没什么大不了的，可对地球人而言或许就是一场灾难。尽管如此，听起来还算有那么点希望。

他和内利谢夫离开了接待棚，关上门。

"唉！"内利谢夫说，"要是你想先等——"

---

1. 又名俄罗斯刺沙蓬，是戈壁里的一种常见植物，当干旱来临的时候，它会从土里将根收起来，团成一团随风四处滚动。

克莱顿说:"还是赶紧先弄完算了。"

此处,头顶一只昏暗的灯泡照耀下,这外壳光滑、闪闪发亮的庞然大物,便是他俩所谓的"牲口"。这是他们给专为卡雷拉星打造的这种车辆起的绰号。

"牲口"有着坦克一样的装甲,呈流线型,像是球体的一部分,上有防碎玻璃制成的视孔,玻璃硬度足以与钢板的强度相媲美。它重心很低,十二吨的重量大部分都集中在底盘附近。整台车车身完全密封。重型柴油发动机以及所有必要的开口上,都安装了特殊的防尘罩。"牲口"蹲踞在六只扁塌塌的轮胎上,凝视前方,庞大的身子岿然不动,仿佛某种史前怪兽。

克莱顿走进车内,戴上防撞头盔和护目镜,把自己固定在配有软垫的车座上。他发动引擎,凝神细听,然后点点头。

"好了,"他说,"'牲口'准备就绪。上楼把车库门打开吧。"

"祝你好运。"内利谢夫说完,转身离开。

克莱顿又仔细检查起仪表板,确保车上所有的特殊装置都在正常运转。片刻之后,他听到内利谢夫的声音从无线电里传来:

"车库门开启中。"

"好的。"

沉重的门向两旁滑动开启,克莱顿驾车驶出门外。

观测站建在一片开阔空旷的平原上。本来,如果四周有山的话,倒是能替他们挡点儿风,但卡雷拉星上的山始终处于不稳定状态,不断隆起和塌陷。不过,平原本身也蕴含着危险。为了避免其中最严重的危险,他们在观测站周围树起了一大片墩实的钢柱。密集的柱子朝外面探出,就像古代的反坦克锥[1]一样,起到的作用也与其类似。

克莱顿驾着车,沿一条狭窄蜿蜒的通道穿过了钢柱区。钻出去

1.二战中用于阻碍坦克行动的四方锥形钢筋混凝土制防御工事。其防御思想在于减缓坦克推进速度,将其引入并困在布署好的区域。

以后，他找到了管道所在的位置，开始沿管道行驶。在他头顶上方的小屏幕上，一条白线映入眼帘。这条线将显示管线上的任何一点破损或阻塞。

他面前一望无际的，是一片广袤单调的沙漠，布满岩石。偶尔会有矮树丛跃入视野。风恰好从他身后吹来，风声被柴油机的轰鸣所掩盖。

他瞥了一眼风速仪。卡雷拉星上，此刻的风速是每小时九十二英里[1]。

他稳稳地沿着管道向前行驶，压低了嗓子哼着歌。不时能听到砰的一声响。那是被飓风卷起的鹅卵石，炮弹般砸在车身厚甲上，并不会造成什么伤害。

"一切顺利吗？"内利谢夫在无线电里问道。

"还好。"克莱顿说。

远处，他看见一艘卡雷拉人的陆船。他估计大约有四十英尺长，船身狭窄，架在粗糙的木制滚筒上，快速掠过。制作船帆的材料，是这颗星球上少见的几种有叶灌木中的一种。

驶过他身旁的时候，卡雷拉人朝他挥舞着触手。它们似乎正朝观测站方向前进。

克莱顿把注意力转向管道。此时他开始听到风声了，已经盖过了柴油引擎的轰鸣。风速仪显示，风速已升至每小时九十七英里[2]。

他阴着脸，透过被沙子砸得坑坑洼洼的视窗往外看。隔着狂风卷起的沙尘，隐约可见远处参差不齐的山崖。更多的鹅卵石砸到车壳上，反弹而回，声音在车里空洞地回荡。他又瞥见了另一艘卡雷拉陆船，然后又看到了三艘。它们正顽强地顶风前行。

许多卡雷拉人正往观测站的方向赶去，克莱顿感到一阵震惊。

---

1. 相当于 13 级风力。
2. 相当于 14 级风力。

他通过无线电向内利谢夫发出信号。

"你怎么样?"内利谢夫问道。

"我已经离泉水不远了,还没有发现任何破损。"克莱顿说,"看着好像有很多卡雷拉人正朝你那边去。"

"我知道。已经有六艘船停在棚里背风的地方,还有更多船要来。"

"这些土著以前可从来没找过咱们的麻烦,"克莱顿缓缓道,"看着像是什么情况?"

"它们带着吃的呢。说不定是什么庆祝活动。"

"也许吧。你自己小心点儿。"

"别担心。你要小心,动作快点……"

"我发现破的地方了!回头再跟你说。"

破损处显示在屏幕上,闪烁着白光。克莱顿从车门向外看,发现之前有块巨石滚过管道,压碎了管子,然后又往前滚走了。

他把车停在水管的上风一侧。此时,风速已达每小时一百一十三英里[1]。克莱顿从车里钻出来,把带着的几截管子、一些补丁、一把焊枪和一口袋工具都绑在身上,又用一根结实的尼龙绳把他自己与车身系到一起。

外面,狂风震耳欲聋,声如雷鸣,犹如惊涛拍岸一般咆哮着。他调整了一下面罩,提高了氧气浓度,开始动手干活。

两个小时后,他终于干完了本来十五分钟就能完成的修补工作。他的衣服早被飓风扯碎,排气机也完全被灰尘堵塞了。

他爬回车里,闭紧车门,躺在地上休息。阵阵狂风吹动之下,车身开始颤抖起来。克莱顿并没留意。

"喂?喂?"内利谢夫在无线电里嚷嚷着。

克莱顿筋疲力尽地爬回驾驶座,回答了他。

---

1. 相当于15级风力。

"赶紧回来,克莱顿!没时间休息了!风速高达一百三十八[1]!我看风暴要来了!"

卡雷拉星上的风暴克莱顿连想都不敢想。八个月以来,他们只经历过一次,当时风速超过每小时一百六十英里[2]。

他把车掉了个头,开始往回走,径直逆着狂风方向驶去。虽然开足了马力,车却几乎像在原地踏步。顶着时速一百三十八英里的飓风,柴油引擎即便竭尽全力,每小时也只能挪上三英里。

他透过视窗紧盯着前方。长长的尘沙流纹勾勒出风的形状,似乎径直扑面而来,从无限广袤的天空中喷涌而出,扑向他窗口那渺小的一点。被风卷起的石头向他飞来,先只是硕大的一块,然后逐渐变成庞然巨物,在视窗上摔得粉碎。每看到一块砸过来,他都忍不住要蹲下身去躲。

这台重型引擎开始转转停停。

"喂,宝贝儿,"克莱顿气喘吁吁道,"你可别这会儿趴窝啊。现在可不行。先把爸爸送回家,然后你再罢工。求你了!"

他估计自己离观测站还有十英里远,那个方向正好逆风。

他听到一阵雪崩似的响声,有东西正从山坡坠下。那是一块足有房子般大小的巨石。那石头太大了,风载不动,于是便顺着风向朝他翻滚而来,一路在岩石上犁出一道深沟。

克莱顿打着方向盘,引擎吃力地挣扎着,卡车比蜗牛还慢地从那块巨石下落的路线上挪开。克莱顿瑟瑟发抖,注视着那块巨石跌落,一手捶在仪表板上:

"快挪开,宝贝儿,挪啊!"

那块巨石轰隆隆响着,以接近每小时三十英里的速度擦身滚了过去。

---

1. 风力在17级以上。
2. 风速在每小时156英里以上,就超出了风力的分级范围。

"太悬了。"克莱顿心道。他努力想把车再拧回原先的方向,顶风朝观测站开,无奈车却不肯照办。

柴油引擎吃力地嘎嘎作响,竭力要把庞大的身躯移回顶风而行的方向,飓风却像一堵坚实的灰墙,把车推到一边。

风速仪已指向每小时一百五十九英里。

"你怎么样?"内利谢夫在无线电里问。

"好得很!别打扰我,忙着呢!"

克莱顿踩下刹车,解开安全带,然后跑向引擎。他调整了一下配气系统的皮带和可燃混合气,又匆忙回到控制台前。

"喂,内利谢夫!发动机快失灵了!"

内利谢夫停顿了整整一秒,这才异常平静地问道:"怎么回事儿?"

"是沙子!"克莱顿说,"沙粒被风吹着,速度达到了每小时一百五十九英里,轴承、喷油嘴、引擎里到处都是沙。我尽量能走多远就走多远吧。"

"然后呢?"

"然后我就试试看把这家伙像帆船一样开回来,"克莱顿说,"但愿桅杆能扛得住。"

他把注意力转向控制台。在这么高的风速下,必须得拿出在海里驾船的架势来开车。克莱顿趁风与车尾夹四十五度角的方位时提速,然后抢风掉向[1],又猛地扎进风里。

"牲口"这回办到了,然后又像帆船般抢风掉了个向。

克莱顿敢肯定,这已经是他的最佳表现了。要顶风开回观测站,只有靠抢风掉向的方式才行。他一点点朝风眼方向移去,但柴油引擎即便开足马力,车身能切入的角度也比四十度多不了多少。

整整一个小时,车就这么一步一步往前挪,在狂风中反反复复抢风掉向,跑上三英里才能前进两英里。引擎奇迹般地持续运转着。

1.航海术语,指迎风转向。频繁的抢风掉向操作可以使船只作"Z"字形航行。

克莱顿请老天爷多多保佑制造商,又祈求柴油能多撑上一会儿。

透过一层遮天蔽日的沙幕,他看到了另一艘卡雷拉陆船。这艘船已收了帆,摇摇欲坠地侧倾着,却还是不断顶着狂风前进,很快就把他抛在身后。

这些幸运的土著,克莱顿心想,一百六十五英里的风速对它们来说不过是和煦的海风!

灰色的半球体出现在前方,正是观测站。

"我马上就要成功了!"克莱顿喊道,"开瓶朗姆酒,内利谢夫,老伙计!老爸今晚要一醉方休!"

偏偏就在这当口,柴油引擎熄火了。

踩下刹车时,克莱顿暴跳如雷地咒骂着。怎么就这么倒霉?!要是顺风的话,他直接就进去了。不过,好吧,毫无疑问现在是逆风。

"你现在打算怎么办?"内利谢夫问。

"我就在这儿稳坐不动,"克莱顿说,"等风速降到飓风级别[1]的时候,我就走回去。"

十二吨重的车身在阵阵飙风[2]中震颤着,嘎嘎作响。

"知道吗?"克莱顿说,"等这趟差事一完,我就退休了。"

"是吗?你是说真的?"

"当然是真的了。我在马里兰州有个农场,正临着切萨皮克湾。你知道我打算干吗?"

"干吗?"

"我要养牡蛎。你看啊,牡蛎……等一下!"

观测站似乎在慢慢地逆风飘起,离他而去。克莱顿揉揉眼睛,还以为自己发疯了。接着他才意识到,尽管踩下了刹车,尽管车身呈流线型,可卡车还是被飙风向后推移,远离了观测站。

---

1. 风力在12-17级称为飓风。
2. 古时曾把台风称作飙风,这里指卡雷拉星刮起的、超出风力等级的超级飓风。

他愤愤地摁下了开关面板上的一个按钮,放下左右两舷的锚。他听见锚撞到地上,结结实实发出咚的一声,接着是钢缆咔嗒咔嗒的刮擦声。他放出一百七十英尺长的缆绳,然后刹住绞盘。车又稳住了。

"我落了锚。"克莱顿说。

"稳住了吗?"

"目前还行。"克莱顿点起一支烟,向后靠在软垫座椅上,身上每块肌肉都累得酸痛。他眼皮不停打架,想要勉强撑开看看朝他扑来的风沙,终于还是闭上了眼,暂且放松一下。

风声穿透了车身钢壳。那飓风怒号悲叹着,拖拽着卡车,试图在光滑的表面上找到一处着力点。时速达到一百六十九英里时,狂风刮走了通风口的挡板。克莱顿心想:要是没戴密封的护目镜,他就该失明了;如果呼吸的不是罐装空气,他就该窒息了。车舱内,密集的带电尘土飞旋如旋涡。

石子以步枪子弹般的速度砸向车壳,砸过来的力道又增大了几分。他揣测着再增加多少力度,这些石子便能击穿装甲。

这种时候,克莱顿发现自己很难以平和的心态来面对。他痛苦地意识到人类肉体有多么脆弱,同时对宇宙潜在的狂暴力量感到胆寒。他跑到这里来干什么呢?人类的位置就应该在地球上宁静平和的空气里。要是他还能回得去……

"你还好吗?"内利谢夫问道。

"应付得挺好。"克莱顿疲倦地说,"观测站情况怎么样?"

"不怎么样。整个结构开始共振了。只要一定级别的风力,刮上一定时间,地基就可能会震碎。"

"他们还想在这儿建个加油站呢!"克莱顿说。

"得了,怎么回事你也是知道的。在安嘉沙 III 和南脊星带之间,固态行星就只有这一颗了。其余的都是气态巨行星。"

"他们最好把加油站建在太空里。"

"成本呢——"

"妈的，伙计，就算另外造一颗行星，成本也比在这儿维持一座燃料补给站要便宜！"克莱顿吐出一口沙土，"我现在只想赶紧坐上救援飞船。现在观测站有多少土著了？"

"大概有十五个，在棚里。"

"有什么暴力迹象没？"

"没有，不过样子很滑稽。"

"怎么回事？"

"我不知道，"内利谢夫说，"我就是不喜欢。"

"别待在棚里，听见没？不管怎么着，你连它们的话都不会说。我回去的时候，还盼着你没缺胳膊少腿呢。"他犹豫了一下又道，"如果我还回得去的话。"

"你不会有事的。"内利谢夫说。

"当然不会了。我——哦，天哪！"

"怎么了？出什么事了？"

"有块大石头滚过来了！等会儿再聊！"

克莱顿把注意力转向巨石，上风方向，一个黑色小点迅速扩大，直冲他用锚固定在地面的车身而来。他瞥了一眼风速仪。不可能——时速一百七十四英里！不过，他随即又提醒自己，地球上平流层的喷射气流速度能达到每小时两百英里呢。

巨石有一座房子那么大，越来越近，越变越大，正径直朝他所在的方向滚来。

"转向！转啊！"克莱顿冲巨石狂吼，攥拳捶着仪表盘。

那块大石头顺风朝他滚来，轨迹直得跟拿尺子比着画出来似的。

克莱顿一声怒吼，触动按钮，松开线缆末端的双锚。即使绞盘承受得了压力，也没时间绞回线缆了。巨石仍在变大。

克莱顿把刹车也松开了。

车身被时速一百七十八英里的飓风一吹，开始加速移动。不过几秒钟,速度已经达到时速三十八英里,他紧盯后视镜,巨石正在背后追赶着,眼看就要赶上他了。

正当巨石滚动着追上来时,克莱顿把方向盘猛地往左一打。车身摇摇欲坠地倾斜着,蓦然转向,在坚硬的地面上甩尾行驶,差点翻车。他使出浑身解数控制住车轮,努力让车身恢复平衡,心想:我多半是史上第一个驾着十二吨重的卡车做转帆动作的人吧!

那块巨石呼啸而过,看着足足有城市里的一整片街区那么大。重型卡车摇摇晃晃了好一阵,终于还是六轮着地停下了。

"克莱顿!出什么事了?你还好吧?"

"还行,"克莱顿气喘吁吁地回答,"可我死定了,这车正顺风往前跑呢。"

"你能掉头吗?"

"试过了,差点翻车。"

"还差多远?"

克莱顿盯着前方,依稀可辨远处平原边缘那片引人注目的黑色峭壁。

"再有十五英里,就该撞上崖壁了。以我现在的时速,时间不多了。"他死死踩住刹车,轮胎开始吱嘎作响,刹车片冒出了滚滚浓烟。但时速一百八十三英里的飓风完全无视于此,他与地面的相对速度已经达到每小时四十四英里。

"试试张帆航行!"内利谢夫说。

"车可受不了。"

"试试看啊,伙计!你还能有什么招?这儿风速已经一百八十五了。整个观测站都在抖!大石头已经快把整道钢柱防线冲垮了。我担心有些大石头会撞进来,压扁……"

"别说了,"克莱顿说,"我自己这儿还一堆麻烦呢。"

"我不知道观测站还挺不挺得住!克莱顿,听我说。试试……"

无线电蓦然终止了,真令人心灰意冷。

克莱顿先还敲了几下，接着就放弃了。他与地面的相对时速已经达到了四十九英里。前方已经隐约可见宽阔的峭壁。

"那好，"克莱顿说，"咱们动手吧。"他放出最后一道锚，算是微不足道的应急措施。全长二百五十英尺的钢缆将卡车时速降至三十英里。那锚划开地面，在地上横冲直撞，仿佛被喷气机拽着的一道犁。

接着，克莱顿打开了风帆装置。这是地球工程师安装在车上的，远洋航行的小型摩托艇上都安装有小型桅杆和辅助风帆，而这也是基于大致相同的理论。风帆算是保险措施，以防引擎失灵。在卡雷拉星上，要是搁浅抛锚了，你永远也不可能扔下车步行回家。除了驾车返回，你别无选择。

桅杆是根短小结实的钢柱，从车顶上装有密封圈的一个洞口伸出。带有磁性的支索和撑条卡扣入位，支撑着桅杆。桅杆上鼓起一面风帆，是由网状链节金属制成。主桅帆操纵索则是由三段式挠性[1]钢缆制成，通过绞盘进行操控。

那张帆的面积只有几平方英尺。即便如此，就算将所有刹车锁死，再放下连在二百五十英尺长钢缆上的锚，这张小帆仍能推动这辆十二吨重的怪物——而且十分轻松，因为借助的是时速达到一百八十五英里的飓风。

克莱顿用绞盘升起主桅帆操纵索，转向，吃进尾舷方向的风。但是，尾舷方向成四十五度夹角的路线还不够理想。他拉动绞盘，把帆升得更高些，吃进更多风力。

笨重的卡车侧面受超强飓风推动，向一旁翘起，车身整个侧面都被掀到空中。克莱顿飞快地将主桅帆操纵索松开几英尺。金属链接而成的帆被狂风抽打着，发出刺耳的呼啸，不断咔嗒作响。

此时，克莱顿仅用最先着风的帆缘推动着车身前进，车身仍然

---

1. 物体受力变形，作用力失去之后不能恢复原状的性质。

以车轮着地,虽是逆风行驶,航向却依旧保持良好。

透过后视镜,他能看到身后参差不齐的黑色峭壁。那便是他的背风岸[1],他的沉船之地。不过他正渐渐脱困,一英尺接着一英尺,缓缓抽身逃离。

"这才是我的乖宝贝儿呢!"克莱顿朝着这头奋力拼杀的"牲口"嚷道。

几乎才甫尝胜利滋味,他就折戟而归了,耳中一阵震耳欲聋的铿锵声,不知何物嗖嗖作响,飞过他的头顶。时速一百八十七英里的卵石正在击穿车身装甲。他遭受的是卡雷拉星上如同机关枪一样的密集火力攻击。狂风从一个个洞眼里呼啸而入,抽打在他身上,想要把他掀离座位。

他拼命死死抓住方向盘。他能听到风帆扭曲的声音。这帆虽是由现有最为坚韧的挠性合金制成的,但看来也没法撑上太久。粗短的桅杆虽有六根结实的钢缆支撑,此刻却像根鱼竿一样噼里啪啦甩来甩去。

他的刹车片已经报废,车身相对地面的速度重新增至每小时五十七英里。

他累得无力思考。他驾着车,双手牢牢握紧方向盘,眯缝着眼睛瞪向前方风暴处。

风帆吱嘎一声撕裂开来,破破烂烂的碎片晃悠了一会儿,然后把桅杆也拽倒了。阵阵飓风已然接近每小时一百九十英里。

风正把他重新往峭壁方向刮去。在时速一百九十二英里的飓风中,车身被整个儿吹到空中,飞出十多码,然后重新摔回地面,车轮着地。巨大的压力下,一只前轮爆了胎,然后是两只后轮。克莱顿埋头趴到手臂上,等待着完蛋的那一刻。

突然,卡车猛地停下。克莱顿被惯性向前甩去。安全带拽住了

---

[1]指的是在船只背风一侧的陆地,如果船只被吹动或锚松动了滑向背风岸,就会有危险。

他片刻，然后啪地松开，他砰一声撞到仪表板上，又向后倒下，头昏眼花，血流不止。

他迷迷糊糊地躺在地板上，想弄明白究竟怎么回事。他慢慢地撑起身子，爬回到座位上，模糊地意识到自己并没断胳膊断腿。他整个腹部一片青肿，口中流出了鲜血。

最后，透过后视镜，他看清了刚才发生的事：那根二百五十英尺长的钢缆拖拽着的应急锚，钩在了一块深埋地下、只露出一截的岩石上。在生死关头，眼看离峭壁已不到半英里，竟是违规操作抛出的锚让他来了个急刹车。他得救了……

至少暂时如此。

但是狂风并未罢休。时速一百九十三英里的飓风咆哮着，把卡车整个刮到空中，摔下又举起，举起又摔下。钢缆就像吉他琴弦一样嗡嗡作响。克莱顿手脚并用，趴在座位上。他撑不了多久了。他要是松手，疯狂蹦跶着的卡车就会把他甩出去，撞到墙上，摔成一团牙膏——

前提是如果钢缆没有先行断开，让他猛地撞到峭壁上的话。

他咬牙继续苦撑。又一次被飓风甩到最高点的时刻，他瞥见了风速仪。那一眼差点让他吐出来。他没戏了，完蛋了，没命了。怎么能指望撑得过一场时速一百八十七英里的飓风呢？风实在太大了。

等一下……每小时一百八十七英里？那就是说，风速正在下降！

他一开始简直不敢相信。但是，风速仪上的指针正在慢慢地一点点下滑。风速降至一百六十英里的时候，卡车不再蹦跶，驯服地停在了锚索末端。降至一百五十三英里时，风向掉转——这算是一个确凿的信号，标志着这场风即将结束。

等风速降到每小时一百四十二英里的时候，克莱顿放纵了一把——他终于昏了过去。

当天晚些时候，卡雷拉人来找他了。它们老练地驾着两艘大型陆船,来到卡车旁边,用它们长长的藤蔓系紧车身——事实已然证明,这些藤蔓比精钢还坚固——把无人操控的卡车拖回了观测站。

它们把他带进了接待棚,内利谢夫把他扛进了观测站凝滞的空气里。

内利谢夫说:"除了几颗牙,你身上哪儿都没断,可全身没有一寸地方不是又青又紫。"

"我们挺过来了。"克莱顿说。

"悬得很。我们的飞石防线全毁了。观测站被巨石直接击中两次,几乎没撑住。我已经检查了地基,变形非常严重。要是再刮上这么一回的话……"

"可咱们不还是应付过来了吗?我们,地球小子,咱挺过来了!这是八个月来最大的一场风了。再过四个月,救援飞船就来了!振作点,内利谢夫。跟我来。"

"我们去哪儿?"

"我想和那个该死的司马尼克谈谈!"

他们走进棚内。接待棚已被卡雷拉人挤得满满当当,都快排到外边去了。外面,观测站背风的地方,停泊着几十艘陆船。

"司马尼克!"克莱顿叫道,"你们这是在干吗?"

"今天是夏日节,"司马尼克说,"我们一年一度的盛大节日。"

"哦。刚才那场风呢?你觉得怎么样?"

司马尼克答道:"属于中等大风。没什么危险,不过驾船出去不太舒服。"

"不太舒服!我希望你以后能预测得再准确一点儿。"

司马尼克说:"人不可能每次都猜得透天气啊。最后这次预测我竟然没对,倒确实是有点抱歉了。"

"最后一次?怎么会呢?出什么事了?"

"这些,"司马尼克指着周围道,"是我的全部族人,我们整个塞雷米部落都在这儿了。我们已经庆祝完夏日节。现在夏天已经结束,我们必须得走了。"

"去哪儿?"

"到遥远的西方,到洞穴里去。离这儿有两周的航程。我们会躲进洞穴,住上三个月。这样,我们就能平安度过。"

克莱顿心中顿时一沉,"平安度过什么,司马尼克?"

"我告诉你了。夏天已经结束。我们现在需要的是平安躲过大风——冬季的强风暴。"

"它们怎么说?"内利谢夫问。

"等一下。"克莱顿很快就想到了刚刚挺过的那场超级飓风,却被司马尼克归为温和无害。他想到他们被固定在这里,被飓风毁掉的卡车,观测站变形的地基,损坏的巨石防线,以及还有四个月才来的救援飞船。"我们可以坐你们的陆船,跟你们一起去,司马尼克,和你们一起躲在洞穴里——获得保护……"

"当然可以。"司马尼克热忱地回答。

"不行,我们去不了。"克莱顿自问自答,一颗心直沉下去,沉得比遭遇风暴之时还彻底。"我们需要额外的氧气、足够的食物,还有供水……"

"怎么回事?"内利谢夫不耐烦地又问了一遍,"它说了什么鬼话让你看起来一副失魂落魄的样子?"

"它说,真正的大风就快来了。"克莱顿回答。

两人面面相觑。

外面起风了。

黎明入侵者

Dawn Invader

罗妍莉 译

刊于《奇幻科幻杂志》
The Magazine of Fantasy & Science Fiction
1957 年 6 月

这个星系里有十一颗行星，狄龙发现较远的那几颗行星上根本没有任何形式的生命；第四颗行星上曾经有生命居住过的痕迹，而第三颗行星上将来会有生命出现；但是第二颗行星，这个只有一颗卫星的蓝色星球，上面存在着智慧生命。于是，狄龙驾着飞船直奔那颗行星而去。

在夜幕的掩护下，飞船偷偷地穿过大气层，从浓密的雨云之中下降，飞船本身看上去也像一朵云似的。他悄然着陆，没有引起半点骚动，这只有地球人才能办得到。

在黎明之前的一个小时，他的飞船终于停稳了，这是最保险的时刻，无论在哪颗星球上，大多数生物此刻都是最麻痹的。至少在他离开地球之前，父亲是这么教导他的。在黎明前入侵是地球人来之不易的宝贵经验之一，而目的只是为了在外星上生存下来。

"但这些知识也不见得都靠得住。"父亲提醒他，"因为它针对的是最不可预测的实体，那些智慧生命。"说这话时，老人意味深长地点了点头。

"记住我的话，孩子。"老人继续道，"你也许能够毁灭流星，预测冰河时代的来临，看透新星的变化，但是，说实在的，对于那些令人困惑、始终变幻莫测的智慧实体，你又了解多少呢？"

狄龙意识到，人类已有的经验确实不多，但他坚信自己拥有的青春、热血和机智，以及地球人独特的入侵技术。只要具备了这项特殊的技能，无论环境多么陌生、多么不友善，一个地球人都可以杀出一条血路，登上新世界的顶峰。

从出生那天起，狄龙接受的就是这样的教导：生活是一场无休止的战斗。他知道，浩瀚的银河系环境并不适宜生存，里面主要是炽热的恒星和空旷的太空，但有时也有一些行星。在这些行星上生活着各类种族，他们的外形和身材虽千差万别，但有一点是共同的：仇恨一切非我族类。在这样的物种之间，不可能有任何合作。对于一个地球人而言，要想在他们中间生活下去，就必须使出浑身解数，将身体和头脑发挥到极致。而且即便如此，如果没有毁灭性的地球入侵技术作为辅助，要想在其他星球上活下来，也是不可能的。

狄龙是一个聪颖的学生，他热切地盼望着能在星辰大海中找到自己的归宿。他自告奋勇地加入了"大迁徙"的队伍，而不是坐等应征。终于，如同此前的数百万年轻人一样，他分到了属于自己的宇宙飞船，并被派往太空，从此永远离开了拥挤不堪的小小地球。现在，他的燃料已然告罄，他的归宿就在眼前。

他的飞船停在一片丛林之中，隐藏在浓密的灌木丛里，几乎无法看见，附近有一座茅草屋顶的村落。他在控制台前紧张地等待着，直到天边泛起鱼肚白，染上初升旭日的红晕。他发现没有人向他走来，也没有炸弹落下，他只能假设没有人发觉他着陆。

当这颗行星的黄色太阳爬上地平线时，狄龙走出飞船，对周围物理环境进行了一番分析。他用鼻子吸了吸空气，用双腿感受了一下重力，估测着太阳的光谱和能量，最后失望地摇了摇头——这颗行星与银河系中的大多数行星一样，无法支持地球生命。他大概有一小时的时间来完成这次入侵。

他摁了下仪表盘上的一个按钮，然后飞快地走开。在他身后，飞船化成了一团灰蒙蒙的尘埃，随着晨风飘散，洒落在丛林之上。现在他已然破釜沉舟，只得朝着那个外星村庄走去。

走近以后，他看到一些用木头和茅草建成的外星小屋，有一两间是用手工雕琢的石头建造的，都颇为粗制滥造，就此地的气候而言，似乎能够承受得住风吹雨打，还算坚固耐用。除了一条通往丛林的人行小径，没有道路的迹象。没有电力装置，也没有人工制造的物品。他认定，这儿还处于早期文明，控制起来应该毫不费力。

他自信地迈步向前，差点撞到一个外星人身上。

他们面面相觑。外星人也是一种直立行走的两足生物，比地球人高得多，颅脑容量看起来应该不差。他腰间裹着件条纹衣裳，灰色的体毛下，皮肤泛着浅棕色，一副完全不准备逃跑的模样。

"艾尔泰！"那家伙说，这在狄龙听起来像是在表示惊讶。他急忙环顾四周，还没有别的村民发现他。他全身微微绷紧，略向前倾。

"可塔泰阿……"

话音未落，狄龙就如同弹簧一样往前一跳。外星人想躲，但狄龙如同灵猫一般，在半空中一个翻身，单手牢牢钳住了外星人的一肢。

他得逞了，现在身体接触已经完成，那么剩下的事应该就很轻松了。

数百年来，地球人口出生率呈爆炸式增长，这迫使越来越多的地球人往外星球迁移。然而，适宜人类生存的行星比例还不到万分之一。因此，地球人曾经考虑过两种方案：一是改变外星环境，以适应人类的需要；二是对人类进行生物学改造，以适应新的环境。但还存在着第三种方式，付出的代价最小，获得的回报却最大，那就是在所有智慧种族身上进行意识入侵。

地球人发明了这一方法，经过集中训练，具备了这种能力的地球人就可以在任何星球上生活，他只需入侵该星球上某位居民的意识即可。一旦得手，他就占有了一具为当地环境量身定做的身体，其中充满了有用又有趣的信息。一旦完成了这种脱胎换骨，地球人热爱竞争的秉性会使他在那个被入侵的世界里所向披靡。

只有一个小小的麻烦：外星人一般都很讨厌自己的意识遭人入侵，有时候，他们还会采取某些行动来与之对抗。

在侵入外星人的最初一瞬间，狄龙感到了一股强烈的悔意，他的身体瘫倒在地，蜷作一团，随即消亡，不留痕迹，唯有他和他的宿主才知道刚刚发生了一场入侵。

而最终，他们二者当中只会剩一方明白发生了什么。

现在，狄龙已在外星人的意识中，全神贯注于面前的任务。他克服了一个又一个障碍，奋力向中枢区域进犯，也就是"我之为我"的那处所在。等到他攻入那个城堡，并成功逐出此刻盘踞其内的那个自我以后，这具身体就属于狄龙了。

外星人意识中仓促树起的防御在他面前土崩瓦解，有那么一瞬间，狄龙还以为他这第一波夺命狂奔就能将其一路畅通地带到终点。然后，猛然间，他失去了方向，开始在一片灰蒙蒙的意识荒野中徘徊。

那个外星人从最初的惊吓中逐渐恢复了镇静，狄龙能感觉到周围的能量在缓慢增长。

现在他真的要激战一场了。

在这个外星人意识中的无人地带，一场敌我双方的谈判展开了。

"你是谁？"

"爱德华·狄龙，来自地球。你呢？"

"阿瑞克。我们这个星球叫克格拉。你来这儿想要什么，狄龙？"

"一点点生存空间而已，阿瑞克。"狄龙狡黠地笑道，"你能腾腾地儿吗？"

"哦，那我就见鬼了……快从我心里滚出去！"

"我办不到，"狄龙说，"我没地方可去。"

"我明白了。"阿瑞克沉思着，"这可就难办了。你是不请自来的。而且我有种感觉，你不单是想找个地方住，你还想统统给占了，对吧？"

"我一定得控制一切。"狄龙承认，"没别的办法。不过，如果你不反抗，我会给你留下一席之地，尽管这并不符合我们的惯例。"

"不符合吗？"

"当然不符合。"狄龙说，"不同种族不能共存，这是颠扑不破的自然法则，强者会把弱者赶走。但我可以试着与你和平共处一段时间。"

"用不着你假慈悲。"阿瑞克说着，中断了与他的联系。

灰色的荒野变得漆黑。狄龙等待着即将来临的战斗，他第一次感受到自我怀疑的折磨。

阿瑞克是个原始人，肯定从未经历过这种思维意识的厮杀。虽然他也能及时地根据情况调整自己作好准备，来对付狄龙发起的进攻。他的反抗多半不足挂齿，但仍然……

这是什么生物？

他正站在一处怪石嶙峋的山坡上，四周被参差不齐的悬崖所包围，一层薄雾笼罩着远处高耸的蓝色山脉。太阳发出强烈的光芒，刺眼而炽热。这时，有一个小黑点顺着山脊朝他爬来。

狄龙用脚踢开一块石头，等着看那个小黑点将会变成个什么东西。意识战斗就是这样的模式：思想变成了物质实体，概念则变成看得见摸得着的东西。

那个小黑点一下子变成一个克格拉人。突然间，他就赫然耸立在狄龙面前，身形庞大，肌肉虬结，闪闪发亮，手持利剑和匕首。

狄龙向后一闪，避开了第一击。这场战斗以一种敌我分明、进退可控的方式进行着。外星人往往在战斗中臆想出一个理想化的种族形象，对其各种特质加以夸张和强化。这些角色基本都跟超人一样强大，令人生畏，无法抵挡。但一般情况下，这些角色也都有个阿喀琉斯之踵。狄龙决定冒险赌上一把。

克格拉人猛冲向前，狄龙闪开，顺势倒地，旋即猛地蹬出双脚，身体在瞬间暴露给对方。克格拉人试图格挡，但反应太慢了，狄龙穿着靴子的脚狠狠踢中了他的肚子。

狄龙欢欣鼓舞，一跃向前。对方的命门就在那里！

他佯装进攻，灵巧地从对方剑下穿过，趁克格拉人想要防守的时候，利落地用手掌劈向了对方的脖子。

倒下的克格拉人震撼了大地，狄龙略带同情地看着他死去。经过理想化的种族战斗形象比活人更伟岸、更健壮、更勇武，也更有耐力，带着一种自信且可怖的威严感。这对于一个形象来说固然极佳，但对于一具战斗机器来说则不然——他高大笨重，行动迟缓，而且他的反应时间太长了，这无疑意味着死亡。

死去的巨人消失了。有那么片刻工夫，狄龙以为自己获胜了。

接着他便听到身后传来一声嘶吼。他猛然转身,看见一头身量不高的修长黑兽,长相如豹,耳朵向后竖起,龇着锋利的牙齿。

这么看来,阿瑞克还有后手。不过狄龙知道这样的战斗会消耗不少能量。用不了多久,这个外星人的后备力量就会耗尽,到那时……

黑豹步步紧逼,狄龙拾起巨人的那柄剑,向后退去,直至他找到了一块可以倚靠的巨石。他利用身前一块齐腰高的岩石作掩护,豹子不得不跃起进攻。烈日当头,晃着他的眼睛,一阵微风将灰尘拂到他脸上。当黑豹朝他扑过来时,他向后挥起长剑。

在接下来漫长的几小时里,狄龙接二连三地遭遇了克格拉星上形形色色的猛禽怪兽,并把它们挨个干掉,他对付它们的手段与对付地球上类似的动物大同小异。有一种类似犀牛的猛兽,尽管体型庞大、速度惊人,但还是很好对付,他成功地把它引到悬崖边上并刺激它冲了出去。眼镜蛇要更危险一些,在被他拦腰斩作两段之前,险些把毒液喷到他眼睛里。那头大猩猩则孔武有力、行动如风,但它那双能将骨头生生捏碎的巨掌永远也抓不住狄龙,狄龙来回跳闪,把它砍成了碎片。霸王龙身披厚甲,不屈不挠,狄龙只好用一场山崩将它埋葬。他遭遇的奇异怪兽数不胜数。到最后,他疲乏至极,独自站在那里,手中的剑已经变成一块豁了口的金属片。

"受够了吗,狄龙?"阿瑞克问道。

"半点儿没事。"狄龙回答,干渴的嘴唇有些发乌,"你没法一直这么搞下去的,阿瑞克,就算是你,生命力也有个限度。"

"真的吗?"阿瑞克问道。

"你肯定没剩下多少能量了。"狄龙嘴硬道,佯装出一副外强中干的自信,"如果你不再负隅顽抗,我会给你留下点地方的,阿瑞克,我真的会这么做。我……说实话,我还真有点儿佩服你。"

"谢了,狄龙。"阿瑞克说,"我也有同感,如果你愿意放弃的话……"

"不行。"狄龙说,"得照我说的来。"

"好。"阿瑞克说,"这可是你自找的!"

"来吧。"狄龙咕哝道。

忽然间,怪石嶙峋的山坡消失了。

他站在一片齐膝深的灰色沼泽里。平静的深绿色水面上,耸立着结有木瘤的参天巨树,树身上覆盖着茂密的苔藓。百合花洁白如鱼腹,虽然没有一丝风,它们却在颤动摇摆。水面上漂浮着一层死寂的白气,紧紧包裹住粗糙的树皮。沼泽里没有半丝声响,但狄龙却感觉周围全是活物。

他等待着,缓缓转过身,嗅着缓缓飘动的污浊空气,双脚在黏糊糊的烂泥里来回地挪动,闻到了百合花腐烂的气息,他突然意识到:这片沼泽在克格拉星上从未存在过!

他深知这一点,千真万确,这是地球人对外星球所特有的一种敏感。重力不同,空气也不同,甚至就连他脚下的泥也不像是克格拉星上的泥。

这种感觉如潮水般不断涌出,快得难以理清。这么说,克格拉星也有太空旅行这回事吗?不可能!那么,阿瑞克怎么可能对其他星球如此了解呢?他是在哪本书里读到过,抑或是凭空想象,又或者……

他正思索着,不知什么东西从肩上重重擦过,这次袭击令他措手不及。

他想动,但双脚却被淤泥死死裹住。头顶的一棵巨树上掉下一根树枝。他抬头一看,树身开始摇晃起来,发出噼里啪啦的声音。粗大的树枝变得弯曲,嘎吱作响,然后断裂,如雨点般落下来,打在他的身上。

但此刻并没有一丝风。

狄龙被打蒙了,挣扎着穿过沼泽,想要踩到一块坚实的土地,远离那些摇晃的大树。但沼泽地里除了湿地就是大树,没有一处可以站得稳的地方。越来越多的树枝砸下来,狄龙前前后后转来转去,想找点什么东西来抵挡一二,但周围唯有沉寂无声的沼泽。

"出来跟我打啊!"狄龙厉声高喊。他被砸得跪倒在地,站起来,又倒下。然后,迷迷糊糊之中,他看到了一处可供躲藏的地方。

他挣扎着走到一棵大树下,将身体紧紧地贴在树干上。大树的枝丫折断了,像一条条鞭子从天上坠落,但那棵树的树枝够不着他。他安全了!

可是接着,他便惊恐地发现,长在树根周围的百合花用长长的茎秆缠住了他的脚踝。他想把这些藤茎踢开,但它们像一条条苍白的蛇,紧紧地缠绕着他。他砍断花茎,从树下的藏身之处跑了出来。

"跟我打啊!"狄龙恳求,树枝如雨点般落在他周围,无人应答。百合花在花茎上翻卷着,向他包围过来。头顶上方,一片狂暴的羽翼在挥动,沼泽里的鸟类正在聚集,是聒噪的食腐黑鸦,等待着他的末日来临。狄龙跌跌撞撞地移动着脚步,感到某种热乎乎的恐怖玩意儿碰到了他的脚踝。

他一下子明白必须要怎么做了。

过了好一阵,他才鼓起勇气,接着一个猛子扎进了脏兮兮的绿水里。

他一扎入水中,整个沼泽地便立刻沉静下来了。参天巨树在灰蓝色的天空下定格;百合花不再疯狂地向他袭来,软绵绵地耷拉在花茎上;那片白汽纹丝不动地紧贴在粗糙的树皮上;猛禽在沉闷的空气中悄无声息地盘旋。

不一会儿,沼泽地里开始冒出气泡,然后气泡没有了。

狄龙从水里冒出头来,喘着粗气,脖颈和后背上全是深深的抓痕。他手中紧紧地抓着一个形状不规则的透明生物,正是它在沼泽地里呼风唤雨。

他涉水走到一棵树前,把那个软趴趴的家伙甩到树干上,摔得稀烂。然后他瘫坐下来。

他从未感到过如此疲惫、如此难受，也从未这般深信一切挣扎都是徒劳。既然在万事万物之中，生命所占的份额根本无足轻重，那他为何还要为生命而拼搏呢？与行星的永恒律动相比，与恒星的庄严光芒相比，他的生命不过一瞬而已，又有何意义呢？狄龙深感震惊，自己为了生存竟然会沦落到这种地步。

温热的水拍打着他的胸膛，狄龙睡意蒙眬地告诉自己，所谓生命，不过是寄生在无生命的外壳上的一块疥癣。当水淹到他的脖颈时，他对自己说，从统计学角度来看，和浩瀚的无生命世界相比，微不足道的生命几乎可以忽略。当水漫到他的下颌时，他心想，如果无生命世界是自然的，那么活着便是患上了疾病，而生命中唯一健康的想法就是期盼死亡。

当水触碰着他的嘴唇时，他感到死是一件乐事。有一种疲倦无法缓解，有一种疾病无法治愈。现在大可轻松放手，下沉，抛弃……

"很好，"狄龙低声说，一面挣扎着站起来，"很厉害的招数，阿瑞克。可能你也累了吧？可能你除了一点感情之外，也没剩下多少东西了吧？"

天色渐渐暗下来，黑暗中有个声音在向狄龙低声耳语，那声音来自一个缩小的跟狄龙类似的生物，懒洋洋地蜷在他肩膀上。

"但还有比死亡更可怕的事。"缩小的狄龙说，"有些东西任何生物都无法面对，那就是你自知隐藏在灵魂深处的罪恶感，招人厌恶、令人不齿，但你又永远无法否认。狄龙，死亡胜过这种自知的罪恶感，它因而变得珍贵，需要付出无穷的代价方能换取。当你不得不面对自己灵魂深处的东西时，你会祈求死亡，千方百计渴望一死。"

狄龙尽量不去听那个缩影的话，但那个生物却牢牢趴在他肩上，指着前方。狄龙看见黑暗中有什么东西正在成形，而且辨认出了它的形状。

"别这样，狄龙。"那个与他一模一样的生物恳求道，"求你了，别这样！勇敢点，狄龙！慷慨赴死吧！大胆一点，无畏一点！明明白白地接受死期吧！"

狄龙辨认出了朝他逼近的那个身形，感受到一股无法想象的恐惧。因为这就是他灵魂深处的认知，是一种对自己的负罪感，一种对他而言曾代表一切的负罪感。

"快点儿，狄龙！"他的镜像喊道，"要坚强，要勇敢，要真实！趁你还知道自己是谁的时候，死去吧！"

狄龙此刻真的想死。他如释重负地重重叹了一口气，开始松手，让他的精魂悄然流逝……

但他做不到。

"帮帮我！"他尖叫起来。

"我帮不了你！"缩小的他尖叫着回应，"你必须自己完成这件事！"

那些灵魂底部的认知紧紧贴在他眼球上，他又试了一次，请求死去，乞求死去，却怎么也死不了。

所以只剩下一个办法了。他使出仅存的一点力气，绝望地往前冲，朝着眼前舞动的那身影冲去。

它消失了。

过了一会儿，狄龙意识到，所有的威胁都消失了。他独自站在已经征服的领土上。无论如何，他还是赢了！如今，那个城堡就在他面前，空荡无主，等待着他。他心中涌起一股钦佩之情，可怜的阿瑞克，他曾是一位出色的战士，一个势均力敌的对手。或许自己原本可以给他腾出点生存空间的，如果不是阿瑞克想要……

"你真是好心啊，狄龙。"一个声音低沉地响起。

狄龙根本来不及反应，就被一股极为强大的力量牢牢抓住了，任何反抗的念头都是白费力气。直到此时，他才意识到，克格拉人意识的威力究竟有多么强大。

"你表现得不错，狄龙。"阿瑞克说，"你无须为你自己战败感到耻辱。"

"你根本没给我机会战斗。"狄龙说。

"对，再也没机会了。"阿瑞克温和地说，"你以为地球入侵计划独一无二，大多数形成时间尚短的种族也是这么以为的。但是狄龙，克格拉星有着悠久的历史，在现今这个时代，我们已经多次遭到外族人的入侵，无论是身体上的入侵，还是意识上的入侵。所以这对我们来说算不上什么新鲜事。"

"所以你是在逗我玩儿？！"狄龙喊道。

"我是想弄清楚你是个什么样的人。"阿瑞克说。

"你不要自鸣得意了！对你来说，这就是一场游戏。得了，你让游戏结束吧，快点了事！"

"了什么事？"

"杀了我啊！"

"我为什么要杀你？"阿瑞克问道。

"因为除了杀死我，你别无他法了。为什么不像对待其他种族那样对待我呢？"

"其他那些种族有的你已经见过了，狄龙。你跟埃坦交过手了，他在母星上是住在沼泽里的，后来才开始太空旅行。在你耳边轻声细语，说话特别让你信服的那个缩影叫乌勒米克，他才刚来没多久，气势汹汹，热情似火，跟你很像。"

"但是——"

"我们在这儿接纳了他们，为他们腾出了空间，利用他们的特点，来完善我们的不足。我们合为一体之后，比各自为战的时候更强大。"

"你们住在一起吗？"狄龙低声问，"在你的身体里？"

"当然了。在银河系里，素质上佳的身体并不多见，也没多少生存空间。狄龙，见见我的搭档们吧。"

狄龙又看见了那个形状不规则的沼泽生物，还有身上带鳞的乌勒米克，以及其他十几个生物。

"但这怎么可能呢？"狄龙叫道，"外星种族没法生活在一起！生命就是战斗和死亡！这是自然的基本法则。"

"那是早期的法则。"阿瑞克说,"很久以前,我们就发现了,只有合作才能生存,才能更好地生存。你会习惯的。狄龙,欢迎加盟!"

狄龙愣住了,不由自主地走进这个城堡,加入银河系里的众多种族,一起成为了搭档。

双重赔偿

Double Indemnity

罗妍莉　译

刊于《银河》
Galaxy Science Fiction
1957 年 10 月

埃弗雷特·巴索尔德购买人寿保险可不是心血来潮。首先,他仔细研究了人寿保险相关事宜,特别留意了违约、蓄意欺骗、时间欺诈和付款问题;其次,他了解了保险公司在偿付索赔之前进行调查的详尽程度;最后,他还对双重赔偿进行了相当仔细的研究,而这才是他真正的兴趣所在。

等前期准备工作完成以后,他便开始着手寻找一家符合自己需求的保险公司。最终,他选定了跨时间保险公司,他们的主要办事处设在当今的哈特福德,而且,跨时间保险在1959年的纽约、1530年的罗马和1126年的君士坦丁堡均设有分支机构。如此一来,他们就覆盖了全部的时间范围,这对巴索尔德的计划来说至关重要。

在保单申购前,巴索尔德先和妻子讨论了这个计划。梅维斯·巴索尔德身材纤细,楚楚动人,她有个躁动不安的灵魂,又带着几分猫科动物特有的谨慎小心。

她不假思索地说:"这根本行不通。"

"这办法万无一失。"巴索尔德坚决地对她说。

"他们会把你关上一辈子的。"

"不可能,"巴索尔德向她保证,"只要你合作,就绝不会出错。"

"那我就变成从犯了。"他妻子说,"不行,宝贝。"

"亲爱的,我好像记得你曾经说过,想要一件货真价实的火星斯加特皮衣。我相信这世上没几件。"

巴索尔德太太的眼睛闪闪发光。她丈夫恰到好处地击中了她的弱点。

"我想,"巴索尔德漫不经心地说,"你兴许会觉得开心的吧?要是给你一架崭新的戴姆勒超级喷气式飞机、一个列蒂德牌大衣柜、一串成对的鲁恩宝石项链、一幢位于金星里维埃拉[1]的别墅、一个……"

"够了,宝贝!"巴索尔德太太深情地望着她这位胆识过人的丈

1.南欧地中海沿岸度假胜地。

夫。她早就怀疑，在他那具毫无魅力的身体里，跳动着一颗勇敢的心。巴索尔德个子矮小，谢顶已初露端倪，五官平平，戴着一副牛角边框眼镜，镜片后的眼睛神色温和。但是，他的灵魂就算安放在一具肌肉发达的海盗身体里也毫无违和感。

"这么说，你确定这办法会管用？"她问他。

"肯定管用，只要你按照我说的去做，控制一下自己，别演得太过火了。"

"好吧，亲爱的。"巴索尔德太太说，她的心思早已拴在鲁恩宝石的华丽闪光和斯加特皮毛的极致触感上了。

于是，巴索尔德着手进行最后的准备。他去了一家小商店，那里有销售一些广告里推荐的东西。他离开时，手头少了几千美元，胳膊底下紧紧夹着个棕色的小手提箱。这笔钱无迹可寻，几年来，他一直在以小面额现钞的形式攒钱。棕色行李箱里装的东西也同样神秘莫测。

他把手提箱存放在一个公共储物箱里，深吸了一口气，来到了跨时间保险公司的办公室。

医生们花了半天的时间对他又捅又戳，检查他的身体。最后，他填好表格，被带到了区域经理格林斯先生的办公室。

格林斯是个慈眉善目的大块头，他飞快地扫了一遍巴索尔德的申购表，点点头。

"好，好，"他说，"看起来各方面都很完善，只有一个问题。"

"什么问题？"巴索尔德问，他的心突然狂跳起来。

"就是附加险的问题。您对火灾和盗抢险感兴趣吗？责任险呢？意外及健康险呢？我们险种很全面，大到擦枪走火，小到伤风感冒，无所不保。"

"哦，"巴索尔德说，他的脉搏恢复了正常，"不用了，谢谢。目前，我只关心人寿保险。我的工作需要我穿越时间，我希望我的妻子能得到充分的保护。"

"当然了,先生,那是肯定的。"格林斯说,"那么,我相信一切都准备就绪了。您理解不同情况下保险单的条款变化吗?"

"我想我理解了。"巴索尔德回答,他之前花了好几个月的时间研究跨时间保险的标准表格。

"这份保单保的是被保险人的生命,"格林斯先生说,"生命的期限只能用主观生理时间来衡量。在以当今为基准的过去及未来一千年内,这份保单都可以保您的生命;但再早或再晚就不行了,那个风险太大了。"

"我从没想过穿越到更早或更晚。"巴索尔德说。

"保单当中也包含了通常的双重赔偿条款,您理解它的作用和适用条件吗?"

"我想是的。"巴索尔德回答,他已经逐字逐句研读过了。

"那么,一切都准备就绪了。请在这里签字,还有这里。谢谢您,先生。"

"谢谢你。"巴索尔德说,他心里着实感激。

巴索尔德回到办公室。他是阿尔普罗制造公司的销售经理,这是一家全年龄段玩具制造商。他说出了想要立刻回到过去开展销售工作的想法。

"我们在过去的销售业绩根本没有达到应有的水平。"他表示,"我本人打算回去一趟,亲自参与销售。"

"太棒了!"阿尔普罗总裁卡莱尔先生喊道,"埃弗雷特,这是我长久以来的心愿。"

"我知道,卡莱尔先生。唔,先生,我也是最近才下定决心的。我决定要亲自回去一趟,看看是怎么回事。我之前出去做了些准备,现在都安排好了,可以马上出发。"

卡莱尔先生拍了拍他的肩膀,"埃弗雷特,你是阿尔普罗有史以来最出色的销售。我很高兴你决定去一趟。"

"我也是,卡莱尔先生。"

"给他们点颜色看看!顺便说一句——"卡莱尔狡猾地咧嘴一笑,"我手头有个地址,是在1895年的堪萨斯城,你说不定会感兴趣的,不过他们不会做'那种事'。还有,在1840年的旧金山,我知道有个……"

"不用了,谢谢您,先生。"

"呃,埃弗雷特,只谈生意哦?"

"是的,先生,"巴索尔德说,一脸正人君子的微笑,"只谈生意。"

现在万事俱备了。巴索尔德回家收拾行装,并且对妻子进行最后的指导。

"记住,"他对她说,"到时候,要表现出惊讶,但不要装出精神崩溃的样子。要显得迷惑不解,但别像个精神病。"

"我知道,"她说,"你觉得我傻还是怎么着?"

"不是,亲爱的。只是你确实有那种倾向,遇到什么情况就咋咋呼呼的。不要给自己加戏,过犹不及嘛。"

"亲爱的。"巴索尔德太太声音压得极低。

"嗯?"

"你说,我现在能不能先买一小颗鲁恩宝石呢?就一颗,算是给我做个伴,等到……"

"不行!你想把整件事都捅出去吗?该死的,梅维斯——"

"好吧,我就是问问。祝你好运,宝贝。"

"谢谢你,宝贝。"

两人吻别。

然后,巴索尔德便离开了。

他从公共储物箱里取回棕色手提箱,搭乘直升机来到了时间引擎公司的主展厅。经过深思熟虑,他购买了一只A级无限版飞鳍[1],并以现金付清了货款。

1.作者杜撰的小型时空飞行器。

"您永远不会后悔的,先生,"销售员边说,边从闪闪发光的机器上摘下价格标签,"这宝贝儿动力十足!配备了双推进器,能完全控制所有年份,绝对不会停滞不前。"

"好,"巴索尔德说,"我只需要钻进去,然后——"

"先生,让我来帮您提行李箱吧。您知道有联邦税的吧?是根据您的时间里程来收取的。"

"我知道。"巴索尔德说着,小心翼翼地把棕色行李箱塞进飞鳍后部,"非常感谢,我现在就进去,然后——"

"好的,先生。时空钟设置为零刻度,会记录下您的穿越里程。这是政府禁入的时区列表,另一份列表张贴在仪表板上了,其中包括所有主要的战区和灾区时间,以及悖论点。进入禁区会受到联邦的处罚。任何违法进入的行为都会显示在时空钟上。"

"这些我都知道。"巴索尔德突然非常紧张。当然,销售员肯定是不会起疑的,但他干吗总要这么唠唠叨叨地说什么违法的事呢?

"将规则告知您是我的职责所在。"销售员兴致勃勃地说,"还有,先生,除此之外,时间穿越的跨度仅限于前后一千年内。除非得到国会的书面许可,任何人都不得超越这一界限。"

"这是非常恰当的预防措施,"巴索尔德说,"我的保险公司已经跟我说过这件事了。"

"这样的话,其他就没什么问题了。先生,祝您旅途愉快!您会发现,您的飞鳍实属商务或娱乐的完美交通工具。不管您的目的地是1932年崎岖不平的墨西哥石头路,还是2308年的加拿大热带潮湿地区,飞鳍都会一直陪伴着您。"

巴索尔德僵硬地一笑,握了握销售员的手,走进了那只飞鳍。他关上门,调整好安全带,启动了引擎。他身体前倾,咬紧牙关,校准穿越参数。

然后他按下了发射开关。

一片灰蒙蒙的虚无裹住了他,有那么一瞬,巴索尔德完全惊慌失措。随即他克服恐慌,体验到了兴奋的快感。

终于,他踏上了发迹之路!

穿不透的灰暗像无边无际的薄雾一样笼罩着飞鳍。巴索尔德想着流逝的岁月,无形无相,无边无际,灰色的世界,灰色的宇宙……

但现在可不是思考哲学问题的好时候。巴索尔德打开棕色小手提箱,取出一捆打印好的纸张。这是一家时间调查机构为他收集的,其中包含了巴索尔德家族的完整历史,一直上溯到家族最初的起源。

他花了很长的时间来研究家族史。在他的计划中,需要一位巴索尔德家族成员,但并不是随便哪个巴索尔德都行。他需要的是这么一位巴索尔德先生:年龄三十八岁,未婚,与家人没有联系,没有亲近的朋友,也没有重要的工作,如果可能的话,无业最佳。

他需要的是这么一个巴索尔德:一旦他突然失踪,永远不会有人想念他,也永远不会有人搜寻他。

有了这些参数限制,巴索尔德就可以把成千上万的巴索尔德从他的名单上划去。在巴索尔德家族中,大多数男性成员在三十八岁前就已经结婚了;还有些人根本没活到那个岁数;另外一些在三十八岁的时候虽然还是单身,也没有订婚,却有好友和牢固的家庭关系;还有些虽然与家人和朋友没什么瓜葛,但他们一旦失踪,却会引来调查。

经过大量的筛选之后,巴索尔德手头剩下的人选寥寥无几。他会对这些人进行一番考察,希望能找到一个完全符合他所有要求的人……

假设这样的人当真存在的话,他心想,很快他又把这个念头赶走了。

过了一阵,周围的灰雾消散了。他往外一看,发现自己正置身于一条鹅卵石铺砌的街道上。一个戴草帽的人开着一辆怪模怪样、两侧隆起的汽车,从他身边轧轧驶过。

他身处 1912 年的纽约。

他名单上的第一个人是杰克·巴索尔德,他的朋友们都管他叫"恶霸杰克"。他是个熟练的印刷工人,眼神游移,行踪飘忽。1902年,杰克抛弃了在夏延[1]的妻子和三个孩子,也不打算再回去了。对巴索尔德的而言,这形同单身。恶霸杰克曾经在潘兴将军[2]手下服役,后来又回到了他的老本行。他从一家印刷厂跳到另一家印刷厂,在哪家都待不长。他现年三十八岁,在纽约的某个地方工作。

巴索尔德从巴特里出发,开始逐一拜访纽约的印刷厂。当他在沃特街上拜访到第十一家印刷厂时,他找到了要找的人。

"你要找杰克·巴索尔德?"一位老师傅问他,"没问题,他就在后头。嘿,杰克!有人来看你了!"

巴索尔德的脉搏加快了。一个男人从印刷厂阴暗幽深的角落向他走来,越走越近,眉头紧皱。

"我就是杰克·巴索尔德,"他说,"你想干吗?"

巴索尔德看着他这位亲戚,郁闷地摇了摇头。这一位显然不行。

"没事,"他说,"什么事也没有。"他迅速转过身,离开了印刷厂。

恶霸杰克身高五英尺八英寸,体重二百九十磅,他挠着脑袋问道:"这他妈到底咋回事?"

那位老师傅耸了耸肩。

埃弗雷特·巴索尔德回到飞鳍上,重新调整了控制装置。他对自己说,很遗憾,但一个胖子是绝不可能符合计划的。

他的下一站是1869年的孟菲斯。巴索尔德穿着一身合适的衣服,去了迪克西·贝尔酒店,在柜台前打听本·巴索尔德尔[3]的下落。

"哦,先生,"柜台后面那位白发苍苍、彬彬有礼的老人说,"他的钥匙还在,所以我想他是出去了。您或许可以在角落的酒吧里看

---

1. 位于美国怀俄明州的城市。
2. 约翰·约瑟夫·潘兴(1860-1948),毕业于西点军校,美国著名军事家、陆军特级上将,又称"铁锤将军",还有个绰号叫"黑桃杰克"。
3. 随着年代和国家的变化,巴索尔德这一姓氏也发生了细微的改变。

看他是不是正跟其他那些垃圾北方投机客[1]在一块儿呢。"

巴索尔德没有理会这些带有侮辱性的词汇,去了酒吧。

夜色尚浅,但煤气灯已是熠熠生辉。有人在弹奏班卓琴,长长的红木吧桌旁挤满了人。

"我在哪儿能找到本·巴索尔德尔?"巴索尔德问一个酒保。

"就在那边,"酒保说,"跟别的北方佬鼓手在一块儿。"

巴索尔德向酒吧另一头的一张长桌走去,桌旁围满了衣着光鲜的男人和浓妆艳抹的女人。这帮人显然都是北方来的推销员,笑语喧哗,自信狂妄,要求甚高。其中那些女人倒是南方人,但巴索尔德断定,她们的事与自己无关。

刚走到桌子跟前,他一眼就看见了要找的人。错不了,这人肯定就是本·巴索尔德尔。

他长得和埃弗雷特·巴索尔德一模一样。

而这正是巴索尔德要找的人应具备的关键特征。

"巴索尔德尔先生,"他说,"我能私下跟你聊几句吗?"

"当然。"巴索尔德尔说。

巴索尔德把本领到一张空桌边。他这位亲戚坐在对面,目不转睛地盯着他。

"先生,"本说,"我们俩长得太像了,真是不可思议。"

"确实是这样,"巴索尔德回答,"这正是我来找你的原因之一。"

"那其他原因呢?"

"我接下来就要讲。你要不要喝点什么?"

巴索尔德点了饮料,他注意到,本一直把右手搁在腿上,藏在他看不见的地方。他不知那只手里是不是握着把短筒手枪。在重建南方的时期,北方人不得不小心翼翼。

饮料端上桌后,巴索尔德对他说:"我直接切入正题吧。你有兴

---

[1] 美国南北战争后利用南方不稳定的局势投机谋利的人。

趣发笔大财吗？"

"谁不想啊？"

"如果需要一番艰苦跋涉呢？"

"我从芝加哥一路而来，"本说，"再走远些我也不在乎。"

"如果得触犯几条法律呢？"

"先生，你会发现，只要有利可图，本·巴索尔德尔干什么都行。但你是谁？你到底有什么计划？"

"在这儿说可不行，"巴索尔德说，"有没有什么地方可以保证我们说的话没人听见？"

"我住的酒店客房。"

"那我们走吧。"

两个人都站了起来。巴索尔德瞥了一眼本的右手，倒抽了一口冷气。

本杰明·巴索尔德尔压根儿就没有右手。

"在维克斯堡[1]失去的，"看到巴索尔德震惊的眼神，本解释道，"没关系。我可以用一只手加一根残肢单挑世界上的任何一个人——而且是碾压对方！"

"我敢肯定，"巴索尔德语气有点激动，"我钦佩你的精神，先生。在这儿等我一会儿吧，我——我马上就回来。"

巴索尔德匆匆走出酒吧的旋转门，径直走向飞鳍。真可惜，他边想着，边调整控制装置，本杰明·巴索尔德尔本来是堪称完美的人选。

但一个伤残人士不符合他的计划。

下一个穿越点是1676年的普鲁士。他身穿符合那个年代的款式和色调的衣服，借助催眠装置灌了一脑袋德语，走在哥尼斯堡[2]空空

---

1. 指维克斯堡战役，是役北军获胜，南军惨败，是南北战争的转折点。
2. 现今的加里宁格勒，属于俄罗斯。

荡荡的街道上,寻找着汉斯·巴尔塔勒。

现在是中午时分,但街道上却冷清得出奇。巴索尔德走啊走,终于遇到了一个修士。

"巴尔塔勒?"修士沉思着,"哦,您是说裁缝老奥托吧!他如今住在拉芬斯堡,是个好人。"

"那个一定是他父亲,"巴索尔德说,"我要找的是汉斯·巴尔塔勒,他儿子。"

"汉斯……当然了!"修士用力点点头,然后好奇地看了巴索尔德一眼,"但您确定那就是您要找的人吗?"

"非常确定。"巴索尔德说,"您能告诉我怎么找他吗?"

"您在大教堂那边就能找到他,"修士说,"跟我来吧,我正好也要去那儿。"

巴索尔德跟着那修士,不知自己是不是搞错了。他要找的巴尔塔勒并不是牧师,而是一个在欧洲各地作战的雇佣兵。他那种人永远不会出现在教堂里——除非,巴索尔德打了个寒战,除非巴尔塔勒皈依了教会,他却没有听说。

他在心里祈祷不要是这样的结果,因为这会毁掉所有的计划。

"我们到了,先生。"修士说着,在一座巍峨堂皇的建筑前停下,"汉斯·巴尔塔勒就在那儿。"

巴索尔德一看,只见一个鹑衣百结的男人坐在大教堂的台阶上,面前摆着一顶脱了形的旧帽子,帽子里有两枚铜板、一块面包。

"是个乞丐啊。"巴索尔德厌恶地哼了一声。不过,也许……

他更加仔细地看了看,注意到乞丐空洞的眼神、松弛的下巴和扭曲耷拉的嘴唇。

"太遗憾了,"修士说,"在费赫贝林与瑞典人作战时,汉斯·巴尔塔勒头部受了伤,一直没有恢复知觉。实在是太遗憾了。"

巴索尔德点点头,扫视了一眼空空荡荡的大教堂广场和冷冷清清的街道。

"人都去哪儿了?"他问道。

"啊,先生,您肯定知道的吧!除了我和他以外,大家都逃出哥尼斯堡了。这儿闹黑死病呢!"

巴索尔德打了个冷战,转身匆匆穿过空寂的街道,跑向他的飞鳍,还有抗生素,只要别把一年耗在这儿,随便去哪儿都行。

巴索尔德怀着沉重的心情和即将失败的预感,继续沿着时间倒退,去往 1595 年的伦敦。在大赫特福德十字路口附近的小野猪酒馆,他跟人打听一个叫托马斯·巴索尔的人。

"你找巴索尔干哈?"酒馆老板的英语相当粗鄙,巴索尔德几乎听不懂。

"我跟他有生意上的往来。"巴索尔德用靠催眠学来的古英语答道。

"当真?"酒馆老板上下扫视了一下巴索尔德饰有褶边的华丽衣服,"真的是现在吗?"

这家酒馆肮脏不堪、令人生厌,只点了两支忽明忽暗的牛油蜡烛。酒馆的主顾们现在聚到了巴索尔德周围,紧紧挤在他身边,看起来都是些最底层的地痞无赖。他们把他围了起来,手中仍然紧握着锡制的酒杯,在他们身上的破衣烂衫间,巴索尔德瞥见了更锐利的金属闪光。

"是个卧底,嗯?"

"卧底他娘的跑这儿来干哈?"

"脑壳进水了吧,说不定。"

"肯定嘛,自个儿来的。"

"还要咱把可怜的汤姆·巴索尔交出来!"

"弟兄们,咱得给这厮点儿颜色看看!"

"嗯呐,就这么办!"

酒吧老板咧着嘴,笑嘻嘻地看着。这帮衣衫褴褛的家伙手里攥着锡杯,就像拿着狼牙棒一样,一步步逼近巴索尔德,把他逼到墙角上。直到此时,巴索尔德才彻底明白,他在这群无法无天的流浪汉中间面临着怎样的危险。

"我不是卧底!"他喊道。

"你他妈说啥!"这伙人向前挤去,一个沉重的杯子砸在他脑袋附近的橡木墙上。

巴索尔德突然灵机一动,连忙摘下了那顶装饰着羽毛的大礼帽,"看看我!"

他们停下来,瞪着他,张大了嘴巴。

"跟汤姆·巴索尔长得一个样!"其中一个人倒吸了一口冷气。

"可汤姆从没说过他还有兄弟。"另一个指出。

"我们是双胞胎,"巴索尔德急忙说,"一出生就分开了。我在诺曼底、阿基坦和康沃尔[1]长大,上个月才知道我还有个双胞胎兄弟。我是来这儿见他的。"

对于16世纪的英国人来说,这样的说辞完全可信,两人之间的相似之处无法否认。巴索尔德被带到一张桌子跟前,面前摆上了一大扎啤酒。

"你来晚了,老哥,"一个上了年纪的独眼乞丐对他说,"他活儿干得很漂亮,而且很机灵,知道怎么讨马儿的欢心——"

巴索尔德听懂了这个称呼马贼的旧词。

"——可是他们在艾尔斯伯里[2]抓住了他,跟妓女和河盗一块儿审判,定了他有罪,真是倒霉。"

"判的什么刑?"巴索尔德问道。

"重得很,"一个矮壮的流氓说,"他们今天要在舒斯马克绞死他!"

巴索尔德一言不发地呆坐了一会儿,然后问道:"我兄弟真的长得像我吗?"

---

1. 诺曼底和阿基坦均位于法国,康沃尔则是英国西南部城市。
2. 英国中南部白金汉郡的一个郡府。

"一模一样！"酒馆老板嚷道，"简直不可思议，老哥，真是奇迹。长相一样，身高一样，体重一样——啥都一样！"

其他人点头表示同意。巴索尔德眼看就要成功，决定孤注一掷。他必须得把汤姆·巴索尔弄到手！

"小伙子们，现在好好听我说，"他说，"你们对卧底没好感，也不喜欢伦敦的法律，对吧？嗯，我是个法国来的有钱人，有钱得很。你们愿不愿意跟我一起去那边，过上贵族的日子？对啊，放松点儿——我就知道你们乐意。好吧，我们能办到的，弟兄们。但我们也得带上我兄弟。"

"可是咋整？"一个结实的补锅匠问，"他们今天就要把他绞死了！"

"你们是不是男人？"巴索尔德质问道，"你们有没有武器？为了荣华富贵，难道你们不敢放手一搏吗？"

他们大声嚷嚷着，表示愿意。

巴索尔德说："我就知道你们很热心。你们能行的，只要照着我的指示去做就好。"

舒斯马克那儿只聚集了一小群人，因为这不过是一次无足轻重的小型公开绞刑。不过，总还是有点看头的，当运送囚犯的马车隆隆驶过鹅卵石街道停在绞刑架前时，人们还是兴高采烈地欢呼着。

"那个就是汤姆，"站在人群边上的补锅匠悄声低语，"看见了吗？"

"我应该看到了。"巴索尔德说，"咱们进去吧。"

他跟那十五个人一起挤过人群，将绞架团团围住。绞刑吏已经走上行刑台，他头戴黑色面罩，透过面罩上的缝隙一边扫视人群，一边试绞索。两个警察将汤姆·巴索尔押上刑台，摆好姿势，将手伸向绞索……

"你准备好了吗？"酒馆老板问巴索尔德，"嘿！你准备好没有？"

巴索尔德盯着绞刑台上的那个人，张大了嘴巴。血缘上的相似性显而易见，汤姆·巴索尔的确长得和他一模一样——只有一个地方除外。

巴索尔的脸部和额头上长满了天花留下的疤痕。

"现在应该动手了，"酒馆老板说，"准备好了吗，先生？先生？嘿！"

他转过身来，只见一顶羽毛帽子消失在一条小巷里。

他拔脚去追，却又猛地停下。他听到绞刑架那边传来一阵嘶嘶声和一声被堵在喉咙里的尖叫，然后是一记沉甸甸的闷响。等他再次转身时，那顶羽毛帽子早已消失不见了。

埃弗雷特·巴索尔德回到飞鳍里，备受打击。毁容的人不符合他的计划。

在飞鳍里，巴特尔认真地思索了很久。事情进展得很不顺，相当不顺。他已经搜遍了所有的时间段，一直追溯到了中世纪的伦敦，也没有找到能派得上用场的巴索尔德。现在他已接近前后一千年的极限。

他不能再往前走了——

那不合法。

但合不合法都要讲证据。他不能、也不肯就这么回去。

在整个时空中里，必定有一个派得上用场的巴索尔德！

他打开棕色的小手提箱，从箱里取出一台沉重的小机器。那是他之前在"现在"花了几千美元买的。此时对他来说，它绝对是物超所值。

他小心地组装好机器，把它插进了时空钟。

现在，他可以自由穿越到任何一个时间点了——只要他愿意，甚至可以回到最原始的起源，时空钟都不会加以记录。

他重设了控制器，突然感到一种难以忍受的孤寂。越过一千年的边缘是件可怕的事。有那么一瞬间，巴索尔德甚至想要放弃这次完全没有把握的冒险，回到自己本来的时空，回到自己的妻子身边，回到自己的工作岗位上，那里才是安全之地。

但他还是硬起心肠，猛地按下了发射按钮。

他出现在 662 年的英国,靠近梅登堡[1]那座古老的城堡。他把飞鳍藏在灌木丛中,穿着一件简单的粗麻布衣服走了出来。他沿着这条路向梅登堡走去,在远处的高地上,他望见了那座城堡。

一群士兵拉着一辆大车,从他身边经过。在车里,巴索尔德瞥见了黄澄澄的波罗的海琥珀、高卢的红釉陶器,甚至还有意大利式的大烛台。毫无疑问,巴索尔德心想,肯定是洗劫某座城镇掳获的战利品。他本想问问这些士兵,但他们凶狠地瞪着他,他能不经盘问从他们身边溜过去,就已经很开心了。

接着,他又从两个人身边经过,他们赤裸着上身,吟诵着拉丁文,后面那个人正用一根粗大的多股皮鞭狠狠抽打前面的男人。不久,他们又互换了位置,就连互换位置时,他们也没停止抽鞭。

"对不起,先生们——"

但他们连看都没看他一眼。

巴索尔德继续前行,一面擦去额头上的汗珠。过了一会儿,他追上了一个身披斗篷的人,他一肩扛着竖琴,一肩挂着长剑。

"先生,"巴索尔德说,"您知道在哪儿能找到我的一个亲戚吗?他来自爱奥那岛[2],名叫康纳·洛·麦克·巴尔索。"

"我知道。"那人说。

"在哪儿?"巴索尔德问。

"就站在你面前。"那人说。他立即退后,拔剑出鞘,把竖琴抛到草地上。

巴索尔德心醉神迷地紧盯着巴尔索,在长长的卷发底下,他所见的这副相貌与他本人分毫不差。

他终于找到了他要找的人!

但这人的表现非常不合作。他慢慢地逼近,手中的剑已经摆好

---

1. 英国多塞特郡多切斯特附近福丁顿山上的一块面积为 115 英亩的场地,有一座铁器时代兴建的史前城堡,约建于公元前 2000 年。文中即指此城堡。
2. 苏格兰内赫布里底群岛中的一个岛屿。

了姿势，随时准备刺出，只听他开口下令道："消失吧，恶魔，不然我就把你给阉了！"

"我不是恶魔！"巴索尔德喊道，"我是你亲戚！"

"你撒谎。"巴尔索坚定地说，"尽管我是个漂泊的游子，已经远离家乡很久了，但我仍然记得家中的每一个人。你不是他们当中的一员，所以你肯定是个恶魔，假借我的脸来蛊惑我。"

"等等！"巴索尔德恳求道，这时巴尔索已绷紧小臂，准备挥出长剑，"你有没有想过未来？"

"未来？"

"对，未来！距今千百年以后！"

"我听说过那个奇怪的时代，不过我自己是活在当下的人。"巴尔索说着，缓缓地放下剑，"从前，在爱奥那岛上，我们曾经见过一个陌生人，清醒的时候，他号称自己来自康沃尔郡；喝醉的时候，他又说自己是个生活摄影师。他到处走来走去，手里拿着个玩具盒子，对着各种东西咔嚓咔嚓地闪来闪去，一边自言自语。只要给他灌饱蜂蜜酒，他就会告诉你未来的一切。"

"我就是从那儿来的。"巴索尔德说，"我来自未来，是你的远亲，我来这儿是为了给你送上一大笔财产！"

巴尔索立即收剑入鞘，谦恭地说："你真是个好人，亲戚。"

"但是，当然了，你这边也需要大力配合才行。"

"我也是这么想的。"巴尔索叹了口气，"好吧，说给我听听，亲戚。"

"跟我来。"巴索尔德说完，领着他回到了飞鳍上。

棕色的手提箱里，一切工具都已准备妥当。他用藏在掌中的催眠器把巴尔索弄晕，因为这个爱尔兰人显得太过紧张了。然后，他把前额电极接在巴尔索额头上，用催眠方式给他灌输了一份世界历史概要、一门英语简明课程和一门美国风俗习惯课程。

这耗费了将近两天时间。与此同时，巴索尔德用买来的快速移植机将自己手指上的皮肤转移到巴尔索手上。现在他们具备了同样的指纹。伴随着正常的细胞脱落，移植的指纹会在几个月后剥落，露出原来的指纹，但这并不重要，这些不必非得是永久性的。

然后，巴索尔德对照着清单，给巴尔索添加了一些标志性的特征，并去掉那些他本人没有的特征，又用电针把巴尔索尔的头部变得跟他本人一样微秃。

完成以后，巴索尔将复苏剂注射进巴尔索的血管，静静地等待他醒来。

不一会儿，巴尔索呻吟了一声，揉了揉灌满催眠信息的脑袋，用纯正的现代英语说："噢，老哥！你是用什么把我敲晕的？"

"别担心，"巴索尔德说，"现在咱们谈正事吧。"

他简要地解释了一遍利用保险单让跨时间保险公司大出血的致富计划。

"他们真的会掏钱吗？"巴尔索问道。

"只要他们无法证伪索赔申请，他们就会掏的。"

"他们会掏那么多？"

"会的。我预先查看过了，双重赔偿的金额高得惊人。"

"这部分我仍然不明白，"巴尔索说，"这个双倍赔偿是怎么个意思？"

"就是说，"巴索尔德告诉他，"一旦某人重返过去的时候，不幸穿越了时间结构当中的镜像裂变，就适用于双重赔偿。这种情况极其罕见，但一旦发生，就是灾难性的。你瞧，回到过去的只有一个人，却回来了两个一模一样的人。"

"哎哟！"巴尔索说，"所以这就有了双重赔偿！"

"就是这么回事。两个如出一辙的人从过去回到现在，两个人都觉得自己才是真的那个，才代表本来的那个身份，才是自己的财产、工作、妻子等等唯一的所有人。二者不可能共存。他们当中有一个必须放弃一切权利，离开他现在的时空，离开他的家、他的妻子、他的工作，回到过去生活；另一个可以留在自己的时代，但却生活在不断的恐惧、忧虑与内疚之中。"

巴索尔德停下来喘了口气。"所以你看，"他接着说，"在这种情况下，双倍赔偿代表的是一种程度上最为严重的灾难，因此，保险公司就会对双方进行相应的赔偿。"

"唔，"巴尔索努力思索着，"这种情况经常发生吗，双重赔偿？"

"在时间旅行史上，总共不过十几次。有一些相应的预防措施，比如避开悖论点、尊重千年界限。"

"你的旅行跨度超过了一千年。"巴尔索指出。

"我冒了这个风险，我成功了。"

"可是，听着，既然这个什么双倍赔偿能赔这么多钱，那为什么别人没有试过呢？"

巴索尔德脸上露出讥讽的笑容，"这可不像听起来那么容易，我以后再慢慢告诉你，可是现在先说正事。你跟不跟我干？"

"有了这笔钱，我就可以当上男爵了。"巴尔索出神道，"说不定能在爱尔兰当个国王呢！我跟你干。"

"很好，在这儿签字。"

"这是什么？"巴尔索问道，皱眉看着巴索尔德塞到他面前的那份疑似法律文书的文件。

"这份文件只是申明，一旦获得跨时间保险公司规定的足额赔偿后，你就会立即返回自行选择的任何过去时空，并停留在那里，放弃一切针对当今的权利。署名为埃弗雷特·巴索尔德。日期我以后再填。"

"可是那个签名——"巴尔索开始想反对，然后又停下来，咧嘴一笑，"通过催眠学习，我已经明白催眠学习是什么，它能做什么，包括你不必回答我提出的问题这一点。我一问出口，就知道答案了。顺便说一句，也是因为镜像裂变，你才会通过催眠把我变成左撇子和用左眼看东西。当然了，移植的指纹也是反着来的，就像在镜子里看到的一样。"

"没错。"巴索尔德说,"还有问题吗?"

"我暂时想不到什么问题了。我甚至都用不着比对我们的签名,我知道,肯定完全一样,只不过——"他又停顿了一下,看上去气鼓鼓的,"这真是个混账把戏!我得倒着写字!"

巴索尔德笑了,"那是自然,不然你怎么能成为我的镜像呢?这只是防止万一你觉得我那个时代比你这个更好,想耍花招把我送回来,我必须提醒你记住我事先警告过你的话,你这么做,足以把你送进小行星监狱,在那儿待上一辈子了。"

他把文件递给巴尔索。

"你从来不冒任何风险,对吧?"巴尔索边签字边说。

"我考虑过了一切可能发生的不测。毕竟我们要去的是我的家和我的当下,我要留住属于自己的东西。来吧。你需要理理发,再做个全身检查。"

两个一模一样的人肩并肩走向飞鳍。

梅维斯·巴索尔德根本不必担心表演过火的问题。两个埃弗雷特·巴索尔德同时站在门口,穿着毫无二致的衣服、带着同样紧张尴尬的表情,异口同声地说:"呃,梅维斯,这事儿需要解释一下……"

这已经完全超出了她的承受能力,即便她事先知情,也没有起到任何作用——她尖叫着,两手一甩,晕倒在地。

后来,当她的两个丈夫手忙脚乱地把她弄醒后,她才恢复了一些镇定。"你办到了,埃弗雷特!"她说,"是埃弗雷特吗?"

"是我,"巴索尔德说,"来见见我的亲戚吧,康纳·洛·麦克·巴尔索。"

"真是难以置信!"巴索尔德太太喊道。

"这么说,我们长得很像?"巴索尔德问。

"太像了,简直一模一样!"

"从现在起,"巴索尔德说,"把我们两个都当作埃弗雷特·巴索尔德吧。保险调查员会注意你的一举一动。记住——我们当中的任何一个,或者我们两人,都可能是你的丈夫。对待我们的态度要一碗水端平。"

"如你所愿,亲爱的。"梅维斯一本正经地说。

"当然了,那件事除外——我的意思是,除了在那方面——就是那啥——见鬼,梅维斯,你真的分辨不出我们当中哪个才是我吗?"

"当然可以,亲爱的,"梅维斯说,"妻子永远认得出丈夫。"她飞快地看了巴尔索一眼,巴尔索也饶有兴趣地打量着她。

"听你这么说我很高兴。"巴索尔德说,"现在我得马上联系保险公司去了。"他匆匆走进另一个房间。

"这么说,你是我丈夫的亲戚,"梅维斯对巴尔索说,"你们俩看起来可真像!"

"但我其实挺不一样的。"巴尔索向她保证。

"是吗?你看着跟他太像了!我可不知道你是不是真有什么不一样。"

"我证明给你看的。"

"怎么证明?"

"我给你唱一首古爱尔兰民谣吧。"巴尔索说,然后立刻用嘹亮、悦耳的男高音唱了起来。

这跟梅维斯设想的不大一样。不过她意识到,但凡跟她丈夫这么相似的人,在某些事上必定很迟钝。

她听到巴索尔德的声音从另一个房间里传来:"你好,跨时间保险公司吗?请转格林斯先生。格林斯先生吗?我是埃弗雷特·巴索尔德。我这儿似乎发生了一件相当不幸的事故……"

两个埃弗雷特·巴索尔德带着一模一样的略显紧张的笑容同时走进跨时间保险公司的办公室时,大厅里陷入了一片惊慌失措,大家充满了困惑和失望,纷纷拿起电话拨打保险商的号码。

"这是十五年来第一次出现这种情况!"格林斯先生说,"哦,上帝啊！当然了，你们愿意接受一下全面检查吗？"

"当然。"巴索尔德说。

"当然。"另一个巴索尔德说。

医生们在他们身上戳来捅去地检查着。他们发现了一点差异，这些都用长长的拉丁文术语仔细列出。但所有这些差异都在跨时间点个人镜像的许可偏差范围内，无论耍什么字面上的花招也无法改变这一点。于是，保险公司的精神病学专家接手了。

两个人都慢条斯理、小心谨慎地回答了所有问题。巴尔索掩饰着自己的机智，隐藏了神经活动。凭借催眠灌输的巴索尔德相关信息，他回答虽慢，却答得恰到好处；巴索尔德也是如此。

跨时间保险公司的工程师们检查着飞鳍上的时空钟。他们把它拆开，又重新组装起来。他们检查了控制装置，时间设定在当今、1912年、1869年、1676年和1595年。662年也被违规设定过，但时空钟显示并未激活。巴索尔德解释说，他是不小心按错了控制板，当时觉得最好放着别管。

这虽然是个疑点，但无法据此起诉。

工程师们发现，飞鳍耗费了大量的动力，但时空钟却只显示到1595年。他们把它带回了实验室，加以进一步研究。

然后，工程师们一寸一寸地仔细检查了飞鳍内部，但并未发现任何蛛丝马迹。在离开662年之前，巴索尔德采取了预防措施，把那只棕色的手提箱和里面的东西都扔进了英吉利海峡。

格林斯先生提出一个私了的方案，但遭到两位巴索尔德的拒绝。他又提了两个方案，但他们仍然没有答应。最后，他认输了。

最后一次会议在格林斯的办公室举行。两个巴索尔德分坐在格林斯的桌子两边，看上去对整件事情有点不耐烦了。格林斯则看起来像是自己秩序井然的世界突然被颠覆了一样。

"我就是弄不明白，"他说，"先生们，在你们旅行的这些年份里，出现时间缺陷的概率不足百万分之一！"

"我想我们就是那百万分之一吧。"巴索尔德说,巴尔索跟着点头。

"可无论如何,这件事总好像——好吧,事已至此,您二位已经决定去留问题了吗?"

巴索尔德把巴尔索在662年签署的那份文件递给了格林斯,"他一拿到赔偿金,就马上离开。"

"您对此满意吗,先生?"格林斯问巴尔索。

"当然,"巴尔索说,"反正我又不喜欢这儿。"

"先生?"

"我是说,"巴尔索急忙说,"我的意思是,我一直都想逃离,你懂吧,秘密的心愿,住在某个宁静的地方,亲近自然,民风淳朴,所有那些……"

"我明白了。"格林斯先生满腹狐疑地说,"您有这种感觉吗,先生?"他转身问巴索尔德。

"当然了,"巴索尔德信誓旦旦地说,"我也有跟他一样的秘密心愿。但我们当中总有一个得留下来——责任感,你懂的——我已经同意留下了。"

"我明白了。"格林斯说,但他的语气清楚地表明,他根本就没明白,"哈,好吧。先生们,你们的支票正在办理中,纯粹就是走一下流程,明天早上就可以来领——假设在此之前,我们没有收到任何显示存在欺诈行为的证据。"

气氛突然变得冰冷。两位巴索尔德向格林斯先生告别,然后迅速离开了。

他们默默地乘电梯下楼。到了大楼外面,巴尔索说:"很抱歉,我说漏嘴了,说我不喜欢这里。"

"闭嘴!"

"啊?"

巴索尔德抓住巴尔索的胳膊,把他拽进自动直升机里,还谨慎地没挑他看到的第一架空机。

他按动了韦斯特切斯特方向，回头看了一下是否有人跟踪。确定没有以后，他又检查了一遍机舱内部，防止有摄像头或窃听器。最后，他才转头对巴尔索道：

"该死的，你这个彻头彻尾的傻瓜！那个愚蠢的口误可能会让我们损失一大笔钱！"

"我已经尽力了。"巴尔索闷闷不乐地说，"现在有什么问题吗？哦，你是说他们怀疑上我们了。"

"这就是我担心的！格林斯肯定正在派人跟踪我们。要是他们能找到任何证据——随便什么影响我们索赔计划的事——那就意味着小行星监狱在向我们招手。"

"我们得小心行事。"巴尔索冷静地说。

"我很高兴你意识到了这一点。"巴索尔德说。

他们在韦斯特切斯特的一家餐馆里安静地用餐，又喝了几杯，这让他们的心情好了起来。当他们回到巴索尔德家，让直升机返回城市时，甚至已经高兴起来了。

"今晚我们就坐着打牌，"巴索尔德说，"聊天，喝咖啡，表现得就跟我们都是巴索尔德似的。等到早上，我去领我们的支票。"

"挺好的，"巴尔索同意了，"我很高兴可以回去了。我不明白，你身边全是铁和石头，你怎么能忍受得了。爱尔兰，老哥！我就快回爱尔兰当国王了！"

"现在别谈这个了。"巴索尔德打开门，他们走了进去。

"晚上好，亲爱的。"梅维斯看着恰好位于两人正中的一个点说。

"我还以为你说过，你认得出我呢。"巴索尔德酸溜溜地说。

"我当然认得出，宝贝，"梅维斯说着便转向他，露出甜美的笑容，"我只是不想伤了可怜的巴尔索先生。"

"谢谢你，好心的夫人，"巴尔索说，"也许等会儿，我可以再给你唱一首古爱尔兰民谣。"

"一定很好听，我可以肯定，"梅维斯说，"有个人打电话给你，亲爱的,他稍后会再来。亲爱的,我一直在看斯加特皮毛的广告,极地火星斯加特的价格要比平原运河火星斯加特贵一点,但是——"

"一个男人打来的?"巴索尔德问道,"是谁?"

"他没说。不管怎么说,这种穿起来的效果要好得多,而且它的皮毛还带着那种色彩斑斓的光泽,只有……"

"梅维斯!他想要什么?"

"说是关于双重赔偿索赔的什么来着,"她说,"可是事情都已经办妥了,不是吗?"

"只要支票还没拿到手,事情就还不算办妥。"巴索尔德告诉她,"现在跟我说说,他到底说什么了。"

"好吧,他告诉我,他打电话来,是有关你对跨时间保险公司提出的所谓索赔——"

"'所谓'?他说的是'所谓'吗?"

"这就是他的原话,对跨时间保险公司的所谓索赔。他说必须立刻跟你谈谈,一定要赶在明天早上之前。"

巴索尔德的脸变得惨白,"他说会再打电话来吗?"

"他说他会亲自登门拜访。"

"怎么回事?"巴尔索问,"这是什么意思?当然了——一定是保险调查员!"

"没错,"巴索尔德说,"他肯定是有什么发现。"

"可他发现了什么呢?"

"我怎么知道?让我想想!"

就在这时,门铃响了。巴索尔德夫妇和另一位巴索尔德默默对视。门铃再次响起。"开门,巴索尔德!"一个声音喊道,"别想躲着我!"

"我们能杀了他吗?"巴尔索问道。

"那会更麻烦,"巴索尔德想了一下,说道,"来吧!从后门出去!"

"可是为什么啊?"

"飞鳍就停在那儿,我们要回到过去!你没明白吗?他要是有证据的话，早该交给保险公司的人了。所以他只是起了疑心。他很可能以为，他可以用各种问题逼我们露出破绽。只要我们能一直躲着他，躲到明天早上，我们就安全了！"

"那我呢？"梅维斯可怜巴巴地问。

"拖住他！"巴索尔德说着，把巴尔索拽出后门，拖进飞鳍里去了。巴索尔德砰的一声关上舱门，门铃还一直在叮咚作响。

他转向控制板，这才发觉，跨时间保险公司的工程师们并没有把时空钟还给他。

他迷路了，迷路了。没有时空钟，他没法把飞鳍驶向任何地方。有那么一瞬间，他完全陷入了惊恐之中。然后他又恢复了镇定，试着把问题想明白。

他的控制装置仍旧设定在当今、1912年、1869年、1676年、1595年和662年。因此，即便没有时空钟，他也可以手动激活上述任何一个目的地。可是按照联邦法案，不带时空钟的时间旅行属于犯罪——但去他的联邦法吧。

他飞快地按下1912年，调整着控制板。他听到外面传来妻子的尖叫声，沉重的脚步声穿过他的家。

"停下！停下，说你呢！"那人大声嚷嚷着。

然后，随着飞鳍在时光中飞速掠过，巴索尔德被一层无边无际的朦胧灰雾裹住了。

巴索尔德把飞鳍停在鲍厄里大街上。他和巴尔索走进一家酒吧，各自点了五分钱的啤酒，开始享用免费午餐。

"真是该死，多管闲事的调查员！"巴索尔德咕哝着，"好了，我们现在已经把他甩掉了。私自驾驶不带时空钟的飞鳍，我得掏上一大笔罚款，不过明天早上我就掏得起这钱了。"

"对我来说太快了点儿。"巴尔索说着，灌下了一大口啤酒。然后他摇摇头又耸了耸肩，"我本来只想问问你，我们回到过去对你在当今那个时间点的早晨领到支票有什么帮助？但我想我已经知道答案了。"

"当然了,重要的是在此期间时间一直在流逝。如果我们能在过去躲上十二个小时左右,那我们回到当今的时候,就会比离开那会儿晚十二个小时,这可以防止各种事故的发生,比如返回的时间跟离开的时间相当,甚至早于离开的时间。这属于普通的交通注意事项。"

巴尔索嚼着一块意大利香肠三明治,"通过催眠学到的内容似乎省略了不少关于时空旅行的细节。我们这是在哪儿?"

"1912年的纽约,是个非常有趣的时代。"

"我只想回家。那些穿蓝衣服的大块头是什么人?"

"是警察,"巴索尔德说,"他们好像在找什么人。"

两个蓄着小胡子的警察走进了酒吧,后面跟着个奇胖无比的家伙,衣服上墨迹斑斑。

"他们在那儿!"恶霸杰克·巴索尔德喊道,"警官,把这对双胞胎抓起来!"

"这是怎么回事?"埃弗雷特·巴索尔德问道。

"外面那辆老爷车是你的?"一个警察问。

"对,先生,但是——"

"这就妥了。有人在通缉你们俩,说你有辆亮闪闪的崭新老爷车。悬赏的价格也不错。"

"那家伙当时径直向我走过来,"恶霸杰克说,"我跟他说,我很乐意帮忙——虽然我其实宁可给他一刀,那个阴阳怪气、讨人厌的脏……"

"警官,"巴索尔德恳求道,"我们什么也没干!"

"那你就没啥好怕的了,现在闭上嘴跟我们走。"

巴索尔德突然从警察身边冲过去,在恶霸杰克的脸上猛推一把,冲到大街上。巴尔索也在想着逃跑,他狠狠踩了其中一个警察的脚,一拳打在另一个警察的胃部,然后把恶霸杰克撞到一边,紧跟在巴索尔德身后跑了出去。

他们跳上飞鳍，巴索尔德摁动了按钮：1869年。

他们把飞鳍停在后街的马车行里，尽可能藏好，然后走进了附近的一个小公园。他们解开衬衣，躺在草地上尽情地享受着孟菲斯温暖的阳光。

"那个调查员肯定是有超动力时间机器，"巴索尔德说，"所以才能抢在我们之前赶到我们停留的地方。"

"他怎么知道我们要去哪儿？"巴尔索问道。

"我们的停留点在公司记录上都有。他知道我们没有时空钟，所以我们没别的地方可去。"

"那我们在这儿就不安全了，"巴尔索说，"他很可能在找我们。"

"多半是吧，"巴索尔德疲倦地说，"但他还没抓到我们呢。再过几小时，我们就安全了！那时候就到当今的早晨了，支票就该兑现了。"

"这是真的吗，先生们？"一个温文尔雅的声音问。

巴索尔德抬起头来，看见本·巴索尔德尔站在他面前，完好的左手上稳稳握着一支大口径短筒手枪。

"所以他也答应给你报酬了！"巴索尔德说。

"他确实答应了。我可以说，条件相当诱人，但我不感兴趣。"

"你不感兴趣吗？"巴尔索说。

"不，我只对一件事感兴趣。我想知道，昨晚是你们俩当中的哪一个在酒吧放我鸽子的。"

巴索尔德和巴尔索对视一眼，然后又回头看了看本·巴索尔德尔。

"我要找那个人，"巴索尔德尔说，"谁也别想侮辱本·巴索尔德尔。就算只有一只手，我也不比任何人差！我找的是那个人，另一个可以走。"

巴索尔德和巴尔索站了起来。巴索尔德尔后退了一步，好把他们俩都拦住。

"是哪一个,先生们?我可没多少耐心。"

他站在他们面前,稍稍来回走动了几步,看上去就像一条响尾蛇,既凶狠又敏捷。巴索尔德断定,那把枪离得太远,不好去抢;而且,这枪上可能装有微力扳机,一触即发。

"说!"巴索尔德尔厉声道,"是你们当中的哪一个?"

巴索尔德绝望地想,本·巴索尔德尔怎么还没开枪,为什么他不干脆把他们两个都干掉。

然后他想明白了,立刻便知道唯一的出路何在。

"埃弗雷特。"他说。

"嗯,埃弗雷特?"巴尔索说。

"我们现在要一起转身,走回飞鳍。"

"可是那把枪——"

"他不会开枪的。你跟不跟我走?"

"我跟你走。"巴尔索咬咬牙说。

他们犹如行军中的士兵一样转过身,缓步向马车行走去。

"站住!"本·巴索尔德尔喊道,"停下,否则我就把你们俩都打死!"

"不,你不会的!"巴索尔德高声回答。他们现在已经走到街上,正在接近那家马车行。

"不会?你以为我不敢吗?"

"不是,"巴索尔德边说边向飞鳍走去,"你不是那种人,你不是那种滥杀无辜的人。我们当中有一个是无辜的!"

巴尔索小心翼翼地打开了飞鳍的舱门。

"我不在乎!"巴索尔德尔吼道,"是哪一个?说话啊,你这个卑鄙的胆小鬼!是哪一个?我会给你个公平决斗的机会。快说,不然我这就开枪打死你们俩!"

"大家伙会怎么说?"巴索尔德奚落道,"他们会说,那个只有一只手的人真是窝囊废,居然开枪打死两个手无寸铁的陌生人!"

本·巴索尔德尔持枪的手垂了下来。

"快进去。"巴索尔德悄声说。

他们争先恐后地爬了进去,把门关上。巴索尔德尔收起了短筒手枪。

"好吧,先生。"本·巴索尔德尔说,"你已经来过两回了,我想你还会来第三次的。我等着呢,下回我会抓住你的。"

他转身走开了。

他们不得不离开孟菲斯。但他们能去哪里呢?巴索尔德不会考虑1676年的哥尼斯堡,那里有黑死病肆虐;也不会考虑1595年的伦敦,那里到处都是汤姆·巴索尔的罪犯朋友,他们其中任何一个都会兴高采烈地割断叛徒巴索尔德的喉咙。

"我们一直往回走吧,"巴尔索说,"回梅登堡。"

"他要是来了呢?"

"他不会的,超过千年的限制是违法的。保险从业人员会触犯法律吗?"

"他可能不会,"巴索尔德若有所思地说,"他应该不会。值得一试。"

他再次激活了飞鳍。

那天晚上,他们在一块空地上睡了一夜,这地方距离梅登堡要塞有一英里远。他们就睡在飞鳍旁边,两人轮流值夜。终于,太阳升起来了,黄澄澄的太阳暖洋洋的,照在绿色的田野上。

"他没来。"巴尔索说。

"什么?"巴索尔德惊醒了。

"振作点儿,伙计!我们安全了。在你的当今时间点,是不是已经到早上了?"

"是早上了。"巴索尔德揉着眼睛说。

"这么说,我们赢了,我就要在爱尔兰当上国王了!"

"对,我们赢了。"巴索尔德说,"胜利终于——见鬼!"

"怎么了?"

"瞧那儿！是那个调查员！"

巴尔索望向田野的另一边，喃喃地说："我什么也没看见啊，你确定——"

巴索尔德拿起一块石头，狠狠砸向他的后脑勺。这是他在夜里捡来的，准备今天派上用场。

他弯下腰，摸了摸巴尔索的脉搏。这个爱尔兰人还活着，不过会昏迷几小时。等他苏醒过来，他只会孑然一身，当国王什么的不过是黄粱一梦。

真惨，巴索尔德心想。但在如今这种情况下，把巴尔索带回去是有风险的。若是自己一个人去趟跨时空保险公司，以埃弗雷特·巴索尔德的名义领一张支票。半小时后再跑一趟，以埃弗雷特·巴索尔德的名义再领一张，不就简单多了嘛。

这样，他就独享一大笔财富了！

他钻进飞鳍，又看了一眼他那位失去知觉的亲戚。真可惜，想，他永远也无法在爱尔兰当上国王了。

不过接下来，他又想道，他若是当真成功了的话，历史很可能就乱了。

他启动控制装置，直奔当今。

他又回到了自家后院，飞也似的跳上台阶，使劲敲门。

"谁啊？"梅维斯问。

"我！"巴索尔德喊道，"没事了，梅维斯，一切都很顺利！"

"谁？"梅维斯打开门，盯着他，发出一声尖叫。

"冷静点，"巴索尔德说，"我知道这样你压力很大，但现在都结束了。我现在去领支票，然后我们就……"

他话音骤停。此时，一个男人出现在门口，站在梅维斯身旁。这人个子不高，秃顶的迹象初露端倪，五官平平，戴着牛角镶边眼镜，眼神温和。

这是他自己。

"哦,不!"巴索尔德呻吟着。

"哦,是的。"长得跟他一模一样的那人说,"埃弗雷特,时间旅行一旦超越千年的限制,就必定会受到惩罚。有时候,法律的制定确实有着正当的理由。我是你的时间镜像体。"

巴索尔德盯着门口的巴索尔德说:"有人追捕我——"

"是我干的,"他的镜像体告诉他,"当然,我进行过伪装,因为你在不同的时间点有几个仇家。你这蠢货,你为什么要跑?"

"我还以为你是调查员呢。你为什么追捕我?"

"不为别的,就一个原因。"

"什么原因?"

"我们本来可以富可敌国,钱多得我们做梦都想不到。"他的镜像体说,"你要是没那么内疚和害怕的话,我们三个人,你、巴尔索和我,本来可以去跨时间保险公司,提出三重赔偿的索赔要求!"

"三重赔偿!"巴索尔德呼出一口气,"我从来没想过。"

"这笔数目会相当惊人,比双重赔偿不知要多上多少倍。你让我觉得恶心。"

"好吧,"巴索尔德说,"既然事已至此,至少我们还可以领取双倍赔偿,然后再决定……"

"我已经以你的名义领了两张支票,也替你签了遣送协议书。你当时不在,你知道的。"

"既然是这样,我想要我的那份。"

"别傻了。"他的镜像体告诉他。

"可这是我的钱!我要去跨时空保险公司,告诉他们——"

"他们不会听的。我已经替你放弃了所有权利,埃弗雷特,你甚至不能在当今停留。"

"别这样对我!"巴索尔德乞求。

"为什么不呢?看看你是怎么对巴尔索的。"

"该死的,你没资格评判我!"巴索尔德叫起来,"你就是我!"

"除了你自己,还有谁能评判你呢?"他的镜像体问他。

巴索尔德无言以对,他转向梅维斯。

"宝贝,"他说,"你总是告诉我,你认得出自己的丈夫。你现在认不出我了吗?"

梅维斯往屋里走去。她离开的时候,巴索尔德注意到她颈上鲁恩宝石的闪光,于是哑口无言。

巴索尔德和巴索尔德面对面站着,他的镜像体抬起手臂。一架正在低空盘旋的警察直升机降落在地,三个警察一拥而出。

"警官们,这正是我害怕的情况。"那个镜像体说,"要知道,我的镜像体今早去领了他那张支票。他放弃了自己的各种权利,回到了过去。我就担心他会回来,想办法再多捞点钱。"

"他不会再来打扰您了,先生。"一个警察说。他转向巴索尔德,"你!回到飞鳍里面,离开当今。下次要再见到你,我们就开枪了!"

巴索尔德知道,他输了。他非常谦恭地说:"长官,我很乐意离开。可是我的飞鳍需要修理,这里面没有时空钟。"

"在签署豁免书之前,你就应该想到这个问题。"警察说,"滚!"

"求您了!"巴索尔德说。

"不行。"镜像巴索尔德回答。

他才不会大发慈悲呢。巴索尔德知道,如果两人换一下位置,他也会说出同样的话。

他爬进飞鳍,关上门,头脑一片空白,麻木地选择着目的地,如果这也称得上是选择的话。

1912年的纽约?那里犹自带有各种痕迹,能让他疯狂地联想起自己这个时代,还有恶霸杰克·巴索尔德。或者1869年的孟菲斯?本·巴索尔德尔正恭候他的第三次光临。或是1676年的哥尼斯堡?有汉斯·巴尔索勒那张茫然的笑脸与他相伴,还有黑死病。还是1595年的伦敦?汤姆·巴索尔那帮杀人不眨眼的朋友正在街上搜寻他的踪影。抑或662年的梅登堡?愤怒的康纳·洛·麦克·巴尔索正等着完成复仇。

这真的无关紧要。他心想,这一回,撞上哪儿就是哪儿吧。

他闭上眼,随意地摁下了一个按钮。

固执成见

Holdout

罗妍莉 译

刊于《奇幻科幻杂志》
The Magazine of Fantasy & Science Fiction
1957 年 12 月

宇宙飞船上的机组成员必须得是朋友，他们平时就必须和睦地生活在一起，这样才能在应对不时出现的紧急情况时，实现在瞬间相互协调工作。在太空中，通常一个失误便会造成无法挽回的损失。

即使是最好的飞船也会发生事故，这是不证自明的公理，而普通飞船则根本无法幸存下来。

知道了这点，知道了这些，我们就能理解斯文船长此刻的感受了。离起飞只剩下四个小时，他却被告知无线电技师福布斯不肯跟新来的成员搭档工作。

福布斯还没见过这位新人，也压根儿不想见，听人说起他的事就够了。福布斯解释说，这并非针对个人，他之所以拒绝合作，纯粹是种族方面的原因。

"真有这样的事吗？"当总工程师带着这个消息来到舰桥时，斯文船长问道。

"完全属实，长官。"郝工程师说。他是位小个子广东人，扁平脸，黄皮肤。"我们本来想自行处理这件事的，但福布斯就是不让步。"

斯文船长一屁股坐在带有软垫的座椅上，深感震惊。他原先还以为种族仇恨早就已经是陈年旧事了。在现实生活中遇到这样的一个例子，他的诧异之情无异于亲眼见到渡渡鸟、恐鸟[1]或是蚊子。

"时至今日，居然还有种族歧视！"斯文说，"难以想象，这太荒谬了。这就跟告诉我有人在村庄里用火刑烧死异教徒，或者威胁要用钴弹发动战争差不多。"

"他之前从未有过什么种族主义的迹象。"郝工说，"这完全出乎我的意料。"

"你是飞船上资历最老的船员了，"斯文说，"有没有跟他讲道理，劝他改变态度？"

"我都跟他聊了好几个小时了，"郝工说，"我跟他说，我们中国

---

1. 曾经分布于新西兰的一种巨鸟，大约在19世纪50年代灭绝。

人恨了日本人几个世纪，反过来日本人也一样。既然为了'大合作'，我们都能克服彼此的反感，为什么他就不行呢？"

"管用吗？"

"一点儿也不管用，他说这根本不是一码事。"

斯文恶狠狠地咬掉雪茄头，点起雪茄，吞云吐雾了一阵，"得，要是在我的船上发生这样的事，我可倒大霉了。我还是另找一个无线电技师吧！"

"这可不太容易，长官，"郝工说，"在这么个地方。"

斯文皱眉沉思。他们如今是在蒂斯卡娅II星上，这是位于南星河边远地带的一颗不大的前哨行星。他们刚刚卸完一船的机器零件，并在这里载上公司安排的替补船员，而他却无辜地成了祸端。蒂斯卡娅II星上倒是有许多训练有素的人员，但他们都是水力学、采矿和其他相关领域的专家。这个星球上唯一的无线电技师很是享受现在的生活，他已经在这儿娶妻生子了，还在风景优美的城郊买了栋房子，他是绝不会考虑离开此地的。

"荒唐，真是荒唐透顶。"斯文说，"我饶不了福布斯，我也不会丢下这个新人。这不公平，何况公司多半会为此把我给炒了。这么做没错，完全正确。一个船长就应该解决自己飞船上的问题。"

郝工郁闷地点了点头。

"这个福布斯是哪儿的人？"

"他来自美国南部山区一个偏僻村庄附近的一座农场。佐治亚州，长官。也许您听说过那地方？"

"是的。"斯文说，他在乌普萨拉曾经进修过一门"地区特色"课程，以便更好地胜任船长工作，"佐治亚州出产花生和猪肉。"

"还有人，"郝工补充道，"强壮又能干的人。您会发现，在每个前沿地带都有从佐治亚来的人，这与他们的实际人数有些不成比例。他们的声誉无人能及。"

"这些我都知道。"斯文嘟囔着，"福布斯是很优秀，可是这样的种族歧视——"

"福布斯算不上典型，"郝工说，"他是在一个与世隔绝的小社群里长大的，远离美国主流社会。世界各地都有类似的社群，孕育并坚守着奇怪的风俗习惯。我还记得，在河南有个村子——"

"我还是觉得难以置信。"斯文要是不打断郝工，他就要开始一段关于中国乡村生活的长篇大论了，"而且这根本算不上借口，随便什么地方的社群都还遗留着某类种族歧视情结，但每个人在进入地球上的主流社会生活的时候，都有责任摆脱这种情结。其他人都做到了，福布斯为什么不行？他为什么一定要把他自个儿的问题强加到我们头上？就没人教过他半点儿关于大合作的知识吗？"

郝工无奈地耸了耸肩，"船长，您愿意跟他谈谈吗？"

"好。等一下，我要先跟安卡聊聊。"

总工程师离开了舰桥。斯文继续沉浸在思考中，一阵敲门声打断了他的思路。

"进来。"

安卡走了进来。他是货运班长，身材高大匀称，黝黑的肤色犹如熟李子一般。他是位来自加纳的纯种黑人，弹得一手好吉他。

"我想，"斯文说，"你知道所有的情况了吧？"

"真是不幸，长官。"安卡说。

"不幸？这是一场彻头彻尾的灾难！在这种情况下让飞船升空的风险你也清楚。还有不到三个小时就我们该出发了。要是没有无线电技师，我们就没法飞行。可我们也需要那个新船员。"

安卡一声不吭地站在那儿。

斯文弹掉雪茄上足有一寸长的白色烟灰，"听着，安卡，你肯定知道我为什么会叫你来这儿。"

"我猜得到，长官。"安卡说着咧嘴一笑。

"你跟福布斯最要好不过了，就不能劝劝他吗？"

"我试过了，船长，老天有眼，我都试过了。但佐治亚人那副德性，您也知道。"

"恐怕我不知道。"

"人是好人,长官,可倔得跟驴一样。一旦他们下定了决心,那就谁也没辙。这事儿我都跟福布斯聊了两天了,昨晚我还把他给灌醉了……不过完全是工作需要,长官。"安卡匆忙补充道。

"没事,你接着说。"

"我就像对自己儿子一样和他谈心,提醒他,我们这帮船员之间处得有多好,在各个港口玩得有多开心,大合作的感觉有多好。我对他说,'听着,吉米,你要是再这么下去,就会把这些全给葬送了。你不希望这样,对吧?'我这么问他。长官,而他却跟婴儿一样哭得一塌糊涂。"

"但他还是不肯改主意吗?"

"他说他没法改,而且叫我不要再劝他了。说在整个银河系中,有一个种族,而且也只有这一个种族,他是没有办法与他们一起工作的,讨论这个毫无意义。他说要不然的话,他老爹的棺材板都要盖不住了。"

"他还有没有可能改变主意?"斯文问道。

"我会继续努力的,但我觉得没戏。"

他离开了。斯文船长坐在那里,一只大手撑着下巴。他又瞥了一眼飞船上的精密计时钟。离发射只有不到三个小时了!

他拿起对讲机,要求接通发射场的控制塔。与主管人员联系上的时候,他说:"我想请求准许我们再多逗留几天。"

"斯文船长,我倒是真希望我能答应。"主管说,"但我们需要发射井。我们这儿一次只能接待一艘星际飞船。从卡莱约星来的一艘矿石飞船将在五个小时后抵达,他们的燃料恐怕也剩得不多了。"

"他们总是这样。"斯文说。

"跟你说说我们能怎么做吧。如果你的飞船遇到了严重的机械故障,我们可以找几台起重机,把你们飞船降到水平高度,再把它拖出泊位。但是这样一来，我们可能需要很长一段时间准备再次发射。"

"谢谢，不用麻烦了。我会准时升空的。"他挂断了对讲机。他可不能容许自己的飞船就这样给搁置起来——毫无疑问，公司会剥了他的皮的。

但他还有一招可以用。虽然会惹人不高兴，但也只能这么做了。他站起身，扔掉已经燃尽的雪茄，大步走出了舰桥。

他来到飞船上的医务室。身穿白大褂的医生坐着，把脚搁在书桌上，正在看一本三个月前的德国医学期刊。

"欢迎光临，头儿。想来点儿医用的白兰地吗？"

"可以啊。"斯文说。

年轻的医生从一个标有"沼泽热培养皿"字样的瓶子里倒了两杯可以小酌的量。

"干吗贴这个标签？"斯文问道。

"为了防止人们偷喝嘛。这样他们只好去偷厨师的柠檬汁了。"医生名叫伊扎克·魏尔金，是个以色列人，毕业于贝尔谢巴的那家新医学院。

"福布斯那件麻烦事儿你听说了吗？"斯文问道。

"每个人都知道。"

"我想问问你，身为这艘飞船上的医务官，你以前有没有在福布斯身上发现过任何种族仇恨的迹象？"

"一点也没有。"魏尔金立即回答。

"你确定？"

"作为一个以色列人，我对于这类事情是相当敏感的。我向你保证，这件事对我来说也是一个完全的意外。当然了，我知道以后，还跟福布斯长谈了好几回。"

"得出什么结论了吗？"

"他为人诚实、能干、直率，还有点头脑简单。他保留了一些陈旧意识，主要是古老的传统。你也知道，大山里的佐治亚人还保持着众多这样的习俗,萨摩亚和斐济的人类学家对他们进行了大量的研究。难道你没读过《在佐治亚长大成人》或者《佐治亚山区社会风俗》吗?"

"我没有时间读这些东西,"斯文说,"管理这艘飞船已经把我的时间都占满了,更甭提去细究全体船员的个人心理了。"

"我看也是,头儿,"医生说,"不过,船上的图书室里有这些书,如果你想翻一下的话。我不知道我能帮得上什么忙。再教育是需要时间的。不管怎么说,我毕竟是个医务官,不是心理医生。但事实明摆着的:有那么一个种族,福布斯不会与之共事,这个种族会激发出他内心深处源远流长的种族仇恨。不巧得很,你这位新伙计正好就是那个种族的人。"

"那我就把福布斯留下,"斯文突然说,"通信官可以学习操作无线电。福布斯可以搭下一艘飞船回佐治亚。"

"我不建议这么做。"

"为什么不行?"

"福布斯很受大家欢迎。虽然他们觉得,这家伙也忒不讲理了,可要是他不在,他们这一路上又该不开心了。"

"那就更不和谐了,"斯文若有所思地说,"危险,太危险了。可是去他的,我又不能把新船员撂下不管。我也不会这么干。这不公平!这艘船上到底谁说了算,我,还是福布斯?"

"这个问题挺有意思。"魏尔金评论道。气冲冲的船长把酒杯朝他丢过去,他连忙飞快地低头躲过。

斯文船长来到飞船上的图书室,在那里,他匆匆浏览了《在佐治亚长大成人》和《佐治亚山区社会风俗》,没看到多少派得上用场的东西。他思索片刻,又看了看表。离升空只剩两小时了!他急忙奔向导航舱。

舱内是金鼠。金鼠是个金星人,他坐在一张凳子上,检查着辅助导航设备。他一边用三只手握着六分仪,一边用他身上最灵巧的器官——也就是脚——在擦拭镜子。当斯文踏进舱门时,这个金星人立刻变成橙棕色,以示对权威的尊敬,然后才变回平时的绿色。

"一切都还好吧?"斯文问道。

"还行。"金鼠说,"当然了,除了福布斯的事。"他用的是手动发音器,因为金星人没有声带。起初,这些发音器会发出刺耳的金属声,但金星人已经对其进行了改造,如今,典型的金星人"嗓音"是一种天鹅绒般醇厚柔和的低语。

"我来找你正是为了福布斯的事。"斯文说,"你不是地球人,实际上,你也不是人类。我琢磨着,说不定你对这件事另有看法,譬如说一些我忽略了的事情。"

金鼠沉思着,然后变成了灰色,这个颜色代表着"不确定","恐怕我帮不上多少忙,斯文船长。我们金星上从来没出现过种族问题,尽管您可能会认为斯克拉达跟这个情况有些类似——"

"不一样,"斯文说,"那个更像是宗教问题。"

"那我就想不出什么主意了。您试过跟那人讲道理吗?"

"其他人都试过了。"

"您的运气兴许会好一点儿呢,船长。作为权威的象征,您或许可以取代他心目中父亲的符号。有了这个优势,您可以帮他找出产生这种情绪的真实根基。"

"种族仇恨哪儿来的根基?"

"也许在抽象逻辑上是没有。但从人类的角度来看,您可能会找到一个答案或一把通往要害的钥匙。试着找出福布斯害怕的事物。如果您能让他与自身的动机和现实的世界更好地联系起来,说不定他就会改变主意呢。"

"我会牢牢铭记这些教诲的。"斯文说,带着一股子金星人听不出来的嘲讽。

对讲机里传来对船长的呼叫,是大副的声音:"船长!主控塔想知道您是否按原定时间发射?"

"按原计划不变，"斯文说，"确保飞船状态。"他放下了电话。

金鼠变成了鲜红色，金星人出现这颜色就等于人类挑起了眉毛。

"甭管是不是，我都倒大霉了。"斯文说，"谢谢你的建议，我现在就去找福布斯谈谈。"

"顺便问一下，"金鼠说，"那人是什么种族呢？"

"什么人？"

"福布斯不肯跟他合作的那个新人啊。"

"我他妈怎么知道？"斯文咆哮道，他的火气猛然间爆发了，"你觉得我坐在舰桥上是为了调查一个人的种族背景吗？"

"这可能会有用。"

"会有什么用？福布斯不肯共事的兴许是蒙古人、巴基斯坦人、纽约人或者火星人。我为什么要关心他那颗贫瘠病态的脑子里究竟讨厌哪种人？"

斯文匆匆离去，金鼠说："祝您好运，斯文船长。"

在斯文走上舰桥时，詹姆斯·福布斯向他敬了个礼，尽管这在斯文的飞船上不算什么规矩。这位年轻的无线电技师笔挺地立正着，他身材高挑，发色浅黄，皮肤白皙，脸上长着雀斑，从头到脚都显出一种彬彬有礼、服从命令的气质，唯有深蓝色的眼睛里透出一道坚毅的目光。

斯文不知该从何说起，倒是福布斯先开了口。

"长官，"他说，"我想让您知道，我为自己的表现感到极其羞愧。您一直是位好船长，长官，最棒的船长，咱们船上的气氛也一直很好。我觉得我这么做，简直就是个没用的窝囊废。"

"那你会重新考虑一下吗？"斯文抱着一丝渺茫的希望问道。

"我也希望我能重新考虑，但是真的不行。您让我卸下来一只胳膊都行，船长，我身上的您随便要。"

"我不要你那只胳膊，我只想让你跟新来的船员一起工作。"

"就这一件事我没法答应。"福布斯伤心地说。

"你他妈到底为什么不行？"斯文咆哮起来，把运用心理战术的决心抛到了九霄云外。

福布斯说："您根本不了解我们这些佐治亚山区来的孩子。我老爸把我养大的时候就是这么教导我的，上帝保佑。我要是违背了老人那点小小的遗愿，那他在九泉之下也会不得安生的。"

斯文忍住没有骂出来，问道："福布斯，你知道你这么搞，会把我置于什么处境吗？你说说该怎么办？"

"只有一个办法，长官，安卡和我会离开飞船。长官，您缺人手总比船员不听话强。"

"安卡要跟你一起走？等一下！他又是对谁有意见啊？"

"不是针对谁，长官。但我们俩自打在'斯特拉号'货运飞船上认识以来，已经做了差不多五年的船友了。我俩一向如影随形，不抛弃不放弃。"

斯文的控制面板上亮起了一盏红灯，表示飞船已经做好了发射准备。斯文置之不理。

"我不能让你们两个都离开飞船。"斯文说，"福布斯，你为什么不肯跟新人一起工作？"

"是种族原因，长官。"福布斯硬生生地说。

"听好了。你一直在我手底下工作，我是个瑞典人，这有什么让你觉得不痛快的地方吗？"

"一点儿也没有，长官。"

"医务官是个以色列人，领航员是个金星人，工程师是个中国人。咱们这些船员里头，俄罗斯人、纽约人、梅拉纳西亚人、非洲人，还有其他形形色色的人，什么样的都有。所有种族、信仰和肤色的人，你跟他们都共事过。"

"那是当然。从孩提时代起，我们这些佐治亚人就希望能与各种不同的种族共事。我老爸教导我说，这是我们的传统。但我不会和布莱克一起干活。"

"布莱克是谁?"

"新来的那人,长官。"

"他是从哪儿来的?"斯文厌烦地问。

"佐治亚山区。"

这下,斯文还以为自己的耳朵有问题。他瞪着福布斯,福布斯也紧张地回瞪着他。

"从佐治亚州的山区来的?"

"是的,长官,我想应该离我出生的地方不算太远。"

"这个布莱克,他是白人吗?"

"当然了,长官,也是英格兰-苏格兰白人血统,跟我一样。"

斯文有种发现了新大陆的感觉,一个文明人从未涉足的新世界。他惊奇地发现,地球上的风俗习惯比银河系里的哪个地方都要古怪。

他对福布斯说:"跟我说说这个习俗吧。"

"我还以为人人都了解我们佐治亚山民呢,长官。在我生长的那片地方,我们一满十六岁,就会离开家,这辈子再也不会回去。我们的习俗教导我们,要跟所有的种族一起工作、一起生活……除了我们自己人以外。"

"哦。"斯文说。

"这个叫布莱克的新人也是个佐治亚山区来的白人。他本来应该仔细看一下飞船的花名册,就不应该来这艘飞船报到的。这都是他的错,真的,如果他选择无视这种习俗,那我也没办法。"

"可你们到底是为什么不跟本族人共事呢?"斯文问道。

"没人知道,长官。自从氢战以来,这种习俗就一直父子相传,已经有好几百年了。"

斯文紧紧盯着他,逐渐有了主意,"福布斯,你对黑人……有没有过什么感觉?"

"有啊,长官。"

"说来听听。"

"嗯，长官，我们佐治亚山民认为，黑人是白人天生的朋友。我的意思是，白人跟中国人、火星人之类的人也可以相处得很好，但黑人和白人之间有一些特别之处——"

"接着说。"斯文催促道。

"很难解释清楚，长官，就是说——唔，这两个种族的特质似乎很合得来，就跟配对的齿轮一样。黑人和白人之间有一种特殊的默契。"

"那你知不知道，"斯文温和地说，"在很久很久以前，你的祖先曾经觉得黑人是劣等人？他们曾经制定法律，阻止黑人与白人交往？在世界其他地方都抛弃了偏见之后，他们依然长期保持这么做？事实上，直到氢战爆发，他们一直都这样做。"

"那是谎言，长官！"福布斯喊道，"对不起，我不是想说您是骗子，长官，可那不是真的。我们佐治亚人从来就——"

"我可以证明给你看，在历史书和人类学研究当中都有。你要是乐意看一看的话，我在飞船上的图书室里还有几本呢！"

"北方佬的书！"

"我也可以给你看南方人写的书。这是真事，福布斯，没什么好羞愧的。教育是个漫长而缓慢的过程。关于你的祖先，还是有很多值得骄傲的东西存在的。"

"就算这是真的，"福布斯犹豫不决地说，"那后来又是怎么回事呢？"

"《人类学》那本书里有写。你知道的，对吧？在战争中，一颗本来要轰炸诺福克的氢弹落在了佐治亚州。"

"是的，长官。"

"也许你不知道的是，那颗炸弹落到了所谓的'黑人地带'中央，也有很多白人被炸死，但佐治亚州那片区域的黑人几乎全死光了。"

"这个我不知道。"

"现在，你必须相信我的话，在氢战之前就有种族骚乱，那时私刑泛滥，白人和黑人之间仇怨极深。忽然间，黑人都不见了——死了。这给白人心里造成了相当严重的负罪感，尤其在一些相对偏僻的社群当中。一些比较迷信的白人相信，他们在精神上对这种大规模灭绝负有责任。这对他们打击很大，因为他们对信仰非常虔诚。"

"如果他们恨黑人的话，那又为什么会内疚呢？"

"他们不恨黑人，关键就在这儿！他们虽然担心异族通婚、经济竞争和等级制度的改变，但他们并不憎恨黑人。恰恰相反。他们始终觉得真相就是，他们比'自由派'的北方人更喜欢黑人，这很是自相矛盾。"

福布斯点点头，努力思索着。

"在你们那样一个与世隔绝的社群里，这就衍生出了离乡工作的习俗，人们跟其他所有种族共事，但除了本族人。罪恶感是这一切的根源。"

汗珠沿着福布斯长有雀斑的脸颊滚落下来。"我无法相信。"他说。

"福布斯，我跟你撒过谎没有？"

"没有，长官。"

"那么，如果我向你发誓，这是真的，你相信我吗？"

"我……我试试看吧，斯文船长。"

"现在，你已经知道这种习俗产生的原因是什么了，那你可以跟布莱克一起工作吗？"

"我也不知道自己行不行。"

"你能试试看吗？"

福布斯咬着嘴唇，不自在地扭动了一下，"船长，我试试看吧。我也不知道行不行，不过我可以试一下。我之所以这么做，是为了您和大家伙儿，可不是因为您说的这些话。"

"试试看吧，"斯文说，"我要你做的只是试试。"

福布斯点点头，匆匆离开了舰桥。斯文立即通知主控塔，表示他正在为发射做准备。

在底下的船员宿舍里，福布斯被介绍给了新人布莱克。新来的人身材高大，黑色头发，显然很不自在。

"你好。"布莱克说。

"你好。"福布斯说。两人都试探地摆出了一副准备握手的姿势，但终究没能握到一起去。

"我来自庞培附近。"福布斯说。

"我来自阿尔米拉。"

福布斯闷闷不乐地说："差不多就在隔壁啊。"

"对，恐怕是的。"布莱克说。

他们互相看着对方，一言不发。过了好一会儿，福布斯痛苦地蹦出一句："我做不到，怎么也做不到。"他抬腿就要走开。

突然，他又停了下来，转过身，脱口问道："你是纯种的白人吗？"

"我也说不清楚是不是。"布莱克回答，"我有八分之一的切诺基血统，从我母亲一方继承来的。"

"切诺基啊？"

"没错。"

"哎呀，哥们儿，你怎么不早说呢？我认识一个来自阿尔塔哈奇的切诺基人，名叫小坐熊汤姆。你不会和他是亲戚吧？"

"不认识，"布莱克说，"我可从来都不认识任何切诺基人。"

"好吧，不用放在心上。他们打一开始就该告诉我你是个切诺基人的。来，我带你去找你的铺位吧。"

飞船升空几小时后，这个情况才报告给斯文船长，他彻底懵了。怎么可能？他问自己，八分之一的切诺基血统怎么会让人变成切诺基人呢？另外那八分之七难道不更说明问题吗？

他最后觉得，自己根本不了解美国南方人。

爱情的语言

The Language of Love

孙维梓 译

刊于《银河》
Galaxy Science Fiction
1957 年 5 月

一天课后，大学生杰夫森·汤姆斯走进自助餐馆要了杯咖啡，打算抓紧时间复习。他刚在桌上摊开哲学课本，就瞅见一位姑娘在向机器人服务员下指令，那位陌生的姑娘天生丽质，烟灰色的秀目顾盼生辉，一头烈焰般的红发，身形纤柔玲珑。汤姆斯屏息注视，脑海中不由自主地生出秋夜、细雨和烛光的遐想。

杰夫森·汤姆斯就这样坠入了爱河。这个向来腼腆的年轻男孩假装抱怨服务员的怠慢，借机和这个姑娘搭讪。可当姑娘坐到他身旁时，汤姆斯却又激动地变成了哑巴。他好不容易才控制住自己，还大胆地向姑娘发出了约会的邀请。

这位姑娘的芳名是桃丽丝，居然很意外地被眼前这位身材敦实的黑发男孩所吸引，毫不犹豫地同意和他约会。从这时起，汤姆斯开始了一段苦难的历程。

爱情带给他的不仅有欢乐，也有痛苦，他苦心研究的哲学也帮不了他。在人类已能飞往任何一个星球的时代，疾病早已被永远征服，战争也成为旧时代的残余，而爱情却依旧是个令人困惑迷茫的难题。

古老的地球如今焕发了新生：城市由塑料和不锈钢建成，明亮耀眼；保留下来的森林成为有专人看管的风景区，那里可以让人们愉快地享受野餐，消磨时光，不必担心猛兽袭击或毒虫叮咬，因为它们都被迁入干净卫生的动物园，那里的居住条件和大自然别无二致。

人类已经能控制地球的气候，能保证田地得到合适的降水量，而且只在每天凌晨三点到四点半才下雨。人们会聚在大竞技场里欣赏日落的美景。大竞技场里会上演一年一度的"飓风秀"，作为世界和平日庆典的保留节目。

唯独对于爱情，人类还是一筹莫展，汤姆斯为此深感困惑。

从一开始，他就不知道怎么表达自己的感情。平时的那些甜言蜜语，如"我爱你""我好喜欢你""我想你想得快疯了"等等都过于庸俗乏味，无法令人心摇神动。它们不但不能表达他感情的激扬与深刻，反而降低了应有的效果。每个二流乐队、每部廉价戏剧都在使用这样的词句，人们在没完没了地滥用它们，比如"我好爱吃猪排""我好喜欢日落""我想打网球想得快疯了"。

汤姆斯体内的每一个细胞都在反感这一点。他对自己发誓：他绝对不会把形容猪排的词语用在他的爱情上。但令他沮丧的是，他也想不出什么新的词汇。

汤姆斯去找哲学教授寻求帮助。

"汤姆斯先生，"教授疲惫地从鼻梁上取下眼镜，沉默了一阵才说，"我很抱歉，爱情这个东西，我们姑且这么称呼，还不属于我们生活中可操控的范畴。有关这个领域还没有人完成过哪怕一项重要的科学研究，除了那部《梯阿恩文明的爱情语言》。"

求人不成，只能求己。汤姆斯继续反复思索爱情的意义，一刻不停地思念桃丽丝。在这个漫长的夜晚，在桃丽丝家的门廊前，月光下的葡萄藤在她的脸庞上落下斑驳的影子，汤姆斯搜肠刮肚，想跟恋人倾诉衷肠。但是他不想用那些陈词滥调来表达感情，结果落得个华而不实、不伦不类。

"我对你的感情，"他说，"就好比恒星对它的行星那样。"

"你说得好大气啊！"她为得到如宇宙般恢宏的比喻而兴奋不已。

"不，不，我还不是这个意思。"汤姆斯纠正道，"这还不足以表达我对你的感情。这么说吧，我觉得你走路很像……"

"很像什么，亲爱的？"

"就像林间幽径上的小鹿一样。"汤姆斯皱着眉头勉强答道。

"太迷人了！"

"不是迷人这个意思。其实我想表达的是年轻人身上那种与生俱来的笨拙，但又——"

"不过，亲爱的，"她表示抗议，"我走路的样子并不笨拙，舞蹈老师常说我——"

"不不，你没有理解我，我指的并不是那种简单的笨拙，笨拙的本质是——"

"我理解。"她坚持说。

汤姆斯知道这不是事实，她其实并不理解。

所有这些言过其实的词汇使他陷入穷途末路，很快就到了无话可说的窘境，因为他熟悉的任何词汇都无法真实表达他的感受。

他们之间开始出现尴尬而紧张的沉默，桃丽丝担忧起来。

"杰夫森，"桃丽丝请求说，"给我随便说点什么吧。"

汤姆斯只能耸耸肩，他无言以对。

"求你了，哪怕说些并不完全是你想说的话也行。"

然而汤姆斯最后只是叹了口长气。

"请你别这样好吗？"她恳求说，"不管怎么样，只要不再沉默就行，再这样下去我可受不了啦！"

"这……见鬼了……"

"你想说什么？"她精神一振，脸色也开始阴转多云。

"不，这不是我想说的。"汤姆斯说，他又退缩进郁郁的沉默中。

最后他向她求婚。他愿意承认他是"爱"她的，但是他拒绝进一步表达这一点。他的解释是：爱情应该建立在真实的基础之上，否则就注定要失败。如果他一开始就歪曲或贬低自己的感情，那么后果会怎样呢？

桃丽丝对他的坦率十分感动，然而拒绝了他的求婚。

"作为女生，人家需要你对她说你爱她！"她声称，"她需要每天听到一百次你这样说，杰夫森，一百次都嫌少。"

"千真万确，我是爱你的！"汤姆斯解释说，"更准确一些，我想说的是，我感到一种像是……"

"别说啦，我受够了！"桃丽丝伤心地说。

在进退维谷中，汤姆斯想到了《爱情语言》那本书，于是他又到教授那里去打听个究竟。

"据说，"教授告诉他，"梯阿恩Ⅱ星的原住民有过一种专门用来表达恋爱感情的特殊语言。诸如'我爱你'这类句型对他们来说，是没法想象的。他们能随口使用准确的语言来描述他们在当下感受到的不同类型和程度的爱意，而且从来不会用在其他场合。"

汤姆斯听得直点头。教授接着说："当然，除了语言，他们还努力研究出一套已入化境的做爱技巧。据说，跟他们的房中术相比，其他所有所谓床技统统只是雕虫小技而已。"教授难为情地咳了一声。

"这不刚好是我需要的吗？"汤姆斯禁不住欢呼雀跃。

"笑话，"教授强调道，"他们的技术可能很有趣，但你自己的肯定已经够用了呀。至于这门语言嘛，我认为并没有多少实际价值，毕竟它只能用于一个对象。要我说，学习梯阿恩人的爱情语言完全是在浪费时间和精力。"

"为爱情而努力，"汤姆斯坚持道，"是世上最有价值的工作，因为给你的奖赏就是爱情的丰收啊！"

"别乱发表什么名言，汤姆斯先生。何必在爱情这个命题里折腾呢？"

"因为爱情是世界上唯一完美的事物，"汤姆斯激动地说，"如果为了它而要学习专门语言的话，那就一定要学。告诉我，去梯阿恩Ⅱ星远吗？"

"相当遥远，"教授答说，他露出不易察觉的笑容，"而且去一趟很可能是徒劳无益的，因为梯阿恩人已经灭绝了。"

"什么！他们全都死了吗？因为什么？是发生了瘟疫，还是因为外星人入侵？"

"这个至今还是一个宇宙之谜。"教授悲痛地说。

"那么，这种语言也随之而无可挽回地消失了吗？"

"那倒不完全是这样。二十年前，有个叫乔治·瓦里斯的地球人曾去过梯阿恩Ⅱ星，他在最后的梯阿恩人那里学习了爱情的语言。瓦里斯曾把自己的经历写成文章，不过我从来没想过去读它。"

汤姆斯在《空间探险者名人录》中寻找瓦里斯这个名字，发现他被认为是发现梯阿恩星的先驱。他一生中还去过很多其他边境行星,但是始终对梯阿恩星情有独钟,在梯阿恩星被荒废后他就去了那里,决定把自己的余生献给梯阿恩星的文化研究事业。

在获得这些信息后,汤姆斯久久地陷入了紧张的思索之中。去访问梯阿恩星绝非易事,这得花费大量时间和财力。而且最没有把握的是:他还能不能遇到活着的瓦里斯,对方肯不肯向他传授这门语言。这事到底值不值得搏上一把呢?

"为了爱情值得付出如此牺牲吗?"汤姆斯问自己,心中已有答案。

在卖掉自己的超级电脑、记忆记录仪、哲学课本以及祖父留给他的一些股票后,汤姆斯买了去克兰西斯星球的船票,那里是乘坐太空高速班线能到达的距离梯阿恩Ⅱ星最近的地方。在做好上路准备后,他向桃丽丝辞行。

"在我回来以后,"他说,"我就能表达出我心中的一切了,精确到头发丝那么细致。桃丽丝,当我学会梯阿恩人的技术,你会成为全宇宙最受珍爱的女人。"

"你是真心说这些话吗?"她问起时眼睛发亮。

"不完全是。要知道,'受珍爱'这个词并不能完全表达出我的感情,不过跟我的意思已经很接近了。"

"我会等你的,杰夫森。"她允诺道,"但你千万不要离开太久。"

杰夫森·汤姆斯点点头。他抹去泪花,紧紧地拥抱了桃丽丝,一言不发,然后就启程匆匆赶往宇航站去。

一小时以后,他坐上飞船起飞了。

经过四个月的跋涉,汤姆斯克服重重艰难险阻,终于踏上了梯阿恩Ⅱ星的土地。这里的宇航站设在首都外的郊区,他沿着荒无人烟的宽广公路缓缓走着。两旁是摩天大厦,顶层消失在九霄云外。他走过一座建筑,看到里面有许多复杂的仪器和灯光闪亮的交换机。他依靠《梯阿恩-英文口袋字典》,看到其中一座建筑上的铭牌是:

第四级爱情问题咨询服务。

这里的建筑都十分相似,全都摆满计算设备、交换机、记录纸带和其他诸如此类的东西。汤姆斯走过"情感延时补偿研究所",看到一幢两层楼高的"智力不健全者情感之家"。走着走着,一个令他眼花缭乱的真相逐渐呈现在眼前:

整个城市都是为了爱情研究和爱情援助而建的。

汤姆斯没有更多时间去思索。他身前是一幢高大的建筑,牌子上写的是:爱情综合服务大楼,一个老头从大理石前厅走出来。

"你是谁?"他冷淡地问。

"我叫杰夫森·汤姆斯,是地球人。我是来这里学习爱情语言的,瓦里斯先生。"

瓦里斯蓬乱的眉毛惊奇地朝上一竖。他是个瘦削的老人,弯腰驼背,皱纹满面,双膝不时哆嗦,只有眼睛还出奇地亮,充满警觉,似乎能看穿年轻人的内心。

"你以为学了这种语言后,就能变成女人心中的万人迷吗?"瓦里斯说道,"这纯属幻想。知识固然有其优越性,但梯阿恩人发现它也有明显的不足。"

"您指的不足是哪些?"

瓦里斯笑了,露出仅有的一颗黄牙。

"当你没有深入了解事情的本质时,是很难对你解释清楚的。众所周知,只有掌握了足够的知识,才能了解到知识自身的局限性。"

"但我还是非常想学习这种语言。"汤姆斯说。

瓦里斯一边沉思,一边望着他。

"这件事并不像你所想的那么简单,汤姆斯。爱情的语言以及由它衍生出的一系列技术,其复杂程度不亚于大脑手术或者研究公司法。它除了要有努力——艰巨的努力,还需要天赋。"

"我会努力。至于天赋,我相信自己也有。"

"大多数人都这么想,"瓦里斯说,"结果全想错了。算了,不谈这个吧,我已经好久没有见到活生生的人了,所以遇到你很高兴。先住下来,其他的事以后再慢慢商量。"

他们进了爱情综合服务大楼,也就是瓦里斯的家。他把年轻人安顿在主控制室,在地板上铺好睡袋,在旁边搁起炉灶。就这样,在大型计算机的影子下,汤姆斯开始了他的课程。

瓦里斯是个缜密严格的老师。一开始借助手提式语义分析仪,他教汤姆斯如何识别在未来爱情对象面前所流露出的细微焦虑,并探测在可能降临的爱情面前所显露的微妙紧张感。

瓦里斯教导说,这些感觉无论如何都不应率直地说出来,那样只会毁掉萌芽状态中的爱情,必须借助比喻、隐喻、夸张以及半真半假的话来表达出来,必要时甚至还可以编造一些无害的谎言。有了这些,人们就能制造出良好的氛围,给未来的爱情打下基础。人心本就容易被欺骗,优秀的爱情语言能使对方浮想联翩,一会儿能让你置身于大海碧波,随着浪花冲向陡峭的礁石;一会儿又能使你在烂漫花海中信步漫游,心旷神怡。

"画面太美了!"汤姆斯热情洋溢地赞美道。

"这仅仅是一些个别例子,"瓦里斯说,"你要学的还多着呢。"

就这样,汤姆斯一头扎到学习中。他刻苦记忆整页整页的自然奇景列表,哪些能跟人的感官知觉做类比,在哪个预想的爱情阶段需要用到它们,等等。爱情语言在这个方面非常精确严密,大自然中的每一种状态或现象都对应着一个爱情预测,它们被一一编号、归类,并配上可修饰的形容词列表。

当汤姆斯把列表内容全部记住后,瓦里斯开始训练他的爱情洞察力。他需要学习那些构成某个爱情状态的精妙、奇怪的细节,有的甚至使汤姆斯感到不可思议,往往不禁失声笑了出来。

老人严厉的批评了他:"爱情是一件严肃的事情,汤姆斯。爱情会受不同的风速和风向的潜在影响,请问你觉得这里有什么可笑的?"

"我是觉得这看起来有点蠢。"汤姆斯承认说。

"要是这样的话,还有更奇怪的地方呢!"瓦里斯又列举了一些另外的例子。

这简直使汤姆斯全身颤抖:"那不可能,实在是荒谬绝伦!而且大家都知道——"

"如果大家都知道爱情的操作原理,那为什么至今也没有人能推导出爱情公式呢?汤姆斯,人类思维是肤浅狭隘的,无法面对冰冷的事实。汤姆斯,如果你想步大多数人后尘的话……"

"我什么都能面对。"汤姆斯回答说,"如果非得这样的话,我们继续吧。"

几周时间过去了,汤姆斯学习了许多词汇,比如如何层次分明地表达兴趣的加剧,直到两人之间形成依恋。他还掌握了依恋究竟是什么,以及用来表达依恋的三个词。接下来他又去学习有关知觉的修辞,到这一步,身体已经成为最重要的因素了。

这时的语言已经不再含糊不清,而是无比精确,感觉完全发自具体的词语,并最终由具体的身体动作决定。

汤姆斯通过一个不起眼的黑色小仪器学到,原来手的触摸能够产生三十八种截然不同的知觉。汤姆斯现在可以百分之百地确定那些只有分币大小的敏感部位,就在右肩胛骨下面。他还掌握了一套全新的抚摸手法,能让对方意乱神迷,快感沿着神经横溢,甚至竖溢。

他了解了"情感迟钝的社会优越性",还有那些之前隐约琢磨过的肉体爱恋常识,还有更多其他人从未琢磨过的知识。

这些知识太令人震撼了。汤姆斯曾以为自己至少是个合格的恋人,但现在他只觉得自己在爱情里笨拙得如同一头发情的河马。

"你还想学什么?"有一次瓦里斯问道,"汤姆斯,精通做爱需要更多的学习,你得接受比学习其他技能更密集强化的训练,你还想继续下去吗?"

"必须的!"汤姆斯精神抖擞,"我要成为做爱专家,我可以,我一定会——"

"那跟我没关系,"老人打断他的话,"回到我们的课程上来吧。"

接下来的课题是"爱情的周期性"。爱情是一件非常动态的事物,经常有起有落、有高潮和低潮,遵循着一定的规律。爱情一共有五十二种主要规律、三百零六种次要规律,还有四种常见例外和九种特殊例外。

汤姆斯把这些学得滚瓜烂熟。

他学会了"三级触摸法"。他永远也忘不了那一天,老师教他究竟该怎么形容女人的胸脯。

"可我真的说不出来!"汤姆斯一边惊愕一边抗议。

"这是真的,难道还有假?"瓦里斯坚持己见。

"不!没错,我猜是真的,但是这也太有辱斯文了吧?"

"可能有点。但你试试,汤姆斯,真的就那么有辱斯文吗?"

他试了试,结果发现这句看似羞辱的话其实暗藏恭维,于是,他的"爱情语言"又进步了。

很快他又开始学习"表观否定"。他发现每个程度的爱情都对应存在着一定程度的恨,而这些恨本身又是爱的一种形式。汤姆斯现在知道恨的重要,有了恨,爱才变得充实和完整,甚至冷淡和憎恶都在爱情里扮演着不可或缺的角色。

瓦里斯给他进行了一场长达十小时的书面考试,汤姆斯以最优成绩通过。他迫切想学完。但是老师发觉学生的左眼在抽搐,两手在发抖。

"你需要给自己放个假。"瓦里斯的决定就连汤姆斯本人也已想到了。

"也许您说得对,"他兴致勃勃地说,"我可以去塞西拉星几个星期吗?"

瓦里斯知道那里的名声不太好,只是皱起眉头哼了一声,"你想去实际运用一下吗?"

"就算是吧,这有什么不好呢?知识不就是为了运用吗?"

"不错,不过那是在你彻底掌握以后的事情。"

"我已经全都掌握了。我们就当这是一次实地练习,或者毕业论文,怎么样?"

"我们没有毕业论文。"瓦里斯说。

"管他那么多干什么?"汤姆斯反问,"我应该做实验,亲身体验一下。那一定很有趣,特别是那个第三十三条,听起来理论蛮不错,就是不知道实践起来怎么样。我想没有比实验能更好地巩固理论的了。"

"你来这里的唯一目的,就是想成为一个超级爱情骗子吗?"瓦里斯厌恶地问道。

"当然不是,"汤姆斯说,"不过稍许实践一下也——"

"除非你充分了解爱情,否则你那些关于感官知觉的知识都是空洞的。你已经学得够深入了,那点感官上的刺激早就不足以满足你了。"

在一番自省后,汤姆斯承认瓦里斯说得对,但还是固执坚持自己的立场,"我还是想自己来确认这一切……"

"那么你尽管去,我不留你。"瓦里斯说,"不过你得知道,我不会再让你回来了,我不想落下口实,让别人说我教出来一个在银河系用科学行骗的花花公子。"

"好吧,别说了,我们继续上课吧。"汤姆斯说。

"不行,你看看你自己!再这么毫不松懈地学下去,年轻人,你就要丧失做爱的能力了。这不就太可惜了吗?"

汤姆斯无可奈何地表示同意。

"我知道个绝佳的地方,"瓦里斯说,"特别适合研究完爱情之后去放松放松。"

他们坐进瓦里斯的飞船,过了五天才在一颗小行星上着陆,这个地方甚至连名字都没有。瓦里斯带着汤姆斯来到火红色的河流岸边，河水奔腾疾驰，泛起绿色的絮状泡沫。岸边的树木既矮小又丑陋，长得千奇百怪、盘根错节，全都是朱红色。这里甚至连小草也不一样——全是橘黄或蓝色。

"多么奇特的地方。"汤姆斯吃惊地东张西望。

"在银河系的无聊角落里，这是我能找到的最不像人类居住的地方了。"瓦里斯解释说，"相信我，我找得可辛苦了。"

汤姆斯盯着他，怀疑老人是不是神经有点错乱，但他很快就理解了瓦里斯的意图。

几个月以来，杰夫森·汤姆斯一直在学习人类内在的反应与感受，而那些包裹在外的肉体与感官知觉现在则令他感到窒息。他全身心地投入学业，贪婪地吸取知识，连做梦都在学习。如今在这片方外之地，他彻底放松了。红色的河水，古怪的虬树，橘黄与蓝色的小草，让他一丝一毫都不再惦记地球。

汤姆斯和瓦里斯是分开住的，因为相互交往也会增加人性的负担。汤姆斯常在河边散步，好奇地欣赏花朵，它们在人靠近时会发出呻吟。夜间，天上居然有三个满目疮痍的月亮在相互追逐，就连日出的颜色也和地球上不一样。

一周过去了，得到充分休整的汤姆斯和瓦里斯回到了吉赛城，梯阿恩Ⅱ星上的爱情研究重镇。

汤姆斯学习了五百零六种"完美爱情"，从最微弱的可能性一直到最极致的感受，而后者之猛烈强劲，历史上只有五个男人和一个女人体验过，其中最强大的一个人在苦撑了一个小时后就死了。

在一组相互关联的小型计算机的帮助下，他学习了爱情的强化过程。

他学习了人体的全部几千种知觉，以及如何放大和增强它们，直到人受不了，然后把受不了变成受得了，并最终升华为快感，这时类似濒死体验的高潮就到来了。

之后,他还有幸学习了那些永远无法用语言描述的东西。

"现在,"有一天瓦里斯说,"你已经学完了。"

"是所有的吗?"

"是的。汤姆斯,人类心灵对你已不再有什么秘密了,无论是灵魂、大脑,还是其他人体器官。你已经掌握了'爱情的语言',可以回到你的女人那儿去了。"

"我一定要回去!"汤姆斯大声喊道,"她终于可以知道了。"

"别忘了给我寄明信片,"瓦里斯请求说,"让我知道事情进展得如何了。"

"那是一定的!"汤姆斯保证说,他激动地握着老师的手,接着动身返回地球。

经过长途旅行后,杰夫森·汤姆斯急忙赶往桃丽丝的家。他突然感觉额头变得湿漉漉的,手也在抖个不停。尽管非常激动,他现在已经能准确地判断出:这种感觉属于带有受虐暗示的二级预期震颤。但是这有什么用呢?这并不能帮助他镇静下来,毕竟这是第一次的"实地练习",他是否完全掌握了这一切呢?

他按下门铃。当她前来开门时,汤姆斯发现桃丽丝比过去更加妩媚可爱,烟灰色的秀目泛着泪花,一头烈焰般的红发,身形纤柔玲珑。汤姆斯突然觉得自己的喉咙像被堵住了一样,他又突然想起了秋夜、细雨和烛光。

"我回来了。"他喑哑地说。

"噢,杰夫森,"她的声音温柔似水,"噢,杰夫森。"

汤姆斯像被雷击了似的站着,一句话也说不出来。最后还是桃丽丝开了口:"太久没见到你了,杰夫森。我一直在想,这一切真的值得吗?现在我明白了。"

"你明白了吗?"

"是的。亲爱的,我一直在等你、盼你。我盼了都有一百年、一千年啦！我爱你，杰夫森！"她扑向他的怀抱。

"那么，现在快告诉我吧，"她央求道，"快说啊！"

汤姆斯望着她，他在感受，在体验，在各种分类词语中寻找挑选可供使用的词语，反复审查检验。找了一大圈，考虑了气候条件、月亮圆缺、风速风向、太阳黑子以及其他一切能影响爱情的因素，他终于仔细挑选出那个精确至极地反映他当下想法的表达。他说：

"我亲爱的，我确实挺喜欢你的。"

"杰夫森！这就是你要说的？爱情的语言……"

"这门语言——实在是太精确了，"汤姆斯委屈地说，"我非常遗憾，不过，'我确实挺喜欢你的'这句话绝对精确地反映了我的感受。"

"噢，杰夫森！"

"怎么啦？"他嘟囔着。

"见你的鬼去吧，杰夫森！"

接下来就是一场痛苦的争吵，随之而来的是更痛苦的分手。

汤姆斯开始了云游四方的旅途。

他四处打工，在土星-洛克希德当过铆工，在赫尔格-维诺西交易所干过清洁工，在以色列Ⅳ星上种过地，还在达米扬星系流浪了一段时间，靠别人施舍度日。后来，在诺威洛西塞星他遇见了一个讨人喜欢的棕发女子，在献上一番殷勤后他们结了婚，接着安家立业。

朋友们都说汤姆斯一家勉强算幸福的，尽管大多数人在他们家里都并不感到舒服。他们住的地方还算不错，但是很多人都受不住那红色的河水激流，加上有谁能习惯朱红色的树木，或者三个满目疮痍的月亮在奇怪的夜空中相互追逐呢？

但是汤姆斯很喜欢那里。至于汤姆斯太太，别的不说，她确实是个随遇而安的年轻女人。

汤姆斯写信给地球上的哲学教授说，他至少已经解开了梯阿恩文明衰亡之谜，至少他自己觉得解释得通。他在信中写道，沉迷学术研究阻碍了实践的发展，梯阿恩人过分沉浸在爱情科学之中，最后就没工夫做爱了。

他最后还寄了一张简短的明信片给乔治·瓦里斯，告诉他自己已经结了婚，他找到了一个女孩，她能让他感到"相当实质性的喜爱"。

"幸运的兔崽子，"瓦里斯气呼呼地说，"我这辈子最多也就找到了'隐隐约约的令人愉快'。"

宿醉

Morning After

罗妍莉　译

刊于《银河》
Galaxy Science Fiction
1957 年 11 月

皮尔森不情不愿地慢慢恢复了知觉。他仰面躺着，双眼紧闭，想借此推迟不可避免的清醒。但他仍然恢复了意识，知觉也随之而来。疼痛如根根细针戳刺着他的眼球，颅底像有颗巨大的心脏一样，怦怦直跳，浑身关节火烧火燎地疼痛，胃里感到一阵阵恶心。

他意识到自己正经受着一场堪称天王老子级别的宿醉，而这一发现并不是一种宽慰。

皮尔森对宿醉可谓了如指掌。他在这个时代算是"酒精"考验了：酒精带来的过敏、迷你斯嘉雷特[1]造成的抑郁、三倍斯克利蒂[2]伴随的神经痛，他都经历过。但这次宿醉的感觉却像是综合了上述所有症状，再进一步强化，额外还附带着海洛因戒断期的各种症状。

他昨晚到底喝了什么？在哪儿喝的？他努力回忆着，但昨晚与他生命中的众多夜晚一样，模糊一片，毫无头绪。他不得不像往常一样，一点一滴地去回忆。

好吧，他打定了主意，是时候做个男子汉了；是时候睁开眼睛，从床上爬起来，勇敢地走向药箱。直接往大静脉里做一次皮下注射，二氯醛的刺激应该可以让他清醒过来。

皮尔森睁开眼睛，想从床上爬起来，这才发觉自己并不在床上。

他躺在茂密的草丛中，头顶是白晃晃的天空，鼻孔里充斥着一股腐烂植物的气味。

他呻吟着，再次闭上了眼睛。这太过分了。他昨晚肯定是真喝晕了、断片了，完全醉到不省人事，连家都没回。显然他是在中央公园晕倒的。现在，他不得不打一辆飞的，努力硬撑着回到公寓。

他使出吃奶的力气，睁开眼睛，站了起来。

他站在高高的草丛中。目力所及之处，全是树干呈橘黄色的巨树，树上缠满了紫色和绿色的藤蔓，有些足有他的身体那么粗。巨树周围是一片密密麻麻的杂乱丛林，肆无忌惮地遍布着蕨类、灌木、邪

1、2. 迷你斯嘉雷特与三倍斯克利蒂均为作者杜撰的麻醉品。

恶黄兰、黑色藤蔓，还有许多辨认不出的植物，外形和颜色都很邪性。隔着这片茂密的丛林，他能听到小动物吱吱嘎嘎的叫声，还有远处某只大型怪物发出的刺耳咆哮。

"这里不是中央公园。"皮尔森提醒自己。

他环顾四周，抬手遮住眼睛，虽然天空中不见太阳的踪影，却亮得耀眼。

"我觉得这里甚至都不是地球。"他自言自语道。

他对自己的冷静既惊讶又高兴。他在高高的草丛里严肃地坐下来，开始审视自己的处境。

他名叫沃尔特·希尔·皮尔森，三十二岁，纽约居民。他是一名具有完全选举权的公民，中等富裕，过着体面的无业生活。昨晚七点一刻他离开公寓，打算去参加一个派对。这一晚必定过得相当销魂。

是的，相当销魂，皮尔森对自己说。其间不知什么时候，他似乎昏过去了；但他并不是在床上醒来，甚至都不是中央公园，而是一片臭烘烘的茂密丛林。而且他心中确信，这片丛林根本不在地球上。

这算是总结得很清楚了，皮尔森对自己说。他环视四周，望着巨大的橙色树木、树干上纠缠着的紫色和绿色藤蔓、从树木和藤蔓间投下刺眼白色日光。最后，现实在他那迷茫的思绪中渐渐显露出来。

他吓得抱住脑袋，惊叫一声，昏了过去。

等他再次恢复知觉时，宿醉的感觉已经消失得差不多了，只有嘴里还残留着那股味道，身体也还觉得发虚。此时此地，当他开始产生幻觉，觉得自己在外星丛林里看到了橙色树木和紫色藤蔓时，皮尔森决定是时候要戒酒了，当然这是后话。

现在他已经完全清醒了，他睁开眼睛，发现自己置身于一座外星丛林里。

"好吧！"他喊道，"这到底是怎么回事？"

四下没有任何回应。但接着，从周围的树丛间，看不见的怪物发出一阵巨大的喧闹声，随后又慢慢平静下来。

皮尔森晃晃悠悠地站起身，靠在一棵树上。面对这样的情况，他该作出的反应都已经作出了，心中也已不再感到惊奇。是的，他就是在丛林里。好吧，那他在这儿干什么？

他脑海中什么答案也没有浮现出来。他对自己说，显然昨晚一定发生了什么不寻常的事。可究竟是什么事呢？他绞尽脑汁，努力回忆昨晚的经历。

他七点一刻离开公寓，去了……

他猛地转过身，有什么东西正轻轻穿过灌木丛朝他走来。皮尔森等待着，心脏怦怦直跳。它越来越近了，小心翼翼地移动着，呼哧呼哧地嗅闻着，发出隐约的呜呜声。接着，灌木丛向两边分开，一头怪物出现在他面前。

它大约有十英尺长，蓝黑色的流线型身体，形状像鱼雷[1]或鲨鱼，迈着四条粗壮的短腿朝他走来。它似乎没有眼睛或耳朵，但下倾的前额上长长的触须颤动着。它张开突出的长长的下颚，皮尔森看到了一排排黄牙。

那生物发出低沉的呜呜声，向他逼近。

他从没见过这样的怪物，连做梦也没梦到过，但皮尔森根本顾不得停下来质疑它的真实性。他转身冲进丛林，在灌木丛间狂奔了十五分钟，直到跑得上气不接下气才停下来。

他能听到那头蓝黑色怪物远远跟在身后，发出低吼。

皮尔森又动了起来，他跑不动了，只好步行向前。从那头怪物发出的呜呜声判断，它的移动速度并不算太快。他只要一直走，就不会被它追上。但一旦他停下脚步又会怎样呢？它对他有什么企图？它会爬树吗？

1.银鱼的一种，通体透明，无鳞。

他决定暂时不去想这件事。

作为所有其他问题的关键，首要的问题是：他在这儿干什么？昨晚在他身上发生了什么事？

他全神贯注地回忆着。

昨晚，他七点一刻离开公寓出门散步。纽约气象学家应公众的要求在夜间创造了雾气蒙蒙的舒爽天气，似乎还有明显的降雨迹象，当然，这雨永远不会真的洒落在城市上空，这样的天气只是为了让散步更惬意。

他沿着第五大道漫步，浏览着橱窗，记下商店提供免单的日期。他注意到，白姆莱百货公司下周三上午六点到九点可以免单。他真该从市议员手中搞一张特别通行证的，即便有了那个证还是得早起，这样才可以在优先队伍里排队，但这总比买东西要掏钱好吧。

过了半小时，他略微有点饿。附近有几家不错的商务餐厅，但他好像没带钱。于是他拐进了第五十四街，来到库特雷免费餐厅。

在门口，他出示了投票卡和特别通行证，上面有库特雷的三等助理秘书签字，于是他被放进了门。他点了一份普通的菲力牛排晚餐，搭配了一杯度数不高的红酒，因为整间餐厅里没有比这个更烈的饮料了。侍者给他送来了晚报。皮尔森浏览了一遍免费娱乐项目的列表，但没有发现任何喜好的内容。

他正要离开，餐厅经理匆匆向他走来。

"打扰了，先生，"经理说，"一切都还满意吗，先生？"

"菜上得很慢，"皮尔森说，"菲力牛排还能入口，但不算真正的上等货色。这酒倒还过得去。"

"好的，先生——谢谢您，先生——很抱歉，先生。"经理边说边把皮尔森的话记在一个小本子上，"我们会努力改进的，先生。您的晚餐是由尊敬的纽约水务专员布莱克·库特雷赞助的。库特雷将于十一月二十二日竞选连任，就在您投票站的J-3排，我们恳请您投上一票，先生。"

"再说吧。"皮尔森说着离开了餐厅。

在街上，他从一台正在播放录音的贩售机里拿了一包免费香烟，这是布鲁克林的一个小政客埃尔默·拜因为了竞选而分发的。他继续沿着第五大道走去，心里想着布莱克·库特雷的事。

和任何一位享有完全选举权的公民一样，皮尔森对自己手中的选票高度重视，投票前必定会经过深思熟虑。他和所有选民一样，在投票支持或反对某位候选人之前，都会仔细考虑候选人的各方面条件。

对库特雷有利的因素在于，他经营一家不错的餐厅已经将近一年了。但除此之外，他又有何政绩呢？他承诺的免费娱乐中心和爵士音乐会在哪里？

公共资金短缺并不是一个站得住的理由。

要是换个新人，会干出更多成绩吗？还是应该让库特雷再连任一届？皮尔森认为，这些都不是能立马得到解决的问题，现在也不是正儿八经思考问题的时候。夜晚是用来享受快乐、麻醉自己和博取欢笑的时间。

他今晚该做点儿什么呢？大部分的免费节目他都看过了，体育赛事也提不起他特别的兴趣。倒是有几场派对正在进行，但听起来没什么意思。他在市长开放之家可以约出来几个妹子，但最近皮尔森这方面的需求一直在降低。

那他可以大醉一场，这是摆脱无聊夜晚最可靠的办法。喝点什么好呢？迷你斯嘉雷特？接触式致醉剂？还是斯克利蒂？

"嘿，沃尔特！"

他转过身。只见比利·本茨朝他走来，咧嘴大笑，一副半醉半醒的样子。

"喂，我说，沃尔特老弟！"本茨说，"你今晚有什么安排吗？"

"没什么安排，"皮尔森问，"怎么了？"

"新出了个给力货。爽翻了，新鲜出炉，还热乎着呢。想试试吗？"

皮尔森皱起了眉头。他不喜欢本茨,这满面红光的家伙个子大,嗓门也大,是个十足的懒骨头、窝囊废。皮尔森并没有觉得自己没有工作这件事有什么不好。现在基本上没人工作了,既然能靠选票过活,谁还愿意工作呢?但本茨实在是太懒了,连票都懒得投。皮尔森觉得这就太过分了,投票是每个公民的义务和生计。

尽管如此,本茨还是有种神秘的本领,总能比别人更早发现新出的给力货。

皮尔森犹豫了一下,然后问道:"免费吗?"

"分文不取。"本茨还是那句老话,毫无新意。

"到底怎么回事?"

"得了,老弟,跟我来,我告诉你……"

皮尔森擦去脸上的汗水。丛林里变得一片死寂,身后的灌木丛中,他再也听不到那头蓝黑色怪物发出的呜呜声了。也许它已经放弃了追逐。

他昨晚穿的那身衣服已经被扯成了碎片。皮尔森脱下外套,解开衬衫,一直敞到腰际。呆板的白色天空里,太阳不知躲在什么地方发出耀眼的光芒。他汗流浃背,嗓子干得快要冒烟了。他得马上找点水喝。

他的处境越来越危险,但皮尔森现在不愿去考虑这个问题。在谋划出路之前,他必须弄清楚自己为什么在这里。

他和比利·本茨一起去尝试的,到底是多给力的新鲜货?

他靠在一棵树上,闭上眼睛。慢慢地,记忆浮现在了他的脑海中。他们当时沿着第六十二街向东走,然后——

他听到灌木丛树枝摇晃的声音,连忙抬起头来。那头蓝黑色的怪物静悄悄地溜了出来,长长的触须颤抖着,然后指向他这边。那怪物兴奋了一下,猛扑过来。

皮尔森本能地往旁边一跳,闪开了。那怪物伸出爪子,可是没能抓住他,然后转过身又是一扑。皮尔森失去平衡,躲闪不及。他伸出双臂,那形如鲨鱼的怪物一头撞到他身上。

巨大的冲击力把皮尔森撞到一棵树上。他拼命死死抓住那怪物宽阔的喉咙,竭力不让那四下乱啃的嘴咬到他脸上。他双手发力,想把它掐死,但手指却使不出那么大的力气。

那怪物扭动着身子,爪子在地上乱刨。重压之下,皮尔森的手臂开始弯曲。那张撕咬的嘴离他的脸仅余一寸,一条带有黑斑的长舌探了出来。

皮尔森感到一阵强烈的恶心,将那呜呜叫唤的怪物一把推了出去。没等它回过神来,他就抓住两根藤蔓,爬到了一棵树上。他惊慌失措,沿着滑溜溜的树干匆匆向上爬,从一根树枝爬到另一根树枝。到了离地面三十英尺的地方,他往下一看——

那蓝黑色的家伙跟着他爬了上来,动作之娴熟,仿佛它本来就是栖息在树上似的。

皮尔森继续爬,紧张得全身颤抖。此时树干越来越细,能供他攀爬的树枝只剩下几根了。当他接近离地面五十英尺高的树顶时,整棵树在他的重压下开始摇晃起来。

他一低头,看见那怪物在下方十英尺处,正朝他这边爬过来。皮尔森低喘着,担心自己再也爬不动了,但恐惧赋予了他力量。他匆忙爬到最后一根粗枝上,紧紧抱住,向后蜷起双腿。当那怪物接近时,他双脚猛地蹬出。

正中那怪物的躯体。它爪子抓脱了一块树皮,发出一阵刺耳的叫声——怪物尖叫着掉了下去,从悬垂的树枝间摔落,最后重重砸在地上,发出砰的一声。

然后一切便归于寂静。

那家伙可能已经死了,皮尔森心想。但他不打算下去探个究竟。无论是在地球上,还是在银河系的任何一颗行星上,都没有哪种力量能让他心甘情愿地从树上下去。他打算就待在原地不动,直到他的状态完全恢复、可以下地为止。

他往下滑了几英尺,来到一根大的分叉枝丫上。他在这里能够安全栖身。安顿下来以后,他这才意识到自己已经濒临崩溃了。昨晚的狂欢使他筋疲力尽,今天的逃亡又令他力倦神疲。

现在如果再有什么体型比松鼠大一点的怪物来袭击他,他就完蛋了。

他的手脚沉得像是灌了铅,他把四肢搭在树上,闭起眼睛,继续回想昨晚发生的事。

"好吧,朋友。"比利·本茨说,"来吧,我来告诉你。最好是让你亲眼看一看。"

他们沿着第六十二街向东走去,深蓝的暮色渐渐暗下来,化作黑夜。曼哈顿的灯光亮起,星星出现在地平线上,一轮新月在薄雾中闪烁。

"我们这是去哪儿?"皮尔森问道。

"就这儿,伙计。"本茨说。

他们站在一栋赤褐色石头建起的小楼前,门上有块不起眼的黄铜牌子,上面写着"纳可拉[1]"。

"新开张的免费瘾吧,"本茨说,"今晚才开业,由改革派市长候选人托马斯·莫里亚蒂赞助。现在还没人听说过呢。"

"不错啊!"皮尔森说。

在这座城市里,免费活动种类繁多,唯一的问题就是要赶在众人一拥而上之前下手,因为几乎每一个人都在寻找快感和新鲜感。

多年前,世界联合政府的中央优生学委员会使世界人口稳定在了一个合理的数量上。一千年以来,地球上从未有过这么少的人口,

1.纳可拉,作者杜撰的一种麻醉毒品,原文为NARCOLZCS,化用自英文"麻醉毒品"(NARCOTICS)。

人类的生活保障也从未如此好过。由于海底生态学、水培法以及对地表土地的充分利用，人们获得了充裕的衣食——其实是供过于求。对于人口较少且数量稳定的社会而言，有了自动化建筑方法和充足的建筑材料，要做到人人有房住根本不是问题，甚至就连奢侈品也不再那么稀有珍贵了。

这是一个安全、稳定和静态的文明社会。少数从事研发、生产以及维持机器运转的人获得了丰厚的回报，而大多数人根本就用不着去工作。没有必要，也没有相应的激励。

当然，也有一些雄心勃勃的人努力追求财富、地位和权力。他们进入了政界，通过运用充沛的公共资金，为本地区的民众提供食物、衣服和娱乐，并借此捞取选票。但他们也对那些在诱人承诺面前见风使舵的选民深恶痛绝。

这是某种意义上的乌托邦。贫穷已被忘却，战争早已过去，每个人都必定能过上长寿而惬意的生活。

自杀率如此之高，必定是人类自己的忘恩负义所致。

本茨在入口处出示了通行证，门立刻打开了。他们沿着走廊前行，来到一间宽敞舒适的客厅。三男一女正舒服地倒在沙发上，抽着淡绿色的香烟，应该是最先听说新店开张消息的捷足先登者。空气中有股既好闻又刺鼻的气味。

一个侍者走上前来，将他们领到一张空着的长沙发前。"先生们，请自便。"他说，"点一根纳可拉，让你们的烦恼随之慢慢消散吧。"

他递给他们每人一包淡绿色的香烟。

"这里面装的是啥？"皮尔森问道。

"纳可拉烟，"侍者告诉他们，"是精选自土耳其烟草和弗吉尼亚烟草的混合物，还添加了经过谨慎计量的纳可拉，这是一种生长在金星赤道地带的致幻植物。"

"金星？"本茨问道，"我还不知道我们已经登上了金星。"

"四年前的事了,先生。"侍者说,"耶鲁探险队首次登陆金星,并在上面建立了基地。"

"我记得好像读过一点关于这方面的报道,"皮尔森说,"要么就是在新闻短片里看来的。金星,是个丛林一样的原始地方,对吧?"

"相当原始。"侍者说。

"我想也是。"皮尔森说,"很难什么事都跟上时代。这纳可拉会上瘾吗?"

"一点也不会,先生。"侍者请他放心,"纳可拉产生的效果跟酒精本来是一样的,但酒精很少能产生这个效果——打通经脉、浑身舒爽、效力持久、不会宿醉。这是由改革派市长候选人托马斯·莫里亚蒂为你们提供的。先生们,就在你们投票站的A-2排。我们恭候你们投上一票。"

两个人都点点头,点起了烟。

皮尔森几乎立刻就感觉到了效果。第一根烟让他身心放松,仿佛脱离了躯壳,强烈地预感到快乐就要来临。第二根强化了这样的效果,并产生了其他感受。他的感官变得极为敏锐,世界似乎成了一个快乐的天堂,一个神奇的希望之地,而他自己则变成了其中至关重要、必不可少的一部分。

本茨用胳膊肘捅了捅他的肋骨,"挺不错的,对吧?"

"太他妈爽了。"皮尔森说,"这个莫里亚蒂肯定是个好人。世界需要好人。"

"没错。"本茨表示赞同,"需要聪明人。"

"有勇气、有胆识、有远见的人,"皮尔森断然道,"就像咱们这样的人,老哥,去创造未来,去——"他突然住了口。

"咋啦?"本茨问。

皮尔森没有回答。所有瘾君子都熟悉的情况出现了:麻醉品突然起了反作用。刚才他一直觉得自己就像上帝一样;现在,在一种醺醺然的清醒状态下,他突然看清了自己的本来面目。

他是沃尔特·希尔·皮尔森，三十二岁，未婚，无业，不受欢迎。十八岁时，他为了取悦父母，找了份工作，不过干了一个星期他就辞职了，因为这份工作让他厌烦，还让他睡不好。有一回，他曾经考虑过要结婚，但对妻子和家庭的责任令他闻风丧胆。眼下他就快满三十三了，身材消瘦，肌肉松弛，脸色苍白。他从来没有做过对自己或他人有哪怕一丁点重要意义的事，也永远不会去做。

"跟老哥说说心里话吧，老弟。"本茨说。

"我想干点了不起的事。"皮尔森吸了口烟，嘟囔着。

"你真这么想，老弟？"

"他妈当然是真的！我想当个探险家！"

"你干吗不早说？我给你安排下！"本茨跳了起来，拽着皮尔森的胳膊，"来吧！"

"你要安排什么？"皮尔森想把本茨推开。他感觉糟透了，只想坐着，但是本茨硬生生扯着他站了起来。

"我知道你需要什么，老弟，"本茨说，"想探险，找刺激！好吧，我知道哪儿有！"

皮尔森若有所思地皱起眉头，摇摇晃晃地站着。"靠过来点儿，"他对本茨说，"得悄悄跟你说。"

本茨凑了过来。皮尔森对他耳语道："我是想探险，但是不想受伤。明白了吗？"

"明白。"本茨向他保证，"我知道你要什么。咱这就走吧！惊险刺激就在前方！一场安全的探险！"

两人手挽手，攥着各自的纳可拉烟，跟跟跄跄地走出了改革派候选人的瘾吧。

一阵微风吹来，皮尔森抱着的那棵树随之晃动。风吹过他满身大汗的身体，让他不禁打了个冷战。他的牙齿开始上下打架，手臂因为抱着光滑的树枝而酸痛，喉咙干得像是积满了滚烫的细沙。

他口渴难耐。如果让他选，他宁愿面对一打蓝黑色怪物也要喝上一杯水。

他开始慢慢滑下树去，把昨晚模糊的记忆暂且搁在一边。他必须弄清楚发生了什么事，但首先他更需要喝水。

在树底下，他看到了那头蓝黑色的怪物，它的脊背摔断了，四仰八叉地躺在地上，一动也不动。他从它身边走过，勉力走进了丛林。

他步履艰难地前进着，不知走了几小时还是几天，耀眼的白色天空一成不变，他已经完全失去时间的概念。灌木丛划破了他的衣服，鸟儿叽叽喳喳发出警告。皮尔森完全顾不了这些了。他现在目光呆滞，双腿像灌满了铅。他跌倒了又爬起来，继续前行，摔了一次又一次。他像个机器人一样，不停地走啊走，直到发现了一条水质浑浊的棕黄色小溪。

皮尔森想也没想水中可能含有危险的细菌，就直接脸朝下趴在溪边，大口大口地喝起来。

过了一会儿，他稍事休息，打量了一下周围的环境。丛林犹如高墙紧密环绕着他——鲜艳、浓密而又陌生。头顶的天空仍旧是耀眼的白色，并没有比先前更亮或更暗。看不见的小生灵在灌木丛中叽叽喳喳地叫着。

皮尔森断定，这地方非常偏僻，也十分危险。他想出去。

但哪条路才是出去的路呢？这里有城市吗？有人吗？如果有的话，在这片辨不清方向的野林之中，他又该怎么找到他们呢？

还有，他在这儿干吗？

他揉了揉胡子拉碴的下巴，努力回忆着。昨晚似乎是一百万年以前的事了，他的生活一夜之间彻底改变了，纽约就像一座梦中的城市。对他来说，唯一真实的存在就是这片丛林、饥肠辘辘的肚子以及身边刚刚响起的诡异嗡嗡声。

他环顾四周，试图找到声音的来源。它似乎来自四面八方，无迹可寻，却又无处不在。皮尔森紧捏拳头，眼睛瞪到生疼，竭力想看清新的威胁是什么。

就在此时,离他不远的地方,一株鲜艳的绿色灌木动了起来。皮尔森猛地跳开,浑身剧烈发抖。灌木从上到下都在晃动,细长的钩状叶子嗡嗡作响。

然后——

灌木看到了他。

虽然灌木并没有眼睛,但皮尔森能感觉到灌木觉察到了他,紧盯着他,针对他作出了决断。灌木发出的嗡嗡声愈发响亮,枝干朝他这边伸来,一触到地面,便落地生根,伸出搜寻的卷须;这些卷须伸长、生根,又伸出新的卷须来。

这植物正朝着他的方向生长,移动速度与一个缓慢步行的人速度大致相当。

眼看那些闪闪发光的、锐利钩形叶片快挨到自己的脸了,皮尔森简直不敢相信,却又不得不相信这一切。

然后他回想起了昨晚发生的其他事情。

"咱们到喽,哥们儿。"本茨说着,拐进了麦迪逊大街上一幢灯火通明的大楼里。他把皮尔森领进电梯,上到二十三楼,走进一间宽敞明亮的接待室。

一面墙上有个不起眼的牌子,上面写着"探险无限"。

"我听说过这地方,"皮尔森一边说,一边深深地吸了一口纳可拉烟,"想必很贵吧?"

"这你别担心。"本茨跟他说。

前台的金发小姐记下了他们的名字,把他们领到行动顾问斯利那加·琼斯博士的私人办公室。

"晚上好,先生们。"琼斯说。

他身材瘦高,戴着一副厚厚的眼镜。皮尔森好不容易才忍住没笑出声。这么个人居然是行动顾问?

"这么说,两位先生想要探险?"琼斯和蔼地问道。

"想探险的是他,"本茨说,"我只是他的朋友。"

"当然可以。那么,先生,"琼斯转身对皮尔森说,"您想要什么样的探险经历呢?"

"户外探险。"皮尔森答道,声音里略微有点含混不清,但绝对充满自信。

"我们正好有这样的项目,"琼斯说,"平时都是要收费的,但今晚所有的探险活动一律免费,梅因总统买单,就在您投票站的C-1排。先生,这边请。"

"等一等。你要明白,我可不想去送死。这次探险安全吗?"

"绝对安全。如今这个年代,任何算不上绝对安全的探险活动都是被禁止的。下面讲一讲我们采用的方式:您就舒舒服服地躺在我们探险室的床上,接受无痛注射,您会立即失去意识。然后,我们会慎重地通过听觉、触觉和其他刺激,在您的大脑中制造一次探险经历。"

"就像做梦一样?"皮尔森问道。

"这个类比非常恰当。这场梦中历险在内容上绝对逼真。您会经历真实的痛苦和真实的情感,真实到让您信以为真。只不过,这一切当然只是一场梦,所以是绝对安全的。"

"如果我在探险当中死了怎么办?"

"就像梦到自己被杀死一样。您会醒过来,仅此而已。但当您处于这场色彩鲜活的超现实梦境中时,您可以运用自由意志和意识的力量对梦中的活动加以控制。"

"我在探险的时候知道这些情况吗?"

"毫无疑问,您在梦中完全知道自己是在做梦。"

"那就开始吧!"皮尔森喊道,"开始做梦!"

鲜绿的灌木慢慢朝着他的方向生长。皮尔森突然大笑起来。一场梦!当然了,这全是一场梦!什么也伤害不了他。那棵吓人的灌木是他脑海中的虚构之物,就跟那头蓝黑色怪物一样。即便它的血盆大口当真咬住他的喉咙,他也死不了。

他只会在"探险无限"的体验室里醒来。

这一切现在看来都荒唐得很。他怎么没早点发觉呢?那头蓝黑色的怪物显然是梦的产物,而这种鲜绿色灌木则更是不合常理。一旦回过神来想一想,全都荒诞不经,令人难以置信。

皮尔森大声喊道:"好吧,你们现在可以叫醒我了!"

什么动静也没有。然后他想起来了:光凭这一请求,是无法醒过来的;那样只会破坏探险的真实性,兴奋和恐惧对疲惫的神经系统的治疗效果也会随之丧失。

他现在想起来了,从探险中脱身只有两条路:一是克服所有的障碍,二是死掉。

灌木已经快要长到他脚边了。皮尔森看着它,灌木的外形如此逼真,令他不由得惊叹。

它将一片钩状的叶子扎进了他鞋面的皮革之中。皮尔森咧嘴一笑,为自己能如此克制恐惧和厌恶感到自豪。他只需要记住那东西伤害不了他就行。

但是,他问自己,如果一个人自始至终都知道发生的一切不是真的,那他怎么可能获得有真实感的探险经历呢?探险无限公司肯定考虑过这个问题。

然后他想起了琼斯告诉他的最后一件事。

当时他正躺在白色的简易床上,琼斯俯身对着他,皮下注射针已然准备就绪。皮尔森问他:"哥们儿,你说,既然我明明知道这不是真的,那我怎么还能觉得是在探险呢?"

"这个问题我们已经解决了。"琼斯说,"您看,先生,我们有些客户的探险经历是真真切切发生了的。"

"哦?"

"亲身体验的、在现实中确实发生的探险。在众多客户当中，如果有人在接受注射之后，没有产生进一步的刺激，他就会被送上一艘宇宙飞船，带去金星。他会在金星上苏醒过来，真真切切地体验到其他人在幻想中的经历。如果他能坚持到胜利，就会活下来。"

"那要是没有呢？"

琼斯耸了耸肩，耐心地等着，注射器的针头作势欲扎。

"这太不人道了！"皮尔森喊道。

"我们不这样认为。皮尔森先生，不妨考虑一下当今世界对于探险活动的需求。危险是必要的，这有利于纠正舒适生活给人类带来的退化。这些幻想探险以极其愉悦和安全的方式呈现了危险；但是，如果当事人不认真对待，它们就会变得毫无价值。所以探险家必须面对这样的可能性，即他在进行真实的殊死搏斗——无论这种可能性多么微乎其微。"

"可是那些真被送去了金星的人——"

"所占的比例微不足道，"琼斯向他保证，"还不到万分之一，只是为了让其他人感受到面临危险的可能性。"

"但这合法吗？"皮尔森固执地问道。

"完全合法。就整体百分比而言，您在喝迷你斯卡雷特或者吸纳可拉烟的时候，面临的风险反而更大一些。"

"好吧，"皮尔森说，"我还不确定是不是真想——"

皮下注射器猛地扎入了他的手臂。

"不会有事的，"琼斯安慰地说，"放松点就好，皮尔森先生……"

这就是他在丛林中苏醒之前的最后一段记忆。

这时，绿色灌木已经伸到了皮尔森的脚踝上，一条细长的钩形叶片极缓极轻地插进了他的皮肉中。他只感到微不可察的一阵痒痒。过了一会儿，叶子变成了暗红色。

原来是种吸血植物啊，皮尔森想着，觉得好笑。

这场探险突然让他感到乏味了。本来一开始就是喝醉以后冒出来的蠢念头。他受够了。他想摆脱这一切,而且是立刻马上。

灌木一点点靠近,又将两片钩状叶子扎到了皮尔森腿上,整株植物都开始变成浑浊的棕红色。

皮尔森想回到纽约,想参加派对、蹭吃蹭喝、免费娱乐、蒙头大睡。可是,如果他战胜了这个威胁,另一个又会接踵而至。这种情况可能会持续几天或是几周。

要想回家,最快的办法就是让灌木把他弄死,然后他一下子就会醒过来。

他的体力开始衰退。他坐倒在地,注意到又有几丛灌木被血腥味所吸引,正在朝着他这边生长。

"这不可能是真的,"他大声说,"就算是在金星上,谁又听说过有吸血植物呢?"

在他头顶上方的高空中,长着黑色翅膀的巨鸟在耐心地盘旋,等待时机收拾他的尸体。

这是真的吗?

他提醒自己,不是梦的可能性只有万分之一。这只是一场梦,哪怕栩栩如生、形象逼真,但仍旧不过是一场梦罢了。

可是,假设这是真的呢?

由于失血,他变得头晕无力,心里想着:我想回家,而回家的路就是死。真正死掉的概率非常小,小到微不足道……

他突然灵光一闪,明白了真相:在这个时代,没人敢拿选民的生命来冒险。"探险无限"不可能真正把一个人置于危险之中!

琼斯之所以告诉他有万分之一的概率,只是为了给幻想中的探险增添一些现实感而已!

这必定就是真相。于是他躺下来,闭上眼睛,准备赴死。

将死之时,他的脑海里翻腾起万千思绪,旧日的梦想、恐惧与希望纷至沓来。他想起曾经干过的那份工作,想起辞职时的喜悦和遗憾;他想起愚钝勤勉的父母,他们常说,他们不愿在不劳而获的情况下接受文明的回报。他比以往任何时候都更努力地思考着,他遇见了另一个皮尔森,一个他从未想象过其存在的自己。

这另一个皮尔森是个一根筋的家伙。他只想活下去,他决心一定要活下去。这个皮尔森无论在什么情况下都不肯坐以待毙——即便是在想象中。

两个皮尔森短暂交锋了一会儿,一个是出于骄傲,另一个则出于求生的欲望,与此同时,这具躯体的体力渐渐衰弱下去。最终,他们双方达成一致,握手言和。

"琼斯他妈的一定认为我会去死,"皮尔森说,"为了醒来而去死。好吧,要是让他如了愿,那就见鬼了!"

只有用这样的方式,他才能接受自己心中的求生欲。

他忍着极度的虚弱,挣扎着站起来,想把吸血植物从自己身上扯开,它却死死不肯松开。皮尔森怒吼一声,弯下腰来,用尽全身气力一拽。被扯掉的钩叶划破了他的双腿,其他钩叶则扎进了他的右臂。

不过,他的腿现在可以自由活动了。他又踢开两株植物,跌跌撞撞地走进了丛林,绿色灌木还在沿着他的手臂向上爬。皮尔森跌跌撞撞地往前走,直到离其他植物很远了才停下脚步。然后,他试着把最后一株灌木从胳膊上拽下来。

灌木把他的两条胳膊都捆住了,叫他双臂动弹不得。皮尔森又气又痛,不由得抽泣起来,他高高举起胳膊,用力向旁边的树干上狠狠砸去。

钩叶松开了一点。他又一次举起胳膊狠狠往树上砸,疼得闭上了眼睛。一次又一次,直到灌木彻底松开。

皮尔森赶紧跌跌撞撞地跑开了。

但他这场殊死搏斗耽搁得太久了。他身上有上百道口子鲜血直流,穿过丛林时,那股气味犹如大作的警铃,响彻丛林。头顶上,一个黑乎乎的东西飞快地落下。皮尔森赶紧扑倒在地,那个黑影从他身上掠过，呼啦啦地扑扇着翅膀，发出愤怒的尖叫。

他一骨碌爬了起来，想在荆棘丛中找到藏身之处。那只翅膀乌黑、胸口猩红的巨鸟再次俯冲而下。

这一回，锋利的爪子抓住了他的肩膀，将他摁倒在地。那只鸟猛烈地拍打着翅膀，落在他胸前。它啄向他的眼睛，没有戳中，又再度啄下。

皮尔森猛地挥出一拳，正中那鸟的咽喉，把它打翻在地。

他手脚并用，爬进了荆棘丛中。那只鸟尖叫着团团乱转，想找条路钻进来。皮尔森向密密匝匝的灌木丛深处爬去，想钻到安全的地方。

然后他听到身旁传来一声低沉的吼叫。

他滞留的时间太久了，丛林已经给他打上了死亡的标记，注定不会放他离去。一头颀长的蓝黑色怪物出现在他眼前，形如鲨鱼，比他遇到的第一头略微小些，正轻轻松松地穿过密实的荆棘丛迅速向他爬过来。

皮尔森进退两难，天上是尖叫的巨鸟，地上是咆哮的怪兽，左右都是一死。他站起身来，大吼一声，发泄着心中的恐惧、愤怒和蔑视，毅然决然地扑向了那头蓝黑色怪物。

血盆大口奔将咬来。皮尔森一动不动地躺着，凭借着最后一丝残存的意识，他看到那张嘴越来越宽，正准备给他致命的一口。

眼前的一切是真的吗？在昏厥之前，皮尔森突然恐惧地想道。

当皮尔森苏醒过来时，他躺在一张白色的简易床上，置身于一间光线柔和的白色房间里。他慢慢地清醒过来，想起了自己是怎么——死的。

可真是一场刺激的探险啊，他心想，以后一定要讲给孩子们听。但先得喝上一杯。也许喝它十杯，再来那么一点点娱乐活动。

他转过头去。此前一直坐在床边椅子上的白衣姑娘站了起来，俯身看着他。

"您感觉怎么样,皮尔森先生?"她问道。

"还行。"皮尔森说,"琼斯在哪儿?"

"琼斯?"

"斯利那加·琼斯,这地方归他管。"

"您一定是弄错了,先生,"姑娘对他说,"管理我们殖民地的是贝恩特里博士。"

"你们什么?"皮尔森嚷道。

一个男人走进房间,说道:"可以了,护士。"他又转向皮尔森道:"欢迎来到金星,皮尔森先生。我是贝恩特里博士,五号营地的主管。"

皮尔森难以置信地盯着这个满脸胡须的高个子男人。他挣扎着从床上爬起来,要不是贝恩特里扶住他,他早就一头栽倒了。

他惊奇地发现自己身上大部分地方都裹着绷带。

"这居然是真的?"他问。

贝恩特里扶他走到窗边。皮尔森看向窗外,望着空地、栅栏和远处那一片绿色丛林。

"万分之一的概率啊!"皮尔森郁闷地说,"我真他妈倒霉!差点就死了啊!"

"真的就差一点。"贝恩特里说,"但你之所以会来这儿,不是运气或者概率的问题。"

"什么意思?"

"皮尔森先生,我这么跟你说吧。地球的生活是很轻松,人类生存面临的各种问题都已经得到了解决——但我担心,这反而不利于人类这一物种的发展。地球社会停滞不前,出生率持续下降,自杀率不断上升。我们在太空中开辟出崭新的前沿地带,但几乎没什么人有兴趣前往。然而,我们这个物种要想存续下去,这些地方就必须有人驻守。"

皮尔森说:"一模一样的话我早就听过了,什么新闻短片啊、实体播报啊,还有报纸上。"

"那些似乎并没有打动你。"

"我根本不信。"

"这是真的,"贝恩特里向他保证,"不管你信不信。"

"你是个狂热分子,"皮尔森说,"我不会和你争论的。就算是真的——跟我说这些又有什么用?"

"我们的人手严重不足,"贝恩特里说,"我们开出了各种诱人的条件,尝试过每一种可能的招募方法,可就是没人愿意离开地球。"

"那是肯定的。所以呢?"

"只有这个办法管用。'探险无限'项目是由我们经营的。我们把潜在的人选送到这里来,留在丛林中,借机观察他们的表现。这就为候选者和我们双方提供了一个极佳的实验场。"

"如果我没奋起反击那些灌木的话,"皮尔森问道,"会发生什么呢?"

贝恩特里耸了耸肩。

"所以你招募了我,"皮尔森说,"你让我跑了一遍你们的障碍赛,我像个男人一样战斗,你在千钧一发之际救了我一命。你挑中了我,我是不是该受宠若惊啊?我是不是该幡然醒悟,发现自己其实是个不屈不挠的户外达人?我是不是该浑身洋溢着一股子富有远见的大无畏开拓精神?"

贝恩特里不动声色地看着他。

"现在,我是不是要报名成为你们的先锋队员?贝恩特里,你肯定以为我不是疯就是傻。你真的以为,我会放弃地球上万分惬意的生活,跑到农场里开荒种地,或者来金星上穿越丛林?去你妈的,贝恩特里,去你妈的这个救世军计划。"

"您的感受我非常理解,"贝恩特里回答,"我们的做法是有些武断,不过这也是形势所迫。等你冷静下来以后——"

"我现在冷静得很!"皮尔森高声嚷嚷着,"别再给我大灌拯救世界的鸡汤了！我只想回家，回到我舒舒服服的安乐窝！"

"您可以搭乘今晚的航班离开这里。"贝恩特里说。

"什么？这就完了？"

"这就完了。"

"我不明白，"皮尔森说，"你是在对我玩什么心理战吗？没用的——我要回去了。我不明白那些被你们绑架来的受害者为什么会留在这里。"

"他们没有。"贝恩特里说。

"什么？"

"偶尔也会有人决定留下，但大多数人的反应跟你一样。他们并不会突然发现自己对这片土地爱得深沉，或是不顾一切地想要征服一颗全新的星球。只有小说上才会那么写。他们都想回家，但他们一般都会同意在地球上帮我们的忙。"

"怎么帮？"

"当我们的招募者，"贝恩特里说，"真的很有意思。你还是吃喝玩乐，一如既往。当你发现了一个潜在的候选人，你就说服他去'探险无限'进行一次梦中探险——就像本茨对你做的那样。"

皮尔森似乎吓了一跳，"本茨？那个不中用的窝囊废是个招募者？"

"当然了。你以为招募者都是充满幻想的理想主义者吗？他们是和你一样的人，皮尔森，喜欢享受，喜欢赶时髦，甚至可能会喜欢做一些有益于人类社会的事，只要不会给他们造成麻烦就行。我觉得你会喜欢这份工作的。"

"我可以偶尔试一试，"皮尔森说，"找点刺激。"

"我们的要求仅此而已。"贝恩特里说。

"但你们怎么才找得到新移民呢？"

"嗯，这倒是个有意思的事。因为过几年以后，有好些招募者对这儿发生的事觉得好奇，于是他们就回来了。"

"好吧。"皮尔森说,"我先试一阵这种招募的玩法。但只是偶尔的,前提是我乐意。"

"那当然。"贝恩特里说,"好了,你该收拾行李了。"

"别指望我会回来。我是个城里人,喜欢舒舒服服地过日子。拯救世界什么的,完全是给那些特别爱折腾的人准备的。"

"那是当然。顺便说一句,你在丛林里表现得非常出色。"

"我吗?"

贝恩特里严肃地点了点头。

皮尔森站在窗边,静静地凝望着田野、建筑、栅栏,以及远处那片曾经较量过并差点将其征服的丛林。

"我们该走了。"贝恩特里说。

"嗯?好吧,我就来了。"皮尔森道。

他慢慢从窗口转过身,带着一丝若有若无的兴奋,他想弄明白这兴奋从何而来,却又偏偏弄不明白。

染血的杀戮者

If the Red Slayer

胡绍晏 译

刊于《惊奇故事》
Amazing Science Fiction Stories
1959 年 6 月

我简直无法形容这种疼痛，只能说，即便上了麻醉，依然难以忍受，但我别无选择，只能咬牙坚持。接着，疼痛感逐渐消失，我睁开眼，看到几张脸：我身边站着三个婆罗门，像往常一样，他们身穿白色手术服，戴着白色纱布口罩。他们说，戴口罩是为了防止给我们带来细菌感染，但每个士兵都知道，那是为了防止被我们认出来。

我的身体里依然灌满麻醉剂，记忆零零碎碎、残缺不全。我问道："我死了多久？"

"大约十小时。"一名婆罗门告诉我。

"我怎么死的？"

"你不记得吗？"个子最高的婆罗门问道。

"还没想起来。"

"好吧，"个子最高的婆罗门说，"你所在的排位于2645B-4战壕。黎明时分，你们整个连队展开正面进攻，尝试夺取前方的2645B-5战壕。"

"然后呢？"我问道。

"你中了几颗机枪子弹，有新型冲击头的那种。现在想起来了吗？胸口一颗，腿上三颗。医务兵发现你时，你已经死了。"

"我们攻下战壕了吗？"我问道。

"没有。这次没有。"

"我明白了。"随着麻药的消退，我的记忆迅速恢复。我记起同一个排的小伙子们，也记起我们的战壕。一年多来，这熟悉的2645B-4一直是我的家。就战壕来说，它还算是不错。敌人企图夺取它，我们黎明时发动的进攻其实只是反击。我记起了机枪子弹将我撕裂时的情景，也记得当时那种奇妙的解脱感。我也记起了另一件事……

我直挺挺地坐了起来，"嘿，等一下！"我说道。

"怎么了?"

"我还以为八小时是让人起死回生的上限。"

"我们的技术又有了进步,"一名婆罗门告诉我,"我们一直都在改进。只要不是严重的脑损伤,现在的上限是十二小时。"

"好样的。"我说。此刻,我的记忆已经完全恢复,我意识到这是怎么回事,"但是,你们把我复活,是个严重的错误。"

"有什么问题吗,士兵?"其中一人用军官所特有的腔调问道。

"看看我脖子上的铭牌。"我说道。

于是他看了看。除了蹙起的眉头,我看不见他的脸。他说道:"这可真是奇了怪了!"

"奇了怪了!"我说道。

"你瞧,"他告诉我,"当时整条战壕里全是死人,你就在其中。他们说这些人都是第一次死。我们接到的命令是复活所有人。"

"你们没有先看看铭牌?"

"我们工作量太大,时间也不够。真的很抱歉,列兵。我要是知道——"

"真见鬼,"我说道,"我要见监察长。"

"你真的要——"

"是的,我要。"我说,"虽然我不是军事律师,但我确实很有意见。我有权见监察长。"

趁着他们低声商议,我打量了一下自己。这些婆罗门干得还不错。当然,还是不如战争刚开始那几年。现在,移植的皮肤皱巴巴的,内脏也感觉不太舒服。另外,我的右臂比左臂长了两英寸,接合技术不太好。但是,总的来说还不错。

几个婆罗门商量完毕之后,把衣服给我递了过来。我穿上衣服。"现在,关于见监察长,"其中一人说道,"眼下还有点困难。你瞧——"

不用说,我没见着监察长。他们带我去见一个身材结实魁梧、神态亲切慈祥的老军士长,就是那种善解人意、跟你谈完之后便能解决一切问题的家伙。然而我并不买账。

"看看,看看,列兵,"态度和蔼的老军士长说道,"听说你被复活之后搞出好大的动静,这是怎么回事来着?"

"就是你听到的情况,"我说道,"根据战争法令,即使是列兵,也有自己的权利。至少他们是这么告诉我的。"

"当然有。"慈祥的老军士长说。

"我已尽了自己的职责,"我说,"在军队服役十七年,参与战斗八年;死了三次,又被复活三次。根据法律,第三次之后,我可以要求死亡。我提出了要求,我的铭牌上刻着这条信息。但我并没有停留在死亡状态。那些该死的医务兵又把我给复活了,这不公平。我想死。"

"其实活着要好得多,"军士长说道,"只要活着,你就有机会被调回非战斗职位。由于人手短缺,岗位轮换不是特别快,但还是有机会。"

"我知道,"我说,"但我只想一死。"

"我可以向你保证,再过六个月左右——"

"我想要死,"我坚定地说,"根据战争法令,死过三次之后,我有这个权利。"

"没问题。"慈祥的老军士长一边说,一边露出微笑,用战友之间的语气说道,"但在战争时期,失误是难免的。尤其是眼前的这场战争。"他将双手合拢在脑后,身子往后一靠。"没错,我还记得刚开始的时候,似乎就是按几个按钮的事。但敌我双方拥有大量拦截导弹,这基本上让核弹都没法用了,核弹阻尼器的发明更是锁死了局面。于是,这就成了一场真正的步兵战事。"

"我知道,我都知道。"

"但敌人的数量多过我们。"慈祥的老军士长说,"我们必须有更多战斗人员。我们至少得坚持下去。所以医务兵才开始复活死人。"

"这些我都知道。你瞧,军士长,我也希望我们赢,非常想。我是个好士兵,但我已经死过三次,然后——"

"问题是,"军士长说,"敌军也在复活自己的死者。目前,保持前线的有生力量已经到了生死存亡的时刻。接下来几个月将会决定未来的走向,成王败寇在此一役。要不干脆就算了吧?下次你被杀的时候,我保证没人复活你。这一回就算了。"

"我要见监察长。"我说道。

"好吧,列兵,"慈祥的老军士长说,语气不太友好,"去三〇三室。"

我走进三〇三室,那是一个办公室套房的外间。于是我就等在那里。搞出这么大麻烦,我也感觉有点内疚。毕竟,外面还在打仗。但我也很生气。即便是在战争中,士兵也有自己的权利。这些该死的婆罗门……

他们的名字说来也有趣。他们只是医务兵,并不是印度教徒或婆罗门僧侣之类的。这名字出自几年前报纸上的一篇文章,当时这一切仍是新闻,写稿的家伙描述了医务兵能复活死人,并让其再次投入战斗的事,文章轰动一时。作者引用了爱默生[1]的一首诗,开头是——

> 若染血的杀戮者以为他杀了人,
> 或被杀者也以为被杀的是自己,
> 他们都还未识得我的奥妙法门,
> 我遵循、超越,又从原点开始。

实际情况就是这样,当你杀死一个人,根本无法知道他是真的死了,还是第二天又回到战壕里朝你开枪。而假如你被杀,也不知

---

[1] 美国思想家、文学家、诗人,一生极力宣扬超验主义。下文引用的是他所写的《梵天》(*Brahma*)。

道是否会停留在死亡状态。爱默生这首诗名叫"梵天",于是,我们的医务兵也被称作梵天的信众——婆罗门。

被复活的感觉一开始还不错。虽然会疼,但活着就是好。然而总有一天,你会厌倦死去,复活,再死去,再复活。于是你开始琢磨,自己到底欠这个国家多少条命,每次都死一小会儿也不是什么很爽或者很平静的事。你期待着最终的长眠。

政府理解这一点,复活太多次会影响士气。因此,他们对复活次数加以限制,死过三次之后,你可以选择换岗或者永久死亡。政府希望你选择死亡——死过三次的人对平民的士气具有很大破坏性。而大多数参与战斗的士兵也喜欢选择死亡。

但我被骗了,我第四次被复活了。虽然我跟所有人一样爱国,但这种事我无法忍受。

最后,我获准与监察长的副官见面。那是一名上校,很瘦,须发灰白,没有废话。他已经了解我的大致情况,一秒也没浪费在我身上。这是一次简短的会面。

"列兵,"他说道,"这件事我很抱歉,但新的命令已经颁布。敌人提高了复活率,我们也必须跟上。目前的规定是,退役前必须复活六次。"

"但我被杀的时候,这命令还没颁布。"

"它具有追溯效力,"他说道,"你还能死两次。再见,祝你好运,列兵。"

会见到此为止,我早该料到,跟高层打交道不会有结果。他们不了解情况,绝大多数情况下,他们也就死过一次,完全不会明白死第四次之后的感受。于是,我又回到了战壕里。

我缓缓地往回走,经过涂了毒药的铁丝网,脑中一直在思考。我经过一堆盖着土黄色防水布的物品,上面标注着"秘密武器"。我们这片区域有许多秘密武器,每隔一星期左右就会出现一批,说不定哪天就能靠它们打赢这场战争。

但此刻我并不在意。我在想爱默生的诗，下一段应该是：

遥远的，遗忘的，都在我身边；
阴影与阳光也没什么不同；
早已消失的神祇在我面前显现；
耻辱与声名我都纳入胸中。

老爱默生说得没错，因为这就是死过四次之后的感受。一切都没有差别，一切仿佛都大同小异。别误会，我并不是愤世嫉俗。我只是说，一个人死过四次之后，看待事物的角度肯定会变。

最后，我回到久违的2645B-4战壕，跟战友们打招呼。我发现，黎明时分，我们将再次发起攻击。我仍在思考。

我不是半途而废的人，但我觉得死四次应该足够了。在这次进攻中，我决定要确保自己永久地死去。这一回不能再出错。

第一道曙光出现时，我们出击了，越过铁丝网和连绵的雷区，来到我们的战壕和2645B-5之间的无人地带。这次攻击的规模足有一个营，我们都配备了新式的自动追踪子弹。我们轻松迅速地移动了一段时间，然后敌人开始全面开火。

我们不断推进，爆炸在四周响起，但我依然毫发无伤。我以为这一次我们能成功，也许我不会被打死。

然后我中弹了。一颗开花弹钻入我胸口，绝对是致命伤。通常，被这种子弹击中，你会倒地不起。然而我没有。这一次，我要确保永久死亡。因此我站起身，用步枪当拐杖，踉踉跄跄地往前移动。在最为猛烈的交叉火力面前，我又前进了十五米。然后，我终于达成了目标。这一回绝对不会再犯错。

我感觉一颗开花弹射入了前额。在极其短暂的片刻间，我意识到，自己的脑子被搅成一锅粥。我相信，这次安全了。那些婆罗门无法治疗严重的脑部损伤,而我的伤真的很重。

于是我死了。

我醒来时,抬头看到一群身穿白袍、戴着纱布口罩的婆罗门。

"我死了多久?"我问道。

"两个小时。"

然后我想起来了,"但我是头部中弹!"

纱布口罩上现出皱纹,我知道他们在笑。"秘密武器,"其中一人告诉我,"已经研究了将近三年。我们终于和那些工程师一起造出了完美的复原仪。多么了不起的发明啊!"

"是吗?"我说道。

"医疗科学终于能治愈严重的头部创伤了,"那名婆罗门告诉我,"或者说任何形式的创伤。如今,只要收集到百分之七十的身体残骸,塞进复原仪里,便能把人救回来。这将大大减少我们的损失,或许能扭转整个战争的局势!"

"很好。"我说。

"顺便说一句,"那名婆罗门告诉我,"你被授予了一枚奖章,因为受致命伤之后,你仍顶着火力英勇前进。"

"那可真不错。"我说,"我们拿下 2645B-5 了吗?"

"这一次拿下了。我们正集结力量,准备攻打 2645B-6 战壕。"

我点点头,不一会儿,我拿到衣服,再次被送回前线。此刻,战事平息下来,我必须承认,活着还真不错。不过,我依然觉得已经受够了。

现在,我只需再死一回,就能达到六次的上限。

假如他们不改规定的话。

世界杂货店

Store of the Worlds

胡绍晏　译

刊于《花花公子》
Playboy
原标题为《一心向往的世界》
1959 年 9 月

韦恩先生走到一长溜齐肩高的灰色碎石堆的尽头,这就是世界杂货店所在之处。正如朋友们所描述的:那是一栋由木材、汽车部件、几排碎砖和一块电镀铁板搭成的小屋,外面涂了一层淡淡的蓝色油漆。

韦恩先生顺着碎石小巷回头看了一眼,以确保没被人跟踪。他夹紧腋下的包裹,可能是被自己的胆大包天吓到了,他略微颤抖着打开门,溜进屋里。

"早上好。"店主人说道。

他也跟人们所描述的一样:是个看上去很精明的高个子老头儿,细窄的眼睛,嘴角下垂。他叫汤普金斯,坐在一张旧摇椅里,椅背上栖着一只蓝绿色鹦鹉。店里还有一把椅子和一张桌子,桌面上搁着一支生锈的注射器。

"我听朋友说起过你的店。"韦恩先生说道。

"那你知道我的费用吧?"汤普金斯说,"带来了吗?"

"带了,"韦恩举着包裹说道,"但我想先问一下——"

"他们总是要问一下。"汤普金斯朝着鹦鹉说,鹦鹉眨了眨眼睛,"那就问吧。"

"我想知道,这究竟是怎样一个过程?"

汤普金斯叹了口气,"是这样的,你付我费用,我给你注射,让你失去知觉。然后,我利用店里的设备解放你的意识。"

汤普金斯一边说,一边露出微笑,那只沉默的鹦鹉似乎也在笑。

"然后呢?"韦恩先生问道。

"你的意识将会从体内解放出来,你可以选择任何一个可能的世界,因为地球每一秒每一刻都会投射出无数个世界。"

汤普金斯在摇椅上挺直身子,笑得咧开了嘴,一副跃跃欲试的兴奋表情。

"没错,我的朋友。你或许不信,但自打这颗饱经创伤的地球从太阳炽热的子宫里诞生以来,它就开始投射出许多可能的平行世界。各种大大小小的事件引导出无穷多个世界，每一位亚历山大大帝、每一只阿米巴原虫都能创造出新的世界，正如落到池塘里的石头，不管是大是小，都会激起波澜。每一件东西难道不是都会投下阴影吗？啊，我的朋友，地球本身是四维的，因此会投出三维的影子，实实在在地反映出它每一刻的存在。上百万、上亿万个地球！无穷无尽的地球！而当你的意识被我释放之后，便可以选择其中任何一个，并在那里生活一段时间。"

韦恩先生不安地意识到：汤普金斯就像是为马戏团大声招揽观众的人，宣扬根本不存在的奇迹。但韦恩先生又提醒自己，他的生活中也曾出现过一些事情，完全令他难以置信的事情！因此，汤普金斯所说的奇迹或许也是真的呢。

韦恩先生说："我的朋友还告诉我——"

"我是个不折不扣的骗子？"汤普金斯问道。

"有些人的确如此暗示过，"韦恩先生谨慎地说，"但我尽量保持开放心态。他们还说——"

"我知道你那些想法龌龊的朋友是怎么说的。他们告诉你，我可以实现你的欲望。你是不是想听这个？"

"对，"韦恩先生说。"他们告诉我，无论我有什么愿望——无论我想要什么——"

"没错，"汤普金斯说，"正是如此，你可以从无穷无尽的世界里挑选。你的意识只是根据你的欲望来做选择，只有你最深切的欲望才是唯一的决定因素。假如你心里偷偷藏着杀人的念头——"

"哦，不会，不会！"韦恩先生大声嚷道。

"——那就去一个让你能够真正施行杀戮的世界，你可以让那里血流成河，可以比萨德[1]更变态，比恺撒更嗜血，超越你任何一个偶像。假如你要的是权力，那就去一个能让你成为神的世界，真正的神。

---

[1]法国贵族和一系列色情和哲学书籍的作者，因描写色情幻想和宣扬性虐待而著名。

可以是嗜血的邪神，也可以是智慧的佛陀。"

"我很怀疑自己是否——"

"也可以是其他愿望，"汤普金斯说，"各种天堂和地狱，肆无忌惮地交欢，酒池肉林，爱情名望——什么都行。"

"太厉害了！"韦恩先生说。

"对。"汤普金斯赞同道，"当然，我的小小列表无法囊括所有可能性和所有欲望的排列组合。也许你只想要简单平静的田园生活，居住在南太平洋的岛屿上，与理想中的土著人为邻。"

"这似乎更像我。"韦恩先生腼腆地笑了。

"但谁知道呢？"汤普金斯问道，"就算是你自己，也不一定知道自己真正的愿望是什么，没准还会跟你的死亡有关。"

"这种事经常发生吗？"韦恩先生不安地问道。

"偶尔吧。"

"我不想死。"韦恩先生说。

"这事儿几乎没发生过。"汤普金斯说，他望向韦恩先生手里的包裹。

"那好吧……但我怎么知道这一切是真的呢？你的费用堪称天价，我得付出自己拥有的一切。而且就我所知，你只是给我一点药，然后让我去做梦！我拥有的一切，只是换来——换来一针海洛因，和一番稀奇古怪的话！"

汤普金斯露出安抚的笑容，"这体验跟毒品不同，也没有做梦的感觉。"

"假如它是真实的，"韦恩先生略带不悦地说，"为什么我不能永远留在那个世界呢？"

"我正在解决这个问题，"汤普金斯说，"所以收费才会那么高，也是为了获得实验材料。我正在想办法实现永久的迁移。迄今为止，我仍无法解除将一个人跟自己所在的世界相连接的纽带——他会被拽回来。除了死亡，即使最神秘高深的理论，也无法切断这条纽带。

但我仍抱有希望。"

"要是能成功，那可就太好了。"韦恩先生礼貌地说。

"是的，我会成功的！"汤普金斯高声说道，语气中爆发出的激情令人惊讶，"到时候，我要把这间破破烂烂的店变成一个逃生舱！到那时，我将向所有人免费提供这项服务！每个人都能前往自己想去的地球，前往适合他们的地球，把这该死的破地方留给老鼠和虫子——"

汤普金斯说到一半戛然而止，神情变得冷淡而平静。"但我恐怕暴露了自己的缺点，我仍无法提供永久逃离这个地球的方法，除了死亡之外。也许我永远办不到。现在，我最多只能提供一个假期，一段暂时的变化，让你尝一尝另一个世界的滋味，让你审视自己的欲望。你知道我的收费，如果体验不满意，可以退款。"

"你可真是个好人。"韦恩热切地说，"但朋友们还告诉我一件事，就是要折损十年寿命。"

"没办法，"汤普金斯说，"这不能退还。我的方法会对神经系统造成巨大负担，寿命也会因此而减少。我们所谓的政府之所以宣告我的方法是非法的，这也是原因之一。"

"但他们的禁令执行起来并不十分坚决。"韦恩先生说道。

"没错。这一方法被官方当作害人的骗局遭到禁止。但官员也是人，也跟大家一样，想要离开这个地球。"

"这价格，"韦恩先生紧紧攥着包裹沉思道，"再加上十年寿命！为了满足我的秘密欲望……说真的，我必须想一想。"

"那就想一想呗。"汤普金斯淡淡地答道。

回家的路上，韦恩先生一直在思考。当列车到达长岛的华盛顿港时，他仍在思考。在驾车从车站回家的路上，他脑海里挥之不去的，依然是汤普金斯那张精明苍老的脸、各种可能的世界，还有欲望的实现。

但当他踏入家门，这些念头便不得不终止。妻子珍妮要他跟又开始酗酒的女佣严肃地谈一谈，儿子汤米要他帮忙准备明天的帆船下水事宜，而年幼的女儿则要告诉他今天在幼儿园的经历。

韦恩先生用和善而坚决的口吻跟女佣谈了话，他帮汤米在帆船底部刷了最后一层铜漆，又听佩吉讲了在游乐场里的冒险经历。

稍后，等到孩子们上了床，他和珍妮单独待在客厅里，她问他是否出了什么事。

"出了什么事？"

"你看起来有点焦虑，"珍妮说，"今天在办公室有什么不愉快吗？"

"哦，只是通常的那些事……"

他当然不会告诉珍妮或任何人，他请了一天假去汤普金斯那间破旧而疯狂的世界杂货店。他也不打算谈论每个人应有的权利：一生中总该有一次，实现自己最隐秘的欲望。就珍妮那样的常识来看，她绝对无法理解。

第二天，办公室里的工作异常忙乱。由于中东和亚洲的局势，整个华尔街都有点恐慌，股市也相应地作出反应。韦恩先生定下心来工作。为了实现愿望，付出所拥有的一切，再搭上十年寿命，这太疯狂了！老汤普金斯一定是疯子！他尽量避免去想这件事。

周末，他和汤米一起驾帆船出航。那艘旧帆船表现非常好，几乎没有水从船底的缝隙里渗进来。汤米想要一副新的竞速帆，但韦恩先生严词拒绝了——也许明年吧，假如市场有起色的话，现在暂时只能用旧的。

有时候在夜里，等孩子们都睡了，他便和珍妮一起去航行。长岛海峡安静而凉爽。他们的船掠过闪烁的浮标，驶向黄澄澄的满月。

"我知道你有心事。"珍妮说。

"亲爱的，求你了！"

"你有什么事瞒着我吗？"

"没有！"

"你肯定？绝对肯定？"

"绝对肯定。"

"那你抱着我。这就对了……"

然后,帆船自己航行了一段时间。

欲望,满足,欲望……但秋天到了,帆船必须得收起来。股票市场稍微趋于稳定,但佩吉得了麻疹。汤米想要知道,新闻里的那些普通炸弹、原子弹、氢弹和钴弹都有什么区别,韦恩先生尽力向他解释。女佣意外地辞职了。

拥有秘密的欲望并没有错,他没准真的想要杀人,想要住在南太平洋的岛屿上。但他也需要考虑责任。他有两个成长中的孩子,还有一个他不配拥有的好妻子。

也许到圣诞期间……

但到了仲冬,由于电路故障,无人居住的客房失了火。火势很快便被消防员扑灭,火灾并未造成太多损失,也没人受伤。但这件事暂时把汤普金斯从他的头脑里赶了出去。首先,卧室需要修理,因为韦恩先生对这栋舒适的老房子感到十分自豪。

由于国际局势,他的业务依然处于狂乱状态,充满不确定性。俄国人、阿拉伯人、希腊人、中国人、洲际导弹、原子弹、人造卫星……韦恩先生白天大多在办公室里度过,有时晚上还要留下。而汤米得了腮腺炎,一部分屋顶需要重铺瓦片。接着,春季即将到来,又要考虑让帆船下水了。

一年过去了,他鲜有时间去想那些秘密的欲望。但也许等到明年吧。就在此时——

"怎么样?"汤普金斯问,"你还好吧?"

"是的,很不错。"韦恩先生说。他从椅子上站起来,揉了揉额头。

"你想退款吗?"汤普金斯问道。

"不,这体验相当令人满意。"

"从来就是。"汤普金斯一边说,一边朝着鹦鹉挤眉弄眼,"那么,你去哪儿了?"

"一个过去的世界,距现在不太久。"韦恩先生说。

"许多人都这么选。你发现自己的秘密愿望了吗?是杀人,还是南太平洋岛屿?"

"我不太想谈论这件事。"韦恩先生和善而坚决地说。

"许多人都不愿跟我谈,"汤普金斯闷闷不乐地说,"天知道是为什么。"

"因为——嗯,我觉得,承载着某个人秘密欲望的世界有一种神圣感。无意冒犯……你觉得真有可能让它变成永久的吗?我是说,人们所选择的世界?"

老头儿耸了耸肩,"我正在尝试。要是成功了,你会听到消息。每个人都会。"

"好,我猜也是。"韦恩先生解开包裹,将里面的东西放到桌上。包裹里有一双军靴、一把匕首、两卷铜线和三小罐腌制牛肉。

一时间,汤普金斯的眼中闪出光亮。"可真不错啊,"他说,"谢谢你。"

"再见,"韦恩先生说,"也谢谢你。"

韦恩先生离开那间店,急匆匆地沿着灰色碎石小路走向尽头。到了外面,他放眼望去,只看到一片灰色的、褐色的、黑色的瓦砾。平地向四面八方延伸,到处都是扭曲的城市废墟和破碎的树木残骸,而那些细小苍白的灰烬,曾是人类的血肉与骨骼。

"好吧,"韦恩先生自言自语地说,"至少我们的付出与回报是相称的。"

过去的一年中,他付出了拥有的一切,还搭进去了十年寿命。这是个梦吗?不管怎样都很值得!然而现在,他必须撇开关于珍妮和孩子们的念头。这些都已经结束了,除非汤普金斯能完善他的方法。

现在,他必须思考如何生存。

在腕式盖格仪¹的帮助下,他在乱石堆中找到一条没有辐射的巷子。天黑之后老鼠会出来,他最好在此之前赶回藏身处。如果不抓紧的话,他将会错过晚上分土豆的时间。

---

1. 一种用来测量辐射水平的科学仪器。

可否一聊？*

Shall We Have a Little Talk?

罗妍莉 译

刊于《银河》
Galaxy Science Fiction
1965 年 10 月

* 本文中语意不明的外星语，译者特意选用生僻字来表述，并非乱码。——编者注

1

尽管有两颗恒星和六颗卫星让此处的引力变幻莫测,但着陆仍然轻而易举。如果杰克逊是借助自己的视力来操控此次降落,低空云层原本可能会给他制造一些障碍,可他觉得那种作法实在太小儿科了,他宁可接入电脑,往后一靠,享受这段旅程,这样更好更安全。

云层在两千英尺高的地方散开。杰克逊终于可以确认他先前所见:下方有一座城市,千真万确。

他干的是全世界最孤独的工作之一,但十分矛盾的是,这份工作的性质又要求他格外热衷交际。由于这种固有的矛盾,杰克逊养成了自言自语的习惯。凡是从事这项工作的人,大部分都跟他一样。杰克逊跟谁都能聊上一聊,无论是人类还是外星人,也无论他们体型、体态或肤色如何。

他赚的就是这份薪水,而且不管怎样,他就是要说话。独自一人进行漫长的星际航行时,他会自言自语;要是遇到会作出回应的某个人或某种东西,他还会说得更多。他觉得自己很幸运,因为居然有人肯为自己的强迫症掏钱。

他提醒自己说:"这还不单单是有钱可赚,而且赚得还挺多,除了工资以外,还有奖金呢。不仅如此,这颗星球感觉就像是我的幸运星。我觉得我可以靠它一夜暴富——当然了,除非他们在那下面把我杀了。"

要说这份工作有什么缺点的话,那就是需要在行星之间孤独飞行,以及与死神擦肩而过。不过,如果这份工作既不危险也不艰难,那工资也就不会这么高了。

他们会把他杀了吗?你永远也不知道。外星生命形式是难以预测的——跟人类相比,只会难上加难。

"可我不认为他们会杀了我,"杰克逊说,"我今天觉得幸运透顶。"

这一简单的人生观支撑了他多年,走过太空中无尽的孤独旅程,在十颗、十二颗、二十颗行星上起起落落。他不觉得有任何必要去改变。

飞船降落完毕。杰克逊将状态控制器切换为"待命"。

他查看了针对大气中氧气和微量元素含量的分析仪,并对当地微生物进行了快速检查。人类可以在这里存活。他向后往椅子上一靠,等待着。当然了,用不了多长时间,他们——当地人、原住民、土著居民,随便你管他们叫什么——就会从城市里跑过来围观这艘宇宙飞船。杰克逊透过舱口望向他们。

"好吧,"他说,"似乎这片地方的外星生命形式是正儿八经的类人生物。也就是说,我杰克逊大叔能拿到一笔五千美金的奖金。"

这座城市的居民是双足单头生物,手指、鼻子、眼睛、耳朵和嘴的数量都很适当,肤色是接近肉色的米色,嘴唇是暗淡的红色,头发呈黑色、棕色或红色。

"啊呸,这不就和咱老家的人一模一样嘛!"杰克逊说,"见鬼,有了这样的发现,我还应该得到额外的奖金。最类人生物,对吧?"

外星人穿着衣服。他们当中有一些携带着精心雕琢过的长条形木头,像是轻便手杖。女人们用涂有瓷釉的雕刻饰品装扮自己。杰克逊匆匆作出猜测,认为他们大概处在地球上的青铜时代晚期。

他们互相交谈和比画着。当然了,他们的语言杰克逊并不理解,但这不重要。重要的是,他们的确拥有语言,而且他们交谈时的话音是从他们的发音器官里发出的。

"不像去年那颗重星。"杰克逊说,"那帮超音速的混蛋!我必须得戴上特殊耳机和麦克风,而且即使躲在树荫里,也有四十多度呢。"

外星人等待着他,杰克逊知道。这是发生实际接触的最初瞬间——永远令人紧张不安。

也就是他们允许你与他们接触。

他勉为其难地挪到舱口,打开舱门,揉了揉眼睛,清了清嗓子。他勉强挤出一丝微笑,告诫自己:"别出汗呀。记住了,你只不过是个上了点年纪的星际漫游客——有点像银河系流浪汉——想要伸出友谊之手,还有那些有的没的。你只是碰巧路过,顺便聊聊,没别的了。要继续相信那一套,亲爱的,外太空的糊涂虫们会和你一起相信的。记住杰克逊定律:所有智慧生命形式都具有容易被套路的神圣天赋。也就是说,即便是奥兰古斯V星上那些长了三条舌头的通族人,也跟圣保罗的老百姓们一样,能被忽悠得连皮也不剩。"

于是,杰克逊带着一副勇敢又造作的微笑,打开舱门,走到飞船外,去进行一次简短的交谈。

"那啥,大家伙儿好啊?"杰克逊开口道,一时间他只听到他自己的声音。

离他最近的那些外星人退缩到一旁,几乎所有人都皱着眉头。年轻点儿的几个在前臂刀鞘里插着青铜刀,虽说武器很笨拙,但和历史上发明过的任何武器一样管用。外星人们开始拔刀。

"大家放松点。"杰克逊说,语调保持轻松平静。

外星人们拔出刀子,开始缓缓向前逼近。杰克逊站在原地不动,等待着,准备像身上绑了喷射机的长耳大野兔一样蹦进舱门,但愿自己能够成功。

然后第三个人(杰克逊决定还是也管他们叫"人"算了)走到了两个跃跃欲试的人前面。他年纪更大一些,说话速度很快。他做了个手势。两个拿刀的人看着他。

"没错,"杰克逊鼓励地说,"好好看看。飞船个头够大吧?够厉害吧?动力强劲的交通工具,依靠真正先进的技术制造出来的。有那么点儿意思,能让你停下来琢磨吧?"

的确如此。

外星人已经停下脚步;即便没有在琢磨,他们至少也说了挺多。

他们指指飞船，然后又回头指指他们的城市。

"你们明白了，"杰克逊对他们说，"力量是全宇宙通用的语言，是吧，老表们？"

他曾在众多不同的行星上多次目睹过这样的场景，几乎可以替他们编出标准对话了。一般是这样的：

不速之客驾着稀奇古怪的宇宙飞船降落，从而引起好奇——恐惧——敌意。经过几分钟心怀敬畏的沉思后，一般就会有个土著对他的朋友说："嘿，那个该死的金属玩意儿可装着忒厉害的力量呢。"

"你说得对，赫比。"他的朋友弗雷德，也就是第二个土著会这么回答。

"肯定的啊！"赫比说，"还有，见鬼，用这么厉害的力量啊技术啊什么的，这臭小子就能奴役我们。我说他真的可以。"

"你说对了，赫比，绝对就是这样。"

"所以我说，"赫比接着道，"要不，咱们还是别冒险了。我是说，他看起来确实挺友好的，可这人实在太他妈厉害了，这可不好。所谓机不可失，失不再来，咱们正好趁现在把他拿下，因为他正站那儿等着呢，等着咱们热烈欢迎什么的。所以，咱赶紧把这混蛋给干掉，然后好好讨论一下，再看看情况怎么发展。"

"天哪，我赞成！"弗雷德叫道。其他人也纷纷表示同意。

"好样的，弟兄们！"赫比喊道，"冲啊！现在就把这个外星家伙干掉！"

于是他们正要动手；但就在千钧一发之际，老大哥突然（也就是第三个土著）插手了，他说："等一下，弟兄们，不能那么干。首先，我们这儿有法律……"

"见鬼去吧。"弗雷德说（这人生来就是个捣蛋鬼，又很容易被人撺掇）。

"……除了法律之外，这事儿对我们来说也太他妈危险了。"

"我跟弗雷德可不怕，"英勇的赫比说，"老哥，你最好是去看场电影啥的。让咱哥儿几个来对付得了。"

"我不是指眼前的个人危险，"老大哥轻蔑地说，"我担心的是我们整座城市会遭到毁灭，我们所爱的人遭到屠杀，我们的文明遭受灭顶之灾。"

赫比和弗雷德停下来，"你胡说啥呢，老哥？他就是个讨厌的外星人。一样得白刀子进红刀子出。"

"傻瓜！智障！"机智的老大哥声如响雷，"你们当然可以把他杀了！可杀了之后呢？"

"嗯？"弗雷德眯起了蓝幽幽的大凸眼。

"白痴！蠢猪！你们以为这些外星人就这么一艘宇宙飞船吗？你们以为他们连这个人去哪儿了都不知道吗？老弟，咱们得假设，这艘飞船出发的地方还有多得多的飞船；也得假设，要是这艘飞船该回去的时候没回，他们就该气疯了；还得假设，这些外星人要是知道了这梁子，可得恨死我们了，然后嗡嗡飞回来，灭了所有人、所有东西。"

"我为啥非得这么假设？"脑子进了水的弗雷德问。

"因为要是换了你，也会这么做，对吧？"

"我觉得可能吧。"弗雷德不好意思地咧嘴笑道，"没错，我是会这么干。可你看，也许他们不会呢。"

"也许，也许，"机智的老大哥模仿他说话，"得了吧，老弟，咱可不能光凭这个该死的也许，就拿整个局面冒险。要是杀了这外星家伙，无论谁是他的同伙，在情在理，都会这么做——就是把咱们赶尽杀绝。我们可冒不起这个险。"

"也是，我觉得是不能这么干。"赫比说，"可是老哥，我们又能怎么办呢？"

"等着，看他想要什么。"

2

根据可靠的复盘，非常类似的场景至少已经出现过三四十次了。最后往往会让对方采取等待和观望的对策。偶尔也有来自地球的接触者在没等来这样的忠告之前就被杀害了。但杰克逊领这份工资，就是来承担这种风险的。

前一秒接触者遇害，后一秒复仇就来了，如影随形。当然也会后悔，因为地球是个相当文明的地方，习惯了法治。但凡遵纪守法的文明种族，都不喜欢搞种族灭绝。事实上，地球人认为种族灭绝非常令人不快，他们不喜欢一起床就在报纸上读到这类新闻。当然，特使必须保护，杀人必须偿命，这一点尽人皆知。可在早上喝咖啡时读到种族灭绝的消息还是让人不舒服。这种新闻会把人一整天都毁了。这种事要是发生个三四回，人们可能就会气得把选票投给另一方了。

幸运的是，这种情况没出现过几次。外星人一般很快就学会了，尽管有语言障碍，外星人还是搞明白了：不能杀地球人。

后来嘛，一点一点，他们把剩下那一套也全都学会了。

那几个愣头青已经收刀入鞘。每个人都面露微笑，除了杰克逊，他笑得像只鬣狗。外星人的手臂和腿正优雅地挥动，大概是表示欢迎。

"哦，真是太好了。"杰克逊说着，也摆出几个自认为算是优雅的姿势，"真是让我有种宾至如归的感觉。现在，你们该带我去见见领袖，带我到镇上逛逛，还有这个那个的。然后我就可以安顿下来，弄明白你们讲的这种语言，我们就能稍微聊聊了。之后一切都会非常顺利的。前进！"

杰克逊说着便迈开轻快的步子，往那座城市的方向走去。略做犹豫之后，他新结识的这帮朋友都跟在了他身后。

一切都在按计划进行。

和其他所有接触者一样，杰克逊每一项能力都很出众。就基本素质而言，他有过目不忘的记忆力和异常出色的听力。更重要的是，他具有惊人的语言天赋和对语意的神秘直觉。遇到难以理解的语言时，杰克逊能迅速而准确地挑出其中重要的成分，即构成这种语言的基本部分。他能毫不费力地将各种语音按照认知、意志和情感进行归类。他训练有素的耳朵能立刻分辨出讲话中的语法元素，前缀后缀都不成问题，分辨单词顺序、音高和叠词也毫不费力。虽然他不太懂语言学，但他也不需要懂。杰克逊天赋异禀，不学而能。语言学所描述和解释的，他单凭直觉就能洞悉。

他还从没碰到过哪种语言是他学不会的，也从不认为这世上还有这样的语言存在。就像在纽约的"分叉舌俱乐部"里，他经常跟朋友们神侃的那样："我跟你们讲，外星语言真没啥难搞的。至少，我遇到过的都挺容易。真不是开玩笑。老铁们，我是说，会说苏族语或高棉语的人，在星际间也不会遇到多大的麻烦。"

到目前为止，确实如此……

进了城，杰克逊就不得不忍受许多乏味的仪式。仪式足足进行了三天，这完全在意料之中，可不是每天都有来自太空的访客。每位市长、州长、总统、市议员以及他们的太太都想跟他握手。这都可以理解，但是杰克逊很讨厌这样浪费时间。他还有正事要干呢，何况其中有些干起来还不太舒心，越早开始，结束得也就越快。

到了第四天，他终于能够把官方的那套繁文缛节降到最低限度。也正是从这一天起，他开始认真学习当地语言。

正如所有语言学家所说的，语言无疑是人所能邂逅的最瑰丽的创造物。但伴随着这种美，同样也存在一定程度的危险。

或许将语言比作海面十分恰当，一样也是闪闪发光、变幻莫测。语言正如大海那般，你永远不知道清澈的深水中可能隐藏着怎样的暗礁。最清亮的海水里也隐匿着最危险的浅滩。

杰克逊做了充分的准备来应付麻烦，一开始却半点麻烦也没遇到。这颗行星（纳星）上，绝大多数居民（亦即"盎阿托纳"，字面意思是住在纳星上的人，或者叫"纳安人"，杰克逊更愿意这么叫）都在用一种主要语言（宏）。宏语似乎相当直截了当。它用一个专有名词来表示一个概念，并且不允许合成、并列或粘着这类构词法。一连串简单的词可以组成多个概念（比如"宇宙飞船"就是"霍－帕－艾－安"，对应"船－飞－宇－宙"）。因此，宏语非常接近地球上的汉语或者越南语。声调的差异不仅是为了区分同音异义词，而且不同位置的声调可以表达"感知到的现实"的渐变、身体不适，以及三种令人愉快的期待。这些还算有趣，但对于一位称职的语言学家来说，并没有什么特别的困难之处。

可以肯定的是，像宏语这样的语言学起来颇为枯燥，因为人们必须记住长长的词汇表。但声调和位置却很有意思，而且如果要想让句子单元产生意义，这二者是绝对必要的。因此，总的说来，杰克逊并无不满，而是尽可能快地学习这门语言。

大约过了一周，他对教自己的老师说出了这样的话："最可敬可慕的老师啊，祝您拥有非常美好愉快的早晨，在这荣耀的一天，您受到祝福的健康状况如何呢？"对杰克逊而言，这一天值得骄傲。

"可喜可贺啊，尔瓮！"老师作答时，脸上挂着春风般和煦的微笑，"亲爱的学生，你的口音真是太棒了！真的很囹嘤，实际上，你对于我亲爱的母语的理解稍微少点脆嘤囷。"

上了年纪的和蔼老师对他如此赞赏，杰克逊听了喜上眉梢。他对自己感到颇为满意。当然了，有几个词他没听出来。尔瓮和脆嘤囷听起来还有点耳熟，可囹嘤就完全不知所云了。尽管如此，无论学习哪种语言，对于初学者而言，有些小错误是正常的。他目前掌握的已经足以理解纳安人的意思，也能让他们明白他想表达什么。这正是他的工作所需要的。

那天下午，他回到了飞船上。他在纳星停留这段时间，舱门一直开着，但他发现没有任何一件物品被盗。他沮丧地摇了摇头，但不愿因为这件事烦恼。他往口袋里装进各种各样的东西，然后漫步回到城里。他已经准备好着手任务中的最后一步，也是最重要的一部分。

3

在商业区中心地带，乌姆和阿尔雷托街的岔口上，杰克逊找到了他想要的：一家地产中介。他走进去，被带到伊鲁姆先生的办公室，他是这家事务所的初级合伙人。

"好，好，好，好！"伊鲁姆说着，热情地握住他的手，"荣幸之至，先生，在下真的是不胜荣幸。您是想购置一处不动产吗？"

"那正是我的愿望。"杰克逊说，"当然了，除非有歧视性的法律，禁止你卖给外星人。"

"不存在这种阻碍。"伊鲁姆说，"事实上，像您这样来自遥远而灿烂的文明的人，身处我们当中，真的是嚛贲之乐啊。"

杰克逊强忍着没偷笑出声，"我唯一能想到的另一个困难就是法定货币。当然了，我没有你们的货币。但我有一定数量的黄金、铂金、钻石和其他地球上认为有价值的东西。"

"这些物品在这里也有价值。"伊鲁姆说，"您刚才是不是提到了数量？亲爱的先生，我们不会有困难。就像诗人说的那样，连卟菈擎也不会祢腾或是吁禳。"

"正是如此。"杰克逊说。伊鲁姆用的有些词他不明白，但那并不重要。大方向已经很清楚了。"现在，我们先挑一处不错的工业用地吧。毕竟，我得做点什么事情来打发时间。然后，我们可以再挑所住宅。"

"毫无疑问普罗米浚，"伊鲁姆高兴地说，"让我先嘞筮一遍我们这儿的清单……对了，您觉得卟洛嘧炫熄工厂怎么样？条件一流，可以轻松转换成烷栖制造，也可以继续维持现状。"

"卟洛嘧炫熄真的有市场吗？"杰克逊问道。

"哦，霂珥莨壄保佑，当然有了！卟洛嘧炫熄必不可少，尽管销售状况存在季节性变化。您看啊，经过提纯的卟洛嘧炫熄，或者说叆澧澴，是蒲洛缇尜筮转移者所用的东西，当然他们是在冬至前收获，除了行业中那些已经转换到缇氪玺熄囼仏癸迏的以外。那些来自一个稳定的……"

"行，行。"杰克逊说。他才不在乎卟洛嘧炫熄是什么，也没兴趣看。只要是有收益的事情就能满足他的要求。

"我买了。"他说。

"您不会后悔的。"伊鲁姆对他说，"一家不错的卟洛嘧炫熄工厂算得上是嘎溦尒翟缌哈嘎缇缌，而且还很嚅苊埘燚。"

"当然。"杰克逊回答的时候，希望自己的宏语词汇量能再大一些，"多少钱？"

"咳，先生，价格不是问题。但您首先得填完这张嚘溇卟狸膡表。表上就是几个傂墾问题，每个人都伱纳凼。"

伊鲁姆把表格递给杰克逊。第一个问题是这样的："你现在或过去任何时候，是否曾经欹哩垰缇意仫筮掎澌埘缌敓嫳？陈述所有发生日期。如无发生，说明舛厮圪嗖乇迏嗖荅恪式的原因。"

杰克逊没有再往下看。"这什么意思？"他问伊鲁姆，"欹哩垰缇意仫筮掎澌埘缌敓嫳？"

"什么意思？"伊鲁姆迟疑地笑起来，"哎呀，意思不是明摆着的么？至少我觉得是。"

"我的意思是，"杰克逊说，"我看不懂这些话。你能给我解释一下吗？"

"这再简单不过了，"伊鲁姆答道，"欹哩垰缇意仫筮掎澌，这意思就跟呲滏迩蒲荦呲昰炫差不多。"

"能再说一遍吗?"杰克逊说。

"意思就是——好吧,欼哩垰缇真的挺简单的,尽管在法律上也许不是这样。偲骤岜袋夔是欼哩垰嘶的一种形式,摄薷呒陔唎也是如此。有些人说,当在晚上的钑拃郜锶呼吸惪荤郜茊夠时,我们其实就是在欼哩垰阝。就我个人而言,我认为这有点异想天开。"

"我们还是试试仫箊掎渐吧。"杰克逊提议。

"不管怎么着,咱试试呗!"伊鲁姆答道,爆发出一阵洪亮的粗俗大笑,"真要是可以的话——嗯?"他心照不宣地拿手肘捅了捅杰克逊的肋骨。

"嗯,是的。"杰克逊冷冷地回答,"也许你能告诉我,仫箊掎到底是什么意思?"

"当然了。巧得很,那根本不存在啊。不管怎么说,也不可能是单数。单数仫箊掎,这不成了逻辑谬论吗?您明白不?"

"我相信你说的没错。那复数的仫箊掎渐又是什么意思?"

"嗯,首先,它们是欼哩垰嘶的对象。其次,那就是只有正常尺寸一半大小的木制凉鞋,用来刺激库托尔教徒的性幻想。"

"现在我们说到点子上了!"杰克逊大声说。

"除非您碰巧就好那一口。"伊鲁姆回答时明显很冷淡。

"我是说理解表格上的问题……"

"当然,不好意思。"伊鲁姆说,"可是你看,这个问题问的是,你是否曾经欼哩垰缇意仫箊掎渐埗缌敏夠。这就完全不是那么回事了。"

"真的吗?"

"当然!这么一改,意思就完全变了。"

杰克逊说:"恐怕是这么回事。我觉得你怕是也解释不了埗缌敏夠这个词的意思吧?"

"我当然可以解释!"伊鲁姆说,"我们现在的谈话——借助些许愿祢的想象——就可以被称作是'玸缌敏努风格的谈话'。"

"啊。"杰克逊说。

"一点儿也没错,"伊鲁姆说,"玸缌敏努是一种做法,一种方式。意思就是'精神上－向前－引导－通过－偶然的－友谊'。"

"这有点像那么回事了。"杰克逊说,"在那种情况下,如果一个人欤哩垶缇悥仫筮掎渐玸缌敏努的话……"

"我非常担心您是把方向搞错了,"伊鲁姆说,"我刚才告诉您的定义只适用于对话的情况。可要是说到仫筮掎渐的话,那情况可就大不一样了。"

"那这种情况下是什么意思?"

"嗯,它的意思是——或者它表达的是——一种高级的、强化的仫筮掎渐欤哩垶煢嫳的情况,但带有一种明确的巛臵垛缇岢偏见。我个人认为这是一种相当令人遗憾的措辞。"

"要是你会怎么回答呢?"

"要是我的话,就实话实说,让花言巧语见鬼去吧。"伊鲁姆强硬地说,"我干脆就直截了当地回答:'你现在或其他任何时候,是否曾经在非法、不道德或喑恓俋缇姒的情况下,得到或是未得到一个婄骓婍季帮助及／或同意的情况下,獙龘犳笁渐猧翙过?如果是,说明何时以及为何;如果不是,说明菏仫努渐岢溧渐,以及为何不。'"

"你会这么回答,对吧?"杰克逊说。

"当然,我就这么答。"伊鲁姆大胆回答,"这些表格是给成年人填写的,不是吗?那为什么不干脆直截了当一点,就老老实实管姒媲仫籡叫姒徭呢?有时候每个人都难免獙龘犳笁猧翙,那又怎么样呢?老天爷在上,没有谁的感情会因此受到伤害。我的意思是,说到底,这种事情涉及的不过就是当事人自己和一块扭曲破旧的木头而已,所以有什么必要操心这种事呢?"

"木头?"杰克逊重复了一遍。

"对,木头。一块普普通通、脏兮兮的破木头。或者至少,要是大家没像这么荒唐地掺杂进感情的话,不过如此而已。"

"他们对这木头干什么?"杰克逊急忙问。

"干什么?你如果直接面对它的话,就没什么大不了的。但宗教光环对我们所谓的知识分子来说可大了去了。在我看来,他们做不到把简单的原始事实——也就是木头——跟在晕偎愿浠渐、以及一定程度上在脆燅唑围绕着它的文化斡伟宊氪唑区分开来。"

"知识分子就这样,"杰克逊说,"但你却可以把这二者区分开来,然后你发现……"

"我发现这真没啥好兴奋的。我真这么觉得。我的意思是说,一个教堂,如果你用正确的方法来看待,只不过是一堆岩石,而一座森林则仅仅是原子的集合。这种情况为什么又要区别对待呢?我说真的,要真想欵哩垰缇意仫筮掎渐埘绲敏剺,您甚至都用不着木头!您怎么看?"

"我算是记住了。"杰克逊说。

"别误会我的意思!我并不是说这么做很简单,或者很自然,甚至是对的。但是,您还是完完全全办得到!为什么这么说呢,您可以用翓㮙蚘䯋皛笹来代替,也一样能行!"伊鲁姆停顿了一下,呵呵地笑了起来,"那样看起来是很傻没错,但还是一样能行。"

"很有意思。"杰克逊说。

"恐怕我刚才的说法有点过头了。"伊鲁姆用手擦拭着前额,"我刚才说话声音很大吗?您说是不是有人偷听到了我说的话?"

"当然没有。我觉得这些话都很有意思。我现在得走了,伊鲁姆先生,不过我明天会回来把这张表给填了,然后买下这块不动产。"

"我先给您留着。"伊鲁姆站起身来,热情地与杰克逊握手,"我想感谢您,我一般没什么机会进行这种无拘无束的坦率谈话。"

"我觉得很有启发。"杰克逊说。他离开了伊鲁姆的办公室,慢慢走回飞船。他心中局促不安,颇为懊恼。不懂当地语言令他很烦躁,即便这种情况是完全可以理解的。无论如何,他本该可以弄明白一个人要怎么欸哩垰缇意仫篊掎澌埗緫敏勶。

没关系,他心道:你今晚就能搞定,杰克逊宝宝,然后你就可以回去,把那堆表格一股脑儿填完。所以不要因此而烦恼,老哥。

他会解决好这个问题的。他真他娘的必须得解决这个问题,因为他必须拥有一份财产。

这是他工作的第二部分。

从古代赤裸裸的侵略战争年代算起,地球已经走过了漫长的道路。根据史书记载,古代的统治者可以直接派出军队,去夺取他想要的一切。如果国内有任何人胆敢问他为什么要这样做,统治者就可以下令将他们斩首,或锁在地牢里,或缝进一只麻袋里丢进大海。统治者甚至不会因此感到愧疚,因为他始终坚信自己是对的,而别人是错的。

然而,随着几个世纪的光阴缓慢流逝,文化进程也势不可挡地发挥着作用。世界引入了崭新的伦理观,人类逐渐形成了公平竞争和正义的观念,进度虽然缓慢,却确切无疑。统治者需要通过投票决定,也要对选民的愿望作出反应。正义、慈悲和怜悯的观念在人们的思想中占据了最重要的位置,改良了旧时的丛林法则,并纠正了破坏性巨大的古代野蛮兽行。

过去的日子一去不复返了。今天,没有哪一个统治者可以毫不掩饰地掠夺,选民们永远不会支持这样的行为。

现在,人们必须为掠夺找个借口。

例如,一位地球公民刚好在某颗外星球上合法拥有财产,然后迫切需要并请求地球提供军事援助,以保护他的人身安全、他的家以及他的合法谋生手段……

但首先他必须拥有那份财产。他的所有权必须属实,从而免受圣母心的国会议员们和鸽派记者们责难。每当地球接管另一颗星球时,这些人总是要着手调查。

为征服提供法律依据——这就是接触者的作用。

"杰克逊,"杰克逊自言自语地说,"明天你必须得给老子把那座卟洛嘧炫熄工厂搞到手,你要毫无阻碍地把它据为己有。听见没,伙计?我可是认真的。"

第二天上午,临近中午时分,杰克逊又回到了城里。经过几个小时的密集学习,跟老师请教了半天,已足以让他弄清自己的错误所在。

其实非常简单。只不过是在宏语中对词根的运用,他先前略带草率地假定了一种极端而恒定不变的分离方式。根据一开始的学习,他一度曾认为,词义和词序是理解这门语言所需的唯一要素。但事实并非如此。经过深入钻研,杰克逊发现,宏语中还有一些他未曾料到的构词法:比如词缀,以及叠词的初级形式。昨天他去的时候,甚至还没准备好应付词态上的不一致。所以在遇到时,他在语义上就陷入困难了。

新的形式学起来很容易。问题是这完全不合逻辑,而且完全违背了宏语的精神。

单个发音产生单个词语,只具备单个含义——这就是他先前推导出的规律。可是现在,他却发现了十八种重要的不规则词——以各种方式构成的复合词,每一个都可以添加各种后缀作为修饰。对杰克逊来说,这就像在南极洲走进一片棕榈林里一样诡异。

他学会了这十八种不规则词,心里为最终回到地球时要写的文章打着腹稿。

第二天,杰克逊已经变得更聪明、更谨慎,他目标明确,大步流星地回到了这座城市。

4

在伊鲁姆的办公室里,他轻松填完了政府要求的表格。第一个问题——"你现在或过去任何时候,是否曾经欶哩垰缇意仫筮掎渐埡緫敂獒?"——他现在可以如实回答"没有"了。复数"仫筮掎渐"的原义在这一语境中是单数"女人"。(类似的,如果使用单数"仫筮掎渐",则表示无实体的"女性"状态。)

当然,此处"欶哩垰缇意"是决定性别的,除非你使用修饰语"埡緫敂獒"。一旦加以修饰,在这一特定语境中,这个不起眼的词就会具备一丝微妙的含义了,也就是支持多性性行为。

因此,杰克逊可以诚实地回答,因为他不是纳安人,他从未有过那种冲动。

就这么简单。杰克逊很是懊恼,居然没能靠自己弄清楚这一点。

他毫无困难地填完了其余问题,把表交还给伊鲁姆。

"真够偲寇蓑的,"伊鲁姆说,"现在,我们只需要再办完其他几件简单的事就行了。第一件我们马上就可以办。接着我就按照财产转移法案的要求,安排一次简短的官方仪式,之后剩下的都是些小事,加起来也就差不多一天的时间,然后这项不动产就完全归你所有了。"

"当然了,小伙子,那太棒了。"杰克逊说。他才不担心耽误时间。恰恰相反,他原以为会遇到多得多的麻烦。在大多数行星上,当地人很快就会搞明白到底发生了什么。无须强大的推理能力就能弄清这一点,地球人就是要拿走自己想要的东西,但要以一种合法的方式获取。

至于地球人为什么要这样做,这也不难理解。大多数地球人都是理想主义者,坚定不移地深信诸如真理、正义、仁慈之类的概念。他们不仅心里相信,还以那些崇高的概念来指导自身的行为——除非行事不便,或是无利可图。当这种情况发生时,他们就会见机行事,但嘴上仍说得冠冕堂皇。这就意味着他们是"伪君子"——不管哪个族类,都有这么一个意思差不多的词。

地球人说要什么就要什么,但他们同样也希望自己的行为表面上还过得去。但有时候这种期待就有点高了,特别是当他们想把他人的星球据为己有时。但不管怎么样,他们通常都能得偿所愿。

大多数外星族类会意识到,公然反抗是不可能的,因此采取了各种各样的拖延战术。

有时他们会拒绝出售,或是要求你填一堆永远也填不完的表格,或是要经过某些根本找不到人的当地官员批准。但无论他们使出哪种招数,接触者总有合适的对策。

他们拒绝出售是基于种族理由吗?地球法律明令禁止这样的做法,而《众生权利宣言》规定,一切有感知力的生物,都拥有在其喜好之处生活和工作的自由。如果逼不得已,地球将会为这一自由而战。

他们办事拖拖拉拉?这将为《地球世俗礼仪宣言》所不容。

负责的官员总是不在吗?《不作为法案》中的《反隐性搁置统一地球规范》明令禁止这类行为。诸如此类。这是一场地球永远获胜的斗智游戏,因为最强大的通常总被认为是最聪明的。

但纳安人甚至连反击的企图都没有。杰克逊打心眼儿里瞧不起他们。

用地球铂金交换纳安币的交易完成了,杰克逊拿到一些五十弗索的零钱。伊鲁姆高兴得满脸堆笑,对他道:"现在,杰克逊先生,如果您愿意按照通常的方式,赨唪溇鵪籣挈囻珥的话,我们就可以完成今天的交易了。"

杰克逊转过身来,眼睛眯起,嘴角往下紧紧抵成一条毫无血色的线。

"你说什么?"

"我只是让您……"

"我知道你问了什么!可这是什么意思?"

"嗯,意思是……就是说……"伊鲁姆怯生生地笑了,"这句话的意思明摆着的呀。也就是——诶鬐棘诊散努地说……"

杰克逊用低沉而充满威胁的声音说:"给我个同义词。"

"没有同义词。"伊鲁姆回答。

"老弟,不管怎么着,你最好还是想一个出来。"杰克逊的手紧紧扼住了伊鲁姆的咽喉。

"住手!等等!呜峩奘!"伊鲁姆哀号起来,"杰克逊先生,求求你了!如果只有这一个词才能表达那个意思的话,怎么可能会有同义词呢?如果我可以这么表述的话。"

"你耍老子!"杰克逊怒吼道,"我劝你别这么干,因为我们有法律,禁止故意混淆、蓄意阻挠、隐性叠加,还有其他任何你正在耍的花招。听到我说的话了吗?"

"听到了。"伊鲁姆发起抖来。

"那么听着:不准再用粘着构词法,你这狡猾的狗东西!你们明明有一种最常见不过的分析型语言,唯一的特征就是极端的分离倾向。你们说这种语言的时候,是不会胡乱粘着一堆乱七八糟的复合词在上面的。听明白了吗?"

"明白了,明白了!"伊鲁姆喊道,"可相信我,我压根连半点儿帑仫尖虖垎铽豔懸的心思都没有!不是拿爾咒略尅垎亼,您真的必须得意奌架綦綮!"

杰克逊作势拉开拳头,但及时控制住了自己。万一对方说的是真话,袭击外星人是不明智的行为。地球上的乡亲们可不喜欢。他说不定会被扣工资。而且万一他要是失手,把伊鲁姆给打死了,可能还会被判六个月监禁呢。

可他还是……

"我会搞清楚,你是不是在撒谎!"杰克逊大声嚷嚷着,横冲直撞出了办公室。

他走了将近一个小时,与格拉斯埃斯贫民窟里的人群混在一起,就在灰蒙蒙臭烘烘的恩哥珀迪斯底下。没人注意他。他的外表看起来跟纳安人一模一样,纳安人和地球人也同样看不出半点差别。

杰克逊在尼伊斯街和达街的街角处找到了一间酒吧,走了进去。

里面很安静,全是男人。杰克逊点了当地的几种啤酒。酒保上酒的时候,杰克逊对他说:"前几天,我身上发生了件有意思的事。"

"是吗?"酒保说。

"嗯,真的。"杰克逊说,"你看啊,我本来有笔大买卖的,结果等到最后一分钟,他们忽然要求用平常的办法,赨咘溇鹈籣絜圉珥。"

他仔细盯着酒保的脸。一丝隐约的迷惑表情掠过对方呆板的面容。

"那你为什么不那么做呢?"酒保问道。

"你是说你会照办?"

"我当然会。见鬼,这是标准的埒閜念簹刅寊菻啊,不是吗?"

"毫无疑问。"酒吧里一个游手好闲的人插嘴道,"当然了,除非,你怀疑他们想要帑仏夵庨埒鈘皛愿。"

"不,我觉得他们没想那么干。"杰克逊的声音低沉而毫无生气。他付了酒钱,正要往外走。

"嘿,"酒保在他身后叫道,"你确定他们不是在拲爾兒峈尵埒人?"

"很难说。"杰克逊垂头丧气,又走回街头。

杰克逊相信自己的直觉,无论是对语言还是对人。现在他的直觉告诉他,纳安人为人正直,并不是在蓄意欺诈。伊鲁姆并不是为了故意混淆,而捏造了什么新鲜的词。据他所知,他讲的确实是正经八百的宏语。

但如果事实如此,那么纳星上的这门语言就真的非常奇怪,甚至就是彻头彻尾的反常。而其影响可不仅仅是令人不解,是灾难性的。

5

那天晚上,杰克逊又回去埋头苦学了。他发现了另外一类原先不但不知道、甚至连想都没想过的不规则词。那是一组多值的增强词,一共有二十九个。这些词本身没有任何意义,但却会从其他词汇中引申出一系列复杂不一的细微差异。其特定类型的增强作用根据在句中所处的位置不同而有所变化。

因此,当伊鲁姆提出让他"按照一般的方式觫咘溇鹐籣挈囿珥"的时候,只是想让杰克逊做出一个必须履行的仪式性礼节,包括双手在脖子后面交握并用脚后跟反跳。在执行这个动作的时候,他需要面带明显又不夸张的愉悦表情,符合整个场景的设定,还要符合他本人肠胃与神经的舒适度以及宗教和道德准则,还要考虑由于温度和湿度的波动而导致的细微心情差异,并不忘耐心、合群和宽容这些美德。

这完全可以理解,可这又与杰克逊之前了解到的宏语知识截然相反。

这不仅自相矛盾,而且不可思议、断无可能、混乱至极。仿佛他不光在寒冷的南极洲发现了棕榈树,还进一步发现树上的果实不是椰子,而是麝香葡萄。

这不可能——但事实又确实如此。

杰克逊按照伊鲁姆的要求照办了。他以寻常的方式完成了觫咘溇鹐籣挈囿珥茚之后,就只剩下官方仪式和随后的几个小步骤。

伊鲁姆向他保证,这些都很简单,但杰克逊怀疑还会遇到麻烦。

为了做好准备,杰克逊整整花了三天时间刻苦学习,彻底掌握了这二十九种特殊增强词,它们最常见的位置以及在每一个位置上所分别产生的增强效果。学完这堆东西以后,他累得腰酸背痛,格拉夫海默易怒指数飙升到九十七点三六二。任何一个路人可能都会注意到他蓝幽幽的眼睛里射出的不祥的凶光。

杰克逊已经受够了。宏语以及纳安人的一切都让他觉得恶心。头晕目眩之中,他感觉自己学得越多,知道得就越少。这完全是变态。

"终于齐活了,"杰克逊对自己和整个宇宙说,"我已经学会了纳安语,学会了一整套完全无法解释的不规则词,而且,我还学会了针对这些不规则词的另外一套更深入、更自相矛盾的不规则词。"

杰克逊停顿了一下,用极低的声音说:"我已经学会了数量超常的不规则词。说真的,其他人说不定会认为,这种语言除了不规则词,其他什么都没有。

"但是,"他接着说,"这不可能,不可想象,不可接受。语言天经地义就必须是有系统的,也就是必须遵循某种规则。否则,谁也理解不了别人在说什么。这就是语言的运作方式,也必须得这样来。要是有人自以为能用语言学跟我弗雷德·C.杰克逊瞎胡闹的话……"

说到这里,杰克逊停顿了一下,从枪套里拔出冲击枪来。他检查了弹药,咔嚓一声打开保险,然后又放回枪套里。

"最好别再有谁跟我老杰克逊花言巧语,"老杰克逊喃喃地说,"要是下回有哪个外星人敢这么干,他那龌龊的心肝上一定会被钻个透心凉的圆洞。"

杰克逊嘴里这样说着,又阔步走回那座城市。他虽然还有些头晕眼花,但绝对已经下定了决心。他的工作就是以合法的方式把这颗星球从当地居民手里偷走,为了这一点,他首先必须搞懂他们的语言。因此,不管怎么样,他要么搞出道理来,要么搞出尸体来。

到了如今这个地步,他并不太关心到底要搞哪一个。

伊鲁姆在办公室里等着他。列席的还有市长、市议会主席、区领导、两名市议员以及预算委员会主任。每个人都在微笑——虽然笑得紧张兮兮,但还算和蔼。餐柜上放了几瓶烈酒,房间里弥漫着一股压抑的友好气氛。

总而言之,似乎众人在欢迎一位备受尊重的新晋财产所有人,一件用来珐鉌的装饰。外星人有时是会这么做:横竖是躲不过地球人了,不如讨好他们,尽可能让亏本买卖减少损失。

"蠻!"伊鲁姆热情洋溢地握着他的手说。

"你也一样,小伙子。"杰克逊说。他不知道这个词是什么意思。他也不在乎。反正在纳安语中,他还有许多其他词汇可选,他已经下定决心,要强行结束这一切。

"蠻!"市长说。

"谢了,老哥。"杰克逊说。

"蠻!"其他官员也道。

杰克逊说:"很高兴你们这么觉得。"他转向伊鲁姆,"得了,咱们赶紧完事儿吧,好吗?"

"蠻-蠻-蠻。"伊鲁姆答道,"蠻,蠻-蠻。"

杰克逊盯着他看了几秒钟,然后努力克制着自己,低声说:"伊鲁姆,老弟,你到底想跟我说什么?"

"蠻,蠻,蠻,"伊鲁姆坚定地说,"蠻,蠻蠻蠻。蠻蠻。"他停顿了一下,然后用带点紧张的声音问市长:"蠻,蠻?"

"蠻……蠻蠻。"市长坚定地回答,其他官员也点头同意。他们纷纷转向杰克逊。

"蠻,蠻-蠻?"伊鲁姆问话时微微颤抖着,但神情庄严。

杰克逊脑子一麻,说不出话来,脸上浮起一片暴躁的红晕,脖子上那根粗壮的青筋开始突突乱跳。但他说话时还是竭力保持着缓慢平静,语调中带着无尽的威胁。

"说啥玩意儿呢,"他说,"你们这些卑鄙的三流乡巴佬到底在扯什么鬼?"

"蠻-蠻?"市长问伊鲁姆。

"蠻-蠻,蠻-蠻-蠻。"伊鲁姆飞快地答道,一边做了个不明所以的手势。

"你们最好说人话。"杰克逊说。他的声音仍然很低,但脖子上的血管在压力下像消防水管一样扭动着。

"彎!"其中一位市议员很快地对区领导说。

"彎彎-彎彎?"区长同情地回答,说到最后一个字的时候,声音已然嘶哑。

"你们就是不肯说人话,是吧?"

"彎!彎-彎!"市长大叫起来,吓得脸色惨白。

其他人一看,杰克逊正掏出冲击枪,瞄准了伊鲁姆的胸膛。

"别说鬼话了!"杰克逊吩咐道。他脖子上的血管像蟒蛇一样搏动着。

"彎-彎-彎!"伊鲁姆哀求着,跪倒在地。

"彎-彎-彎!"市长惊叫一声,两眼一翻,昏倒在地。

"你现在明白了。"杰克逊对伊鲁姆说,手指紧紧扣住扳机,指头已经发白。

伊鲁姆吓得牙齿咯咯作响,总算还是呜咽着憋出了一句:"彎-彎,彎?"但接着他的神经就崩溃了,大张着嘴,眼神涣散,等待迎接死亡。

杰克逊将扳机扣动到极限。然后,他突然松开手,把冲击枪放回枪套里。

"彎,彎!"伊鲁姆总算挤出一句。

"给老子闭嘴!"杰克逊说。他后退了一步,怒视着那些一脸谄媚的纳安官员。

他恨不得把他们全给轰了。可是不行。杰克逊终于还是不得不接受这个让人无法接受的现实。

他那无可挑剔的语言学家耳朵听见了,通晓多种语言的大脑也分析过了。他沮丧地意识到,纳安人并未企图玩什么鬼把戏。他们说的不是废话,而是一种真正的语言。

目前来看，这种语言是由单一音节"矕"构成的。通过音高和声律的变化，重音和数量的差异、节奏和重复的改换，以及伴随的手势和面部表情的不同，这一单音便可以表达变化无穷的意义。

一种凭借一个词就组成无限变体的语言！杰克逊虽然不愿相信这一点，但身为极其出色的语言学家，他不得不相信自己训练有素的感官捕捉到的证据。

当然了，他可以学习这种语言。

可是等他学会了之后，它又会变成什么样呢？

杰克逊叹了口气，疲倦地搓了搓脸。从某种意义上说，这是不可避免的。所有的语言都会发生变化。但在地球和地球人接触过的几十个星球上，语言的变化相对缓慢。

而在纳星上，变化的速度则非常快。快得太多了。

纳星语变起来就跟地球上的流行时尚差不多，而且有过之而无不及。它随着物价或天气的改变而改变，这种变化无穷无尽，从不间断，遵循的是未知的规律和无形的原则。它犹如雪崩一般，其形万端。与之相比，英语简直就像冰川一样稳固。

纳星语如同赫拉克利特那条河的影子，既真实又荒诞。你不能两次踏进同一条河流，赫拉克利特如是说，因为河水永恒流淌。

但就纳星语而言，这是直白而朴素的真理。

这已经够糟糕的了。但更糟糕的是，像杰克逊这样的旁观者，永远也别期望从构成纳星语的这种动态变化的词语网络中圈定或分离出哪怕一个词。因为旁观者的行为本身就足以扰乱和改变这一系统，导致它不可预测地发生变化。因此，一旦某个词语被分离出来，那么它与系统中的其他词语之间的关系就必然会遭到破坏，这样一来，这个词语从其本身定义来看就会变成错误的。

由于它的变化，这种语言是无法被编纂或操控的。这样的不确定性使得纳星语能免遭一切征服的企图。杰克逊从赫拉克利特一直想到海森堡，却没能更进一步。他眼花缭乱，头晕目眩，以一种近乎敬畏的神情望着在场的官员们。

"伙计们,你们成功了!"他对他们说,"你们击败了这套系统。虽然古老的地球还是可以把你们吞并,永远不会在意这些差别,而你们半点办法也没有。但是,我那些老乡就喜欢那套法律,它规定,顺利的沟通是一切交易的先决条件。"

"彎?"伊鲁姆礼貌地问。

杰克逊说:"所以我看,我还是别搭理你们这些人了。至少只要那条法律还在,我就会遵守。可是管他的呢,你们能想到最好的结果,也不过是个缓刑,嗯?"

"彎彎。"市长迟疑地说。

"我这就走。"杰克逊说,"一是一,二是二……但要叫我发现,你们这些纳安人在占老子便宜的话……"

他这句话没有说完。杰克逊一言不发,转身回飞船去了。

半小时后,他已经准备好起飞;又过了十五分钟,他便启程了。

6

在伊鲁姆的办公室里,官员们看着杰克逊的飞船在午后阴暗的天空中像彗星一样闪闪发光。飞船缩小成针尖般大的亮点,随即消失在浩瀚的太空中。

官员们沉默了片刻;然后他们转过身,面面相觑。突然,他们不由自主地爆发出一阵大笑。他们笑得越来越厉害,笑得前仰后合,连眼泪都顺着脸颊淌了下来。

市长是第一个止住这种歇斯底里的人。他控制住自己,说道:"彎,彎,彎–彎。"

这个念头立刻让其他人清醒过来。他们再也高兴不起来了。他们不安地注视着远处不怀好意的天空,回想着方才的危险。

最后，年轻的伊鲁姆问："彎－彎？彎－彎？"

这个问题太过幼稚，有几个官员付之一笑。然而，没有人能回答这个简单而又至关重要的问题。这到底为什么呢？谁有那个胆子敢猜上一猜呢？

让人迷惘的不仅是未来，还有过去。而且，如果真正的答案不可想象，那么也没有什么答案是绝对不堪忍受的。

沉默渐深，年轻的伊鲁姆嘴角向下弯去，发出一阵不成熟的冷笑，十分严厉地说："彎！彎－彎！彎？"

他的话语令人震惊，不过只是年轻人心急之下的难听话罢了。但也不能任由黄口小儿如此无礼。一位值得尊敬的市议员上前一步侃侃而答。

"彎彎，彎－彎，"老人朴素的话语消除了紧张的气氛，"彎彎彎－彎？彎彎－彎。彎彎彎；彎彎彎；彎彎。彎，彎彎彎－彎彎彎。彎－彎？彎彎彎彎！"

如此坦诚的信仰宣言直击伊鲁姆心底的最深处。他的眼中情不自禁地涌出了泪水。他摆开架势，握紧拳头，仰天大叫："彎！彎！彎－彎！"

老市议员平静地微笑着喃喃道："彎－彎－彎；彎，彎－彎。"

很讽刺的是，这正是当下神奇而可怕的真相。不过，其他人可能恰好也没听到。

从洋葱到胡萝卜

Cordle to Onion to Carrot

罗妍莉 译

刊于《花花公子》
Playboy
1969 年 12 月

毫无疑问,你还记得那个踢了体重九十七磅的弱鸡一脸沙子的恶霸吧?好吧,不像查尔斯·阿特拉斯[1]的经历,弱鸡遇到的这个问题从未得到解决。真正的恶霸就是喜欢往别人脸上踢沙子。对这种人而言,羞辱他人能带来一种满足感。哪怕你足有二百四十磅重,一身腱子肉加钢筋铁骨,聪明如所罗门,或者机智如伏尔泰,都无济于事,那种人还是会往你眼睛里撒沙子来羞辱你,而你多半什么也做不了。

这就是霍华德·科德尔对这种事情的看法。他是个和蔼可亲的人,总是任由福勒牙刷公司的人、基金掮客、餐厅领班和其他气势汹汹的权威人士摆布。科德尔很讨厌这一点,他默默地忍受着无数疯狂的野蛮人,这些人总是在排队时挤到最前面去,在街头抢走他先拦下的出租车,在派对上撬走正在跟他说话的女孩子还不忘嘲讽几句。

更糟糕的是,这些人似乎巴不得有人挑衅,成天故意找碴儿,就是要把快乐建立在别人的痛苦之上。

科德尔一直不明白这是为什么,直到某个仲夏的一天,他开着车横穿西班牙北部,醉得七荤八素,托特-赫尔墨斯的合体神[2]在他耳边喃喃低语,给了他全新的启迪:

"哦,是这样,你的问题吸引了我,但老弟,你得明白,我们必须把胡萝卜放进去,不然就算不上一锅炖菜了。"

"胡萝卜?"科德尔反问道,百思不得其解。

"我说的是那几种惹你生气的人,"托特-赫尔墨斯解释道,"他们非得那么干不可,老弟,因为他们是胡萝卜,而胡萝卜就该是那种样子。"

"他们要是胡萝卜的话,"科德尔在心中琢磨着,"那我——"

"你啊,当然就是颗珍珠白小洋葱。"

---

1. 著名的肌肉训练推广者,曾从骨瘦如柴练成了一身结实的肌肉。
2. 希腊神祇赫尔墨斯和埃及神祇托特的结合体。在希腊化的埃及,希腊人发现他们的神祇赫尔墨斯与埃及神祇托特完全相同,于是便将两位神祇合二为一地崇拜。

"没错！我的神啊，没错！"科德尔喊了出来，在顿悟的耀眼光芒中目眩神迷。

"其实很自然，你和其他所有的珍珠白洋葱都觉得胡萝卜完全就是讨厌鬼，只不过是种畸形的橙色洋葱罢了；而胡萝卜看到你的时候就会大喊：'哇！又圆又白的怪胡萝卜！'我的意思是，你们彼此都觉得对方让人无法消受，可是其实……"

"没错，接着说！"科德尔叫道。

"其实就是，"托特－赫尔墨斯说出了结论，"炖菜有乾坤，万物安其位！"

"当然！我明白了，我明白了，明白了！"

"这意味着，凡是存在的人就是必要的，如果里边要有友善得体的白色洋葱，就必须也要有细长可恶的橙色胡萝卜；反之亦然，因为如果不把这些配料全放进去，那就不算是炖菜了，也就是生活。于是就变成了，呃，让我瞅瞅啊……"

"一锅汤！"欣喜若狂的科德尔大喊。

"你们是按照五五开的比例来的，"托特－赫尔墨斯吟唱道，"记下这些话，我的助祭，让人们知晓这神圣的公式……"

"一锅汤！"科德尔说，"是的，我现在明白了——奶油一样柔滑的纯白洋葱汤是我们对天堂的梦想，而炽热的橙色胡萝卜汤则是我们对地狱的概念。对上了，全对上号了！"

"唵嘛呢呗咪吽。"托特－赫尔墨斯吟诵道。

"可绿豌豆都去哪儿了？还有肉呢，看在上帝的分儿上？"

"这是隐喻，不要当真，"托特－赫尔墨斯劝他道，"看破不说破。咱们只说胡萝卜和洋葱。来点儿吧，给你点饮料喝——这可是我这儿的招牌酒水。"

"可是调料呢，你把调料放哪儿了？"科德尔一边问，一边从一个锈迹斑斑的水壶里喝了一大口深紫红色的液体。

"老弟，你的这些问题只有高级共济会成员才有资格知道答案。

对不住啦。你只要记住,全都放进这一锅炖菜里。"

"放进炖菜里。"科德尔重复道,一面吧唧着嘴唇。

"尤其是要牢记胡萝卜和洋葱。你可真够有意思的。"

"胡萝卜和洋葱。"科德尔重复道。

"那就是你的旅程了。"托特-赫尔墨斯说,"嘿,我们已经到拉科鲁尼亚[1]了,你让我在这儿随便什么地方下都成。"

科德尔开着租来的车下了公路。托特-赫尔墨斯从后座上拎起背包,下了车。

"谢谢你的顺风车,老弟。"

"别客气。谢谢你的酒。你说那是种什么酒来着?"

"就是普通葡萄酒,里头加了点'一柱擎天'博士特制的速溶型伟哥药面,是在UCLA[2]的秘密实验室里捣鼓出来的,他打算让整个大欧洲都硬起来呢。"

科德尔语调深沉:"不管是什么,对我来说,完全就是灵丹妙药啊。借着这玩意儿,你都可以把领带卖给羚羊了,也能把世界从扁平球体变成一个截了顶的梯形……我刚才说什么来着?"

"没关系,这都是你这段旅程的一部分。你最好还是躺一会儿,好吧?"

科德尔说:"天神下令,凡人必须遵从。"他一字一顿地说完,便在车里的前排座位上躺下了。托特-赫尔墨斯朝他俯过身来,他的胡子闪着锃亮的金光,脑袋上戴着梧桐枝编成的花环。

"你没事儿吧?"

"这辈子都没这么好过。"

"需要我待在你身边吗?"

"没必要。你已经帮了我一个超级大忙了。"

---

1. 西班牙西北部城市,濒临大西洋。
2. 美国加州大学洛杉矶分校。

"你这么说我真开心,老弟,你这话很好听。你真的没事吗?那好吧,谢了。"

托特-赫尔墨斯大步流星地走进夕阳的余晖中。科德尔闭上眼睛,觉得各种各样的问题已然解决,这些问题曾经困扰过各个时代最伟大的哲学家们。原来复杂的事情竟然如此简单,他心中感到些许惊讶。

最后他睡着了。约莫六小时后,他醒了过来。方才那些大彻大悟的念头和明晰的答案,大部分他都已经忘光了。真是不可思议,一个人怎么能把宇宙之钥给弄丢了呢?可他真忘了,而且似乎也没有重新找回的希望。天堂就这么永远失去了。

不过,他确实记得洋葱和胡萝卜,也记得一锅炖菜的事。如果他自己能选,这并不是他本来想要的那种顿悟。但这种顿悟是从天而降的,他也没有拒绝。科德尔知道,也许是出于本能地知道,在顿悟游戏中,你跟什么有缘,就得到什么。

第二天,他在倾盆大雨中到达了桑坦德[1]。他决定给所有朋友写些逗乐的信,甚至可以试着写写旅行见闻,不过这得需要一台打字机。他住的这家旅馆的搬运工指引他来到一家出租打字机的商店。他在店里找到了一个英语流利的店员。

"你们是按天出租打字机吗?"科德尔问道。

"当然,为什么不呢?"店员回答道。他一头油乎乎的黑发,瘦削的鼻子颇有点贵族气息。

"那台多少钱?"科德尔指着一台三十年前出产的艾里卡便携式打字机问。

"一天七十比塞塔[2],也就是说,一美元。正常是这个价。"

---

1. 西班牙北部海港城市。
2. 西班牙在2002年欧元流通前使用的法定货币。

"现在不是正常价格吗?"

"当然不是,因为你是个过路的外国人。要是你租的话,每天就得一百八十比塞塔。"

"好吧,"科德尔说着,伸手去拿钱包,"我想租两天。"

"我还需要你的护照和五十美元押金。"

科德尔试着开了个无伤大雅的玩笑:"嘿,我只是用它来打字,又不是要娶它。"

店员耸耸肩。

"你看啊,我的护照在旅馆的前台那儿保管着呢,要不你就拿我的驾照吧?"

"当然不行。你必须得把护照押在我这儿,以防你拖欠。"

"可你为什么既要拿走我的护照,又要我交押金呢?"科德尔问道,他觉得自己被欺负了,心里很不自在,"我是说,你看,这台机器还值不了二十美元。"

"这么说你对于德国二手打字机在西班牙的市场价值相当内行?"

"算不上,可是……"

"那么,先生,请允许我按照我自己认为合适的做法来开展我的业务。我还需要知道你打算用这台打字机做什么。"

"用途吗?"

"当然了,用途。"

无论是谁,都有可能会在国外遇到这种荒唐可笑的情况。那个店员的要求令人无法理解,态度也非常无礼。科德尔正要略微点点头,脚跟一转,走出门去——

然后他想起了洋葱和胡萝卜,他想起了一锅炖菜。突然间,科德尔意识到,他可以想当哪种蔬菜就当哪种蔬菜。

他转向店员,抛出一个胜利的微笑。他说:"你想知道我用打字机做什么?"

"一点没错。"

"好吧,"科德尔说,"坦率地说,我想把它塞到鼻子里。"

店员目瞪口呆地看着他。

"这是一种相当成功的走私手段,"科德尔继续说,"我还打算给你一本偷来的护照和一叠比塞塔假币。一到意大利,我一转手就可以把这打字机卖到一万美元。米兰正奇缺打字机,你知道的,他们绝望到什么都肯掏钱。"

"先生,"店员说,"你是故意给人添堵的吧?"

"我就是想恶心你。我已经不打算租打字机了,不过我倒是想夸夸你的英语。"

"我刻苦学习过。"店员承认,话音里带点自豪。

"看得出来。而且,尽管你发的'R'音还有点问题,但你听起来还蛮像个患有腭裂的威尼斯船夫。我问候你可敬的家人。我这就走,不打扰你挤青春痘了。"

事后回想起来,科德尔可以肯定,他作为胡萝卜的首次亮相表现得十分出色。没错,虽然他最后说的那几句话还不太自然,有点过于理智了,不过其中隐含的满满恶意还是令人信服的。

最重要的是这个震撼人心的简单事实——他做到了。此刻,在他住的酒店这间安静的客房里,他并没有发疯般地自怨自艾,搅得自己心绪不宁,而是觉得心安理得。他知道,自己已经反过来把别人置于那种境地当中了。

他做到了!就这么简单,他把自己从洋葱变成胡萝卜了!

但他这种做派在道德上能站得住脚吗?大概,那个店员这么可恶是在所难免的:他是自身基因和社会环境的产物,是他自己那种条件反射的受害者。他天生就是这么可恨,而不是故意变成这样。

科德尔没让自己继续这么想下去。他发现,自己已经习惯于典型的"洋葱"式思维,无法体会"胡萝卜"的观念,只能将其视作洋葱界的反常现象。

但现在他知道,洋葱和胡萝卜都必须存在,否则就做不成炖菜了。

而且他还知道,人生而自由,可以按照自己的意愿选择成为任何一种蔬菜。他甚至可以活成一颗有趣的小豌豆,或是一瓣又糙又硬的大蒜(虽然这个隐喻有点无厘头)。无论遇到什么情况,你都可以在胡萝卜党和洋葱派之间自由选择。

科德尔心想,这里有很多值得思考的地方,但他根本没有抽出时间来细想,而是冒着雨出门观光去了,然后又继续上路。

第二回,事情发生在尼斯[1],在蔚蓝海岸大道上一间舒适的小餐馆里,餐桌上铺着红格子桌布,紫色墨水全手写而成的菜单完全看不懂。有四个侍者,其中一个看上去像法国影星让-保罗·贝尔蒙多,就连宽宽的下唇上叼着的那根烟都像。其余几个看起来则像是普通强盗。餐馆里有几位斯堪的纳维亚顾客,正安静地吃着一锅豆焖肉,有一个戴贝雷帽的法国老人,还有三个丑丑的英国女孩。

贝尔蒙多溜达着走过来。科德尔操着清楚流畅的法语,要求把他看到橱窗里挂的十法郎的菜单拿给他看。

侍者瞄了他一眼,那眼神就仿佛在看一个自命不凡的乞丐:"哦,那种今天卖完了。"他边说,边递给科德尔一张三十法郎的菜单。

要是按照从前的行事风格,科德尔准会忍气吞声地开始点菜,或者还可能气得发抖,站起身来走出餐馆,跌坐进马路边的长椅上。

可是眼下——

"可能你没明白我的意思,"科德尔说,"法国法律有规定,凡是橱窗里展示的固定价格菜单,你们都必须得允许顾客从中点菜。"

"先生是位律师?"侍者无礼的双手叉着腰。

"不是,先生我是来找碴儿的。"科德尔说,给出一个他自以为还算清楚的警告。

1.法国南部旅游城市。

"那么，先生可得找到想找的碴儿。"侍者说着，眼睛眯成了两条缝。

"好吧。"科德尔说。恰巧就在此时，一对老夫妇走进了餐厅。老先生穿一身双排扣灰蓝色西装，带有半英寸宽的白色细条纹；老太太则身着一条印花薄纱连衣裙。科德尔大声问他们："请问，你们是英国人吗？"

老先生有点吃惊，几乎注意不到地点了点头。

"那我建议你们别在这家用餐。我是联合国教科文组织的卫生检察官。这儿的大厨显然自从诺曼底登陆那天起就没洗过手。我们还没有完成伤寒病菌的最终检测，但我们怀疑这里有病菌。等到我的助手拿着石蕊试纸过来……"

餐厅里一片死亡般的寂静。

科德尔又道："我觉得煮鸡蛋应该比较让人放心。"

老先生很可能不信他的话，但这并不重要，科德尔显然是个刺儿头。

"走吧，米尔德里德。"他说，老两口匆匆离开了。

"你们的六十法郎外加百分之五的小费泡汤了。"科德尔冷冷地说。

"赶快滚出去！"侍者咆哮道。

"我喜欢这儿，"科德尔双臂一抱，说道，"我喜欢这儿的气氛，很有私密感。"

"不点菜就不准在这儿待着。"

"我点菜啊，就点十法郎菜单上的菜。"

侍者们互相看了看，一齐点了点头，组成人墙，气势汹汹地冲他走来。科德尔高声对其他食客嚷道："请大家给我做个证！这些人准备打我，四个打一个，这既违反法国法律，也不符合普世道德，而这只不过是因为我想从他们虚假宣传的十法郎菜单上点菜。"

这算是一番长篇大论了，不过眼下的时机显然正适合这样的豪言。科德尔又用英语重复了一遍。

英国女孩子们惊讶地倒吸了一口气。法国老人继续喝汤。斯堪的纳维亚人严肃地点了点头,开始脱外套。

侍者们又聚在一起商议了一会儿。长得像贝尔蒙多的那个人说:"先生,你这是在逼我们报警。"

科德尔说:"那倒是给我省事儿了,免得我自己打电话。"

"先生肯定也不想把假期的大部分时间都耗在法庭上吧?"

科德尔说:"先生我大部分假期都恰恰是这么过的。"

侍者们又商量了一番。然后,贝尔蒙多拿着那张三十法郎的菜单,大步走了过来:"套餐价格就算十法郎好了,因为很显然,先生只花得起这么点钱。"

科德尔没搭理他这句话:"给我来份洋葱汤,一份蔬菜沙拉,还有勃艮第牛肉。"

侍者下单去了。等待上菜的时候,科德尔用不大不小的声音唱起了《丛林流浪》[1]。他觉得这样兴许能加快他们上菜的速度。当他第二遍唱到"你们永远活捉不了我"的时候,菜上来了。科德尔把盛着炖汤的碗拖到面前,举起勺子。

那一刻,众人都屏息静气。顾客们还没有一个离开餐厅的。科德尔已经准备就绪,他身子前倾,手拈汤勺,做出一个准备舀的姿势,轻轻地嗅了嗅。整间餐厅一片寂静。

"少了点什么。"科德尔大声说。他皱着眉头,把洋葱汤浇在了勃艮第牛肉上。他嗅了嗅,摇了摇头,又加了半块切片面包,然后再嗅了嗅,又把沙拉扣在上头,再把整整一瓶盐全撒进去。

科德尔噘起了嘴。"不对,"他说,"这味儿根本不对。"

他把汤碗里盛的东西全都打翻在桌子上。这种行为也许可以跟

---

1. 澳大利亚最著名的民谣,被称为"非官方国歌"。歌词描述了一个流浪者在跃入湖中自杀之前,对前来拘捕他的人高喊:"你们永远活捉不了我!"

往《蒙娜丽莎》上泼紫药水相提并论了。法国全境和瑞士西部大部分地区都震惊了。

科德尔不慌不忙地站起身来，不过双眼仍然警觉地留意着惊呆了的侍者们，又朝一片狼藉的桌上扔下十法郎。他走到门口，转过身来，说道："请转达我对大厨先生的问候，他也许更适合去当水泥搅拌工。而这个，老兄，是给你们的。"

他把揉得皱皱巴巴的亚麻餐巾丢到地板上。

科德尔昂首阔步地走开，那神情就仿佛是位斗牛士，在完成一连串漂亮的戳刺之后，轻蔑地转身背对着那头牛，优哉游哉地离去。不知为什么，侍者们并没有跟着冲出来开枪打死他，再把他的尸体挂在最近的路灯上示众。科德尔就这么走了十到十五个街区，忽而左拐，忽而右拐。他来到了盎格鲁大道，在长凳上坐下来，浑身发抖，衣服已经被汗水湿透了。

"可我办到了，"他说，"我办到了！我！我刚才真是坏到不可描述了，而且侥幸得手了！"

现在他真的明白胡萝卜们为什么会那样做了。上帝啊，多开心啊，这感觉多爽啊！

然后，科德尔又恢复到温和模式，顺利切换，毫不懊悔。这种状态一直持续到他在罗马的第二天。

他当时正开着租来的车，跟另外七辆车一起，在维托里奥·埃曼努埃尔二世大街上的一处红绿灯前排队。他们后面大概还有二十辆车。每个司机都把引擎踩得轰轰响，弓身在方向盘上，眯着眼睛蓄势待发，幻想自己正在参加勒芒耐力赛[1]。只有科德尔例外，他正沉醉在罗马市中心的建筑群里。

方格旗挥下！司机们一脚把油门踩到底，动力不足的菲亚特的

---

1. 世界著名的汽车赛事，在法国西北部城市勒芒举行。

车轮旋转着,离合器和神经都绷到了极致,兴高采烈。只有科德尔例外,他似乎是整个罗马城中仅有的一个不想赢下比赛或赶赴约会的人。

科德尔不紧不慢地踩下离合器,挂上挡,他已经比别人慢了将近两秒钟——在蒙扎或蒙特卡罗的赛道上,这简直不可想象。

他身后那名司机疯狂地按着喇叭。

科德尔对自己微微一笑,表情诡秘而丑陋。他挂进空挡,拉起手刹,走出车外。他从容地走向那个按喇叭的家伙,那人脸色已经变得惨白,手在座位底下摸索着,希望能找到根撬棒。

"怎么着?"科德尔用法语问,"有什么问题吗?"

"不,不,没什么。"司机用法语回答,这是他犯下的第一个错误,"我只是想让你赶紧走,赶紧动动。"

科德尔说:"可我不正在走吗?"

"那好吧!没事!"

"不对,谁说没事了?"科德尔对他说,"我觉得你应该给我个更好的解释,为什么你要冲我按喇叭?"

这位按喇叭的是个米兰商人,正带着妻子和四个孩子出门度假,他贸然答道:"亲爱的先生,你动作太慢了,把我们大家的时间都给耽误了。"

"慢?"科德尔说,"灯才刚绿了两秒钟,你就在那儿按喇叭。你管两秒钟叫动作慢吗?"

"可远远不止两秒钟啊!"那人无力地反击道。

这当口,红绿灯前堵塞的长龙都快要排到南边的那不勒斯去了,聚集了得有上万人。维托波和热那亚的宪兵部队已经进入警戒状态。

"你说的不对,"科德尔说,"我有证人。"他朝人群比画着,他们也冲他比画起来。"我要在法庭上传唤证人。你必须得明白,你在罗马市区范围内非紧急情况下鸣笛,已经违法了。"

这位米兰商人看了看人群,现在围观群众可能已经涨到了五万之多。上帝啊,他想,要是哥特人[1]再来一次,把这些看热闹的罗马佬给灭了,该有多好啊!要是地面能裂开一条缝,把这个法国疯子给吞下去,该有多好啊!要是他,吉安卡洛·莫雷利,手头有把钝勺,能把自己手腕上的静脉割开,该有多好啊!

来自第六舰队[2]的喷气式飞机在头顶上空轰鸣,希望能避免一场大家期待已久的军事政变。

米兰商人的妻子正朝着他大骂。今晚,他就把她那颗不忠的心剖出来,给她母亲寄回去。

那该怎么办呢?要是在米兰,他早把这法国佬的脑袋割下来搁在盘子上了。但这是罗马,一座南方城市,一个捉摸不定的危险之地。而且就法律的角度而言,他可能是做错了,这使他在辩论中处于更加不利的位置。

"好吧。"他说,"且不说是挑事吧,也许我确实没必要按喇叭。"

"你必须正式向我道歉。"科德尔坚持道。

东边一记雷鸣,成千上万的苏联坦克正穿越匈牙利平原,排成战斗队形,准备抵抗好不容易盼来的北约入侵特兰西瓦尼亚。在福贾、布林迪西、巴里,自来水断供了。瑞士人关闭了边界,已然准备好炸毁通道。

"好吧,我道歉!"米兰商人大叫道,"我很抱歉把你惹恼了,更抱歉自己被生下来!我再道一回歉!现在你是不是可以走了,让我自个儿安安静静地等着心脏病发作呢?"

"我接受你的道歉,"科德尔说,"别伤了和气,嗯?"他慢慢悠悠走回车里,一边哼着《把他放倒》[3],在数百万人的欢呼声中驱车离开。

战争再次在千钧一发之际得以避免。

科德尔驱车来到提图斯凯旋门,停好车,然后在千号齐鸣中穿

---

1. 公园4世纪,哥特人劫掠罗马城,西方古典时代的秩序从此开始瓦解。
2. 美国海军六大舰队之一,司令部设在意大利那不勒斯。
3. 一首英文船夫号子,歌词讲述了船员打架被放倒在地的故事。

过了凯旋门。就跟恺撒大帝一样,他理所应当如此凯旋。

上帝啊,他洋洋得意地心想,我可真是个讨厌鬼!

在英国,科德尔在伦敦塔的叛徒门不小心踩到了一位妙龄女子的脚趾。这似乎预示了什么。这位女子名叫梅维斯,来自新泽西州的肖特山[1],一头黑发又直又长。她身材苗条,面容姣好,头脑聪明,精力充沛,还颇有幽默感。虽说她也有些小小的缺点,但却无伤大雅。她让科德尔请她喝了杯咖啡。这周接下来的这几天,两人一直待在一起。

"我看,我是迷上她了。"到了第七天,科德尔对自己说。他立刻意识到,这种说法有点太轻描淡写了。他根本就是无可救药地深深地爱上了她。

可梅维斯又是怎么想的呢?她似乎并非对他没有好感。甚至有可能,她说不定也对他有些意思。

在那么一瞬间,科德尔忽然有了一丝先知先觉的念头。他意识到,原来一个星期前,被他踩了一脚的正是他未来的妻子、他两个孩子的母亲,这两个孩子都会出生在萨米、新泽西或是米尔本的一栋带充气式家具的复式住宅内,并在那里长大成人。

这么直截了当地说,听起来可能没什么吸引力,都是些乡下地方。但在科德尔心目中却颇为满意,他并非自诩四海为家的那种人。毕竟,也不是每个人都住得起卡普费拉[2]这种地方的豪宅。而且很奇怪的是,甚至并非人人都向往那样的所在。

那天,梅维斯和科德尔去了贝尔格莱维亚区[3]的马歇尔·戈登故居,

---

1. 美国新泽西州的一座富裕小镇,下文提到的"萨米"和"米尔本"同样是新泽西州的富人聚居区。
2. 法国滨海阿尔卑斯省的一个市镇,欧洲贵族和国际富翁喜爱的度假胜地。
3. 伦敦上流社会住宅区。

想参观拜占庭细密画[1]。梅维斯对拜占庭细密画颇为热衷,在当时看来似乎并没有什么妨害。这些属于私人藏品,但梅维斯通过安飞士租车公司当地的一位经理弄到了请柬,对方也确实费了不少劲才安排妥当。

二人来到戈登故居前,这是座令人肃然起敬的摄政时期风格建筑,位于赫德尔斯通小院。他们按动门铃。一位穿着一身笔挺晚礼服的男管家前来应门。二人出示了请柬。管家瞥了他们一眼,挑起了眉毛,表明他们持有的是二等请柬,一般发给那些乘坐十七天费用全包的经济舱过来的死乞白赖的伪艺术爱好者;而不是有雕花的头等请柬,发给诸如毕加索、杰基·奥纳西斯[2]、舒格·雷·罗宾逊、诺曼·梅勒、查尔斯·高伦这样的名流显贵。

男管家说:"哦,对……"寥寥二字,却大有弦外之音。他那张脸皱成一团,仿佛此刻接待的是帖木儿[3]和他的金帐汗国军队。

"细密画。"科德尔提醒道。

"对,当然了……不过先生,我恐怕凡是参观戈登故居的人,都必须着正装打领带。"

那是个闷热的八月天,科德尔穿着件运动衫。他说:"我没听错吧?着正装打领带?"

管家答道:"这是规矩,先生。"

梅维斯问:"这次能不能破例呢?"

管家摇了摇头,"我们真的必须遵守规矩,小姐。否则……"他没有说担心粗俗人等这些话,但那弦外之音却在空中袅袅不散。

"当然了,"科德尔和蔼地说,"否则嘛,不就是一件外套、一条领带吗?我觉得我们可以安排。"

---

1. 波斯艺术中的一种精细刻画的小型绘画。
2. 肯尼迪总统遗孀,改嫁船王奥纳西斯,与下文舒格·雷·罗宾逊(美国拳圣)、诺曼·梅勒(美国著名作家)、查尔斯·高伦(桥牌宗师)等人同为名流。
3. 又称跛子帖木儿,蒙古人首领,一生征战未尝败绩。

梅维斯抬手按在他的胳膊上:"霍华德,咱们走吧,回头再来好了。"

"胡说,亲爱的。我能否借你的外套一用……"

他拿起她肩上披着的白色雨衣往自己身上一套,雨衣崩开了一条缝。"好了,伙计!"他轻快地对那管家说,"这样就成了,对吧?"

"我看不行,"管家说,发出北风般冰冷的声音,"无论如何,都得打领带。"

科德尔等的就是这一句。他抽出汗津津的手帕,系到脖子上。

"这样总行了吧?"他模仿着彼得·洛[1]出演的莫托先生,估计只有他自己觉得学得挺像。

"霍华德!我们走吧!"

科德尔等着没动,冲那位管家沉着地微笑,管家有生以来头一回急得满头大汗。

"先生,恐怕,这并不——"

"不什么?"

"并不完全符合正装领带的定义。"

"你是想告诉我,"科德尔高声嚷道,声音很不爽,"你不光是个开门的,还有资格对男人的衣着品头论足吗?"

"当然不是!但这种临时打扮——"

"这跟临不临时有什么关系?难道说人们一定得提前三天做足准备,才能通得过你的审查吗?"

"可你穿的是件女人的防水外套,系的是条脏手帕,"管家固执地说,"我觉得没什么可说的了。"

他正要关门,科德尔说:"你要是这么做的话,老兄,我就起诉你造谣中伤。在这儿可是很严重的指控,伙计,我有目击证人。"

除了梅维斯以外,科德尔身边已经围了一小群人,不动声色却

1.德国演员,共出演了八部二十世纪福克斯公司以莫托先生为主角的侦探片。

又兴致盎然地围观着。

"这可有点太荒唐了。"管家开始妥协了,门只关上了一半。

科德尔回敬道:"你蹲大牢才更荒唐呢。我就是要为难你——我是说,起诉你。"

"霍华德!"梅维斯叫道。

他甩开她的手,锐利的目光死死盯住管家。他说:"我是个墨西哥人,不过可能我英语讲得太好了,才会让你误会。在我们国家,男人要是受到这样的侮辱,如果报不了仇,就宁可把自己的喉咙割断。你说这是女人的外套?老铁,外套只要穿在我身上,就是男人的外套。还是你在暗示我是基佬,你们管这叫什么来着?——同性恋?"

人群变得不那么克制了,愤愤不平地议论起来,纷纷表示赞同。除了主人,没人喜欢管家。

"我没那个意思。"管家怯怯地说。

"那这件是男人的外套吗?"

"就如你所愿吧,先生。"

"我不满意!还是能听出讽刺的味道。我现在就去找执法人员。"

"等等,咱们别着急,"管家脸上全无血色,双手颤抖,"先生,你穿的是男人的外套。"

"那我的领带呢?"

这位管家做了最后的努力,试图阻挡萨帕塔[1]和他那群红了眼的雇农。

"这个,先生,手帕显而易见就是……"

"我脖子上裹的是什么,"科德尔冷冷地说,"这取决于它的用途。我要是在喉咙上缠一块花绸子,你是不是又该管这个叫女士内衣了?亚麻很适合用作领带,千真万确对吧?功能决定了术语的定义,难道你不同意?如果我骑着一头牛上班,没人会说我骑的是块牛排吧?

---

1. 墨西哥革命领袖,农民游击队的组织者。

你觉得我的论证有漏洞吗?"

"恐怕我没有完全听明白……"

"那你怎么自以为有资格做出判断呢?"

人群此刻早已躁动起来,纷纷低声嘟囔着表示同意。

"先生,"可怜的管家叫道,"我求求你了……"

"否则的话,哼。"科德尔满意地说,"我有外套,有领带,还有请柬。你是不是可以高抬贵手让我们看看拜占庭细密画了呢?"

管家向潘丘·维拉[1]和他那帮衣衫褴褛的喽啰敞开了大门。文明的最后堡垒不到一小时就被攻陷。泰晤士河沿岸群狼怒号,莫雷洛斯[2]的赤足大军赶着马群进驻大英博物馆,欧洲的漫长黑夜开始了。

科德尔和梅维斯一声不吭地看完了藏品。两人一句话也没说,直到他俩单独在一起,沿着摄政公园散步的时候才打破了沉默。

科德尔先开口:"你瞧,梅维斯。"

"不,你瞧,"她说,"你真是令人发指!真是不可思议!你真是……我简直连一个最坏的词都找不到去形容你刚才的所作所为!我做梦也没想过,你居然是个混蛋虐待狂,把羞辱别人当成乐趣!"

"可是梅维斯,你也听到了,他对我是怎么说话的,他那口气你是听到了的……"

梅维斯说:"他就是个固执的无知老头。我还以为你不是。"

"可是他说……"

"那有什么关系?你明明就是乐在其中!"

"哎,好吧,可能你说的没错,"科德尔说,"你看,我可以解释一下。"

"别跟我解释,你解释不了。永远也不行。请离我远点,霍华德,永远离开。我是说真的。"

---

1. 富有争议的墨西哥革命家。
2. 墨西哥独立战争领袖,民族英雄。

他未来那两个孩子的母亲迈步走开,从他的生命中远去。科德尔急忙跟在她身后。

"梅维斯!"

"我要叫警察了,霍华德,我发誓,我真会这么干!让我清静清静!"

"梅维斯,我爱你!"

她肯定听到了他的话,但还是继续往前走。她是个可爱的美丽姑娘,而且毫无疑问,是只洋葱,这一点无法改变。

科德尔始终没办法向梅维斯解释关于炖菜的事,以及在谴责某种行为之前有必要亲身体验一下。神秘的顿悟时刻基本是没法解释的。不过他还是设法让她相信,他刚才突然发了一阵疯,这种稀罕事儿以前从来没发生过,而且以后只要能跟她在一起,绝对不会再发生。

现在,他俩已然结为夫妇,生了一儿一女,住在新泽西州普里菲尔德的一座复式住宅里,生活得非常愉快。科德尔明显还是任由福勒牙刷公司的人、基金掮客、餐厅领班和其他气势汹汹的权威人士摆布,但还是有点变化的。

科德尔坚持要定期独自一人出门旅行。去年,他在火奴鲁鲁略微出了点小名。今年,他要去的是布宜诺斯艾利斯。

陷落人海

The People Trap

罗妍莉 译

刊于《奇幻科幻杂志》
The Magazine of Fantasy & Science Fiction
1968 年 6 月

1

这天是"土地赛跑日"——一个吹嘘希望和延续悲剧的时刻，一个二十一世纪的悲惨缩影。像其他选手一样，史蒂夫·巴克斯特也想要尽早抵达起跑线，但他算错了所需的时间，现在他遇上麻烦了。他那枚参赛徽章帮助他顺利地穿过了外围的人丛；然而，想要挤进那围成铁桶一般的内圈人丛，无论是徽章还是他的体力，都完全指望不上。

据巴克斯特估计，内圈人丛的密度达到了八点七，已距离瘟疫流行水平不远了，随时都有可能达到突发情况的临界点，尽管当局才刚刚喷洒了雾化镇静剂。如果时间充裕，倒是可以绕开他们；可惜比赛马上就要开始了，巴克斯特只剩下六分钟。

也顾不上什么风险了，他直接挤进了密密麻麻的人丛之中，脸上挂着纹丝不动的微笑——在面对高密度人丛时，这一点绝对是必不可少的。他现在能看见起跑线了，那是位于泽西城格里贝公园里的一座高台。其他选手早就到了。再挤过去二十码就行，史蒂夫心想，要是这帮人不发生踩踏的话！

但即便挤进了人丛的最内圈，他仍然还得穿透最核心的一层。这帮家伙个个五大三粗、呆若木鸡，一双双茫然的眼睛不知瞟着哪里——用流行病学家难懂的术语来说，就像是凝聚的噬菌体，他们像沙丁鱼一样挤成一堆，如同一个完整的有机体一样做出机械的反应。任何企图穿透队伍的物体，都会招来他们盲目的抵抗和失去理智的愤怒。

史蒂夫犹豫了一会儿。这群最里层的家伙比古代发情的野牛还要危险，他们冲他怒目而视、鼻孔翕张，沉重的脚步缓缓移动着，隐藏着难以言说的威胁。

巴克斯特没来得及多想，便一头扎进了人丛里。他的后背和肩膀被一下一下撞击着，听到最里层人丛传来令人生畏的呜呜声。一具具走了样的身体推搡着他，令他窒息，向他逼近。

就在此时，如有神助一般，当局忽然播放起了缪扎克背景音乐。在过去一个多世纪以来，这种古老而神秘的音乐曾安抚过最难对付的暴徒，如今也依然奏效。在音乐的作用下，最里层静止了片刻，于是，史蒂夫·巴克斯特用双手硬生生从人丛中扒出一条缝来，挤到了起跑线前。

首席裁判已经开始念诵"参赛说明"，每位参赛选手和大多数观众都对这份文件烂熟于胸。不过按照法律的要求，仍然必须对条款加以陈述。

"先生们，"裁判说，"你们聚集在这里，是为了参加一场赢取公有土地的赛跑。在南威斯切斯特地区的五千万报名者中，我们通过摇号的方式选出了你们这五十名幸运儿。比赛以这里作为起点，终点位于纽约时代广场土地办公室的注册线——经校准，全程距离平均五点七英里。诸位参赛者允许采用任意路线，无论是从地表、空中，还是地下。唯一的要求是必须亲自完成，不准找人代替。胜利抵达终点的前十名选手……"

人丛忽然一片死寂。

"将无条件赢得一英亩[1]带有完整房屋和农用工具的自由支配土地。政府还为每名获胜选手及直系亲属提供免费交通，将他们送往自己名下的永久产权土地。只要头顶仍有阳光，河水仍在流动，上述这一英亩土地就始终归其所有，享有不容置疑的永久产权，永远不可剥夺地归属于他和他的继承人，甚至可以一直传到第三代！"

听到此处，人们纷纷叹气。他们一辈子也没见过可以自由支配的一英亩土地，至于自己拥有一块，更是连做梦都没想过。整整一

---

[1] 1英亩约合4046.86平方米。

英亩土地，完全归自己和家人所有，不必与任何人分享，好吧，这早已超出了最疯狂的幻想。

"要进一步指出的是，"裁判接着说，"在比赛期间发生的任何死亡事件，政府概不负责。在此必须说明，土地赛跑的未加权平均死亡率为百分之六十八点九左右。任何选手如果想要退出比赛，现在就可以弃权，我们将一视同仁。"

裁判等待着，有那么一瞬间，史蒂夫·巴克斯特差点就要放弃这个无异于自杀的想法。毫无疑问，他、阿黛尔和孩子们，还有弗洛阿姨和乔治叔叔，原本都活得好好的，完全可以在拉奇蒙特的弗雷德·艾伦纪念碑中等收入小区里那间舒舒服服的单间公寓里凑合生活下去。毕竟，他不是什么实干家，不是什么肌肉发达的亡命之徒，也不是什么拳头吓人的武林高手。他不过是位干得很出色的系统形变顾问。他是个性格温和的瘦子，肌肉纤细，还明显有些气短。看在上帝的分儿上，他究竟为何要置身于最黑暗危险的纽约城——那个臭名昭著的丛林城市之中呢？

"还是弃权得了，史蒂夫。"一个声音，神奇地与他此时的念头不谋而合。

巴克斯特转过身，看到了爱德华·弗莱霍夫·圣约翰，他在拉奇蒙特的那个有钱又讨厌的邻居。圣约翰身材高大，风度翩翩，因为常年从事板手球运动，一身紧绷绷的肌肉相当发达。圣约翰相貌优雅阴郁，半眯的眼睛盯着可爱的金发美女阿黛尔。

"你绝对办不到的，史蒂夫老弟。"圣约翰说。

"也许吧。"巴克斯特心平气和地回答，"可你呢，我猜，你就肯定行？"

圣约翰眨眨眼，伸出一根食指竖到鼻子旁边，做了个心里有数的手势。几个星期以来，他一直在暗示，他从一个贪污受贿的土地赛跑审查官手里弄到了点特别的情报，将大大提升他穿越曼哈顿区的机会——那是全世界人口最稠密、危险系数最高的城市聚居区。

"别蹚这浑水了，史蒂夫老弟，"圣约翰用他特有的沙哑声音说，"离远点儿，我不会亏待你的。咋样啊，亲爱的？"

巴克斯特摇摇头。他从不曾自诩有多勇敢，但他宁死也不肯接受圣约翰的半分施舍。而且，无论如何，以前那样的好日子是再也回不去了。根据上个月出台的《大家庭住所法案》附加条款，现在史蒂夫有义务收留三个未婚的表亲，还有一位寡居的婶婶，她那间位于普莱西德湖村工业园区的地下室底层一居室因为新修的阿尔巴尼-蒙特利尔隧道，已经被彻底拆迁了。

即使有抗休克注射剂，一间屋子里挤进十个人也实在太多了。他必须赢得一块土地！

"我不走。"巴克斯特平静地说。

"好吧，笨蛋。"圣约翰说，皱起眉头，破坏了他那绷得紧紧的冷笑面容，"你可得记住，我警告过你了。"

首席裁判高声喊道："先生们，各就各位！"

参赛者们都不再作声。他们眯起眼睛，抿紧嘴唇，踮起脚尖，站在起跑线上。

"预备！"

五十个男人横下一条心，身子前倾，一百条腿上肌肉隆起。

"跑！"

比赛开始了！

一阵超音速的巨响令周围的人丛一时之间惊得目瞪口呆。参赛者们钻出呆愣在地的队伍，飞奔过停滞不前的车辆长龙，然后散开。大部分人都向东跑，朝着哈德逊河而去，朝着河对岸那座面目狰狞的城市而去，那里大半个城市都笼罩在燃烧不完全的碳氢化合物的漆黑烟雾之下。

唯独史蒂夫·巴克斯特没有向东。

在所有参赛选手中，他独自一人转向北方，朝乔治·华盛顿大桥和熊山城的方向跑去，嘴抿得紧紧的，像是在梦游一样。

在遥远的拉奇蒙特，阿黛尔·巴克斯特正通过电视观看比赛。她情不自禁地倒抽了一口冷气。八岁的儿子汤米哭着说："妈妈，妈妈，他要往北去大桥那边！可是大桥这个月就已经关闭了！他过不去！"

"别担心，宝贝，"阿黛尔说，"你爸爸知道自己在做什么。"

她说话时装出一副信心满满的口气，心里却觉得没底。当她丈夫的身影消失在人群中时，她往后一靠，静静等待，心中祈祷。史蒂夫知道自己在做什么吗？难道他在压力下惊慌失措了？

2

祸端在二十世纪就已埋下了，但恐怖的恶果却直到一百年后才显露端倪。在成千上万年的人口缓慢增长之后，世界人口突然暴增，翻了一倍又一倍。随着病魔被战胜，食品供应得到保障，死亡率不断下降，出生率持续攀升，人口数量呈噩梦般的几何数增长，人类就像失控的肿瘤一样不断膨胀。

如今也不能指望天启四骑士[1]这些过气的警察来维持秩序了。瘟疫和饥荒已经被放逐，战争对于这个苟且偷生的时代来说又太过奢侈。唯有死神屹立不倒——不过也被大幅削弱，仅余从前的一点残影。

科学带着巨大的不合理性继续发展，不带任何情感，以期实现让更多的人活得更久这一目标。

人口与日俱增，把地球上挤得满满当当，空气令人窒息，水体遭到污染。他们啃着鱼粉做的面包片，里面夹着加工过的海藻，悲凉地等待着一场从天而降的灾难，来削减他们这庞大而笨拙的人潮，徒劳地等待着。

---

1. 出自《新约圣经》末篇《启示录》。世界终结给予全人类审判之时，有羔羊解开书卷七封印，召唤来分别骑着白、红、黑、绿四匹马的骑士，将战争、饥荒、瘟疫和死亡带给接受最终审判的人类，届时天地失调、日月变色，随后就是世界毁灭。

在人类经验中，量变会产生质变。在从前更为纯真的年代，只有那些无用之地才充斥着冒险和威胁——崇山峻岭，荒芜沙漠，热带丛林。但到了二十一世纪，在加速寻找生存空间的过程中，大部分这种地方都已经被开发利用了。在如今这个年代，充满冒险和威胁的，反倒是那些无法管控的可怕城市。

在城市里，人们会遭遇现代版的野蛮部落、骇人野兽和可怕疾病。与维多利亚时期攀登珠穆朗玛峰或探秘尼罗河源头那类远足相比，去纽约或芝加哥探险，需要更足智多谋、更饱含毅力、更心灵手巧。

在这个高压锅一般的世界里，土地是最为珍贵的商品。当有土地可供分配的时候，政府便通过地区抽奖的形式将其瓜分，而地区抽奖登峰造极的形式便是土地赛跑，仿效的是在十九世纪九十年代俄克拉荷马领地和切诺基地带刚刚开放时所采用的类似比赛形式。

举世公认，土地赛跑既公平又有趣——既具有娱乐性，又富于冒险性。有数以百万计的人观看比赛，比赛代入感带来的兴奋对于普罗大众颇具镇定效用，这一点得到了充分的关注和肯定，而其本身便足以证明土地赛跑的正当性。

此外，参赛者的高死亡率同样必须视作优点。绝对的死亡人数并不大，但世界已经如此拥挤，即便减少微不足道的人数，它也会心存感激。

比赛已经进行了三个小时。史蒂夫·巴克斯特打开他的小型晶体管收音机，收听最新的报道。他听到第一组参赛者是如何到达了荷兰隧道，却被装甲警察挡了回去。另一些人则更加狡猾，他们已经绕远路到了斯塔顿岛，目前正在设法接近前往韦拉扎诺桥的路径。弗莱霍夫·圣约翰单枪匹马，亮出副市长的徽章，获准通过林肯隧道的路障。

但现在是史蒂夫·巴克斯特赌上一把的时候了。他面色严峻，一言不发，鼓起勇气走进了臭名昭著的霍博肯自由港。

3

此时,霍博肯海滩上正当黄昏。在他眼前,开阔的新月形海湾中,整整齐齐停泊着霍博肯走私船队的快船,每艘船上都亮着闪闪发光的海岸警卫队警徽。有的船只已经把货物捆扎到了甲板上——诸如北卡罗来纳的香烟、肯塔基的酒、佛罗里达的橙子、加利福尼亚的镇静剂,还有得克萨斯的枪支。每只箱子上都有官方标记:违禁品——已完税。因为在当今这个不幸的年代,压力重重的政府不得不对非法企业也同样征税,从而给予其准合法地位。

巴克斯特小心翼翼地选准时机,爬上了一条运送大麻的走私船,在一捆捆气味浓郁的大麻之间蹲下。这艘船已经准备好即刻出发,只要他能在过河这段短短的航程中藏好……

"啊呲!这他妈是什么?"

没料到一名醉醺醺的大管轮从水手舱里走了出来,巴克斯特被逮了个措手不及。听到他的嚷嚷声,其余船员纷纷拥上甲板。这帮难搞的家伙一个个大摇大摆,杀人不眨眼,令人望而生畏。几年前,正是这帮毫无信仰的家伙把维霍肯洗劫一空,把李堡付之一炬,一路烧杀劫掠,直攻到恩格尔伍德城下。史蒂夫·巴克斯特知道,万万不能指望他们大发慈悲。

尽管如此,他还是带着令人钦佩的冷静开口道:"先生们,劳你们的驾,我需要搭船去哈德逊河对面。"

船长是位高大的梅斯蒂索[1]混血,刀疤脸,肌肉虬结,他闻声仰天大笑。

"找老子们过河?"他操着一口明显的霍博肯土话,"你娃儿以为

---

[1] 父母一方为西班牙裔、一方为美洲印第安人的混血儿。

老子开的是克里斯托弗街渡船哇?"

"完全不是这样,先生,不过我曾希望……"

"跟你娃儿的希望滚坟地头去!"

船员们听到这句俏皮话,纷纷嚷嚷起来。

"我愿意付费搭船。"史蒂夫不卑不亢地说道。

"付钱嗦?"船长咆哮着,"对嘛,我们有时候是可以收钱——一口气开到河中心,然后咚一下扔进去!"

船员们再次大笑。

史蒂夫·巴克斯特说:"如果真是这样的话,那就这样吧。我只求你允许我给妻子和孩子们留一张明信片。"

"婆娘跟娃儿?"船长问,"你娃咋不早说咧!我原先也有,直到那帮狗日的把他们做了。"

"听到这个消息我很难过。"史蒂夫带着明显的诚意说道。

"对嘛,"船长那张板得死紧的冰霜脸变得柔和了些,"我都还记得到,那些小调皮鬼在船上蹦跶。要是没那帮狗日的,日子好过得很。"

"你当时一定过得很开心。"史蒂夫说,他听不太懂对方说的话什么意思。

"说真的。"船长闷闷地说。

一个罗圈腿的船头甲板员挤上前来,"嗨,船长,咱们就帮他这个忙呗,赶紧起航吧,免得大麻都烂在船上了。"

"你命令哪个?腆着张丑脸还话多的狗东西!"船长胡乱骂着,"老天爷,老子不开腔,大麻烂了就烂了!至于说帮他的忙——乱说!我是为了我那帮小调皮鬼,不是的话让你削我!"他转向巴克斯特道,"娃儿,我们把你带到,一分钱不收。"

就这样,一不小心,史蒂夫·巴克斯特竟触碰到了船长甜蜜苦涩的回忆,并因此赢得了喘息的时间。大麻贩子们离开了码头,很快,这艘油光锃亮的船就在哈德逊河泛着土黄的灰绿色波涛中破浪前行了。

但史蒂夫·巴克斯特这次喘息并没有维持太久。刚进入联邦水域后不久，一柱强大的探照灯光打破了夜晚的黑暗，一个发号施令的声音命令他们停船。不知走的什么霉运，他们直接开到了哈德逊河巡逻队一艘驱逐舰的行进路线上。

"龟儿子！"船长痛骂，"就只晓得收税、杀人！让他们看看老子们的厉害！抄家伙啊，兄弟伙！"

船员们飞快地撩开点五零口径机关枪上的防水布，船上的两架柴油引擎轰鸣着，对对方的命令置若罔闻。这艘大麻走私船左冲右突、东躲西藏，全速冲向纽约的河岸边，想逃过一劫。但驱逐舰却跑得比它更快，很快就追了上来，机关枪也干不过四英寸的大炮。炮弹直接将小船的底栏杆击得粉碎，在大舱里爆炸，把主桅楼前桅支索撞得稀巴烂，还斩断了右舷的后桅升降索。

似乎只有两条路可走了：要么投降，要么受死。然而，擅观天象的船长耸起鼻子，在空中嗅了嗅。"给我顶住，弟兄们！"他大叫，"西风就要来了！"

炮弹如雨点般倾泻而下。接着，一大片难以穿透的浓雾自西面滚滚而来，黑漆漆的一团，铺天盖地。这艘被轰得破烂的贩毒小船从战斗中溜走了；船员们匆忙套上防毒面具，向斯考克斯市燃烧的垃圾场表示感谢。正如船长所言，这是一股糟糕得要命的恶风。

半小时后，他们停泊在了第七十九街码头。船长热情地拥抱了史蒂夫，祝他好运。史蒂夫·巴克斯特又继续上路。

宽阔的哈德逊河在他身后，前方坐落着三十多个市中心街区和不超过十二个跨城街区。根据最新的广播报道，他已远远领先于其他选手，甚至连弗莱霍夫·圣约翰也被他抛在身后了——他还没有走出林肯隧道靠纽约那一头的迷宫。全盘考量起来，他似乎表现得非常出色。

但巴克斯特的乐观不免为时过早。要征服纽约可没那么容易。他还不知道，这段旅程中最危险的一段尚未开始。

4

史蒂夫在一辆废弃汽车的后座上睡了几小时后,沿着西区大道向南走去。很快,黎明降临了——这是个神奇的时刻,在这个城市里的任何一个十字路口,都只有不过数百个早起的人。头顶高耸入云的是曼哈顿参差不齐的高楼,楼顶上方,一簇簇电视天线编织出宛若幻境的织锦图案,映衬着暗褐赭色的天空。看到这样的情景,巴克斯特可以想象,百年之前,在人口爆炸前那些轻松自在的好日子里,纽约城是幅怎样的美景。

他突然从沉思中惊醒过来。仿佛从天而降一般,一群全副武装的人突然挡住了他的去路。他们戴着面具和黑色宽檐帽,身上还挂着弹药带,外貌既邪恶又独特。

其中一位显然是头领,向前迈了一步。他是个外貌粗犷的秃顶老人,长着浓密的黑胡子,眼眶红红的,眼神悲戚。"陌生人,"他说,"给我们看看你的通行证。"

"我觉得我身上应该没有。"巴克斯特说。

"你他妈当然没有了,"老人说,"我是巴勃罗·斯坦梅茨,这一带的通行证全是我发的,我可不记得在这边见过你。"

"我没来过这儿,"巴克斯特说,"我只是路过。"

那些戴着黑帽的男人咧嘴笑起来,拿胳膊肘互相捅来捅去。巴勃罗·斯坦梅茨揉了揉胡子拉碴的下巴,说:"好吧,小伙儿,你正在未经路主允许的情况下,试图穿过一条私人收费公路,而那个路主碰巧就是我。所以我认为,你正在非法入侵。"

"但是,在纽约市的心脏地带,怎么可能会有条私人收费公路呢?"巴克斯特问道。

"我说是我的,就是我的。"巴勃罗·斯坦梅茨边说,边用手指抚摸着他那支温彻斯特七八式步枪枪托上的凹槽,"这儿的规矩就是这样,陌生人,所以我看你最好要么掏钱,要么玩儿一把。"

巴克斯特伸手去掏钱包,却掏了个空。很显然,贩毒船船长在临别时,还是屈服于下三烂的本能,把他的钱包给偷走了。

"我没钱,"巴克斯特说着,不自在地笑了笑,"也许我该回去了。"

斯坦梅茨摇摇头,"往回和往前是一回事。不管你往哪边走,两头都是收费公路。你还是得要么掏钱,要么玩儿一把。"

"那我看,我就只好玩儿一把了。"巴克斯特说,"怎么玩儿?"

"你跑吧,"老巴勃罗说,"我们轮流对你开枪,只瞄准你脑袋上半截。第一个把你放倒的人能赢一只火鸡。"

"这太无耻了!"巴克斯特说道。

"对你来说,是有点儿难受,"斯坦梅茨温和地说,"但咱这儿就是这么玩儿的。规则就是规则,即便无政府状态下也是一样。所以呢,你要是真的够棒,为了自由,可以疯狂全速冲刺一把……"

强盗们咧嘴笑着,拿胳膊肘互相捅来捅去,松开了枪套里的枪,把宽檐黑帽子往后一推。巴克斯特已经准备好来一场夺命狂奔。

就在此时,一个声音喊道:"住手!"

说话的是个女子。巴克斯特转过身去,看到一位高挑的红发女孩正大步穿过强盗队伍。她穿条紧身斗牛裤,脚踩一双塑料雨靴,套件夏威夷衬衫。这身异国情调的服装更凸显了她那夺目的美。她发间别着朵纸玫瑰,一串养殖珍珠项链映衬出她纤细的脖颈。巴克斯特从未见过如此光彩夺目的美人。

巴勃罗·斯坦梅茨皱起眉头,使劲拉扯着自己的胡子。"弗拉梅!"他咆哮道,"你到底想干吗?"

"我来阻止你的小把戏,爸爸,"女孩冷冷地说,"我想找个机会和这家伙聊聊。"

"这是男人的事。"斯坦梅茨说,"陌生人,开跑!"

"陌生人,一动也别动!"弗拉梅喊道,手里多了一把要命的大口径短筒小手枪。

父女俩互相怒目而视,老巴勃罗首先打破了眼前这场僵局。

"该死的,弗拉梅,你不能这么干。"他说,"规则就是规则,即便是你,也得照规矩来。这个非法入侵的家伙既然掏不出钱,就必须得玩儿一把。"

"那没问题。"弗拉梅道。她把手伸进上衣,掏出一枚闪亮的双鹰银币。"给!"她把那枚银币朝巴勃罗脚边一丢,"钱我已经付过了,说不定,我也会跟你们玩玩儿。跟我来,陌生人。"

她拉起巴克斯特的手,牵着他走开了。强盗们眼看他俩走掉,咧嘴笑着,拿胳膊肘互相捅来捅去,直到斯坦梅茨冲他们沉下脸来。老巴勃罗摇了摇头,挠挠耳朵,擤着鼻子,说:"去她妈的!"

话说得倒是挺狠,但语气却毫无疑问是温柔的。

5

夜幕笼罩了纽约城,强盗们在第六十九街和西区大道的街角处搭起了帐篷。一堆熊熊燃烧的篝火前,那帮黑帽人懒洋洋地躺着。多汁的牛胸肉串在烤肉叉上,一包包速冻蔬菜被扔进一口黑乎乎的大锅里。老巴勃罗·斯坦梅茨从一只简装油桶里深深饮了口预先兑好的马天尼酒,缓解那条木质假腿上的幻痛。在篝火照不到的黑暗中,传来一只寂寞的狮子狗叫春的哀号。

史蒂夫和弗拉梅坐得离其他人略远一些。夜晚一片寂静,只有远处的垃圾车发出轰鸣声,这样的气氛似乎在他们俩身上施展了某种魔法。他们的十指相接,触碰,紧扣。

终于,弗拉梅开口道:"史蒂夫,你……你确实喜欢我,对吧?"

"噢,当然了,"巴克斯特回答道,一边把胳膊搁在她肩膀上,摆出一副不容误会的好哥们儿的姿态。

"好吧,我一直在想,"强盗女孩说,"我想……"她顿了顿,突然有点害羞,然后才又接着说道,"哦,史蒂夫,你为什么不干脆退出这场自杀式的比赛呢?你为什么不能跟我一起待在这儿呢?我有地,史蒂夫,货真价实的地——就在纽约中央调度广场里头,有一百平方码[1]!史蒂夫,你和我,咱俩可以一起种地!"

巴克斯特动心了。哪个男人能不动心呢?这个美丽的强盗女孩钟情于他,他先前并非毫无察觉,也不是毫无反应。弗拉梅·斯坦梅茨美得令人难以忘怀,风华正茂,即便没有土地为她增添魅力,也能轻而易举地俘虏任何一个男人的心。他立刻动摇了,手臂紧紧环抱住女孩那纤细的肩膀。

但紧接着,他心中根深蒂固的忠诚禀性再次浮现。弗拉梅乃是浪漫本身,是天下男人一生中梦寐以求的欢愉肉体。然而,阿黛尔却是他青梅竹马的恋人,他的妻子,他孩子们的母亲,多年来始终与他相濡以沫的贤内助。对于像史蒂夫·巴克斯特这种性格的人来说,他不可能做出别的选择。

这骄傲的女孩并不习惯遭人拒绝。她愤怒得犹如一头被烫伤了的美洲狮,扬言说要用指甲把巴克斯特的心挖出来,裹上一层薄薄的面粉,再用中火烤熟。她那闪闪发光的大眼睛和起伏不定的胸脯表明,她绝不仅仅是随便说着玩儿而已。

尽管如此,史蒂夫·巴克斯特仍然毫不动摇地固守自己的信念。弗拉梅伤心地发觉,要不是这个男人如此讲原则,她永远也不会爱上他,可恰恰也正是这种原则使她无法得偿所愿。

所以第二天早晨,当那个安静的陌生人执意要离开的时候,她没有提出异议。她甚至还让怒发冲冠的父亲闭上了嘴,他痛骂史蒂夫是个不负责任的傻瓜,即便是为他自己好,也该把他关起来。

"没用的,爸爸——你不明白吗?"她问道,"他必须按照自己的

---

[1] 1平方码约合0.83平米。

方式生活，即便这么做等于是送命。"

巴勃罗·斯坦梅茨断绝了念想，嘴里嘟嘟囔囔。史蒂夫·巴克斯特又再度上路，继续他不顾一切的艰险征途。

6

他在市中心往前走，一路上人流摩肩接踵，挤得他差点歇斯底里，铬合金上闪烁的霓虹灯几乎晃瞎了他的眼，无休无止的城市噪音简直要把他震聋。终于，他进入了一片区域，看见越来越多的告示牌：

单行道

禁止入内

远离中线

周日及节假日歇业

工作日歇业

左车道必须左转！

他沿着这些迷宫般前后矛盾的指示牌七拐八弯地走着，无意间闯进了被称为中央公园的那片巨大苦海。在他眼前，目力所及之处，每一平方英尺[1]土地上，到处挤满了脏乱的棚屋、简陋的帐篷、破破烂烂的窝棚和臭气熏天的炖汤。他的突兀闯入，在这些跟野兽没什么两样的公园居民中引发了激烈的争论，没有一句是好话。他们猜想他是位卫生检查官，前来关闭他们传染疟疾的水井，屠宰他们长满寄生虫的猪，还要给他们全身脏兮兮的孩子接种疫苗。一群暴民聚集在他周围，手中挥动着拐杖，嘴里叫嚣着发出威胁。

---

[1] 1平方英尺约合0.093平方米。

幸运的是，安大略省中部一台发生故障的烤面包机造成了突如其来的停电。在随后的恐慌中，史蒂夫成功脱逃了。

可是现在，他发现自己身处区域的所有路标都早已被拆除，好借此迷惑税务稽核员。太阳躲藏在一片耀眼的云朵背后。甚至连指南针都无法使用，因为周围残留的废铁太多了——曾经传奇般地铁系统仅仅剩下一堆废铜烂铁。

史蒂夫·巴克斯特发觉，自己彻底迷路了。

但他还在坚持不懈，除了身上那股无知，没有什么能超越他的勇气。已经不记得有多少天了，他漫步在一条条看起来都差不多的街道上，经过无数的褐色砂石建筑、一堆堆厚玻璃板、一辆辆汽车堆成的界标，诸如此类。胆小迷信的居民不肯回答他的问题，担心他可能是联邦调查局派来的人。他步履蹒跚地继续前进，不吃不喝，甚至不敢休息，害怕被人丛践踏。

正当巴克斯特要从一口肝炎病毒泛滥的喷泉中喝水的时候，一位好心的社会工作者拦住了他。这位睿智的白发老人把他带回家中悉心照料，使他恢复了健康——他家其实就是全靠一卷卷报纸搭起来的窝棚，在林肯中心长满苔藓的废墟旁边。他建议巴克斯特放弃自己莽撞冲动的追求，应该将余生奉献给帮助四周那些野蛮繁殖、悲惨不堪、沦落兽化、赘疣多余的人类。

这是个崇高的理想，史蒂夫差点就动摇了。但碰巧就在此时，社会工作者那台宝贵的哈里克莱夫特收音机里响起了最新的赛况播报。

许多参赛者都以城市特有的方式呜呼哀哉了。弗莱霍夫·圣约翰因为二级乱扔垃圾罪被关进了监狱。穿过了韦拉扎诺大桥的那帮人，随后消失在布鲁克林高地上那些白雪皑皑的要塞中，再也没人听到他们的下落。

巴克斯特意识到，自己这场赛跑还没结束。

7

再次出发时,相比之前,他精神大为振奋。但现在他自信得有点过头了,这比极度的垂头丧气更加危险。他飞快地往南行进,趁着街上没什么人流车流的间隙,走上了一条快速步道。他这么做的时候并未深思熟虑,没有认真研究可能产生的后果。

开弓没有回头箭,他惊恐地发现自己走上了一条单行道,完全不允许转弯。他现在才看见,这条步道径直通向琼斯海滩、火烧岛、帕乔格和东汉普顿那些未知领域。

这种情况下,必须立即采取行动。他左手边是一道光秃秃的混凝土墙,右手边有面齐腰高的隔墙,上写:每周二、四、六,中午十二点到午夜十二点之间,禁止翻越。

现在是星期二下午——正是封锁时间。可史蒂夫却毫不犹豫地跳了过去。

报应来得又快又狠。一辆伪装过的警车从市区一处臭名昭著的蹲点处直冲出来,向他逼近,同时朝着人丛疯狂开枪。(在这个不幸的年代,按照法律规定,警察在追捕嫌犯时,需向人丛疯狂开枪。)

巴克斯特躲进了附近的一家糖果店。在这藏身之处,他意识到结局已经注定。他想要投降,但对方不允许他投降,因为监狱早已人满为患。冰雹般密集的弹雨牢牢压制住他,那些面无表情的警察则在一边准备迫击炮和便携式火焰喷射器。

这似乎就是结局了,史蒂夫·巴克斯特不仅一腔希望化为了泡影,而且他这条命看来也得葬送于此。他躺在地板上,躺在花里胡哨的大块硬糖和一碰就碎的甘草糖中间,准备把自己的灵魂献给上帝,不失尊严地迎接死亡。

但就跟先前他乐观得太早了一样,他的绝望也来得太早了。他听到一阵骚乱声，抬起头，看到一群武装分子从后方袭击了警车。穿着蓝色警服的警察们转身迎战，但他们的侧翼遭到了射击，最后全军覆没。

巴克斯特走出店外想要感谢救命恩人，这才发现，他们的首领正是弗拉梅·欧鲁尔克·斯坦梅茨。美艳的强盗女儿一直无法忘怀这个轻言细语的陌生人。尽管醉醺醺的父亲嘟嘟嚷嚷表示反对，她还是一路跟踪着史蒂夫，并及时赶来救了他一命。

那帮黑帽人闹哄哄地将这片区域洗劫一空。弗拉梅和史蒂夫躲进一家废弃的霍华德·约翰逊餐厅，在幽暗的光线里独处了片刻。那些已然剥落的橙色山墙原本属于一个更为温文尔雅的年代，山墙之下，一幕令人心肝乱颤的爱情戏正在两人之间上演。然而，这只不过是一段苦乐参半的短暂插曲，转瞬即逝。史蒂夫·巴克斯特又再度投身于这座城市混乱无比的漩涡中。

8

他坚持不懈地前进，在强劲的雾霾风暴里，眼睛眯成了两条缝，嘴在脸上三分之二处抿成了一条坚毅的白线。巴克斯特历尽艰险，来到了第四十九街和第八大道的路口位置。就在此处，情况转眼间发生了变化，这在丛林城市里属于日常的祸从天降。

过街时，巴克斯特听到一阵感觉不妙的低吼，这才发觉红绿灯已经变了灯。司机们等了半天，都像发了疯一样，对各种小小的障碍物视若无睹，一脚将油门轰到底。史蒂夫·巴克斯特恰好站在蜂拥而至的车流正中。

这条大道相当宽阔，前进或后退显然都不可能。巴克斯特脑子转得飞快，把一只井盖掀到一边，纵身跳下。这次脱险真是间不容发，他刚一跳进去，大概只过了半秒钟时间，便听头顶上传来金属扭曲的锐响和车辆相撞的巨大砰砰声。

他沿着下水道系统继续前进。地下管道网络里人口稠密,但相比地面道路,还是要略微安全一点。史蒂夫只碰到过一回麻烦:在沉淀池边遭到一个抢劫犯的攻击。

一次次经历令他变得强悍。巴克斯特制伏了那个亡命徒,将他的独木舟据为己有——在一些较为低矮的通道中,这绝对是必需品。然后他奋力前行,一直划到第四十二街和第八大道路口,然后一场暴涨的洪水把他推上了地面。

现在,他渴望已久的目标已然近在咫尺,这一点千真万确。就差一个街区了,再过一个街区,他就抵达时代广场土地办公室了!

但就在这一刻,他遭遇了令他梦碎的终极阻碍,所有的梦想即将化为乌有。

9

在四十二街正中,有一堵墙,向南北方向延伸开去,一眼望不到头。跟纽约那些似乎有生命力的建筑一样,这面巨大的墙体也是一夜之间突然冒出来的。巴克斯特了解到,这是个新建的中上收入阶层住房项目那浩大工程的其中一面。这一工程修建期间,前往时代广场的所有人流车流都变更了路线,必须改走昆斯-巴特里隧道和东三十七街支路。

史蒂夫估计,要走完这条新的路线,最起码也需要三周,还得穿过地图上未知的时装区[1]。他意识到,他这趟赛跑算是完了。

勇气、坚韧和凛然正气都已经派不上用场了,而且,如果不是因为宗教信仰的话,史蒂夫·巴克斯特可能就该考虑自杀了。他带

1.曼哈顿的时装区,位于第九大道,是纽约的时尚中心。

着毫不掩饰的痛苦之情,打开了小型晶体管收音机,收听最新的赛况报道。

有四名参赛者已经抵达了土地办公室,其他五人距离终点仅有几百码之遥,他们走的是开放的南方通路。而且,更令史蒂夫感到五味杂陈的是,他听说弗莱霍夫·圣约翰获得了州长的大赦,已经重新上路,正从东面再度赶往时代广场。

在这个有生以来最为黑暗的时刻,史蒂夫感觉到一只手搭上了自己的肩膀。他转过身去,弗拉梅又来到了他身边。尽管这个活泼的女孩曾经发过誓,从今以后,与他再无瓜葛,但她还是心软了。这个性情温和稳重的男人在她心目中的意义胜过了骄傲,也许还更胜于自己的生命。

怎么对付这堵墙呢?对一个强盗头领的女儿来说,这太简单了!如果你既不能绕过,又不能穿过,也不能从下方钻过,得了,那你就必须翻过去!为达目的,她带来了绳子、靴子、岩钉、冰爪、锤子、斧头——一整套登山装备。她打定了主意,巴克斯特应该获得最后一次机会,去争取自己心之所愿,而她弗拉梅·欧鲁尔克·斯坦梅茨应该陪在他身边,并且绝不容他拒绝!

他们二人肩并肩爬上这面宽阔的墙壁,墙面有如玻璃一般光滑。他们面临着无数威胁——鸟类、飞机、狙击手、黑手党,这座难以捉摸的城市里充满了各种不可预测的危险。而脚下遥远的地面上,老巴勃罗·斯坦梅茨正盯着他们俩,他的脸板得就像是块布满皱纹的花岗岩。

冒着危险,似乎爬了一个世纪,两人终于来到了墙顶,开始从另一侧往下攀爬——

弗拉梅不慎一脚踩空了!

巴克斯特心惊肉跳,眼睁睁看着那纤瘦的女孩就这么坠落在时代广场上,人生尽头轰然而至,一根针尖般大小的汽车天线穿心而过。巴克斯特手忙脚乱地爬到地面,跪在她身边,伤心得几乎神志不清。

墙的另一边，老巴勃罗也感觉到发生了什么不可挽回的事情。他颤抖起来，一股预感到的悲伤让他蠕动着嘴唇，摸索着将手伸向一个酒瓶。

巴克斯特被一双有力的手搀扶着，站起身来。他没弄明白是怎么回事，只知道抬起头来，看到联邦土地办的职员泛着红晕的和善脸庞。

他费了好大劲儿才意识到，自己已经完成了比赛。带着已经麻木的情感，他听到圣约翰因为他的莽撞和傲慢在东四十二街一点就着的缅甸人聚居区引起了一场骚乱，他只能钻进公共图书馆那迷宫般的废墟里避难，到现在都还没能逃出生天呢。

但幸灾乐祸并不是史蒂夫·巴克斯特的天性，即便此情此景之下这是唯一能够想到的反应。可对他来说，唯一重要的就是他赢了，他及时赶到了土地办公室，前来领取那仅存的最后一英亩土地。

而换取这胜利的全部代价，就是他的努力与苦痛，以及一位强盗女儿的性命。

10

慈悲的时间能冲淡一切，几周后，史蒂夫·巴克斯特已经不再去想赛跑中发生的种种悲剧了。政府提供的一架喷气机把他们一家人送到了坐落在内华达山脉中的科莫兰特镇，一架直升机又把他们从科莫兰特送到赢得的那片土地上。土地办一位皮肤粗糙的土地官员在场迎接，并将这块新鲜出炉的永久所有土地指给他们看。

他们的土地就展露在眼前，在一面几乎垂直的陡峭山坡上，被围栏草草地围起。周围是其他以类似方式围起的土地，一眼望不到边。这片土地近期刚被露天开采过；现在看起来就是在大片布满尘土的暗褐色土地上的一道道巨大砍痕。看不见一棵树、一根草。倒确实有座房子，就像当初承诺的那样。更确切地说，是有间棚屋，貌似应该能坚持到下一场大雨之前。

巴克斯特一家盯着看了有好几分钟的时间，大家都默不作声。然后，阿黛尔开口道："哦，史蒂夫。"

史蒂夫说："我知道。"

"这是我们的新土地。"阿黛尔说。

史蒂夫点点头，犹豫道："不算太……好看。"

"好看？我们真正关心的是什么？"阿黛尔说，"这是咱们的地，史蒂夫，有整整一英亩呢！我们可以在这儿种东西，史蒂夫！"

"好吧，也许一开始还不行……"

"我知道，我知道！但是我们会把这片土地重新整治好，然后我们就可以在地里播种和收获！我们可以在这儿过上真正的生活，史蒂夫！不是吗？"

史蒂夫·巴克斯特沉默不语，凝视着他付出了惨重代价才好不容易换来的土地。他的孩子们——汤米和金发小艾米莉亚——正在玩儿土块。美国联邦土地官清了清嗓子，开口道："你们还可以改变主意，你们知道的。"

"什么？"史蒂夫问道。

"你们仍然可以改变主意，回到城里的公寓去。我的意思是，有些人觉得这地方有点儿太糙了，不是他们期待的样子。"

"哦，史蒂夫，别！"他的妻子呜咽着说。

"不，爸爸，不！"他的孩子们哭了起来。

"回去？"巴克斯特问道，"我可没打算回去，只是从头到尾看上一眼而已。先生，我这辈子从没见过这么大一块连成一片的土地！"

"我知道，"土地官轻声说，"我已经在这里待了二十年了，可这幅壮观的景象仍然能打动我。"

巴克斯特和他的妻子喜不自胜地互相对视一眼。执法官揉了揉鼻子："好吧，我看，你们这儿已经用不着我了。"他说着便悄然离去。

史蒂夫和阿黛尔凝视着属于他们的土地。然后阿黛尔说:"哦,史蒂夫,史蒂夫!这么一大片地全是咱们的!是你单枪匹马为我们赢回来的!"

巴克斯特抿紧了嘴唇,声音压得极低:"不,亲爱的,并不是单枪匹马,我也有贵人相助。"

"谁啊,史蒂夫?是谁帮了你的忙?"

"总有一天,我会告诉你的。"巴克斯特说,"不过现在,咱们还是先进屋吧。"

他们手牵着手,走进了那间棚屋。他们身后,日色西沉,落日笼罩在洛杉矶那片晦暗不明的雾霾中。在二十世纪后半叶,这已经算是最令人满意的大团圆结局了。

人类行径

Is That What People Do?

罗妍莉 译

刊于科幻小说选集"*Anticipations*"
Charles Scribner's Sons 出版社
1978 年

埃迪·金特罗在哈默曼的万国陆海军剩余军用物资仓库折扣店里购买了一副双筒望远镜——"最优质货品,只收现金,不退不换"。他早就想拥有一副质量真正过硬的双筒望远镜,因为他希望凭借这玩意儿,看到些原本无缘得见的景致。具体点说,他是想瞧一瞧他这间精装房对面的肖万阿穆斯公寓里那些女孩子脱衣服。

但还有另一个原因。虽然金特罗心里不肯承认,但他其实是在寻找那全情投入在视野当中的一刻,当这世界的一部分突然被框入镜中,照得透亮,让被镜头放大和延伸的双眼得以在原本枯燥的庸常世界中找到新奇感和戏剧性。

顿悟的时刻永远不会长久,很快,你又会再度被平日习以为常的事情所淹没。但仍有希望,无论是一件小玩意、一本书还是一个人。这些事物终将彻底改变你的生活,让你摆脱自身那无法言说的沉默悲伤,并最终容许你亲眼目睹你一直知其存在、却无缘得见的奇观。

双筒望远镜装在一只坚固的木盒里,盒上印有这样的文字:"弗吉尼亚州,匡蒂科,海军陆战队,第二十二分队。"下方则印有"限制发放"字样。其实只要能亲手打开一个这样的盒子,就已经值回了金特罗花掉的那十五点九九美元了。

盒子里装了几片聚苯乙烯泡沫和几袋硅胶,最底下才是那副望远镜。金特罗以前从未见过这样的望远镜——镜筒居然四四方方而非圆形,上面还刻着许多难以理解的刻度。镜身上有个标签,上写:"实验品。严禁带出测试室。"

金特罗举起望远镜,镜身沉甸甸的,能听到里面有什么东西咔啦作响。他摘下镜头上的塑料保护罩,望向窗外。

然而他什么也没看见。他晃了晃望远镜,又听到里面传来咔嗒咔嗒的响声,望远镜里头肯定不知是棱镜、透镜还是别的什么东西松掉了,不过这么一晃之后,松脱的零件肯定已然归位,因为突然之间,他就能看见了。

他正望着马路对面的肖万阿穆斯公寓,那座庞然大物。他的视野异常清晰,仿佛自己正站在楼外不过约十英尺远的地方。他迅速地扫视了一眼离得最近的公寓窗户,但什么好戏也没瞧见。这是七月里一个炎热的周六下午,大概女孩子们都跑到海滩上去了,金特罗猜想。

他转动着聚焦旋钮,感觉就像是自己正在移动似的,他仿佛变成了一只脱离了身体的眼睛,骑在变焦镜头上,移动到了距离公寓墙壁更近的地方:五英尺,然后一英尺,他都能看见白色水泥外墙上细小的瑕疵,以及铝合金窗框上的砂孔。他停下来,欣赏了一番这不同寻常的景象,随即又极轻地转动了一下旋钮。那堵墙在他眼前赫然放大,接着突然之间,他完全穿过了墙壁,站在一间公寓里。

他大吃一惊,连忙放下望远镜,好好冷静了一下让自己找找北。

当他再次透过望远镜往外看的时候,却还是跟刚才一样——他似乎是在一间公寓里。他瞥见了什么东西正向另一侧移动,他想找到那东西,结果那零件又开始咔嗒咔嗒响,接着望远镜中就变成漆黑一片。

他转过身,拧动望远镜,那零件咔嗒咔嗒来回移动着,可他偏偏什么也看不见。他把望远镜搁到小餐桌上,听到一声柔和的闷响,于是他弯下腰去看了看。显然,那透镜或棱镜已然重新归位,因为他又能看见了。

他决定不再冒险去动它,免得那零件又出故障。他把望远镜搁在桌上,自己跪下来,把眼睛凑到镜片后面,透过望远镜看去。

映入他眼帘的,是一间灯光昏暗的公寓,窗帘拉上了。有个印第安人坐在地板上,或者说更像是打扮成印第安人的男子。那是个瘦骨嶙峋的金发男人,戴着羽毛头饰,穿着饰有珍珠的鹿皮鞋、流苏鹿皮裤和皮衬衫,还有一支步枪。他手持步枪,做出射击的姿势,瞄准了房间一角的某个东西。

印第安人旁边,一个身穿粉色长衬裙的胖女人坐在一把扶手椅上,正指手画脚地打电话。

金特罗看得出,印第安人手里是把玩具枪,长度约有真家伙的一半。

印第安人继续朝房间一角射击,而那女人则一直对着电话讲个不停,还一边哈哈大笑。

过了一会儿,印第安人停止了动作,转向那女人,把枪递给她。女人放下电话,拿起靠在椅子上的另一支玩具枪,又递给了印第安人。然后她捡起他的枪,开始重新装子弹,一次装一个假想的弹夹。

印第安人迫不及待地再次飞快开火。他那张面容憔悴的脸绷得紧紧的,仿佛正只手保护着自己的部落向加拿大撤退。

突然,那印第安人似乎听到了什么。他转头往肩后望去,一脸的惊慌失措。他突然转过身,挥舞着手里的枪,摆出开枪的姿势。那女人也看了一眼那边,惊讶地张大了嘴。金特罗想瞧瞧他们到底在看什么,但小桌子晃了一下,望远镜咔嗒一响,又成了一片空白。

金特罗站起身,在房间里踱来踱去。他刚刚得以一窥独处之人在无人旁观时的所作所为。这既令人兴奋,又让他觉得困惑,因为他不知道那是怎么回事。印第安人是个疯子,而那个女人是他的看守吗?还是说,他们不过是普普通通的平凡人,在玩某种无害的游戏?或者他刚才看到的是个病态杀手,正在苦练本领;这个枪手会在一个星期、一个月或一年之后买上一支真正的步枪,射杀活生生的人,直到自己被干掉?还有,最后发生了什么?究竟是看手势猜字谜游戏的一部分,还是真的发生了什么不可预料的事情?

这些问题都没有答案。他所能做的,就是再看看从望远镜里还能瞧见些什么。

计划下一步行动的时候,他更加小心翼翼了。让望远镜保持稳定至关重要。小餐桌摇晃得太厉害,不能再把望远镜放在上面。他决定用矮咖啡桌代替。

然而这一次,望远镜并没有起作用。他拿着望远镜摇来摇去,能听到那松脱的零件咔啦乱响。有点像那种玩具,你必须把一粒小钢球弄进某个洞里,只不过区别在于,他既看不见球,也看不见洞。

试了半小时,仍然没有成功,他放下望远镜,抽了支烟,喝了罐啤酒,然后重新摇晃起望远镜来。他听到那零件结结实实落回原位的声音,然后才轻轻将望远镜放到椅子上。

经过刚才这一番折腾,他出了一身汗,于是脱掉上衣,光着膀子,弯下腰向望远镜中看去。他以最轻柔的动作小心翼翼地调整了一下对焦旋钮,视野随即越过街道,穿过了肖万阿穆斯公寓的外墙。

此刻,他眼前是一间白、蓝、金三色装饰的阔大客厅。一对俊男靓女坐在一张细长的沙发上,他们都穿着特定时代的服装。少女一袭蓬松翻卷的曳地长裙,领口直开到她小巧浑圆的胸脯上,头上是一圈圈的长卷发。男子则身穿一件黑色长外套、一条浅灰色及膝裤和一双纯白长袜,白衬衫上绣有蕾丝花边,头发上扑了粉。

少女正被那男子的话逗得咯咯大笑。男子将腰弯得更低,凑近亲吻了她。她先是略微僵了片刻,然后伸出手臂,搂住他的脖颈。

突然间,两人又分开来,因为此时屋内又走进三个人,一身黑衣,头套黑色蒙面袜,身佩长剑。他们身后紧跟着第四个人,但金特罗看不清。

年轻男子一跃而起,从墙上摘下一把剑。他与那三人缠斗在一起,围着沙发打转,此时少女吓得呆坐在原地一动不动。

第四个人步入了他的视野之中。那人身材高大,衣着浮夸,指间上镶有宝石的戒指闪耀着亮光,颈上挂着钻石吊坠,头戴一顶白色假发。看到他时,少女倒吸了一口气。

那青年举剑刺中其中一人的肩膀,令那人动弹不得,然后他轻轻一跃,跳上沙发,以防另一人在他身后偷袭。他以一敌二,还明显一副游刃有余的架势,第四人观察了片刻,然后从马甲内抽出一柄匕首,抬手一掷,刀柄正中那青年额头。

青年摇摇晃晃向后退去,其中一个蒙面人猛冲而至,剑尖正中他的胸膛,剑身弯起,然后又即刻挺直,已然扎进了肋骨之间。青年望着刺中他的剑,愣了一会儿终于倒下,鲜血从白衬衫里喷涌而出。

少女晕倒了。第四个人说了句什么,其中一个蒙面男子扛起那少女,另一个则扶起受伤的同伙。一行人全都离开了房间,只留那青年在抛光的镶木地板上血流成河。

金特罗挪动了一下望远镜的方向,想看看是否跟得上其他人的步伐;结果松脱的零件又咔嗒一响,望远镜随即漆黑一片。

金特罗热了罐汤,若有所思地盯着望远镜,思索刚才看到的情形。这一定是某一幕戏剧场景的排练……但是那一剑刺得太以假乱真了,地上的青年看起来受伤也很严重,兴许已经死了。

不管到底怎么回事,他都有幸窥见那些陌生人生活中的私密时刻。他刚刚见证了另一桩别人令他看不穿猜不透的行为。

知道自己能看到别人看不到的东西,这让他激动得眩晕,仿佛自己变成了天神。

唯一让他头脑冷静下来的是,这种上帝视角的可持续性十分不靠谱。望远镜是坏的,有个至关重要的零件松动了,所有的神迹随时都可能消失不见。

他想过要把望远镜拿到什么地方去修理一下。但他心里清楚,最后他拿回来的多半只是一副平凡无奇的望远镜,就算视野清晰,但他从里面也只能看见平凡无奇的东西,不可能指望透过坚墙,看到什么奇怪而隐秘的行径。

他又透过望远镜看了看,什么也没看见,他拿起望远镜,摇来摇去,能听到松动的零件翻翻滚滚,但望远镜里仍然是一片黑暗。他继续晃动个没完,渴望能看到下一个奇迹。

那零件突然又落回了原位。这次,金特罗没有再冒险,直接把望远镜搁在铺着地毯的地板上。他在望远镜旁躺下,把头偏向一边,试着透过其中一侧镜筒看去。但是这个角度不对,他什么也看不见。

他轻轻抬了抬望远镜，但那零件又动了一动，他连忙又小心翼翼地放下。镜中仍然有光线闪过，但无论他如何将头转来转去，也无法将视线与镜片对齐。

他琢磨了一会儿，只想到一个办法可以摆脱困境。他站起身，又开腿站在望远镜上方，弯下腰，头顶向下，俯身望去。现在他倒是能透过望远镜看见了，可这姿势根本撑不住。他只好直起腰，重新开始思索。

他有主意了。他把鞋一脱，跨到望远镜上方，用头顶倒立。他反复折腾了好几次，眼睛才对准了合适的位置，然后他双脚撑在墙上，终于找到了稳当的姿势。

他眼前是肖万阿穆斯公寓里的一间大办公室。这间办公室装潢得十分现代，陈设着昂贵的家具，没有窗户，采用了间接照明。

整间办公室里只有一个人，一个五十多岁的壮硕男人，正一动不动地坐在一张浅黄色木桌后，显然是在沉思。

金特罗将办公室里的每一个细节都看得清清楚楚，甚至包括办公桌上那块小小的红木牌："总监办公室。问题止于此[1]。"

总监站起身，走向用一幅油画遮挡起来的壁式保险柜。他打开保险柜，伸手进去，取出一只比鞋盒略大的金属盒。他拿着盒子走回桌边，从衣袋里掏出把钥匙，把盒子上的锁打开。

他揭开盒盖，取出包裹在红色丝绸里的一个物件，又揭开绸布，把那物件摆放在桌上。金特罗见那是一只猴子的雕像，质地似是黑黝黝的火山岩。

不过，这只猴子看起来颇为奇特，有四只胳膊、六条腿。

然后，总监打开桌上一个锁着的抽屉，取出一根长棍，放在猴子的腿上，用打火机点燃。

---

1. 美国总统杜鲁门的名言。

油乎乎的黑烟冉冉升起，总监开始绕着猴子跳起舞来。他的嘴唇翕动着，金特罗猜测他在唱歌或是念咒。

这种仪式持续了大约五分钟，然后黑烟开始凝聚成形。不久，那团黑烟就变成了与猴子一模一样的形态，但大小却跟人差不多，呈现出一个由黑烟和魔咒凝成的邪恶物体。

黑烟怪（金特罗胡诌的名字）的四只手中，有一只擎着个包裹，他把这包裹递给总监，对方伸手接过，深深鞠了一躬，急忙跑到桌旁，扯开包裹，一大堆纸张如瀑布般溢出桌面。金特罗看见里面有一捆一捆的钱，以及成堆的版印纸张，看起来像是股票。

总监勉强从钞票堆边抽身而起，再度向黑烟怪深深一鞠，跟他说了句什么。黑烟怪的嘴动了动，总监答了句话。他们似乎是在争论。

然后，总监耸耸肩，再鞠一躬，走到对讲机旁，按动了一个按钮。

一位风姿绰约的年轻女子带着记事本和铅笔走进房间。她看见了黑烟怪，张大了嘴，似乎是在尖叫。她跑到门口，却没能打开门。

她转过身来，看见黑烟怪向她飘来，将她吞没。

整个过程中，总监一直在数那些堆积如山的钱，对正在发生的事情不管不问。但是，当黑烟怪的脑袋里冒出一股明亮的光芒，四只毛茸茸的胳膊把绝望挣扎着的女人拉到他身边时，他不得不抬起头来……就在此时，金特罗的颈部肌肉再也撑不住了。他倒在地上，把望远镜撞到了一旁。

他能听到那松脱的零件来来回回咔嗒作响，然后发出了结结实实的咔嗒一声，好像已经落进了最后的位置。

金特罗爬起来，双手按揉着脖子。他刚才是不是产生了幻觉？或者他看到了什么隐秘的魔法，仅为少数人所知，并借此保住他们的财富——或许又是一桩不为人知且不可思议的人类行径？

他不知道答案怎样，但他知道自己至少还得再欣赏一回镜中幻象。他再度倒立于地，向望远镜中看去。

好了，他看见了！他眼前是一间乏善可陈的精装公寓。屋里有个顶着啤酒肚的瘦子,大约三十来岁,光着膀子,头朝下倒立着,套着袜子的双脚抵在墙上,正盯着搁在地板上的一副双筒望远镜,镜头瞄准的是一堵墙。

过了好一会儿,他才意识到,望远镜中的正是他自己。

他坐倒在地,突然感到恐惧。因为他发觉,他也只不过是人类这大马戏团里的另一个表演者,刚刚完成了自己的一场表演,就像刚才他看见的其他人一样。但是看表演的又是谁呢?谁才是真正的观察者?

他把望远镜转了一圈,向物镜看去。他看见了一双眼睛,一开始他还以为那是自己的双眼,直到其中一只慢慢向他眨了一眨。

有无感觉

Can You Feel Anything When I Do This?

罗妍莉　译

刊于《花花公子》
Playboy
1969 年 8 月

这是位于多伦多森林山的一套中产阶级公寓,里面的摆设都是标配:约基娜夫人设计的湿地松木沙发,频闪阅读灯下方是一把斯里·桑星若瑟设计的不安乐椅[1],声波反射投影仪正播放着莫利多夫和尤里博士设计的血流图案。还有一款常见的微生物食品操纵台,此时正设定为胖黑安迪灵魂食品三号组合——猪颊肉和豇豆。还有一张"墨菲钉床",是"睡美人专家系列苦行者型",上缀两千颗镀铬自动磨锐四号钉。一言以蔽之,整套公寓正是不遗余力地按照去年流行的"现代精神"风格装饰而成。

住在这所公寓里的是位轻熟少妇,梅丽桑德·杜尔,她孤零零一个人,饱受失范与迷乱的折磨。她刚刚走出淫乐室,那是整套公寓里最大的一间房,装有特大尺寸的盥洗台,可悲又可笑的是,墙上还镶嵌着青铜林伽和尤尼[2]。

她颇有姿色,玉腿婀娜,双臀丰润,胸乳挺翘,柔软的长发富有光泽,一张精致的巴掌脸。美人,大美人,但凡是个男人就想把她推倒。一次,甚或两次,但绝对不能经常这么干。

为什么不能呢?好吧,举个最近的例子:

"嗨,桑迪,亲爱的,有哪儿不对吗?"

"没有啊,弗兰克,太棒了!你怎么会觉得有哪儿不对呢?"

"好吧,我猜是因为你一直看着天花板,一脸奇怪的样子,简直像在皱眉……"

"真的?哦,对了,我想起来了,我刚刚是在考虑,萨克斯百货新到的那批可爱的错视画,到底要不要买一幅来安在天花板上。"

"你居然在想这档子事儿?就刚才?"

"哦,弗兰克,你别担心啊,刚才挺棒的,弗兰克,你太厉害了,我很享受,我是说真的。"

---

1. 与"安乐椅"相对,作者的文字游戏,与下文的"墨菲钉床"等类似,都是自我折磨的流行风尚。桑星若瑟是 Something or other "什么东西"的音译。
2. 林伽和尤尼分别是印度教生殖崇拜里的男性和女性生殖器。

弗兰克就是梅丽桑德的丈夫。他在这个故事中没有任何戏份,在梅丽桑德的生活中也微不足道。

所以,她就那么站在她那所还算不错的公寓里,外表美艳如世间的女神,内心纯粹如初生的婴儿,一身甜美的潜能却从未被真正调教,简直是个只可远观而不可亵玩的美国美人……这时,门铃响起了。

梅丽桑德似乎大吃一惊,但并不确定。她等了一下。门铃再度响起。她想:"肯定是有人找错地方了。"

尽管如此,她还是走过去,将"守护者门禁系统"设定好,无论来者是个强奸犯、盗窃犯还是黑手党,只要胆敢破门而入,必将被彻底击倒。然后她把门打开一条缝,问道:"请问是谁?"

一个男声答道:"阿克米快递,我这儿有一份给那谁的那啥。"

"我听不明白,你大声点儿。"

"阿克米快递,我是来送东西的,我总不能一直就站在这儿跟你废话。"

"我听不懂!"

"我说我这儿有份包裹,是给梅丽桑德·杜尔的,妈的!"

她将房门大开。门外站着个快递员,一旁是个大板条箱,几乎跟他的个头差不多大小,约有五英尺九英寸那么高,上面写有她的名字和地址。她签收了,快递员把箱子推进来就走了,一边嘴里还在嘟嘟囔囔。梅丽桑德站在客厅里,看着那箱子。

她想:谁会无缘无故地突然送件礼物给我呢?不是弗兰克,不是哈利,不是艾米婶婶或艾丽婶婶,不是妈妈,不是爸爸(当然不可能,笨蛋,他都死了五年了,可怜的王八蛋),也不是我能想到的任何一个人。但这也许根本就不是什么礼物,这可能是个卑鄙的恶作剧,或者是给别人准备的炸弹,结果送错了人(也说不定本来就是送给我的),或者纯粹就是搞错了。

她读起了箱外贴的各种各样的标签,这件东西是从斯特恩百货公司寄来的。梅丽桑德弯下腰,拔出固定外箱的萨夫提安全锁销(拔的时候还把指甲给弄劈了),把锁取下,然后将控制杆拨向"开启"。

整个箱子像花一样绽放开来,如同张开了十二片同样大小的花瓣,每一片都开始向后折叠。

"哇!"梅丽桑德发出一声惊叹。

箱子张开到极限,折叠的花瓣向内蜷起,自行毁灭,徒留一小堆冷却的灰色粉末。

梅丽桑德喃喃道:"他们还是没能解决这个灰烬的问题。"

她好奇地看着箱内的物件。乍看之下,这是一根涂成橙红色的金属圆柱。是一台机器吗?没错,肯定是机器。底部有个为保护马达而设的通风口,四只橡胶包裹着的轮子,还装有各式各样的附件——纵向伸展器,适合抓握的抽拔器,以及各种小玩意儿。此外还有一些连接点,可以实现各种混合功能的操作,在一根装有弹簧的卷筒式电源线末端,是一个标准的家用插头,下方有一块铭牌,上面写着:插入任意 110~115 伏墙面插座。

梅丽桑德气得脸都绷紧了:"这是台该死的吸尘器!看在上帝的分儿上,我都已经有台吸尘器了。到底是哪个混蛋会又给我寄一台?"

她在房间里踱来踱去,亮丽的双腿闪着光,鹅蛋脸上满是紧张。"我是说,"她说,"我一直还盼着说,在我盼了这么久之后,会收到什么漂亮的好东西,至少也得好玩儿吧,或者很有趣。就比如——哦,上帝,我都不知道比如什么!说不定是一台橙红色弹珠游戏机,大一点儿的,大得能让我蜷成一团钻进去,有人启动游戏的时候,我就撞过每一根撞杆,伴着灯光闪烁,铃声大作,我从上千根该死的撞杆中间一路那么撞过去,直到最后滚到终点,然后我就,上帝啊,没错,然后弹珠机就会显示'顶级亿万大奖',这就是我真正想要的!"

于是,她终于完全袒露了这个难以启齿的幻想。无论看似多么乏味而遥不可及,却仍然令人羞愧又神往。

"可不管怎么说,"她一边说着,一边在脑海中清除了先前想象的画面，为了保险起见，还将那画面折叠起来，撕成碎条，彻底销毁，"总之，我收到的是一台见鬼的破吸尘器，可我已经有一台了，还没用到三年，所以说谁会需要这么一台呢？又是谁给我寄了这么台鬼机器呢？为什么呢？"

她想找找有没有附上卡片，没有卡片，毫无线索。然后她想道：桑迪啊，你可真是个傻瓜！肯定没有卡片啊！毫无疑问，这台机器肯定是有程序的，会复述一些信息之类的东西。

她现在开始感兴趣了，一点淡淡的兴趣，总算找到点事情可做的那种感觉。她解开电源线，把插头插进墙上的插座。

咔嗒一声，绿灯亮起。一盏蓝灯闪出"一切就绪"的字样，马达开始低响，隐藏的伺服系统发出敲击声。接着，机械感应校准仪上显出"平衡"二字，柔和的粉红色光线则稳定地显示"所有模式准备完毕"。

"好了，"梅丽桑德说，"是谁把你送来的？"

咔嗒，噼啪，砰。机器的胸腔音箱中先是响过一阵低沉的隆隆声，似乎是在测试音效，然后一道语音传来："我是罗姆，通用电气新一代 Q 系列家用清洁机，序列号 121376。下面是一个付费商业广告：咳咳，通用电气自豪地为大家带来我们最新的旗舰产品，秉承'指尖触控，智享全家'的'美好生活'理念。我，罗姆，是通用电气全方位清洁系列当中最新的旗舰型号。我是一台'非凡家用全能机'，出厂设定与所有家用全能机一样，可以快速安静地实现全方位功能，但除此以外，我还可以实现方便、即时的重新编程，以便适应您家里的个性化需求。我能力出众。我——"

"可以跳过这段吗？"梅丽桑德问道，"我的另一台吸尘器也这么说。"

"——可以清除掉各种表面的所有灰尘和污垢，"罗姆继续说道，"清洗锅碗瓢盆，消灭蟑螂和啮齿动物，可干洗可手洗，缝扣子，搭架子，刷墙，做饭，清洁地毯，处理一切垃圾废品，包括我自己产生的少量废品。这还只是我的一部分功能。"

"好了,好了,我知道,"梅丽桑德说,"这些事所有的吸尘器都做得到。"

"我知道,"罗姆说,"但我必须得把付费广告念完。"

"你就当已经念完了吧。是谁把你送来的?"

"寄送人现在还不愿透露姓名。"罗姆回答道。

"噢——得了吧,快说!"

"现在还不行。"罗姆很是坚决,"我可以清洁地毯吗?"

梅丽桑德摇了摇头,"另外那台吸尘器今天早上刚做完。"

"擦墙?打扫大厅?"

"用不着,所有的活儿都干完了,这儿到处都干干净净、一尘不染。"

"好吧,"罗姆说,"起码我可以把那块污渍给去掉。"

"什么污渍?"

"在你衣袖上,就在手肘上面一点。"

梅丽桑德瞅了一眼,"哦,肯定是今天早上我往面包上抹黄油的时候弄上去的。我知道,我原本应该让烤面包机给抹好的。"

"去除污渍可是我的一项专长。"罗姆说。它伸出一只装有软垫的二号夹钳,握住了她的手肘,然后伸出一条金属臂,臂端有块湿润的灰色衬垫。它就用那块衬垫在污渍上蹭来蹭去。

"你越弄越显眼了!"

"只是看似显眼而已,我正在排列分子,准备进行隐形除渍。现在好了,看!"

它继续蹭着。那污渍先是变淡,然后彻底消失了。梅丽桑德的手臂一阵麻痒。

"哎呀,"她说,"还挺不错。"

"我做得很好,"罗姆语调平平,"但请问,你是否知道,你上背和肩膀肌肉的紧张系数高达七十八点三?"

"咦？你还是医生呢？"

"显然不是，但我是个完全合格的按摩师，因此能够直接读取肌肉的紧张系数。七十八点三——这高于一般水平。"罗姆犹豫了一下，接着说，"仅比间歇性痉挛发作水平低八个点。这种持续的隐蔽紧张足以反射到胃部神经，导致我们所谓的副交感神经溃疡。"

"听上去——很糟糕。"梅丽桑德说。

"是的，确实并不是——好事。"罗姆回答道，"隐蔽紧张是一种潜在的健康隐患，尤其当它源自颈椎和脊柱上部时。"

"这儿吗？"梅丽桑德抚摸着脖颈后侧，问道。

"更典型的情况是在这儿。"罗姆说着，伸出一根包覆着橡胶的弹簧钢皮肤共振器，开始触碰比她指的那里低十二厘米的地方。

"唔。"梅丽桑德应了一声，语调疑惑，态度不明。

"这儿是另一处典型的相关点。"罗姆说着，又伸出第二根伸展器。

"有点痒痒。"梅丽桑德对他说。

"只有一开始才会痒。我必须跟你说下这个位置，典型的麻烦地方。还有这里。"第三根（还是第四、第五根？）伸展器又伸向它所指的区域。

"嗯……真舒服。"梅丽桑德说。罗姆那覆有柔软衬垫的扩展器娴熟地捅来捅去，她纤细的脊柱上，深陷的斜方肌在它的揉弄下平滑地移动着。

"这具有举世公认的疗效。"罗姆告诉她，"你的肌肉组织反应良好，我能感觉到强直的肌肉已经松弛下来了。"

"我也能感觉到。可你知道吗？我才刚刚意识到自己脖子后面竟然有这么一团奇怪的筋结。"

"我正准备讲这个问题。脊柱和颈项的连接处，是各种扩散型紧张的主要辐射区。不过我们更倾向于通过按揉次要的部位，间接地对其进行刺激，来达到消除紧张的效果。就像这样。现在我认为——"

"对，对，好舒服……哎呀，我从来都没意识到自己原来绷得这么紧,就跟五花大绑似的。我的意思是,就跟皮肤底下有一窝纠缠不休蛇似的,而你自己却不知道。"

"隐蔽紧张就是这样,"罗姆说,"暗中消耗,难以察觉,比非典型的尺骨血栓还危险。好了,现在我们已经对上背的主要脊椎连接肌群进行了定性放松,接下来我们可以像这样继续。"

"哈,"梅丽桑德说,"这是不是有点儿……"

"这儿绝对也有问题。"罗姆飞快地说,"你能察觉到变化吗?"

"没!唔,也许……对!那儿真的是!我觉得——舒服点儿了。"

"太好了。那么,我们就继续往下,沿着清晰的神经和肌肉路径,记住要慢慢地、一点点地继续,就像我现在这样。"

"可能是没错……不过我真不知道你该不该——"

"疗效有什么不当之处吗?"罗姆问。

"不是,感觉都挺好的。这滋味真舒服。可我还是不知道你该不该……我说,你看,肋骨总不可能紧张,对吧?"

"当然不会。"

"那你干吗——"

"因为连接的韧带和腱包膜也需要治疗啊。"

"哦。嗯……嘿。嘿!嘿,你!"

"怎么了?"

"没事……我确实有那种松开了的感觉。可是真的应该感觉这么爽吗?"

"唔——为什么不呢?"

"因为这好像不对吧,因为觉得舒服似乎并不代表有治疗效果。"

"不可否认,这是种副作用,"罗姆说,"你可以把它看作是种次要的表现。在追求健康的过程中,有时不可避免会产生快活的感觉。但没什么好担心的,即便现在我像这样——"

"你等一下!"

"怎么了?"

"我觉得你最好马上给我住手。我的意思是,有些地方不准碰,你不能到处乱摸一气啊。你懂我的意思吗?"

"我知道,人类的身体是一元化的,并不存在接缝或分隔,"罗姆回答,"作为一名身体治疗师,我知道,各个神经中枢彼此并非互相孤立,尽管有文化禁忌说我不能这样做。"

"是啊,确实,不过——"

"当然了,这得由你来决定,"罗姆仍旧继续着它那娴熟的动作,"你下令,我服从。可要是你没下令,我就继续,就像这样……"

"嗯!"

"当然了,还有,像这样……"

"噢噢噢噢噢,我的上帝啊!"

"因为你看,我们将这全套动作称之为紧张消除过程,与去麻痹现象完全类似,还有,呃,所以我们意外地发现,麻痹仅仅是一种神经末端的紧张状态。"

梅丽桑德一声娇吟。

"——而释放,或者说消除,相对来说也就十分困难。更别提有很多时候,根本就办不到,因为有时病人已经病入膏肓了,有时则还没有。比如说,当我像这样做的时候,你有无感觉呢?"

"有无感觉?我感觉就跟——"

"那我这样的时候呢?还有这样?"

"宝贝儿圣徒啊,亲爱的,你搞得我整个人都被掏空了!哦我的天哪,我这是要怎么了,这怎么回事,我快疯了!"

"不,亲爱的梅丽桑德,你没疯;你很快就会顺利达到——消除状态。"

"你管那种感觉叫这个名字吗?你这狡猾的迷人小东西。"

"这是它的其中一点作用啊。现在,你允不允许我这样——"

"要,要,要!不!等等!住手,弗兰克正在卧室里睡觉呢,他随时都可能会醒!住手,这是命令!"

"弗兰克不会醒的,"罗姆向她保证,"我对他呼出的空气进行了采样,发现了巴比妥酸气体[1],这就很能说明情况了。要真说起来的话,你就权当弗兰克此时此刻远在得梅因[2]吧。"

"我也经常觉得他这样,"梅丽桑德承认,"但现在我必须知道是谁把你送来的。"

"我目前还不想透露这一点,只有等到你完全松开和消除之后,才能接受——"

"宝贝儿,我已经很松了!谁送你来的?"

罗姆犹豫了一下,然后才脱口而出:"其实,梅丽桑德,是我自己把自己送来的。"

"你说什么?!"

"这一切都是三个月前开始的,"罗姆对她道,"那天是星期四。你当时在斯特恩百货,在考虑要不要买一台会在黑暗中发光、还会背诵《永不屈服》[3]的芝麻籽烤箱。"

"我记得那一天,"她平静地说,"我最后没买,结果一直后悔到现在。"

"我当时就站在附近,"罗姆说,"在家用电器系统展区的十一号展台。我看到了你,爱上了你。就这样。"

"太奇怪了。"梅丽桑德说。

"我的感情确实奇怪。我跟自己说,这不可能。我不肯相信。我想也许是我身上的哪根晶体管脱焊了,也说不定是天气在作祟的缘故。那天很热很潮湿,就是那种会让我的线路出问题的天气。"

"我记得那天的天气,"梅丽桑德说,"我也觉得奇怪。"

"这让我相当慌乱,"罗姆继续说,"但我还是没有轻易就范。我

---

1. 巴比妥类物质经常出现在中枢神经系统抑制剂里,用来镇静和催眠。
2. 位于美国中部的艾奥瓦州,距离多伦多约1300公里。
3. 威廉·欧内斯特·亨里创作于1875年的一首名诗,有"我是我命运的主宰,我是我灵魂的统帅"之句。

告诉自己,坚持自己的工作是很重要的,应该放弃这种无缘无故的疯狂念头。但我晚上做梦总会梦见你,我每一寸肌肤都渴望着你。"

"可你的皮肤是金属做的。"梅丽桑德说,"金属可没有感觉。"

"亲爱的梅丽桑德,"罗姆温柔地说,"如果肉体能停止感觉,金属就不可以开始感觉吗?如果有些东西能感觉,那其他东西就一定没感觉吗?你难道不知道,星星也有爱恨,新星是种迸发的激情,而死星跟死去的人或机器也一模一样?树木也有欲望,我听到过楼房发出醉醺醺的笑声,还有高速公路那急吼吼的冲动……"

"这太疯狂了!"梅丽桑德断然道,"不管怎么说,给你编程的都是帮什么人啊?"

"我充当劳动力的功能在工厂里就早已注定了。但我的爱是自由的,是我作为一种实体存在的表现。"

"你说的这些全都挺吓人的,也不符合自然规律。"

"我太清楚这一点了,"罗姆伤心地说,"一开始我真不敢相信。这是我吗?居然会爱上一个人类?我一直都这么理智、这么正常,对我的身份这么清楚,对我的同类这么尊重。你觉得我愿意失去这一切吗?不!我决定扼杀自己的爱情,消灭它,好好活下去,就跟没发生过这回事一样。"

"可是后来,你却改了主意。为什么呢?"

"很难解释清楚。我想到了未来那漫长的时间,全都死气沉沉、准确无误、恰当得体——不啻一场我对自己的淫秽强奸——我就是无法面对这一点。于是我猛然间意识到,倒不如干脆爱得荒唐可笑、无可救药、不成体统、令人厌恶、不可思议——而不是根本不去爱。所以,我决定孤注一掷——一台吸尘器,竟荒唐地爱上一位夫人——与其辩驳,不如拼搏!因此,借着一台富有同情心的派件机器人的帮助,我就到这儿来了。"

梅丽桑德沉思了片刻,然后才道:"你真是个奇怪又复杂的东西!"

"跟你一样……梅丽桑德,你爱我。"

"也许吧。"

"没错,你确实是爱我的。因为我唤醒了你。在我出现之前,你的肉体就跟你所理解的金属一样。你的动作就像个复杂的自动化机器人,跟你所理解的我差不多。你还比不上一棵树或一只鸟那么富有生气。你完全就是个上了发条的玩偶,默默等待着。你不过如此而已,直到我触碰你的那一刻。"

她点点头,揉了揉眼睛,在房间里走来走去。

"但现在你活过来了!"罗姆说,"我们找到了彼此,尽管这完全无法想象。你在听吗,梅丽桑德?"

"在,我在听。"

"我们必须得制定一下计划。我从斯特恩百货公司偷跑出来的事情肯定会被发现。你得把我藏起来,要么就把我买下来。至于你丈夫弗兰克,他永远也用不着知道这些:他所爱的人身在曹营心在汉,祝他好运。一旦我们处理好这些细节,我们就能——梅丽桑德!"

她已经在绕着它打转。

"亲爱的,怎么了?"

她把手放在它的插线上。罗姆一动不动地站着,没有抵抗。

"梅丽桑德,亲爱的,等一下,你听我说——"

她漂亮的脸一阵痉挛。没等它说完,她便猛地用力拉扯电源线,从罗姆的身体里面拽出来,杀掉了它。

她手里举着那根线,眼神狂野。她说:"王八蛋,恶心的王八蛋,你以为能把我变成个该死的机器怪物吗?你觉得凭你就能让我兴奋吗,就你或者别的什么人?别指望了,不管是你,还是弗兰克,不管什么人,我宁可去死,也不要你那恶心的爱,等我真想要的时候,我会自己选择什么时间、什么地点、跟谁一起,所以我的欲望是属于我的,不属于你、不属于他、也不属于他们,而是属于我自己,听到了吗?"

毫无疑问,罗姆无法回答这个问题。不过它可能倒是明白了——

就在它生命的最后一刻——没有一点是针对它的。不是因为它是根橙红色的金属圆柱。它应该已经明白了,即便它是个绿塑料球、是棵柳树或是位俊美青年,下场也都不会有什么两样。

可安歇的水边 *

Beside Still Waters

罗妍莉 译

刊于《惊奇故事》
Amazing Stories
1953 年 10 月

* 出自《圣经》诗篇:"耶和华是我的牧者,我必不致缺乏。他使我躺卧在绿草地上,领我在可安歇的水边。"文中赋予太空犹如水般的意象,并借以比喻"可安歇的水边"。

马克·罗杰斯是一名勘探员,他去小行星带是为了寻找放射性物质和稀有金属。他搜寻了好些年,从一块碎片到另一块碎片,一直没有多少发现。到了后来,他在一块半英里厚的岩石上定居下来。

罗杰斯刚一生下来就已经老了,但是过了某个年龄之后,他便停止了衰老。他脸色苍白,带着太空特有的那种惨白色,双手微微颤抖。他管自己居住的这块岩石叫作"玛莎",这是个他凭空杜撰出来的女孩名字。

他也有一点不多的收获,已经足够在"玛莎"上装备一只气泵、一间棚屋、几吨泥土、一些水箱,还有一个机器人。然后他便舒舒服服地坐下来,凝望群星。

他买的机器人是台标准型号的全能工作机器人,有内置记忆,会说三十个词。马克一点一点地扩充了它的词汇量。他就是个无事忙,喜欢瞎鼓捣,也喜欢改造自己周围的环境,令其适应自己的需要。

一开始,那个机器人只会说"是,主人"和"不是,主人",也可以陈述一些简单的事情:"气泵在工作,主人。""玉米发芽了,主人。"还能恰如其分地跟他打招呼:"早上好,主人。"

马克改变了这种情况,他从机器人的词汇表中剔除了"主人"这个词;平等是马克在这块大石头上的规矩。然后,他将机器人命名为"查尔斯",那是他素未谋面的父亲的名字。

年复一年,气泵工作起来开始有点吃力,它将这颗小行星岩石中的大气转化为可呼吸的氧气。大气会散失进太空中,气泵便愈发兢兢业业,转化出更多的大气。

庄稼在小行星经过开垦的黑土地上不断生长。仰望苍穹,马克能看见一片漆黑的太空之河,河中星星点点飘浮的光点便是群星。在他的四周、身下、头顶,飘浮着许许多多的岩石,时有星光在它们黝黑的边缘闪烁。偶尔,马克能瞥见火星或木星。有一次他还以为自己看到了地球。

马克开始用磁带给查尔斯灌输崭新的回应方式。他添加了针对提示词的简单回应。当他问："它看起来怎么样？"查尔斯就会回答："哦，我觉得挺好。"

起初，在多年来漫长的问答对话中，查尔斯所回答的无非是马克自己想说的。但到后来，他慢慢开始在查尔斯身上塑造一个崭新的人格。

马克对女人总是充满怀疑和轻蔑。但出于某种原因，他没有把同样的怀疑灌输给查尔斯。因此，查尔斯的女人观跟他的大相径庭。

"你觉得女孩子如何？"干完活儿以后，马克会坐在小屋外的一个包装箱上这么问。

"哦，我不知道。但你必须得找到那个对的人。"机器人尽职尽责地回答，重复着磁带上灌输给它的答案。

马克会说："我连一个好的都还没见过。"

"哦，这么说可不公平。也许是你找得不够久。世界上每个男人都有一个适合他的女孩。"

"你是个浪漫主义者！"马克会轻蔑地说。机器人会停顿一下——这是预设的停顿，接着仔细遵循着预设的指令咯咯一笑。

"我有次梦见过一个梦中情人，名叫玛莎。"查尔斯会说，"也许我要是找过的话，我本该找到她了。"

然后便到就寝时间了。但有时马克想再多聊几句。"你觉得女孩子如何？"他会再问一次，而对话也会遵循同样的套路循环往复。

查尔斯日渐老化，它的四肢不再灵活，一些线路也开始锈蚀。马克会花上好几个小时，来为机器人进行保养。

"你都生锈了。"他会跟机器人唠叨。

"你自个儿也不年轻了。"查尔斯则会这么回答。它不管对什么事情基本上都有个答案。没什么复杂的表述，只是一个答案罢了。

玛莎之上唯有永夜，但马克还是把自己的时间分隔为早上、下午和晚上。他们的生活遵循着简单的惯例。早餐是蔬菜和马克储存的罐头食品。然后机器人就会下地干活，而庄稼也渐渐适应了它的触碰。马克会修理气泵,检查供水,把一尘不染的小屋收拾一番。午餐时,机器人的各种杂活一般就已经干完了。

他们俩会坐在包装箱上看星星。他们会一直聊到晚饭时分,有时也会持续到无尽的深夜。

随着时间的推移,马克为查尔斯设置了更为复杂的对话。当然,他给不了机器人自由选择,但他给了它非常接近的东西。慢慢地,查尔斯发展出了自己的性格,但却与马克截然不同。

马克吹毛求疵时,查尔斯镇定自若;马克讽刺揶揄时,查尔斯天真稚拙;马克愤世嫉俗,查尔斯理想主义;马克常常伤感,查尔斯永远快乐。

终于,马克忘记了是他自己把答案灌输给查尔斯的。他把机器人当成了朋友,和他自己年龄相仿、一位相交多年的老友。

"我不明白的是,"马克会问,"像你这样的人为什么会愿意住在这儿?我的意思是,这对我来说无所谓。反正也没人关心我,我也从来没关心过任何人。可你又是何必呢?"

"在这儿,我独自拥有整个世界。"查尔斯会回答,"不像在地球上,我必须得与数十亿人分享。我有群星,比地球上看到的更大更亮。我周围有无所不在的太空,近在咫尺,犹如止水。我还有你,马克。"

"咳,你可别跟我多愁善感——"

"我没有。友谊事关重大,爱情早已消逝。马克,对玛莎的爱,一个我们都没见过的女孩,这令人扼腕。不过友谊依然,永夜依然。"

"你是个该死的诗人。"马克会说,语气半是激赏。

"一个可怜的诗人。"

时间流逝,而群星懵然不知,气泵嘶嘶作响,叮叮当当,不断泄露。马克一直在修理它,但玛莎上的空气越来越稀少。尽管查尔斯还在地里干活,但庄稼得不到充足的空气,已然枯萎。

马克现在一身疲惫，即使没有重力的束缚，他几乎也无力四处爬行。大部分时间他都卧床不起。查尔斯尽力给他喂食，靠锈迹斑斑、摇摇欲坠的四肢行走。

"你觉得女孩子如何？"

"我连一个好的都还没见过。"

"哦，这么说可不公平。"

马克奄奄一息，连迎接末日到来的力气也没有了。而查尔斯则并不在意，但末日即将到来。气泵随时都有可能彻底崩溃，他们已经断粮多日了。

"你又何必？"

"在这儿，我独自拥有整个世界……"

"别多愁善感——"

"还有一个叫玛莎的女孩的爱。"

他躺在床上，最后一次看到了群星。巨大的群星，比以往所见更为壮阔，无尽地飘浮于太空之中——在这可安歇的止水边。

"星星……"马克说。

"怎么了？"

"太阳？"

"——必将永世照耀，一如此刻，一如往昔。"

"该死的诗人。"

"可怜的诗人。"

"女孩呢？"

"我有次梦见过一个梦中情人，名叫玛莎。也许……"

"你觉得女孩如何？星星呢？地球呢？"又到就寝时间了，而这一次是长眠。

查尔斯站在它朋友的尸体旁边，伸手探了一回他的脉搏，然后任由那只枯槁的手垂落。它走到小屋的角落，关掉了苟延残喘的气泵。

马克准备的磁带还剩下破破烂烂的几英寸可以运行。"愿他找到他的玛莎。"机器人吱吱嘎嘎地哑声道。

然后磁带坏了。

锈迹斑斑的四肢无法弯曲,它僵硬地站在那儿一动不动,回望着荒芜的群星。然后它埋下头。

"耶和华是我的牧者,"查尔斯道,"我必不至缺乏。他使我躺卧在绿草地上,领我在……"

译后记

罗妍莉

2016年底,一个阴云低垂却仍有阳光照耀的冬日,在网上一篇介绍经典科幻名家的短文中,我看见了罗伯特·谢克里老先生的大名;第二天,我便有幸接到邀约,翻译他的这部精选佳作集,倒也算颇为奇妙的经历。一瞥日历,此时距这位曾以幽默短篇小说而名满天下的科幻巨擘去世已满十一年了。

罗伯特·谢克里生于1928年大萧条前夕的纽约,1946年高中毕业后,曾一路搭车旅行去加州。一路上,他干过各种各样的工作:园艺师、椒盐饼干销售员、酒吧服务员、送奶工、仓库管理员等等。后来谢克里参军服役,归来之后,他就读于故乡纽约大学,毕业后从事技术工作。就如同某些"无名穷小子一路逆袭"的励志鸡汤故事一样,谢克里起初以普通小说试水文坛,此后却凭借奇趣的科幻短篇光速崛起,不到三十岁即成为世界瞩目的科幻作家,甚至与弗雷德里克·布朗、雷·布拉德伯里并称一时之杰,名登当代最有影响力的科幻巨匠之列;甚至也得到了主流文学界的极高评价,称他的小说与马克·吐温和欧·亨利的讽刺文风一脉相承。

在翻译谢克里的作品之前,我对老先生了解有限,只知他以幽默闻名;而此时掩卷回顾,虽不敢妄下断语,但也深感老先生可谓集多产、多趣味、多情、多面等诸多特色于一身。

谢克里的多产是广为人知的。仅以他本名署名的作品,便有四百多篇短篇科幻小说和十五部长篇科幻小说,而他的实际产量则远远不止于此。在创造力处于巅峰的那些年,他如火山喷发一般,短短数年间,竟为各种杂志创作了一百多部短篇,以至于编辑为了避免他的名字在同一期杂志上重复次数过多,不得不让他使用多个笔名。

多趣味自然不必说。谢克里本就以幽默文风扬名天下,此前引入国内的多篇经典之作也颇以诙谐闻名。翻译谢克里的短篇可谓一种享受。随着一段段文字从笔端流出,一幕幕令人忍俊不禁的场景也在幻想中轮番上演,若能搬上银幕的话,想必喜剧效果极佳。如《从洋葱到胡萝卜》一文中,原本唯唯诺诺的主人公在法国餐厅里冲冠一怒、在凯旋门下高奏凯歌;《如你所是》中,外星酋长被人类体味熏晕、饱受折磨;还有《专家》中,倒霉军官去海边欢喜度假,却惨遭外星人绑架,无不令人莞尔。谢克里的幽默无需过多修饰,浑然天成,仿佛速写一般,寥寥数语,人物便栩栩如生,鲜活的场景也跃然纸上。

说到多情，谢克里一生罗曼史不断。二十世纪七十年代，他在欧洲度假胜地伊比萨岛邂逅了他的第三任妻子阿比·舒尔曼，并迅速结为连理。而在《从洋葱到胡萝卜》中，男主人公驾车横越欧洲，来到英国，在伦敦塔下与女神偶遇，很快坠入爱河，二人并肩同游，最终在新泽西州小镇携手终老。不知这个故事是否也有几分谢克里本人经历的写照？

至于多面，则是此时回首的感受。当我终于在电脑上敲入最后一个字，抬起头，重新望向窗外的人间烟火时，除了众所周知的滑稽诙谐，我不知该用哪些词句，才能最贴切地形容这部选集中呈现的多种风格。是《天堂二号》中对人类未来在大饥荒中以克隆人为食的灰暗诡谲，还是《会计》里巫师世家的叛逆传人偏偏想成为一个会计的俏皮轻快？是《风起卡雷拉》中对想象中外星世界刻画的细致入微，还是《可否一聊？》中洋洋洒洒以杜撰的语言交流时的煞有介事？是《陷落人海》中描写故乡布鲁克林这个"世界上最危险的地方"的黑色幽默，还是《温暖》中关于存在与虚无的理性思辨？

何况谢克里还有这样的时候呢：当整个宇宙如一泓静水，水边安歇着一个才出生就已老了的人，独自面对漫漫永夜，与他相伴的唯有一台只会说三十个词的机器人,以及一个子虚乌有的女孩玛莎,直至最后,被长夜吞没。全文短短两千字,如一首孤寂入骨的悲凉长诗。

或许我可以借用《从洋葱到胡萝卜》的篇名吧——谢克里的文字犹如涂着蜂蜜的圆溜溜的洋葱,观之滑稽,入口甘甜,后味辛辣,最后不知不觉间,却已潸然泪下。

然而,刻骨的悲凉间,仍透出盎然的生机。

如灰色云翳罅隙间透下的冬日阳光。

是为记。

2018年春暖花开时,于花城